ÉTRANGES SECRETS

DU MÊME AUTEUR
CHEZ POCKET

VIES SECRÈTES
QUE LA LUMIÈRE SOIT
LE FAISEUR DE PLUIE
DÉSIRS SECRETS

DIANE CHAMBERLAIN

ÉTRANGES SECRETS

PRESSES DE LA CITÉ

Titre original :
THE ESCAPE ARTIST

Traduit par Jacqueline SUSINI

Édition originale : HarperCollins, New York.

ISBN : 2-266-09884-5.

Au groupe d'écrivains de Mount Vernon : Ann Allman, Barbara Bradford, Jane Drewry, Linda Rainwater, Jeanne Van Dusen-Smith, Joan Winslow, et à tous les auteurs qui sont passés par notre havre d'écriture au cours des douze dernières années.

Je remercie tout particulièrement Kathy Hansen et son petit garçon, Patrick, ainsi que toutes les autres mères qui ont cherché à savoir comment elles auraient réagi à la place de Susanna. Ma reconnaissance va également à D'Ann Taflin, Pat Bernhardt, Brittany Walls et Gary Fuller qui m'ont fait profiter de leur expérience dans divers domaines. Ainsi qu'à mon mari, David, pour sa lecture perspicace et l'indéfectible confiance qu'il n'a cessé de me manifester.

1

Le nuage était de retour.

Pas dans le ciel. Au-dessus de Boulder, à l'heure du crépuscule, on ne voyait qu'un océan de bleu-violet, seulement rompu par la ligne de crête des Rocheuses, dorée par le soleil couchant. Pourtant, tandis qu'elle avançait parmi les tombes, Tyler dans ses bras, Susanna sentait le nuage la suivre.

Elle avait déjà éprouvé ce sentiment oppressant, onze mois plus tôt, lorsque Tyler était né avec une malformation cardiaque. Comme elle savait qu'elle risquait de perdre son fils, son propre cœur avait partagé la souffrance de l'enfant. Elle avait passé des jours entiers, dans le service de soins intensifs de la maternité, à caresser les mains minuscules du bébé, le bras plongé dans la couveuse. Elle n'avait cessé de parler et de chanter des berceuses au petit être dont le visage reflétait le courage et la volonté. Au moins, il n'avait pas hérité de sa tendance à baisser les bras. Elle espérait avoir tiré une certaine leçon de sa bravoure.

Le cœur de Tyler fonctionnait normalement maintenant. « Presque comme un cœur neuf », avait dit le chirurgien. Le petit garçon était doté d'une nature affectueuse et d'un rire qui, jusqu'à ces derniers temps, lui avait arraché des larmes chaque fois qu'elle l'avait entendu. Après tout ce qu'il avait subi, le fait qu'il pût rire avec tant d'abandon lui avait redonné confiance.

Au fil des épreuves, Tyler avait aussi appris la patience. Depuis une heure qu'elle le promenait à travers le cimetière, il n'avait à aucun moment protesté. Un bras autour du cou de sa mère, serrant son singe en peluche sur son cœur, il regardait droit devant lui pendant que Susanna allait d'une tombe à l'autre, attentive non pas aux noms gravés dans la pierre mais aux dates. En particulier à celles inscrites sur les plus petites pierres tombales.

Les cheveux blonds et duveteux de Tyler frôlaient son menton. Sachant qu'il marcherait bientôt, elle profitait pleinement de ces dernières semaines où il ne pouvait pas encore explorer le monde sans elle.

Finalement, il manifesta son impatience en laissant échapper un gémissement qu'elle traduisit par : « Maman, est-ce que ce n'est pas bientôt fini ? » Avec un soupir, elle le déposa sur l'herbe. Il se mit aussitôt à ramper jusqu'à la tombe la plus proche et tenta de l'escalader, se redressant, retombant, puis recommençant, comme s'il suivait le rythme d'une musique intérieure.

Susanna, les mains plaquées sur les reins, détendit ses muscles tandis que la brise tiède enroulait sa longue jupe autour de ses jambes. Pour la première fois depuis qu'elle était entrée dans le cimetière, elle regarda du côté des collines surplombant Chatauqua Park et se rendit compte qu'elle pouvait voir la maison de Linc. A cette heure, l'ombre des montagnes s'en approchait. Une pâle lumière l'éclairait encore de côté et dorait l'énorme parabole plantée dans la cour. Les larmes aux yeux, Susanna se dit qu'elle aurait aimé parler à Linc du plan qu'elle avait élaboré pour garder son enfant. Mais, puisqu'il en était exclu, à quoi bon le faire souffrir par avance ? Parmi toutes les épreuves qu'elle aurait à affronter, la pire serait d'avoir à abandonner l'homme qui avait été sa force et son soutien tout au long de ces deux dernières années. Et même bien au-delà si elle regardait les choses objectivement.

Comment allait-elle s'en sortir sans lui ? Elle l'ignorait. Il y avait des années qu'elle n'avait pas pris une décision d'une telle importance sans le consulter. Ce n'était pas son genre d'agir sans demander l'avis de ses amis. Elle n'avait jamais eu cette sorte de courage. Mais, maintenant, elle devait le trouver. Si Jim et Peggy obtenaient effectivement la garde de Tyler, elle n'aurait d'autre issue que de mettre son plan à exécution, tout en sachant qu'ainsi jamais elle ne reverrait Linc Sebastian.

Il faisait si sombre lorsqu'elle découvrit ce qu'elle cherchait qu'elle put à peine lire l'inscription gravée sur la pierre tombale. 16 AOÛT 1968 — 14 SEPTEMBRE 1968. Parfait. Elle déchiffra le nom. KIMBERLY STRATTON.

Elle s'agenouilla, sortit un calepin de son sac, nota l'information. Mais, au moment de se relever, quelque chose la retint.

Pourquoi cette enfant était-elle morte moins d'un mois après sa naissance ? Elle revit Tyler luttant pour survivre et se demanda ce que la mère de Kimberly Stratton avait pu éprouver en perdant sa fille avant d'avoir eu le temps de la connaître. Et quel droit avait-elle d'emprunter le nom, la vie, de ce bébé ? Soudain, elle sentit peser sur elle le poids de sa responsabilité. Penchée en avant, la main sur la tombe, elle déclara :

— J'essaierai de te rendre justice. D'être digne de porter ton nom.

Elle eut l'impression qu'une onde de chaleur montait dans son bras puis atteignait sa poitrine, mais au même instant Tyler la heurta et mit fin à cette sensation de communion avec l'enfant dont elle volait l'identité.

Tyler et son singe dans les bras, elle se redressa lentement. Le nuage enveloppa ses épaules mais elle le repoussa en secouant la tête. Si elle avait déjà réussi à lui échapper une fois, elle le ferait encore.

2

— Mesdames et messieurs, veuillez vous lever.

Susanna se mit debout tandis que le juge Browning entrait dans la salle d'audience et prenait place sur l'estrade. Quand elle se rassit, elle respirait à peine. Le juge ressemblait au père Noël avec sa barbe blanche et ses joues rouges, mais ces derniers jours il n'avait guère manifesté de bonhomie. Rien dans son attitude ne laissait présager une quelconque bienveillance.

Il remua les papiers posés sur son bureau, apparemment insensible à la tension qui régnait dans la salle, où tout le monde attendait la décision qu'il avait promise le matin pour l'après-midi. Lorsqu'il releva la tête, Susanna crut soudain voir la salle d'audience à travers ses yeux et devina, si ce n'était déjà fait, la sentence qui allait tomber. Il y avait maintenant une semaine que le juge observait les protagonistes de cette affaire depuis son estrade. Devant lui, à la table de gauche, étaient assises l'avocate Ann Prescott, une petite femme à la chevelure drue, et Susanna, sa cliente, anxieuse, pâle, surmenée par un travail mal payé, divorcée et qui, après avoir rompu avec son mari, avait passé un mois dans une clinique psychiatrique parce qu'elle menaçait de se tuer avec l'enfant qu'elle portait. Ann avait demandé au psychiatre qui l'avait suivie de venir témoigner que sa cliente était rétablie et tout à fait en mesure d'assumer son enfant. Malheureusement, l'intervention du médecin n'avait servi qu'à rappeler la dépression dont Susanna avait été victime.

A sa droite, le juge avait sous les yeux un sémillant avocat aux cheveux argentés et son client, James Miller, lui-même avocat et ex-mari de Susanna. Séduisant, élégant sans ostentation, l'œil bleu et le regard empreint de sincérité, James Miller n'avait jamais manqué de se tourner vers le juge lorsque, dans le box des témoins, il avait répondu aux questions qu'on lui posait. Ce que Susanna n'avait pas su faire en dépit des conseils de son avocate. Elle s'était sentie pétrifiée et incapable de détacher son regard une seule seconde de l'avocat de la partie adverse, qui l'interrogeait.

Juste derrière Jim était assise Peggy Myerson, son épouse et consœur, également très élégante, son impeccable chevelure noire lui tombant sur les épaules. On la devinait très amoureuse de son mari. A plusieurs reprises, elle lui avait touché l'épaule et s'était penchée vers lui pour lui murmurer quelque chose à l'oreille. A cet instant, elle lui souriait, confiante, comme si l'un et l'autre avaient toujours su que ces cinq jours d'audience ne seraient que pure formalité.

Le juge pouvait aussi voir le frère aîné de Peggy, Ron, le chirurgien qui avait sauvé la vie de Tyler. Etaient aussi présents les parents de Peggy ainsi que la sœur et la mère de Jim, deux femmes qui avaient été les amies et confidentes de Susanna. Tous se tenaient assis sur le bord de leurs sièges, anxieux de savoir ce qu'allait devenir ce petit garçon qu'ils considéraient déjà comme leur possession.

Derrière Susanna, mais séparé d'elle par plusieurs rangées de sièges, Linc Sebastian complétait l'assistance. Tout le monde le connaissait et savait que ce disc-jockey travaillant à la radio, figure-culte pour des millions de fans, avait fait de la prison pour meurtre. Pour venir au tribunal, il s'était séparé de l'anneau qu'il portait habituellement à une oreille. Mais il ne s'était pas coupé les cheveux et il suffisait de le regarder pour reconnaître un anticonformiste. « Un homme au passé plus que douteux », avait dit l'avocat de Jim à son propos.

Le juge Browning s'éclaircit la voix et Susanna, se préparant à l'inévitable, croisa les bras sur sa poitrine. L'estomac contracté, elle se félicita d'avoir sauté le déjeuner.

Sur son bureau, le juge prit une unique feuille de papier, mais, au lieu de la lire comme on aurait pu s'y attendre, il promena son regard de père Noël sur l'assistance tandis qu'il annonçait :

— La cour accorde la garde de Tyler James Miller à son père, James Miller.

Susanna entendit le cri de joie de Peggy et le rire de Jim. Ses doigts se crispèrent sur ses bras. Quelqu'un murmura « Félicitations » à l'adresse de Jim.

— Susanna Miller sera autorisée à recevoir son fils un week-end sur deux et une nuit par semaine, continua le juge. A la condition qu'aucune personne du sexe opposé ne passe la nuit sous son toit quand son fils est présent.

Susanna eut l'impression que le juge venait de la gifler. Elle le suivit du regard alors qu'il quittait la salle, puis elle eut vaguement conscience de la main d'Ann Prescott posée sur son bras.

— Trop de choses penchaient en leur faveur, Susanna. Je suis désolée.

Susanna dégagea son bras. Jusqu'ici, dans ces horribles moments où elle avait imaginé cette scène, elle avait sangloté. Mais maintenant, comme annihilée par la sentence, elle n'avait même pas la force de pleurer. On allait lui enlever son bébé.

— Je vais me renseigner pour savoir comment les choses vont se passer, ajouta Ann en s'éloignant.

— Susanna ?

Elle tourna la tête et se leva en découvrant Linc à côté d'elle. A peine eut-elle le temps de remarquer ses yeux rougis qu'il la serra dans ses bras. Mais son étreinte fut brève, comme s'il se refusait à trahir en public les liens qui les unissaient.

— Je suis navrée, Susanna.

Elle ouvrit la bouche sans pouvoir parler et retomba sur son siège. Linc s'assit près d'elle en prenant sa main glacée dans la sienne. Elle savait qu'il se considérait comme le principal responsable de son malheur, mais, pour sa part, elle doutait que leurs rapports eussent pesé si lourd dans la balance. Comme l'avait dit Ann, Jim et Peggy avaient trop de choses en leur faveur.

Tout d'abord, leurs revenus d'avocats étaient sans commune mesure avec le salaire auquel elle pourrait jamais aspirer. Ensuite, ils vivaient dans une maison spacieuse et élégante, au cœur d'un superbe quartier appelé Pays des merveilles. Ni plus ni moins. Comment un juge aurait-il eu le cœur de priver un enfant du pays des merveilles ? Peu importait que ce quartier eût été à l'origine le choix de Susanna. Peu importait qu'une semaine après leur emménagement, rentrant plus tôt que prévu, elle eût trouvé Jim et Peggy dans le lit conjugal. Maintenant, Susanna louait un petit appartement pendant que Peggy et Jim prenaient leurs aises dans la grande maison et faisaient installer une balançoire dans le jardin pour « leur » fils.

Quand, au cours d'une audience, elle avait reproché à Jim d'avoir voulu la faire avorter, celui-ci avait rejeté sans vergogne son accusation. « Je suis pour le respect de la vie, avait-il affirmé, en ouvrant de grands yeux innocents. Jamais je ne pourrais suggérer à une femme, quelle qu'elle soit, de se faire avorter, sans parler de la femme qui porte mon enfant. »

La honte avait empêché Susanna d'avouer à ses amis — excepté Linc — que Jim lui avait demandé d'avorter quand elle lui avait appris qu'elle était enceinte. Connaissant la vérité, Linc aurait pu témoigner si Ann n'avait craint que son intervention soulevât des questions embarrassantes. Susanna avait donc été seule face à Jim, et personne n'avait semblé prêter grande attention à ses dires. Mais, pour l'heure, elle aurait préféré être damnée plutôt que de laisser son fils entre les mains d'un homme qui n'avait pas souhaité sa naissance et d'une femme assez immorale pour coucher avec le mari d'une autre.

Ann revint et, debout face à Susanna et Linc, annonça :

— Vous pouvez garder l'enfant cette nuit. Ils viendront le chercher demain, vers 14 heures. Ça vous ira ?

Susanna eut un regard impuissant.

— Ai-je le choix ?

Ann secoua la tête.

— Non. Je suis désolée.

— Viens, fit Linc en tirant Susanna par le bras. Allons prendre Tyler, profitons encore un peu de sa présence.

De l'autre côté de la salle, l'atmosphère était à la fête. Susanna tourna la tête pour ne pas voir la joie de ses adversaires.

Dans la voiture, Linc lui tint la main, ne la lâchant que pour changer de vitesse ou prendre un tournant. De temps en temps, Susanna sentait son regard sur elle tandis qu'elle gardait les yeux fixés sur la route, dans un silence qui ne leur ressemblait pas.

Linc quitta l'avenue pour s'engager dans la rue de Susanna et se gara devant l'immeuble où se trouvait la garderie de Tyler.

— Ça ne t'ennuie pas d'aller le chercher ? lui demanda Susanna.

Elle n'avait pas le cœur à discuter avec Margaret Draper, laquelle serait scandalisée par la décision du juge. Sa propre colère lui suffisait.

— Non, pas du tout.

Linc sortit de la voiture et Susanna le regarda se diriger vers la garderie. Il portait un pantalon gris, une chemise à fines rayures et avait mis une cravate, comme les jours précédents, pour se rendre au tribunal.

Tous ces efforts vestimentaires aboutissaient à lui donner l'air d'avoir enfilé par mégarde les vêtements d'un autre. Pourtant, cette touchante tentative pour être présentable renforçait l'amour que Susanna lui portait et rendait l'exécution de son plan plus douloureuse encore.

Elle vit Margaret ouvrir la porte de la garderie et s'effacer pour laisser entrer Linc. L'imaginant en train d'informer Margaret, elle espéra que la jeune femme ne viendrait pas jusqu'à la voiture pour lui manifester sa sympathie. Elle n'avait vraiment pas envie de discuter. Son unique désir était de rentrer chez elle avec son petit garçon.

Au bout d'une minute, Linc ressortit, portant l'enfant dans ses bras. Les pattes du singe en peluche que Tyler tenait contre lui se soulevaient au rythme des pas de Linc. Susanna alla à leur rencontre, avide de serrer son fils contre son cœur. Les yeux bouffis, Tyler était un peu grognon.

— Il dormait, j'imagine.

— Exact.

Linc ouvrit la portière arrière et voulut installer l'enfant dans son siège mais Susanna s'y opposa.

— C'est tout à côté. Je le garde avec moi.

Elle prit place à l'avant, Tyler et son singe sur les genoux. L'enfant se lova contre sa poitrine. Aussitôt, au contact de son petit corps chaud, elle fut incapable de retenir plus longtemps ses larmes.

Alors qu'il se glissait derrière le volant, Linc s'aperçut qu'elle pleurait. Il se pencha vers elle pour l'étreindre, l'enfant, inconscient de son sort, niché entre eux.

— C'est trop injuste, murmura-t-il.

Par crainte de trop en dire, Susanna préféra garder le silence. Linc se détacha alors d'elle et caressa sa joue humide.

— Je voudrais rester avec toi, ce soir. Mais si j'ai bien compris je n'en ai pas le droit.

S'efforçant de se ressaisir, Susanna essuya ses larmes. Sans le savoir, le juge lui avait procuré un moyen d'éloigner Linc sans qu'elle eût à chercher un prétexte quelconque.

— J'aurais aimé que tu restes. Mais, effectivement, ce n'est pas possible.

— Je ne suis pas obligé de m'en aller avant que tu ne sois couchée, tu sais.

— Ecoute, j'ai besoin d'être seule avec Tyler.

Linc la regarda, surpris qu'elle fût pressée de se débarrasser de lui. Ça ne lui ressemblait pas. D'ordinaire, elle détestait rester seule. Mais il ignorait qu'à partir de ce soir-là Susanna Miller devait cesser d'exister.

— Susanna, dit-il, j'aime ton fils. Je serais heureux de rester avec lui jusqu'à demain. De rester avec vous deux.

Linc avait assisté à la naissance de Tyler. Il était demeuré auprès d'elle tout au long de sa grossesse. Elle s'était reposée sur lui pour toute chose, au-delà même de ce qu'elle aurait dû, et le fait qu'elle souhaitât l'éloigner d'elle alors qu'elle baignait dans le chagrin lui paraissait insensé.

— Pardonne-moi. Mais je ne me sens pas très bien et...

— Justement, laisse-moi m'occuper de toi.

— Linc, je ne peux pas t'expliquer... Je vais faire dîner Tyler, le mettre au lit, lui raconter une histoire. Peut-être lui chanter une chanson. Et ensuite je me coucherai à mon tour.

— Je pourrais...

— Je t'en prie, Linc, ne complique pas les choses.

— Bien.

Il prit le volant, démarra et, dans un silence pesant, ils rejoignirent l'immeuble de Susanna. Elle était consciente de l'avoir blessé mais ce n'était que dans le but de l'épargner plus tard.

Linc se gara devant l'immeuble puis précéda

Susanna pour ouvrir la porte avec la clef qu'il possédait. A peine entré dans l'appartement, il entreprit de changer Tyler, tandis qu'elle écoutait son répondeur. Il y avait quelques messages de ses collègues, anxieux de connaître la décision du juge. Comme elle n'avait pas l'intention de rappeler, elle effaça la bande.

Quand elle revint dans le living, Linc installait Tyler par terre, à côté du vieux saladier rempli de pièces de construction en plastique.

— Je peux préparer le repas, suggéra-t-il. A moins que tu ne préfères que...

Il fit un geste vers la porte. Elle hocha la tête.

— J'aurais plus besoin de toi demain soir, fit-elle en regardant son fils. Ce sera ma première soirée sans lui.

Linc enfonça ses mains dans ses poches puis s'accroupit afin de poser un baiser sur la tête de l'enfant.

— Au revoir, Tyler.

Au moment de partir, il mit la main sur l'épaule de Susanna.

— Est-ce que tu regrettes... ? Je veux dire qu'on a peut-être eu tort de continuer à se voir alors que cette affaire n'était pas encore réglée...

— Je n'aurais pas tenu le coup sans toi. Je ne regrette rien, Linc.

Il l'embrassa, sans passion, comme s'il n'était plus certain de ses sentiments envers elle. La gorge serrée à l'idée de ce qu'elle s'apprêtait à faire, elle referma ses bras autour de lui en luttant contre les larmes. C'était la dernière fois qu'elle le voyait.

— Tu es depuis si longtemps mon meilleur ami, murmura-t-ellc.

— Je compte le rester.

— Quoi qu'il arrive ?

— Oui.

Se sentant sur le point de tout lui avouer, elle voulut le presser de partir avant que son secret ne lui échappe.

— Il faut que tu t'en ailles, Linc. Je t'aime.

Soudain, il parut inquiet.

— Je ne te reconnais pas, Susanna.

Elle lut dans ses pensées, vit l'inquiétude dans son regard. Linc redoutait qu'elle commette un acte désespéré et elle faillit sourire de sa méprise. Elle avait changé. Plus jamais l'horrible dépression qu'elle avait traversée ne pourrait la reprendre.

— Rassure-toi. Ça va, affirma-t-elle.

— Veux-tu que je sois là quand Peggy et Jim viendront chercher Tyler ?

— Non. Demain c'est mercredi. Tu dois préparer ton émission.

— J'ai déjà sélectionné les morceaux. J'aurais donc tout le temps pour enregistrer.

— Je crois qu'il vaut mieux que ça se passe sans témoin.

— Si tu changes d'avis, n'hésite pas...

— Je sais. Merci. (Elle l'embrassa.) Je t'aime.

— Moi aussi. Je t'appellerai plus tard dans la soirée. D'accord ?

— D'accord, Linc.

Comment aurait-elle pu refuser ?

La porte refermée précipitamment, elle passa aussitôt à l'action. Elle fit dîner Tyler, le mit au lit et lui lut une histoire. Puis elle alla se planter devant le miroir de la salle de bains, des ciseaux à la main.

Elle avait toujours porté les cheveux longs. Très longs. Sans doute aurait-elle opté pour une coiffure plus seyante si elle n'avait aimé la façon dont les gens regardaient sa belle chevelure blond clair et voulaient la toucher. Elle la faisait paraître bien plus jeune que ses vingt-neuf ans.

Sa main trembla lorsqu'elle leva les ciseaux et tremblait encore quand elle les reposa sur le lavabo. Elle n'était pas prête et préférait s'acquitter d'abord de ses autres tâches. Néanmoins, elle sortit de l'armoire le shampoing colorant qu'elle gardait depuis des semaines. La teinte s'appelait « Blond cuivré » et la femme représentée sur l'emballage souriait avec coquetterie sous sa frange aux reflets d'un roux profond. Susanna lut et relut le mode d'emploi. Jamais elle ne s'était teint les cheveux jusqu'ici. Elle était le prototype même de la blonde avec sa peau très blanche, ses cils et ses sourcils clairs et ces yeux bleus dont Tyler avait hérité. Elle se regarda dans le miroir et essaya de s'imaginer avec une chevelure plus foncée. Ça ne marcherait pas... Ses sourcils feraient un contraste qui la trahirait. Sur l'emballage, il était bien spécifié de ne pas utiliser le colorant pour se teindre les sourcils. Mais n'avait-elle pas déjà contrevenu aux usages plus souvent qu'à son tour ? Elle décida qu'une fois de plus elle transgresserait la règle.

Elle alla dans sa chambre, s'approcha du lit, plongea la main entre le matelas et le sommier et en sortit une enveloppe, grande et épaisse. Outre l'extrait de naissance de Kimberly Stratton qu'elle s'était fait envoyer en utilisant l'information lue sur la pierre tombale, l'enveloppe contenait près de huit mille dollars, pris sur ses économies, ainsi que des copies des bilans de santé de Tyler. Elle glissa une partie de l'argent dans son portefeuille, une autre dans son sac de marin, une troisième avec les couches de l'enfant. Puis elle déposa sur le buffet les mille dollars restants.

Elle se prépara plusieurs sandwiches qu'elle mit dans un sac en plastique, avec des bananes, des flocons d'avoine, du lait en poudre, des crackers et des jus de fruits. Puis elle plia soigneusement quelques vêtements et les empila dans le grand sac de toile. Elle s'interdit de penser à ce qu'elle laissait derrière elle. A quoi bon s'embarrasser de regrets ? Et puis son fils serait avec elle et c'était bien l'essentiel.

Quand Linc téléphona, vers onze heures et demie, il lui restait encore à se couper les cheveux et à les teindre. Assise au bord du lit, elle cacha son agitation et sa nervosité derrière des bâillements et une voix éteinte. Mais combien il lui était pénible de dissimuler la vérité à la personne au monde qui la connaissait le mieux !

— Tu ne te sens pas trop déprimée ? lui demanda Linc, la voix anxieuse.

— Non, ça va. Simplement secouée par ce fiasco.

Elle se regarda dans le miroir de sa coiffeuse et tira ses cheveux en arrière en essayant de se représenter sa nouvelle image. Elle serait une personne différente en se réveillant. Une personne déterminée, plus forte, et plus indépendante. Désormais, elle ne devrait plus compter que sur elle-même. Il ne pouvait pas en être autrement.

Alors que Linc parlait calmement, loin de tout soupçon, elle ressentit le besoin de rompre le cours de leur conversation.

— Linc ?

— Oui ?

— Est-il trop tard pour te demander de passer une chanson dans ton émission de dimanche soir ?

— Non. Que voudrais-tu entendre ?

— *Suzanne*.

C'était l'une de ses chansons favorites. Linc la lui chantait souvent ainsi qu'une douzaine d'autres qui comportaient toutes une variante de son prénom.

— J'aurais dû deviner. Quelle version ?

— L'originale.

En fait, peu lui importait la version mais elle savait que celle-ci était la préférée de Linc.

— Leonard Cohen, dit-il. D'accord.

— Note-le, s'il te plaît.

— Je n'oublierai pas.

— Non, c'est sérieux, Linc. J'aimerais que tu le notes. Tu as un stylo ?

— Bon, attends. Ça y est, j'en ai un.

— Ecris : Susanna veut que je passe *Suzanne* à son intention.

— Que dirais-tu de l'écouter dimanche soir avec moi ?

— Je t'en prie, contente-toi d'écrire mot pour mot ce que je t'ai dit.

Elle l'entendit soupirer.

— D'accord. J'ignorais que tu étais si exigeante.

— Maintenant tu colles cette note sur le miroir, au-dessus de ton lavabo.

Linc éclata de rire.

— Qu'est-ce qui t'arrive, Susanna ?

— Rien. Mais promets-moi de faire ce que je te demande avant de te coucher.

— Bien. Si tu y tiens.

Elle mit rapidement un terme à la conversation, de crainte d'éveiller ses soupçons. Puis elle retourna dans la salle de bains, relut les instructions qui accompagnaient le shampoing colorant et reprit ses ciseaux.

Dès qu'elle eut coupé la première mèche, elle sut qu'il n'y avait plus moyen de reculer. Elle était en train de tuer Susanna Miller et de ramener Kimberly Stratton à la vie.

3

Linc préféra se faire une tasse de café plutôt que d'aller se coucher. Assis face à ses baies vitrées, il contempla les lumières qui recouvraient Boulder d'une toile scintillante. Il aurait donné n'importe quoi pour une cigarette alors qu'il avait arrêté de fumer le jour où Susanna lui avait annoncé sa grossesse. Pour rien au monde il n'aurait voulu que le bébé respire de la fumée. Le sevrage n'ayant pas été trop pénible, il en avait conclu qu'il n'était pas affligé d'une réelle dépendance à la nicotine. Ou alors, comme Grace l'avait suggéré, avait-il trouvé quelque chose qui satisfaisait mieux ses besoins que le tabac. Mais, ce soir-là, s'il avait eu une Marlboro à portée de la main, il aurait craqué.

Il avait trouvé un message de Grace sur son répondeur lorsqu'il était rentré. « Je suis au courant du verdict. J'espère que toi et Susanna vous allez bien. Je suppose que tu es chez elle. Appelle-moi demain. Je t'embrasse. »

En songeant à ce message, Linc secoua la tête. Puis il but une gorgée de café et regarda les lumières. Il pouvait presque voir jusqu'à l'immeuble de Susanna, à l'est de la ville. Dormait-elle maintenant ? Mais pourquoi avait-elle refusé qu'il reste avec elle ? C'était bizarre. Elle détestait être seule. Bon, d'accord, ce n'était pas un soir comme les autres, mais le dernier où elle avait encore la garde de son fils. Pourtant, jusque-là, elle l'avait toujours associé à la vie de Tyler. Il l'avait accompagnée aux séances de préparation à l'accouchement. Il avait été près d'elle à la naissance du bébé et, par la suite, l'avait aidée de son mieux à s'occuper de son enfant. Elle l'avait laissé jouer le rôle du père. Jusqu'à ce maudit verdict. Peut-être après tout le rendait-elle responsable de la décision du juge.

Selon l'avocate, avec laquelle il s'était longuement entretenu, sa liaison avec Susanna ne pouvait avoir de réelle incidence sur l'issue de l'affaire. « Simplement, ce n'est pas un atout », lui avait dit Ann Prescott quand il avait commencé à se poser des questions. Il avait alors proposé de cesser de voir Susanna. « Trop tard », avait répondu l'avocate. En dernier recours il avait suggéré que Susanna et lui se marient. Le mariage, il y pensait de toute façon et puis il avait l'argent nécessaire. Mais Ann avait estimé que c'était une idée désastreuse ; quoi qu'il fasse, personne n'oublierait qu'il avait passé quatre ans en prison pour meurtre.

Linc se leva, enjamba Sam qui dormait à ses pieds et alla dans la cuisine, où il ouvrit quelques tiroirs dans l'espoir d'y trouver un vieux paquet de cigarettes. Il avait fait le grand ménage quand il avait arrêté de fumer mais son envie de cigarette était telle qu'il espérait, en fouillant un peu, en trouver une, oubliée dans le fond d'un tiroir. Rien. Il se servit une deuxième tasse de café, l'emporta dans son studio d'enregistrement, sortit le CD sur lequel Leonard Cohen chantait *Suzanne* afin de l'ajouter à la pile qu'il utiliserait le lendemain pour préparer son émission.

Il allait faire un essai lorsque son regard tomba sur une photo encadrée, posée à côté de sa table de mixage : un cadeau de Susanna pour son dernier anniversaire. C'était l'agrandissement d'un cliché qu'elle gardait depuis des années et où on les voyait tous les deux, enfants, sur une balançoire. Susanna était assise, lui se tenait debout derrière elle, les pieds entre les cordes et les hanches de la fillette. Elle avait juste six ans, une silhouette de sylphide et de longues nattes blond platine. Linc, à douze ans, était grand, maigre et nerveux, et tout aussi blond qu'elle. On aurait pu croire qu'il était son grand frère. Son protecteur. C'était un rôle qu'il se serait volontiers attribué s'il avait su comment s'y prendre. Car il ne doutait pas qu'elle eût besoin d'être protégée.

Sa mère et lui étaient devenus les voisins des Wood quelques mois avant que cette photo fût prise. Peu de temps auparavant, son père avait été brusquement emporté par une attaque, laissant sa femme s'occuper seule de la boucherie familiale à Philadelphie. Mais elle n'avait jamais réussi à prendre vraiment en main son commerce, si bien que sa sœur l'avait finalement convaincue de venir à Boulder.

Ce fut pour Linc un choc culturel. « Trente kilomètres carrés d'irréalisme » : voilà comment les gens parlaient de cette petite ville du Colorado. On y trouvait un tas de magasins de produits naturels, de boutiques vendant des articles pour les adeptes des drogues douces, de restaurants végétariens et de politiciens prônant la contre-culture. Mais Linc se fit rapidement des amis qui partageaient son amour de la musique, et sa mère trouva du travail dans la petite cafétéria de sa sœur, non loin de l'université. Boulder prit rapidement pour eux un air familier.

Le lendemain de leur installation dans une petite maison près du centre-ville, Linc remarqua que sa mère regardait à l'extérieur, par la fenêtre de la cuisine. Suivant son regard, il découvrit une fillette blonde qui jouait toute seule à la marelle, dans l'allée de la maison voisine.

— Cette enfant donne l'impression de pouvoir se briser au moindre souffle.

Pendant des semaines, Linc ne put regarder Susanna sans songer à la fleur du pissenlit, délicate et fragile.

Les parents de Susanna prirent l'habitude, quand ils sortaient le soir, de demander à Linc de garder leur fille. Ce fut ainsi qu'il apprit à connaître la vie que l'on menait chez ses voisins. Le père de Susanna était un homme irascible, violent. Cruel même. Linc connaissait des pères qui criaient contre leurs enfants. Mais avec Paul Wood, c'était différent. Il y avait toujours une menace dans ses vociférations.

« Tu as intérêt à être sage pendant notre absence », disait-il à Susanna au moment de sortir avec sa femme. Ou bien : « Tu ramasseras tes jouets sinon tu sais ce qui t'attend, n'est-ce pas ? » Susanna opinait mais son père ajoutait : « Dis-le. Dis-le à haute voix. Qu'est-ce qui t'arrivera si tu ne ranges pas tes jouets ? » Et il lui serrait le bras dans sa poigne de fer jusqu'à ce qu'elle réponde d'une voix aussi blanche que ses cheveux : « Je recevrai des coups de ceinture. » Comment, dans ces conditions, reprocher à quelqu'un de fuir plus tard toute espèce de conflit ?

Susanna n'était pas la seule à subir la violence de son père. Linc le surprit un jour en train de donner des coups de pied à un chien du voisinage et Susanna lui raconta qu'elle l'avait vu tuer un écureuil. Puis il y eut l'histoire des chatons. Un incident que Linc préférait oublier.

Quand il venait la garder, Susanna lui demandait souvent de lui lire quelque chose. Elle aimait aussi dessiner, et il la trouvait très créative pour une enfant de son âge. Un jour, elle dessina un lion qu'il lui proposa de coller sur le réfrigérateur. Mais elle l'en dissuada, certaine que ses parents n'approuveraient pas cette initiative.

Dès qu'il comprit à quel point la situation de Susanna était douloureuse, Linc expliqua à sa mère qu'il ne voulait plus aller la garder. L'atmosphère, chez les Wood, le rendait malade. Sa mère l'écouta attentivement et arriva à la conclusion qu'il se devait d'aller chez leurs voisins, non pas moins mais plus souvent, même lorsqu'il n'était pas payé pour s'occuper de Susanna. « Et il faudra qu'elle vienne ici, également, ajouta-t-elle. Je crains que ses parents aient un sérieux problème avec la boisson. Alors, tu comprends, cette petite a besoin de gens qui puissent l'aider un peu. »

Fort de cette explication, Linc comprit alors les sautes d'humeur du père de Susanna et la raison pour laquelle sa mère était souvent « malade » et ne gardait jamais longtemps le même emploi.

A défaut d'être témoin des violences physiques que subissait la fillette, il observa des bleus sur ses jambes. Il vit aussi des meurtrissures sur le visage et les bras de la mère. Parfois, en été, quand les fenêtres restaient ouvertes, il surprenait des bruits de bagarre chez les Wood. A plusieurs reprises sa mère appela la police, mais M. Wood se débrouillait toujours pour échapper à une condamnation grâce au silence de sa femme. C'était, pour la mère de Linc, un sujet de déchirement. Elle répéta à son fils combien Susanna avait besoin de leur aide et de leur amour. Elle commença à inviter la petite chez eux après l'école ou pour le dîner, lui acheta des livres — elle en avait si peu — et la laissa coller ses dessins sur les murs de la cuisine. Susanna était transformée quand elle était chez eux, et Linc aimait à penser que sa maison était devenue un havre pour la fillette. Ce fut ainsi qu'en grandissant il développa un sentiment particulier pour sa petite voisine. Un sentiment mi-paternel, mi-fraternel. Du moins pendant un certain temps.

Quand il forma son orchestre au cours de sa seconde année à l'université, Susanna prit l'habitude de venir s'asseoir sur le vieux canapé remisé dans le garage pour assister à leurs répétitions. Il en fut ainsi pendant des années. Au début, elle faisait ses devoirs tout en les écoutant, puis, peu à peu, elle s'amusa à dessiner tantôt l'un des garçons, tantôt un instrument ou toute autre chose qui retenait son attention. Elle devint une artiste de grand talent. Dès que son école avait besoin d'une affiche, on s'adressait à elle. Elle gagna plusieurs prix et s'apprêtait à participer à un concours national quand son père fut tué. Elle abandonna alors ses études et ses activités artistiques.

Linc avait une flopée de petites amies qui se montraient toutes ridiculement jalouses de sa jeune voisine. Mais, s'il se disait à l'époque qu'elles devaient être un peu folles, plus tard, il se demanda si elles n'avaient pas mieux compris que lui-même ce qu'il y avait au fond de son cœur. Aveuglé par la différence d'âge qui les séparait, il ne pouvait imaginer Susanna comme une petite amie potentielle. Il fallut qu'un jour un nouveau membre de son groupe fixât sur Susanna des yeux éblouis pour qu'il se mît à la voir différemment. Toutefois, après l'avoir si longtemps considérée comme une sœur, il s'interdit tout autre sentiment. Un jour peut-être, quand la différence d'âge serait moins voyante...

Mais il y avait eu la prison. Puis le mariage de Susanna et de Jim.

« Cette enfant donne l'impression de pouvoir se briser au moindre souffle. » Linc continuait à penser que c'était une bonne description de Susanna. Mais avait-il vraiment raison ? Certes, elle se souciait plus que tout d'éviter conflits ou dissensions, n'hésitant pas pour cela à étouffer ses propres désirs. Néanmoins, elle avait su dire non à Jim quand il avait voulu qu'elle avorte. Elle avait eu assez de force pour donner naissance à son enfant et le veiller pendant qu'il subissait ces lourds traitements médicaux. Et pourtant, Linc craignait encore de voir Susanna se briser.

Sam fit soudain irruption dans le studio et vint poser son museau sur le genou de son maître. Linc se leva avec un soupir résigné.

— Tu as raison, mon vieux, dit-il. Il est temps d'aller se coucher.

Linc se dirigea vers sa chambre en essayant de chasser l'amertume qui menaçait de le submerger. C'était vraiment trop injuste pour Susanna, elle qui avait été si soucieuse de procurer à Tyler le foyer sécurisant et heureux qu'elle-même n'avait jamais connu. Elle était une bonne mère. La meilleure des mères. Elle assumait son rôle avec une assurance et un courage qui forçaient l'admiration. Et voilà qu'on lui retirait son enfant...

A peine entré dans sa chambre, Linc décrocha le téléphone et garda un moment le combiné dans sa main. Il avait envie d'appeler de nouveau Susanna, mais finalement y renonça de crainte de la réveiller.

Sur sa table de chevet, il vit la note qu'elle lui avait dictée un peu plus tôt et se dit qu'il n'avait pas besoin de la fixer sur le miroir de sa salle de bains maintenant qu'il avait sorti le disque. Cependant, elle avait tant insisté qu'il se fit un devoir de suivre ses instructions.

4

Il faisait encore nuit lorsque Susanna réveilla Tyler pour l'habiller. Le petit garçon babilla tandis que sa mère le sortait de son lit, puis, se disant sans doute qu'elle se trompait d'heure, il se rendormit pendant qu'elle lui enlevait son pyjama pour lui mettre sa combinaison et ses tennis bleus.

Le premier bus pour Denver ne partait pas avant cinq heures et demie. Incapable de dormir, Susanna s'était tout de même efforcée de rester allongée sur son lit. Son emploi du temps de la matinée avait tant de fois défilé dans son esprit que maintenant, alors qu'elle habillait Tyler, remplissait son biberon de jus de fruit et glissait dans sa poche les mille dollars laissés sur le buffet, elle avait l'impression d'effectuer les mêmes gestes pour la énième fois.

Elle ne ralentit son rythme que le temps de grimacer devant son reflet dans le miroir. Elle ressemblait tant à un épouvantail, avec ses cheveux auburn et ses yeux pâles, qu'elle s'empressa de sortir son mascara de l'armoire à pharmacie et de l'appliquer sur ses cils.

Une fois ses cheveux raccourcis à hauteur du menton, elle s'était fait une frange. Le résultat n'était pas merveilleux : elle ne risquait pas de devenir coiffeuse. Mais elle avait surtout songé à ne laisser aucun indice derrière elle. Les cheveux coupés, comme le flacon de teinture, avaient vite disparu dans un sac-poubelle qu'elle emporterait avec elle.

Tout en finissant de s'habiller, elle jeta un coup d'œil au petit lit de Tyler. Il lui faudrait le remplacer ainsi que sa chaise haute et le siège pour la voiture. Et quoi d'autre encore ? Ne pense pas à tout ça maintenant, se morigéna-t-elle. Ce n'était pas le moment de céder à la panique.

Elle prit son sac de marin, les couches, son sac à main, son fils, leurs vestes de coton et, sans un regard en arrière, abandonna son appartement. Au rez-de-chaussée, elle déplia la poussette et y installa l'enfant endormi. Pauvre Tyler ! Mais, au fond, il valait mieux qu'il ne vît pas ce qui se passait.

Elle lui mit sa veste sans le réveiller puis passa la sienne avant de fourrer les couches sous le siège de la poussette.

A l'arrêt du car, quatre hommes et une femme attendaient, tous habillés pour aller travailler alors qu'elle était en pantalon et veste de jean et accompagnée d'un enfant. C'était une chose à laquelle elle n'avait pas songé... Les gens lui adressèrent un sourire, qu'elle leur rendit avant de regarder ailleurs en regrettant de ne pas être invisible. La première partie de son voyage clandestin serait facile à reconstituer. Mais qu'aurait-elle pu faire d'autre ?

Quand le car arriva, elle prit Tyler dans ses bras et replia la poussette d'un geste expert. Elle se félicita d'avoir su limiter ses bagages. Entre l'enfant, la poussette, le paquet de couches et ses sacs, elle était déjà suffisamment encombrée.

Dernière personne à monter dans le car, elle eut droit à l'air effaré du chauffeur quand celui-ci vit son chargement. Petit, le cheveu gris, l'homme paraissait bien trop frêle pour conduire un véhicule de cette taille.

— Vous allez à Denver ? demanda-t-il comme si elle se trompait de destination.

— Oui, fit-elle avec un sourire.

Elle avait répondu avec une telle assurance qu'elle

fut surprise de voir sa main trembler quand elle paya son billet.

Elle se dirigea vers le fond du car : c'était là qu'on la remarquerait le moins. Avec le sac de marin et le paquet de couches, Tyler et elle se retrouvèrent à l'étroit sur leurs sièges, mais le voyage ne durait qu'une heure et, fort heureusement, le bébé semblait heureux de dormir dans ses bras.

Dormir, elle n'aurait pas demandé mieux, elle aussi. Mais elle se sentait plus éveillée qu'elle ne l'avait jamais été de toute sa vie. Les autres passagers ne lui prêtaient aucune attention. Tant mieux ! Certains lisaient, d'autres essayaient de travailler. Quelques-uns somnolaient, la tête dodelinant contre les vitres.

Depuis le moment où elle avait décidé de partir avec Tyler, persuadée de choisir la bonne solution, elle n'avait pas un seul instant faibli. Les prochains jours seraient difficiles, voués à l'inconnu et à l'insécurité, mais elle ne doutait pas de surmonter cette épreuve. Elle éviterait de penser à l'éventualité d'une arrestation. A part cela, il n'y aurait que le souvenir de Linc pour entamer sa détermination. Elle s'efforcerait de l'oublier. Tandis que le bus tournait brièvement en direction des collines, elle ferma les yeux pour ne pas apercevoir la maison de l'homme qu'elle aimait et qu'elle quittait à jamais.

Elle descendit au terminus, à la gare routière de Denver. Son plan consistait ensuite à monter dans le car qui la mènerait le plus loin possible. Elle voulait un endroit où elle ne connaîtrait personne et où nul ne songerait à la chercher. Elle laisserait le destin décider pour elle.

A 8 h 30, un car partait pour Saint Louis, dans le Missouri. Elle ne connaissait pas plus le Missouri que s'il se fût agi d'une autre planète. C'était parfait.

Elle acheta un billet pour quatre-vingt-dix dollars, heureuse d'apprendre que Tyler voyageait gratuitement, mais quelque peu effrayée par la durée du trajet.

Ils n'arriveraient qu'à 4 h 50 le lendemain, et l'idée de débarquer en pleine nuit dans une ville inconnue ne l'enchantait guère.

Elle s'engouffra avec tout son barda dans la salle d'attente de la gare routière, où elle s'installa sur un des sièges en plastique. Tout en attendant son car, elle sortit le sac contenant les cheveux et la teinture. Le laissant ouvert près d'elle, elle entreprit d'y jeter les documents qui portaient le nom de Susanna Miller : permis de conduire, chéquier, carte de crédit... Elle y ajouta une photo de Linc, qu'elle s'interdit de regarder une dernière fois. Puis elle alla déposer le tout dans la poubelle la plus proche.

Dans la salle, les gens qui attendaient leur car paraissaient fatigués. Ils lisaient des journaux en buvant du café dans des gobelets en carton. Quelques-uns la regardaient en esquissant un sourire à la vue du bébé. Il est difficile de passer inaperçue quand on a avec soi le petit garçon le plus adorable de la terre. Susanna s'appliquait à prendre un air dégagé, bâillant sans retenue comme si elle était parfaitement détendue.

Soudain, elle aperçut son reflet dans la vitre du distributeur de friandises placé face à elle. Aussitôt elle détourna son regard. Mon Dieu, quelle stupidité ce shampoing colorant ! Elle aurait dû attendre. S'ils découvraient qu'elle avait pris le car, ils apprendraient aussi qu'elle avait changé de coiffure et de couleur de cheveux. Porter une perruque jusqu'à Denver eût été une bien meilleure idée.

Non loin d'elle, une femme tricotait, laissant apparaître un petit carré de laine grise entre ses mains. Elle croisa le regard de Susanna et lui sourit.

— Il est adorable, dit-elle en désignant Tyler. Comment s'appelle-t-il ?

— Cody, répondit Susanna sans hésiter.

C'était le prénom que Linc lui avait suggéré lorsqu'elle était enceinte. Elle n'avait choisi Tyler qu'au dernier moment.

Quand le car pour Saint Louis fut prêt à embarquer ses passagers, Susanna constata avec soulagement que, pour l'instant du moins, elle pouvait disposer de deux sièges. Elle commençait à peine à s'endormir quand elle fut réveillée par un rêve. Le car s'arrêtait dans une ville qu'elle ne connaissait pas. Deux policiers montaient et se dirigeaient droit vers elle. L'un d'eux la saisissait par l'épaule sans ménagement pendant que l'autre lui arrachait son fils.

Elle secoua la tête afin de sortir de ce cauchemar et serra si fort Tyler contre elle qu'elle l'entendit gémir. Personne ne faisait attention à elle. En tout cas, pas encore.

Craignant de s'endormir à nouveau, elle s'efforça de garder les yeux ouverts. Si la police montait effectivement dans le car, elle devait être prête à l'affronter. Mais que pourrait-elle faire ? Que dirait-elle ?

Elle se prépara à jouer son rôle. *Je suis Kimberly Stratton. Voici mon petit garçon, Cody. Il a onze mois.* Sur l'âge du bébé, il était difficile de tricher. Il suffisait de connaître un peu les enfants pour deviner l'âge de Tyler.

Je suis née le 16 août 1968. Mon père est un artiste célèbre et ma mère une danseuse professionnelle. Susanna faillit rire. Mais pourquoi pas ? Elle pouvait s'inventer des parents à sa guise. Et puis, non... Il valait mieux en faire des gens plus ordinaires. *Mon père est orthodontiste et ma mère travaille dans un bureau.* Ou plutôt le contraire : *Ma mère est orthodontiste et mon père s'occupe de son secrétariat.* Cette fois-ci, elle laissa échapper un éclat de rire puis, aussitôt, se calma et posa ses lèvres sur la tête de son fils.

— Tyler, murmura-t-elle. Que sommes-nous en train de faire ?

Quand Tyler se réveilla pour de bon, il manifesta son habituelle énergie matinale et elle se demanda comment elle allait l'occuper pendant un si long trajet. Elle lui tendit son biberon, qu'il regarda sans enthousiasme, comme s'il s'étonnait qu'elle eût oublié que depuis des semaines il buvait à la tasse. Il ne pouvait comprendre qu'un biberon est plus pratique quand on voyage, mais après un moment d'hésitation il se décida à le prendre et se mit à boire goulûment. Susanna lui donna ensuite de la banane et regarda ses quatre petites dents de devant la réduire en bouillie.

Dès qu'il fut rassasié, il se mit debout et, cramponné au dossier du siège, fixa la femme qui tricotait derrière eux. Gênée, Susanna faillit l'obliger à s'asseoir, mais visiblement la femme n'était pas le moins du monde importunée.

— Tu es tout mignon, dit-elle à l'enfant. Que dirais-tu si je t'emmenais chez moi ?

Quelques minutes plus tard cependant, Susanna reprit Tyler près d'elle. Habituellement flattée par l'attention que des étrangers portaient à son bébé, elle craignait maintenant une curiosité qui pouvait s'avérer dangereuse.

Tyler protesta puis lui dit :

— Mamama.

Susanna extirpa le singe du paquet de couches en se souriant à elle-même. Jim aurait-il su faire la différence entre le « mamama » qui signifiait « maman » et celui qui désignait le singe en peluche ? Et Peggy ? Elle en doutait. Peggy aurait pensé que le petit l'appelait maman. *Désolée, Peggy. C'est mon fils, pas le vôtre.* Elle caressa les cheveux blonds de Tyler qui s'appuya contre elle, le singe dans un bras, le pouce dans la bouche. Susanna ferma les yeux et respira la douce et chaude odeur de son enfant. Elle ne s'en lassait pas.

Grace et Valerie avaient offert ce singe à Tyler le lendemain de sa naissance. Tyler était trop malade pour quitter la maternité mais Susanna avait dit aux infirmières que les deux femmes étaient ses marraines. Ainsi les avait-on autorisées à s'asseoir avec elle et Linc près de la couveuse où Tyler luttait contre la mort. Elle se souvenait de Grace posant le singe sur la couveuse. Les infirmières avaient eu la gentillesse de laisser le jouet près de l'enfant tout au long de son séjour à l'hôpital.

Grace et Valerie prendraient soin de Linc à sa place. Comment allait-il leur annoncer sa disparition ? Linc... Elle ne put s'empêcher de l'imaginer sortant de son lit et essayant en vain de la joindre. Se précipiterait-il chez elle ? Paniquerait-il à l'idée qu'elle soit morte d'une overdose de médicaments ? Ou... *Ça suffit ! Arrête !*

Il l'avait surnommée « l'artiste fuyante » à cause de sa tendance à fuir les situations difficiles au lieu d'y faire face. Cette fois-ci, elle se surpassait !

Tyler recommença à s'agiter. Il n'avait qu'une envie : se lever, grimper sur elle, escalader tous les sièges du car.

— Désolée, Ty... Cody.

Elle se sentit coupable d'être une mauvaise mère qui perturbait son enfant. Serrant son fils contre elle, elle lui murmura :

— Ce sera un peu dur au début, mon chéri. Mais après, nous pourrons nous installer dans notre nouvelle vie.

Oui, bientôt une nouvelle vie, pensa-t-elle. Désormais elle était Kim Stratton. Et plus jamais elle n'appellerait son fils Tyler.

5

— Peggy au pays des merveilles !

— Exactement, répondit Peggy en reculant afin de laisser entrer Nancy Curry.

De fait, elle avait l'impression de vivre un conte de fées ces derniers temps.

— Quelle splendide maison ! s'exclama Nancy. Quant à toi, tu as l'air dans une forme éblouissante.

— Toi aussi. La Californie semble te réussir, répondit Peggy.

Elle n'avait pas vu Nancy depuis deux ans et trouvait que son amie de toujours, avec ses immenses yeux verts, ses cheveux bruns, courts et bouclés, et ses dix kilos de trop, n'avait pas changé. Elles avaient été très liées jusqu'à ce que Nancy s'installe à Santa Barbara, juste avant que Peggy rencontre Jim. Peggy avait été enchantée d'apprendre que son amie revenait à Boulder pour y enseigner, ainsi que son mari, dans un des collèges de la ville.

Nancy tendit un paquet-cadeau à Peggy.

— C'est pour vous et le bébé.

— Merci.

Peggy prit le paquet et fit entrer Nancy dans le living. Depuis la veille, le téléphone et la sonnette n'avaient pas cessé de retentir. Dès que la décision du juge avait été connue, ils avaient été submergés par les félicitations et les cadeaux. Le berceau était rempli d'animaux en peluche, au point qu'il ne restait pratiquement plus de place pour le bébé.

— Oh, quelle vue !

Nancy s'approcha des fenêtres qui donnaient sur les montagnes. Puis elle se retourna vers Peggy, le regard brillant d'émotion.

— Peggy, je suis vraiment heureuse pour toi. Tu as bien mérité ça.

— Merci. Bien que j'ignore si je mérite ce qui m'arrive. Mais ce qui est certain c'est que je suis comblée depuis quelque temps.

Peggy regarda sa montre. Il n'était que midi et demi. Il fallait encore attendre deux heures avant l'arrivée de Tyler et elle avait l'estomac noué.

— Tu as le temps de prendre un café ?

— Bien sûr. Mais, toi, ça ne te dérange pas ? A quelle heure devez-vous récupérer le bébé ?

— C'est Jim qui va le ramener. Pour l'instant, il est encore à son travail. Il va le chercher à 14 heures.

La veille, elle avait longuement discuté avec Jim pour savoir qui se chargerait de passer prendre l'enfant chez Susanna. Jim voulait qu'elle vienne avec lui, mais elle avait réussi à le convaincre que sa présence rendrait la situation encore plus pénible pour Susanna, qui la détestait — ce qu'elle pouvait comprendre. Elle espérait qu'un jour Susanna finirait par admettre que le tribunal n'avait songé qu'à l'avenir de Tyler.

— Tout est prêt pour l'accueillir, ajouta Peggy. Je n'ai plus qu'à patienter. Tu m'aiderais si tu restais un moment, je suis si nerveuse.

En attendant que le café ait fini de couler, elle montra la chambre d'enfant à Nancy. Les murs, jaune pâle, étaient bordés d'une frise de papier peint représentant des tournesols. A chaque fois qu'elle entrait dans la pièce, l'ensemble la ravissait.

— C'est magnifique ! s'émerveilla Nancy en caressant le petit lit blanc.

— Nous avions déjà le lit, la chaise, le parc et

quelques jouets puisqu'il venait de temps en temps. C'est un bébé très gentil. (Peggy sentit l'émotion l'envahir.) Il a déjà eu bien des ennuis. Mais il est courageux — un vrai petit soldat.

Elle prit la photo de l'enfant posée sur la commode laquée de blanc et la tendit à Nancy.

— Là, il a environ huit mois.

— Oh, il est adorable !

Nancy sourit en regardant la photo du bébé, puis sortit un ours en peluche du lit.

— Je connais quelqu'un qui a de la chance, dit-elle.

Peggy caressa l'ours. Elle espérait réussir à enlever à Tyler son affreux singe qui n'en pouvait plus de passer à la machine à laver.

Nancy regarda de nouveau la photo de Tyler.

— J'ai entendu dire qu'il avait eu des problèmes de santé à la naissance, fit-elle.

— Oui. Il avait une malformation cardiaque. Une aorte trop étroite à proximité du cœur. Il paraît que ses membres étaient bleus et qu'il pouvait à peine respirer. Les médecins ont cru pendant un certain temps qu'il ne vivrait pas. On a dû remplacer la partie de l'aorte déficiente par un tube en plastique. C'est mon frère — tu te souviens de Ron ? — qui l'a opéré. Maintenant il va tout à fait bien.

Le fait que son frère ait sauvé la vie de Tyler lui semblait de bon augure.

— Il est toujours sous traitement ?

— Pas vraiment. Il est simplement suivi. On lui fait des électrocardiogrammes par mesure de sécurité. Mais ça devrait aller. Jim s'est assuré que Susanna faisait le nécessaire.

— Oh, je suis si heureuse que vous ayez obtenu la garde de cet enfant !

— Moi aussi, bien que je me sente un peu mal à l'aise vis-à-vis de Susanna.

Elles retournèrent à la cuisine. Peggy servit le café,

puis ouvrit le cadeau de Nancy : un petit album-photos à la couverture en argent.

— Oh, quelle bonne idée ! dit-elle en se penchant vers Nancy pour l'embrasser. Reviens dans une semaine et il sera rempli.

— Je compte bien revenir. Je tiens à rencontrer ce mari que je ne connais pas. On m'a dit qu'il était le charme et la séduction personnifiés.

Peggy éclata de rire.

— Je dois l'admettre, oui. Il est beau, intelligent, et c'est un grand avocat, répondit Peggy en reposant l'album-photos.

Elle était la première admiratrice de son mari. Issu d'une famille ouvrière de six enfants, il avait dû se battre pour accéder à la situation qui était la sienne aujourd'hui. Il avait été élu président de l'association des étudiants de son université et avait par ailleurs obtenu toutes les bourses qu'il avait souhaitées. Il ne devait rien à personne et en était fier.

— Jim était toujours le premier à la fac de droit, expliqua Peggy avec un sourire, avant d'ajouter : Ou presque... Nous étions sans cesse en compétition tous les deux. Je ne sais plus très bien lequel était le meilleur.

— Qu'est-ce que ta famille pense de lui ? Tes parents vivent toujours à San Francisco ?

— Oui. Et ils adorent leur gendre. Ils ont tenu à assister aux audiences et ils reviendront dans quelque temps pour voir leur petit-fils.

Peggy regretta de ne pas pouvoir ajouter que son frère partageait l'enthousiasme de leurs parents. En effet, Ron restait réservé à l'égard de Jim, soupçonnant sans doute cet homme aux origines modestes d'avoir été attiré par la fortune familiale. Une fortune qui datait de plusieurs générations mais dont leurs parents n'avaient jamais fait étalage. Philanthropes convaincus, ils avaient toujours considéré qu'il fallait savoir partager avec les plus démunis et avaient élevé leurs enfants dans cet esprit. C'était la raison qui avait poussé Peggy à travailler pour l'Aide judiciaire au lieu d'entrer dans un cabinet d'avocats de grande renommée. C'était aussi ce qui amenait Ron à soigner des enfants qui, sans lui, n'auraient pu bénéficier des meilleurs traitements.

— Tu te rends compte que je vais finalement être maman ? reprit Peggy, radieuse.

— C'est merveilleux, ma chérie.

Nancy avait recueilli les confidences de Peggy, trois ans plus tôt, quand Phil Rudy avait rompu leurs fiançailles après qu'elle eut subi une hystérectomie. Phil voulait des enfants, que Peggy ne pouvait plus lui donner. Jim, au contraire, ne se préoccupait pas de sa descendance. Jamais il ne lui avait donné le sentiment que l'on n'est plus tout à fait une femme quand on subit ce genre d'opération à trente ans.

— Dis-moi, Peggy, pourquoi a-t-on retiré la garde de l'enfant à l'ex-épouse de Jim ? demanda Nancy d'une voix timide. Je croyais que l'on privilégiait toujours la mère, à part cas exceptionnels, bien sûr.

— Eh bien, heureusement pour nous, ce juge n'a vu que l'intérêt de Tyler ! Je ne dirais pas que Susanna était incapable d'élever cet enfant, mais sa situation posait des problèmes. Elle est seule, sans soutien familial d'aucune sorte, et elle travaille à plein temps dans une banque, ce qui l'obligeait à laisser le bébé à la garderie toute la journée.

— Dans quelle banque travaille-t-elle ?

— A la *Rocky Mountain National*.

— Vraiment ? Ma sœur, Julie, est caissière dans leur succursale de North Street.

— Alors elle doit connaître Susanna, car c'est justement là qu'elle travaille. (Peggy observa un instant le reflet du plafonnier dans son café.) Susanna n'a pas eu beaucoup de chance dans la vie et j'en suis désolée pour elle. Mais ce n'était pas une raison suffisante pour lui laisser Tyler quand cet enfant peut être tellement choyé ici.

— Evidemment, on ne gagne pas des mille et des cents en étant employée de banque, admit Nancy.

— L'argent n'est qu'un aspect de ses difficultés, en fait.

Peggy n'aurait jamais enlevé un enfant à sa mère pour de simples raisons financières. De ce point de vue, d'ailleurs, Susanna n'était pas si mal lotie. Jim lui accordait pour l'enfant une aide généreuse et prévoyait de lui verser, dès qu'il le pourrait, la part qui lui revenait sur la maison.

— Susanna n'est pas quelqu'un de très équilibré, expliqua Peggy. Quand Jim et elle se sont séparés, elle a passé un mois dans une clinique psychiatrique. Elle menaçait de se tuer après avoir ramassé tous les médicaments qu'elle avait pu trouver chez son ami. Un ami qui m'a paru l'élément le plus inquiétant dans cette affaire. Linc Sebastian, tu vois de qui il s'agit ?

— Je connais ce nom, il me semble. On l'entend à la radio ou quelque chose comme ça.

— Oui. Il présente une émission qui s'appelle *Les Disques des auditeurs*. Mais c'est surtout un homme qui a fait de la prison.

— Tu plaisantes ?

Peggy se pencha en avant. C'était plus fort qu'elle : il fallait qu'elle raconte cette histoire tellement horrible que tout le monde en frémissait.

— Il a été condamné pour meurtre. Et devine qui il a tué... Le père de Susanna.

— Quoi ? Le beau-père de Jim ?

— Celui qui aurait été son beau-père si Linc ne l'avait pas assassiné avant que Jim rencontre Susanna. Susanna avait seize ans quand c'est arrivé. Linc, vingt-deux. Ils étaient voisins. Les parents de Susanna buvaient, si j'ai bien compris. Un jour, Linc s'est bagarré avec le père qui s'était mis, paraît-il, à battre sa femme et sa fille. La femme était inconsciente. Linc s'est emparé de l'arme du père et l'aurait tué pour empêcher le pire. La mère a nié la violence du mari. Ni elle ni Susanna ne portaient de marques de coups. On a seulement pu observer une coupure sur la joue de la femme, laquelle a expliqué qu'elle s'était blessée en tombant. Elle a reconnu qu'elle était inconsciente mais a évoqué un coma éthylique.

Peggy secoua la tête, inquiète à l'idée que Tyler ait pu hériter d'une prédisposition à l'alcoolisme.

— La mère, continua-t-elle, a raconté que son mari s'était jeté sur Linc en lui reprochant d'entretenir des relations sexuelles avec sa fille. Selon elle, Linc aurait alors pris le revolver pour l'abattre.

— Seigneur ! Et le jury, quelle version a-t-il retenue ?

— C'est difficile à dire. Linc a été reconnu coupable. Il n'a d'ailleurs jamais nié avoir tué le père. Mais il a toujours soutenu qu'il n'y avait que de l'amitié entre lui et Susanna. Le jury a admis les circonstances atténuantes et ne l'a pas condamné à une lourde peine. Jim connaît mieux que moi cette histoire. Pour lui, il ne fait pas de doute que Susanna et Linc étaient intimement liés. Et qu'ils le sont restés même après son mariage avec Susanna.

— Oh, non !

Peggy frissonna. Cette histoire lui donnait la chair de poule.

— Jim a toujours su qu'elle le trompait ?

— Il n'avait pas de preuves et Susanna a toujours nié. Mais dès qu'ils se sont séparés, elle est allée s'installer chez Linc.

Peggy jeta un coup d'œil à l'horloge, au-dessus de la cuisinière. Il était un peu plus de 13 h 30 et son estomac était de plus en plus noué.

Elle revit le regard douloureux de Jim lorsqu'il lui avait pour la première fois parlé de son mariage. Il avait commis une erreur en épousant Susanna. Brillant et plein d'avenir, il avait la sensation d'étouffer auprès d'une femme sans ambition.

— Ce qui les a vraiment séparés, c'est le fait que Jim lui était supérieur.

— C'est classique, ce genre de chose, approuva Nancy en vidant sa tasse de café. Je suis si heureuse que Gary et moi exercions le même métier. Nous nous comprenons vraiment.

— C'est essentiel, reconnut Peggy. Jim passait ses journées parmi de brillants étudiants en droit et le soir retrouvait Susanna... Nous sommes devenus de très bons amis. On déjeunait ensemble. On étudiait ensemble. Il me confiait ses désillusions. A la fin de nos études, nous avons suivi des chemins différents. Il est rentré chez *Black et Courrier* et moi...

Les yeux de Nancy s'agrandirent.

— Oh ! J'ignorais qu'il travaillait là ! Il ne pouvait pas trouver mieux.

— En effet. Quant à moi, j'ai choisi l'Aide judiciaire. Mais un jour, je suis tombée sur lui par hasard. Nous avons déjeuné ensemble. Il m'a raconté que son ménage allait de plus en plus mal. Il m'a parlé de Linc et m'a dit qu'il avait demandé à Susanna de cesser de le voir mais qu'elle avait refusé en expliquant qu'elle tenait à son amitié. Quand on pense qu'il a tué son père...

Nancy fit une grimace de dégoût.

— Puis elle est tombée enceinte, continua Peggy. Jim était furieux. Il ne supportait pas l'idée qu'elle puisse devenir la mère de ses enfants.

— On peut le comprendre, fit Nancy. Au fait, Jim est certain d'être le père ?

Peggy prit une longue inspiration.

— Pas à cent pour cent. Mais nous avons décidé de ne pas nous attarder sur cette question.

Même à sa plus chère amie, Peggy oubliait de dire une chose — la seule chose dont elle avait honte. Elle avait couché avec Jim alors qu'il était encore marié.

Même si elle vivait jusqu'à cent ans, jamais elle n'oublierait le regard de Susanna quand elle les avait trouvés au lit ensemble. Elle avait souvent voulu parler à Susanna de cet incident et s'excuser. Mais comment aborder le sujet ? En tout cas, cet horrible soir, elle avait porté un regard différent sur cette femme dont elle n'avait entendu parler que de manière négative. Susanna l'avait alors surprise et bouleversée avec son air profondément blessé et vulnérable. Depuis, Peggy avait constamment tenté d'effacer ce souvenir de sa mémoire.

Le téléphone sonna. Aussitôt elle bondit de sa chaise pour répondre.

— Je m'apprête à partir, annonça Jim.

— Je vous attends.

Elle raccrocha et sourit à Nancy.

— Jim part chercher Tyler.

Nancy se leva.

— Je m'en vais. Je ne voudrais pas vous déranger.

Brusquement Peggy se sentit gênée.

— Oh, Nancy ! Pendant une heure je ne t'ai parlé que de moi. Sans même te demander comment tu vas. Et Gary ? Et les enfants ?

Nancy l'embrassa sur la joue.

— Nous allons tous très bien. Et puis pour une fois que je t'ai épargné un discours sur mes enfants... Appelle-moi quand tu seras prête à me montrer ton fils. D'accord ?

Ton fils. Ces deux mots sonnèrent délicieusement aux oreilles de Peggy.

— Oui, je t'appellerai. C'est promis. Merci encore pour l'album.

Peggy regarda la voiture de son amie s'éloigner puis s'assit dans le living et, bien qu'elle l'ait lu déjà quatre fois, ouvrit le livre sur les enfants d'un an que sa mère lui avait offert. Mais, incapables de se fixer sur les pages, ses yeux allaient et venaient de sa montre à la fenêtre. A trois heures, elle eut le pressentiment que quelque chose ne tournait pas rond. Jim aurait dû être à la maison depuis une demi-heure.

Le téléphone sonna. C'était Jim.

— Je suis dans la voiture, dit-il.

— Tout va bien ? Tyler est avec toi ?

— J'avais bien dit à l'avocate de Susanna que j'irais le chercher à 14 heures, n'est-ce pas ?

— Oui, je t'ai moi-même entendu. Mais pourquoi cette question ? Que se passe-t-il ?

— Je ne sais pas. Susanna n'est pas chez elle. Ou alors elle ne répond pas quand on sonne. Il est possible qu'Ann Prescott se soit trompée sur l'heure.

— Sa voiture est là ?

— Oui. Elle a dû emmener Tyler faire une promenade.

Le cœur de Peggy s'affolait.

— Qu'est-ce que tu comptes faire ?

— Attendre encore un peu.

— J'espère qu'elle n'a pas fait de bêtise. Et si elle s'était tuée avec...

Avec Tyler, pensa Peggy. Mais elle ne put prononcer ces mots terribles à voix haute.

Jim ignora sa remarque.

— A mon avis, elle promène Tyler ou fait des courses. Je vais faire un tour dans le quartier. Si je ne la vois pas, j'interrogerai les voisins.

— Très bien.

Après avoir raccroché, Peggy se mit à arpenter la maison, les bras croisés sur la poitrine. Puis elle appela Ron à son cabinet sans trop savoir ce qu'elle pouvait attendre de lui. Mais elle se tournait toujours vers son grand frère quand elle rencontrait une difficulté. D'une nature particulièrement calme, Ron savait trouver les paroles qui réconfortaient.

— Je suis certain que tu n'as pas à t'inquiéter, dit-il d'un ton serein. Tu sais, Peggy, je serais très déçu si tu devenais l'une de ces mères anxieuses qui surprotègent leurs enfants.

— Ce ne sera pas le cas, rassure-toi, affirma-t-elle, bien que consciente d'être précisément en train de tomber dans ce travers.

— Il est vrai que Tyler a eu de graves problèmes, poursuivit Ron, mais il va bien maintenant. Il faut le traiter comme n'importe quel autre enfant.

— Oui, tu as raison. Merci, Ron.

Elle raccrocha, un rien déçue par la réaction de son frère. Avec ses deux enfants en pleine santé, celui-ci ne pouvait pas imaginer ce qu'elle ressentait.

A quatre heures, Peggy vit Jim se garer dans l'allée, sortir de la voiture et se diriger vers la maison, les bras vides. Elle se précipita à l'extérieur et alla à sa rencontre.

— Alors ?

— Rien. Je ne comprends pas ce qui s'est passé.

Fatigué et perplexe, Jim se passa la main dans les cheveux, prit Peggy par la taille et l'entraîna vers la maison.

— J'ai essayé de joindre Linc Sebastian en espérant qu'il saurait quelque chose, mais je suis tombé sur son répondeur. C'est mercredi. Je pense qu'il enregistre son émission et ne veut pas être dérangé. De toute façon, ce n'est pas sur lui qu'il faut compter pour nous renseigner.

Jim poussa la porte d'entrée et alla dans la cuisine, suivi de Peggy.

— Nous devrions prévenir la police, suggéra-t-elle.

— J'appelle d'abord son avocate, fit Jim en sortant l'annuaire d'un tiroir de la cuisine. Elle s'est peut-être trompée de jour.

— Tu as dit « demain ». J'étais à côté de vous. Elle a entendu comme moi.

Jim posa l'annuaire devant lui, décrocha le téléphone mural et composa le numéro d'Ann Prescott. Sa secrétaire lui répondit qu'elle était absente. Il laissa un message demandant qu'elle le rappelle dès que possible.

— Essaie encore chez Linc, propose Peggy.

Jim acquiesça et fit le numéro qu'il connaissait déjà par cœur. Peggy s'assit sur un tabouret, se pencha par-dessus le bar en retenant son souffle.

— Et s'il avait disparu lui aussi ?

— Chut ! fit Jim, la main levée. Linc ? Jim Miller à l'appareil. Savez-vous où est Susanna ?

Peggy aurait donné cher pour entendre la réponse de Linc.

— Non, reprit Jim, je ne l'ai pas trouvée chez elle. J'y suis allé à 14 heures comme convenu pour prendre Tyler et elle n'y était pas. En revanche, il y avait sa voiture.

— Demande-lui si elle savait que tu devais venir aujourd'hui, à...

Jim fit signe à Peggy de se taire.

— J'y ai pensé, dit-il à Linc, mais j'ai attendu plus d'une heure et je ne l'ai pas vue. Elle s'est peut-être trompée d'heure ?

— Qu'est-ce qu'il dit ? interrogea Peggy, de plus en plus impatiente.

Jim mit la main sur le micro.

— D'après lui, elle savait que je devais passer aujourd'hui à 14 heures. Elle redoutait ce moment et... (Il retira sa main.) Comment, Linc ? D'accord. Très bien. Je serai là-bas dans vingt minutes.

Jim raccrocha, blafard, les traits figés.

— Linc a lui aussi l'air inquiet.

— Oh, mon Dieu... Si elle a fait du mal à Tyler, je...

— Attends, Peggy. Ne commence pas à voir tout en noir.

— Tu y retournes ?

— Oui. Linc a les clefs de son appartement. Je le retrouve là-bas dans vingt minutes et comme ça nous verrons s'il y a quelque chose d'anormal.

— Je t'accompagne.

— Non.

— Si, Jim. Je viens.

Peggy attrapa son chandail et Jim la laissa le suivre.

Durant tout le trajet, ils gardèrent le silence. Peggy n'osait plus exprimer son anxiété grandissante. Il était un peu plus de cinq heures quand ils se garèrent devant l'immeuble de Susanna.

Linc arriva au volant de son break alors qu'ils sortaient de voiture. Il avait retrouvé son allure habituelle, avec son anneau à l'oreille, son jean et un pull vert sombre. Il fallait bien reconnaître que la tenue plus classique qu'il avait arborée au tribunal n'avait trompé personne.

— Vous avez sonné ? demanda-t-il.

— Nous venons juste d'arriver, répondit Jim.

Dans le hall de l'immeuble, Linc appuya sur un bouton de l'interphone.

— Quelqu'un m'a fait entrer tout à l'heure, expliqua Jim. Je suis monté, j'ai sonné à sa porte mais personne n'a ouvert.

N'obtenant pas de réponse, Linc ouvrit la porte, puis tous les trois montèrent jusqu'à l'appartement. Peggy venait là pour la première fois. Le couloir était sombre et sentait le moisi.

Elle retint sa respiration tandis que Linc tournait la clef dans la serrure puis poussait le battant.

— Susanna ? appela-t-il en entrant.

Jim et Peggy suivirent Linc dans le living, petit mais propre et en ordre. Peggy se sentit soulagée. Ne s'était-elle pas attendue à trouver Susanna et Tyler baignant dans une mare de sang ?

— Restez ici, leur intima Linc, avant de se diriger vers la cuisine.

Jim voulut protester mais Peggy le prit par le bras et l'entraîna vers le canapé. Linc lui faisant un peu peur, elle jugeait plus prudent d'obtempérer. Refusant de s'asseoir près d'elle, Jim se mit à faire les cent pas entre la fenêtre et la porte qui donnait sur le couloir.

— Il doit y avoir une explication très simple à cette

situation, dit-il. Je ne peux pas croire que Susanna ait eu l'audace de défier la justice.

Les mains crispées sur ses genoux, Peggy se mordit la lèvre pour s'empêcher de parler. Pour la première fois, elle se demanda si Jim connaissait réellement son ex-femme.

Bien que tout semblât à sa place dans la cuisine, Linc se sentait mal à l'aise. Il dut faire un effort pour aller dans la chambre. Les rideaux étaient ouverts et le soleil illuminait de ses derniers rayons le lit soigneusement fait. L'ordre et la propreté régnaient également dans la salle de bains, et il en éprouva un soulagement qu'il préféra ne pas analyser. Pourtant, il n'avait pas vraiment cru que Susanna ait pu commettre un acte désespéré. Elle avait changé. Mais où était-elle ? Que se passait-il, bon sang ?

La chambre de Tyler se trouvait de l'autre côté du couloir. Linc alla y jeter un coup d'œil. Il y fut accueilli par la peinture murale réalisée par Susanna, qui faisait face au petit lit et représentait une Arche de Noé aux couleurs vives. Debout au milieu de la pièce, Linc pivota lentement sur lui-même, le regard attentif. Rien ne manquait, apparemment. Rien ne le surprenait. A l'exception de... Il fronça les sourcils en observant la table qui servait à changer Tyler. Habituellement, Susanna y laissait le paquet de couches... Mais cela ne signifiait pas grand-chose. Il inspecta le lit : le singe en peluche n'y était pas. Ce détail, en revanche, avait son importance, car, où qu'il allât, Tyler ne se séparait jamais de son singe. C'eût été un bien mauvais signe si le jouet s'était trouvé là, abandonné.

De retour dans la chambre de Susanna, Linc ouvrit la penderie où la jeune femme rangeait son vieux sac de marin. Celui-ci avait disparu.

Susanna, non, tu n'as pas fait ça, pensa-t-il, incrédule.

— Linc ? appela Peggy depuis le living. Vous avez trouvé quelque chose ?

— Non, rien.

Linc savait que Jim et Peggy voudraient se rendre compte par eux-mêmes. Il repassait devant la salle de bains quand il aperçut une petite tache d'un brun roux sur le bord du lavabo. Il se figea. Du sang ? Il regarda plus attentivement. De la teinture... Oui, il n'y avait pas de doute. Il prit alors du papier-toilettes, essuya la tache et fit disparaître le papier dans la poche de son jean. A partir de là, il se mit en quête d'indices non pas à relever mais à effacer. Susanna avait fui. Cela lui faisait mal mais il la comprenait. Il retourna dans le living en s'efforçant de cacher son émotion.

Bras croisés, Jim était adossé au mur, près de la fenêtre. Peggy se leva, l'air si tourmenté qu'elle inspira à Linc un élan de sympathie.

— Il n'y a aucun signe d'elle, dit-il. Tout paraît normal. Je n'ai vu ni les couches ni le singe de Tyler, mais à part ça chaque chose est à sa place.

— Tu vois bien qu'on aurait dû le prendre dès hier soir, fit Jim à sa femme.

— Oui, tu avais raison. Mais je pensais que ce serait un peu trop brutal. Jamais je n'aurais cru...

Jim lança à Linc un regard haineux.

— Elle est chez vous ?

— Bien sûr. Et moi, je suis venu fouiner ici par plaisir.

Jim fronça les sourcils.

— Je vais inspecter moi-même cet appartement, ensuite j'appellerai la police.

En pénétrant dans la cuisine, il ajouta par-dessus son épaule :

— Et vous, je vous conseille de ne pas bouger d'ici.

Linc supportait mal l'arrogance de Jim. Mais, réussissant à maîtriser son agacement, il s'assit sur le canapé, à côté de Peggy, en attendant que Jim revienne.

— Quand lui avez-vous parlé pour la dernière fois ? lui demanda Peggy. Vous l'avez vue ce matin ?

— Je lui ai parlé hier soir.

Dans la matinée, Linc avait essayé à plusieurs reprises de joindre Susanna, sans vraiment s'inquiéter de ne pas obtenir de réponse. Il lui arrivait souvent de sortir pour promener Tyler ou faire des courses. Qu'elle ait pu s'enfuir, comme ça, sans un mot, le laissait pantois. Il ne l'aurait jamais crue capable d'une telle détermination.

— Quand lui avez-vous parlé pour la dernière fois ? demanda à son tour Jim en revenant dans le living.

— Hier soir, répondit Peggy à la place de Linc. Qu'a dit la police ?

— Ils nous envoient quelqu'un. (Jim se tourna de nouveau vers Linc.) A-t-elle laissé entendre qu'elle pourrait partir ?

— Pas du tout.

Jim leva les sourcils, visiblement peu convaincu. Linc l'imaginait facilement dans un prétoire, cuisinant un témoin.

— Pas la moindre allusion ? insista Jim. Rien ? Comment vous a-t-elle paru ?

— Oh, en forme, bien sûr ! Elle avait tellement hâte de se débarrasser de son enfant !

— Epargnez-moi vos sarcasmes. Vous avez plutôt intérêt à vous entraîner à répondre quand on vous interroge. J'ai le sentiment que les questions vont pleuvoir.

— Elle n'avait pas le moral, fit Linc. Elle réagissait comme une mère à qui l'on vient d'annoncer qu'elle doit se séparer de l'enfant qu'elle chérit plus que tout au monde.

— Linc, intervint Peggy, le juge a pris la bonne décision. La seule qui soit raisonnable. Je regrette que vous ne le compreniez pas.

— Gardez votre bonne conscience pour vous.

Linc se leva et alla vers la fenêtre. La voiture de police arrivait. Jim avait raison : on le submergerait de questions. Il fut soudain heureux que Susanna ne lui ait rien dit.

L'attitude du policier acheva de désemparer Jim et Peggy. Avec sa cinquantaine et ses cheveux gris, l'homme affichait une placidité de professionnel aguerri et doutait visiblement que Susanna se fût volatilisée.

— Généralement, dit-il, debout au milieu du living, quand une femme disparaît pendant quelques heures c'est qu'elle est allée voir sa sœur, juste au coin de la rue.

— Elle n'a pas de sœur, rétorqua Jim. Aucune famille. Vous tombez mal.

Linc essaya d'adopter le ton désabusé du policier.

— Mais elle a dû rencontrer une copine chez l'épicier et, à force de bavarder, elle a oublié que c'était aujourd'hui qu'elle devait se séparer de son fils.

Mais Linc se souvenait que Susanna n'en était pas à sa première dérobade. Enfant, elle venait volontiers se cacher chez lui, dans la petite pièce, au-dessus du garage. Lui, connaissant son refuge, se faisait un devoir de l'y rejoindre, de la sermonner en lui reprochant sa manie de fuir ses problèmes. Ensuite, il la ramenait chez elle. Cette fois-ci, c'était différent. Elle n'était plus une enfant et la famille Sebastian n'avait plus le garage. Linc ne savait absolument pas où la trouver et il était clair que c'était précisément ce qu'elle voulait.

L'officier de police leur demanda de le rappeler si la disparition de Susanna devait se prolonger au-delà de vingt-quatre heures. Tandis que Jim et Peggy repartaient en même temps que le policier, Linc décida de rester un peu plus longtemps dans l'appartement. Une nouvelle fois, il inspecta toutes les pièces et se dit qu'il allait emporter chez lui les albums de photos de Susanna. Si elle ne revenait pas, il ne voulait pas que Jim pût récupérer les photos de Tyler.

Ce fut seulement sur le chemin du retour qu'il prit conscience de sa douleur et de la trahison de Susanna.

Pourquoi ne m'as-tu rien dit, Susanna ? pensa-t-il en tapant du poing sur le volant. Comment as-tu pu t'en aller comme ça ? Où était-elle ? La reverrait-il un jour ?

Ce soir-là, lorsqu'il alla promener son chien, il se sentit complètement désemparé. Comme engourdi, fumant cigarette sur cigarette, il resta un long moment le regard fixé sur les lumières de la ville. Mais, quand avant de se coucher il alla se brosser les dents dans la salle de bains, il vit la note collée sur le miroir.

« Susanna veut que je lui passe *Suzanne* dimanche soir. »

Soudain, il comprit. Son émission pouvait être écoutée aux quatre coins des Etats-Unis. Où qu'elle se trouvât, Susanna entendrait sa voix.

Il relut les mots qu'elle lui avait dictés et secoua la tête, incapable de savoir s'il devait rire ou pleurer.

6

Une odeur de vestiaire régnait dans le car quand ils arrivèrent à Saint Louis. Bon nombre de passagers dormaient, à l'étroit sur leurs sièges, certains en ronflant bruyamment. Kim Stratton, en revanche, était parfaitement éveillée. Elle ne s'était endormie qu'à une ou deux reprises pendant la nuit et Cody avait eu un sommeil agité, assis tantôt sur le siège à côté d'elle, tantôt sur ses genoux. Lui aussi était réveillé maintenant mais il manifestait une mauvaise humeur bien compréhensible, vu les circonstances. Il était à peine cinq heures du matin.

Depuis la veille au soir, les sandwiches, imbibés de beurre de cacahuètes et de gelée, étaient devenus spongieux et immangeables. L'estomac de Kim grondait et le pauvre Cody était complètement déréglé en dépit des efforts de sa mère pour respecter ses horaires. Pourtant, elle s'apprêtait sans angoisse à s'aventurer dans une ville inconnue. Seule la présence de la police à l'arrêt du bus aurait pu l'inquiéter. Se redressant sur son siège, elle scruta la pénombre à travers la vitre. Il y avait bien deux hommes en uniforme mais elle eut l'impression qu'il s'agissait plutôt de conducteurs de car.

Au cours de la dernière heure de trajet, Cody n'avait cessé de s'agiter et de grogner, comme il en avait l'habitude quand il voulait qu'on le sorte de son lit pour commencer sa journée. De plus, il avait un besoin urgent d'être changé. Kim se tourna vers le couple assis derrière eux.

— Je suis désolée, s'excusa-t-elle. Il a été vraiment bruyant ce matin.

La femme lui sourit.

— C'est un long trajet pour un bébé, fit-elle, compréhensive, sans pouvoir toutefois cacher une pointe d'agacement.

Cody et le paquet de couches dans les bras, les membres ankylosés, Kim avança laborieusement vers la sortie, alla récupérer le reste de ses bagages sur le trottoir puis entra dans la gare routière. Surprise par l'éclairage, elle cligna des yeux pendant quelques secondes. Cody, de retour dans sa poussette, se mit à hurler.

— Je sais, mon chéri, je sais, lui dit-elle.

D'un même regard, elle repéra les toilettes et, juste devant l'entrée, un policier qui parlait à une vendeuse ambulante. Elle marqua une hésitation, mais voyant que, loin de l'observer, il riait avec la jeune femme qui lui servait un café, elle décida de ne pas s'affoler et passa à côté de lui le plus naturellement possible.

S'accommodant d'une propreté douteuse, elle changea Cody puis se lava le visage et se brossa les dents, quelque peu effarée par l'image de cette étrangère aux cheveux auburn que lui renvoyait le miroir du lavabo.

Il n'était pas tout à fait cinq heures et demie et il faisait par conséquent assez sombre pour qu'elle pût passer à l'étape suivante de son plan. Dès qu'elle eut mis ses affaires dans l'une des consignes automatiques, elle ressortit avec Cody dans la poussette. La rue était bien éclairée mais vers l'arrière du bâtiment subsistait une zone sombre où des voitures étaient garées. Elle se dirigea vers elles, en choisit une au hasard, sortit une petite clef à écrous de sa poche, s'accroupit près du pare-chocs avant et enleva la plaque d'immatriculation. Ses mains tremblaient. Elle ne pouvait s'empêcher d'avoir honte de ce qu'elle faisait.

Une fois les deux plaques dévissées et glissées derrière le siège de la poussette, elle retourna dans la gare. Le policier ayant disparu, elle s'offrit un café et un beignet — hélas rance — puis prépara un biberon pour Cody. Ensuite elle acheta un journal et s'assit dans un coin, soulagée de voir peu à peu l'endroit se remplir de monde. Ainsi, elle et Cody passeraient plus facilement inaperçus.

L'enfant but un peu de son biberon avant de s'endormir tranquillement, bien aise de retrouver sa poussette. Kim ouvrit le journal à la page des offres de véhicules d'occasion. Elle avait l'intention de consacrer quinze cents dollars à l'achat d'une voiture et, surtout, de s'adresser à un particulier, ce qui lui éviterait d'avoir à remplir trente-six formulaires. Plusieurs offres entraient dans son budget. Elle en entoura deux : une Toyota Corolla de 1985 en « excellent état » et une Toyota Celica, de la même année. La première correspondait exactement au prix qu'elle s'était fixé. La seconde, un peu plus chère, était, selon l'annonce, « très bien entretenue ; une petite merveille extrêmement maniable ». Elle possédait de plus un toit ouvrant.

Kim fit les mots croisés et lut la plupart des nouvelles locales afin de se tenir éveillée en attendant une heure décente pour téléphoner. Elle chercherait à obtenir le plus d'informations possible avant de se déplacer, puis elle prendrait un taxi.

Elle donna à Cody des flocons d'avoine et une banane et, à huit heures, se dirigea vers une cabine téléphonique. La Corolla avait l'air très bien mais elle était rouge, une couleur pour le moins peu discrète. Elle expliqua au propriétaire qu'elle rappellerait éventuellement si elle était toujours intéressée.

Pour la Celica, ce fut une voix féminine, grave et veloutée, qui lui répondit.

— C'est une occasion fantastique, assura la femme. Elle n'a que soixante-quinze mille kilomètres. Vous allez l'adorer.

— De quelle couleur est-elle ?

— Bleu marine. C'est très élégant.

— Vous pensez qu'elle peut faire une longue route ?

— Bien sûr ! Venez l'essayer et vous verrez.

— D'accord.

Kim nota l'adresse de la femme sur le journal, sortit ses bagages de la consigne, puis alla prendre un taxi. Le chauffeur, un grand gaillard noir, grimaça en voyant son barda. Quand il eut casé la poussette et le grand sac dans le coffre, elle s'installa avec Cody à l'arrière de la voiture, agacée par l'absence de siège pour enfant.

Le conducteur dut chercher son chemin sur une carte et la prévint qu'ils avaient quinze kilomètres à parcourir.

Lorsqu'ils arrivèrent, Kim découvrit une petite maison de brique dans une rue tranquille. Le chauffeur l'aida à sortir ses affaires en les empilant sur le trottoir. Elle le paya avant d'installer Cody dans sa poussette puis, son sac de marin en bandoulière, elle se dirigea vers la maison.

Elle sonna en espérant qu'elle parviendrait à dissimuler son besoin désespéré d'une voiture. Mais il était évident que, chargée comme elle l'était, elle n'aurait pas envie de repartir à pied.

La femme qui lui ouvrit la porte et sourit en la voyant avait à peu près son âge.

— Vous êtes l'une des personnes qui ont appelé au sujet de la voiture ?

« L'une des personnes ? » Songeant soudain que la voiture était peut-être déjà vendue, Kim crispa ses mains sur la poussette.

— Oui, répondit-elle. Elle est toujours disponible ?

La femme hocha la tête, prit des clefs sur une table puis sortit pour conduire Kim à la voiture, qui se trouvait au bout de l'allée, près d'un garage.

« Très bien entretenue », la Celica l'était en effet.

Du moins à première vue. Elle ne présentait ni bosse ni éraflure et la peinture brillait encore. A l'intérieur, le revêtement des sièges était déchiré à deux endroits, mais qui s'en préoccuperait ? Et puis elle pourrait acheter des housses.

— Je l'ai toujours rentrée au garage, expliqua la femme. Ça a été ma première voiture et j'en ai pris soin. Vous voulez l'essayer ?

— Oui, avec plaisir.

— Je vous accompagne. Vous pouvez laisser vos affaires dans le garage.

Débarrassée de ses bagages et de la poussette, Kim prit Cody dans ses bras et le porta jusqu'à la voiture, dépourvue elle aussi de siège pour enfant. Elle se promit d'en acheter un avant toute autre chose.

— Est-ce que vous pourriez prendre mon fils sur vos genoux ? demanda-t-elle à la femme.

— Mais bien sûr !

Pour une fois, Kim se félicita que Cody fût si peu farouche avec les étrangers.

— Comment êtes-vous venue ? demanda la propriétaire de la Celica tandis que Kim faisait lentement marche arrière.

— Ma cousine m'a accompagnée jusqu'ici. Je... je l'appellerai pour qu'elle vienne me chercher si je ne prends pas cette voiture. Mais, au cas où nous ferions affaire, j'ai les plaques de mon ancien véhicule.

La femme parut satisfaite. Elle fit faire à Kim le tour du quartier. La Celica roulait bien, en tout cas, aussi bien que la voiture que Kim possédait à Boulder. Il aurait fallu faire un essai sur une voie à grande vitesse mais, Cody n'étant pas attaché, Kim y renonça.

— Elle me plaît. Je la prends, dit-elle en ramenant la voiture à son point de départ.

— Ah, formidable ! Vous vous souvenez du prix ? Mille six cent cinquante dollars.

— C'est d'accord.

Kim ne souhaitait pas marchander. Elle sortit la

somme demandée de son portefeuille, les mains tremblantes, non pas parce qu'elle se délestait d'une bonne partie de ses précieuses économies mais parce qu'elle avait le sentiment de paraître quelque peu étrange, seule, de si bonne heure, avec son attirail et son bébé.

Mais la femme ne s'intéressait apparemment qu'à la vente de sa voiture. Elle prit des papiers dans la boîte à gants et demanda à Kim son adresse.

Question prévisible. Kim y avait pensé, mais elle ne s'en trouva pas moins prise de court l'espace d'un instant. Puis elle donna une adresse fictive, à Saint Louis, et se sentit soulagée quand la femme nota machinalement les trois premiers chiffres du code postal. Les suivants, Kim les prit au hasard, sans provoquer le moindre étonnement de la part de son interlocutrice. Celle-ci l'aida ensuite à fixer les plaques d'immatriculation volées près de la gare routière.

Quand elles eurent fini, Kim se releva et demanda :

— Y a-t-il un magasin, dans les parages, où je pourrais acheter un siège pour mon fils ? A un prix raisonnable...

— Vous avez une grande surface, tout près d'ici. Sur votre gauche. A environ un kilomètre et demi.

Kim remercia la femme, monta dans *sa* voiture et s'éloigna.

En plus du siège, elle acheta de la nourriture pour Cody, puis lui donna un biberon et le cajola longuement. Repu et apaisé par les mots tendres et les caresses de sa mère, il s'endormit avant même qu'elle l'ait installé dans le siège.

Elle regarda le ciel. Le soleil lui indiqua l'est à sa gauche. Quittant le parking, elle partit dans cette direction.

Ce jour-là, elle s'accorda quatre arrêts. Personne ne l'attendait. Elle n'avait pas besoin de se presser. Avec son fils, elle fit une longue sieste, à l'ombre d'une église. Puis elle repartit, toujours dans la même direction, en suivant la route qui tournait le dos au Colorado. Elle fuirait Boulder aussi longtemps que l'autoroute le lui permettrait.

A six heures du soir, aux abords d'Henderson, dans le Kentucky, elle décida de s'arrêter pour la nuit. Elle trouva un motel au bord de la route, avec un restaurant juste à côté. A peine eut-elle déposé ses affaires dans la chambre qu'elle se précipita au restaurant en emmenant Cody dans sa poussette.

L'hôtesse les conduisit à une table, près d'une fenêtre, et apporta une chaise de bébé.

— Comment s'appelle-t-il ?

— Cody, répondit Kim en installant l'enfant dans la chaise. Et moi, c'est Kim.

Elle s'exerçait à prononcer ces nouveaux prénoms à voix haute.

— Il est adorable, fit l'hôtesse.

Elle tendit un menu à Kim en lui disant qu'une serveuse allait venir immédiatement.

Jeune, blonde, les cheveux courts et bouclés, la serveuse arriva quelques minutes plus tard. Elle se pencha vers Cody, ne semblant voir que lui.

— Hé, bout de chou, qu'est-ce que ce sera pour toi ?

Kim commanda des pâtes pour elle et de la purée de légumes pour son fils. Elle sortait un bavoir de son sac quand deux policiers passèrent près d'elle. Son geste se figea. Les deux hommes s'attablèrent juste de l'autre côté de l'allée, le plus jeune lui faisant face. Elle croisa son regard et détourna aussitôt les yeux. Elle eut le plus grand mal à attacher le bavoir autour du cou de Cody tant ses mains tremblaient.

Sur la table se trouvaient un porte-crayon et un set en papier sur lequel était esquissé le dessin d'un clown. Elle plaça le set devant son fils et acheva le dessin pendant que Cody essayait de mettre les crayons dans sa bouche. S'efforçant de se concentrer sur l'enfant, elle n'en oublia pas pour autant les deux policiers.

La serveuse apporta les pâtes et la purée.

— D'où venez-vous, tous les deux ? s'enquit-elle.

Sentant le regard du jeune policier se poser sur elle, Kim se demanda s'il avait entendu la question.

— Oh, nous sommes venus voir ma mère à Owensboro, répondit-elle en se souvenant d'avoir lu le nom de cette ville sur un panneau. Demain nous retournons à Saint Louis pour fêter l'anniversaire de mon mari. Mais il reste encore à lui acheter un cadeau, n'est-ce pas, Cody ?

Elle se félicita que le petit ne comprît à peu près rien de ce qu'elle racontait. Elle se voyait mal obliger un enfant à être complice de ses mensonges.

— Vous avez déjà une idée ?

Il fallut à Kim quelques secondes pour comprendre la question.

— De cadeau, vous voulez dire ?

La serveuse acquiesça en souriant.

— Non, pas la moindre, à vrai dire.

— Qu'est-ce qu'il aime ? demanda la jeune femme comme si elle estimait qu'aider Kim à choisir un cadeau pour son mari faisait partie de son travail. Il fait du sport ?

Kim pensa à Jim dont l'amour du sport se limitait à suivre les matches de football à la télévision. Quant à Linc, pour toute activité physique, il promenait son chien.

— Non, pas vraiment, dit-elle. Je crois que je vais lui acheter des disques. Il adore la musique.

— C'est une bonne idée. Il y a un disquaire important à Henderson. Mais il n'ouvre pas avant dix heures, demain matin. Vous serez sûrement déjà partis.

— En effet, mais on trouvera ailleurs...

— C'est sûr.

Kim regarda la serveuse s'éloigner. Si les policiers lui demandaient ce qu'elle savait de la cliente avec le bébé, elle leur répéterait cette histoire d'anniversaire et de cadeau et ils concluraient à une simple ressemblance physique avec la femme et l'enfant recherchés dans tout le pays.

Tu deviens paranoïaque, se dit Kim. *Les gens se fichent pas mal de ce que tu racontes, tu sais.*

De retour dans la chambre du motel, elle observa son image avec attention pour la première fois depuis qu'elle avait quitté Boulder. Personne ne pourrait la reconnaître. Elle-même se reconnaissait à peine. Mis à part ses yeux qui accusaient la fatigue et ses cheveux qui auraient eu besoin d'un bon coup de peigne, elle avait une bonne tête. Les reflets roux étaient du plus bel effet. Peut-être, d'ailleurs, qu'elle aurait dû choisir une teinte plus terne afin de se fondre plus facilement dans le décor. Pas étonnant que le jeune policier l'ait regardée. Elle n'était pas mal du tout.

Sur le lit à deux places, elle s'allongea à côté de son fils exténué.

Regrettant d'avoir laissé derrière elle les livres favoris de l'enfant, elle lui chanta, à défaut de lui lire une histoire, deux chansons auxquelles Linc l'avait habitué. Puis elle modula « Cody » sur tous les tons, provoquant des cascades de rires. Pour elle, c'était une façon de familiariser l'enfant avec son nouveau prénom. Elle-même avait besoin de s'y accoutumer.

Vers la fin de sa grossesse, Linc et elle restaient souvent éveillés jusqu'à une heure avancée de la nuit, cherchant parmi tous les prénoms celui qui conviendrait au futur bébé. Généralement, elle allait chez lui où les pièces spacieuses et la vue sur la ville lui plaisaient. Elle s'était sentie plus forte à cette époque et capable de parler de Jim avec colère et non en s'accusant de leur échec. Linc l'avait soutenue, entourée d'attention, comme il le faisait depuis toujours. Ils n'entretenaient pas encore de relations intimes à cette époque. Mais quand cela avait été le cas, quelques mois après la naissance de l'enfant, ils avaient eu l'impression d'avoir toujours été amants. D'autant que leur amitié profonde était restée la même.

Le prénom de « Cody » plaisait énormément à Linc, qui avait affiché partout, chez lui comme chez elle, des petits morceaux de papier où était inscrit « Cody Miller » afin de lui montrer combien était heureuse l'alliance de ces deux mots. Mais elle n'avait pas réussi à chasser « Tyler » de son esprit. « Tu essaies encore de plaire à Jim », lui avait reproché Linc.

Kim fixa le plafond en essayant de se convaincre de ne pas penser à Linc. Imaginer ce qu'il avait pu ressentir en constatant sa disparition était la seule chose qui pouvait la faire faiblir. Et cela, il ne le fallait à aucun prix.

Cody dormait profondément, son singe chéri dans les bras.

Kim mit en marche la télévision en réglant le son au plus bas. David Letterman recevait sur le plateau un musicien qui avait quelque chose de Linc. Elle se mit aussitôt à détailler le visage de l'homme, cherchant les points de ressemblance. Les yeux bleus étaient presque les mêmes, mais pas les sourcils et encore moins les cheveux...

Pourquoi diable s'imposait-elle cette torture ? Où voulait-elle en arriver ? Elle éteignit le poste et ferma les yeux.

C'était fini. Linc était sorti de sa vie. Jamais plus elle ne ferait l'amour avec lui, jamais plus elle ne le tiendrait serré contre elle des nuits entières. Finis les appels impromptus quand elle avait envie d'entendre sa voix, son rire, ses mots d'amour.

Mais elle pourrait encore l'écouter. Le dimanche soir. A la radio. Ainsi, elle ne le perdrait pas tout à fait.

7

Toute la journée du lendemain, Kim continua à rouler en direction de l'est. Elle avait adopté une allure tranquille, se ménageant de multiples arrêts pour son enfant et elle-même. Ne sachant pas où elle allait, elle n'avait aucune raison de se précipiter. Elle s'acheta un maillot de bain bon marché et, ce jour-là, chercha un motel avec piscine afin que Cody pût jouer dans l'eau. Ce ne fut qu'à une heure tardive, ce vendredi soir, alors que le sommeil se faisait attendre, qu'elle prit conscience de la nécessité de se fixer sans trop tarder. Dès le lendemain, elle aurait atteint l'extrême est du pays et ne pourrait donc poursuivre dans cette direction. D'ailleurs, ce n'était peut-être pas plus mal ainsi. Elle n'aurait plus qu'à s'établir là où elle aurait atterri...

Restait à trouver un moyen de subsistance. Reprendre un travail de secrétariat dans une banque était hors de question ; c'était le premier endroit où on irait la chercher. Ailleurs, on exigerait des références qu'elle serait incapable de présenter. Et puis il faudrait une garderie pour Cody, or elle n'avait pas l'intention de se séparer de lui. Elle pouvait peut-être trouver des travaux de dactylo à domicile. Mais pour cela il fallait un logement. Et si elle devait, par malheur, se contenter de l'arrière de la Toyota, elle ramènerait Cody à Boulder plutôt que de lui imposer une vie de misère.

Le samedi matin, la circulation de plus en plus dense

lui indiqua le retour à la civilisation. Prise dans un flot de voitures, elle se retrouva brusquement sur la grande ceinture qui entoure Washington — voie large, rapide et tout bonnement effrayante. Elle avait entendu dire que rien ne vaut une métropole pour se cacher, mais l'idée lui faisait froid dans le dos. Coincée entre des masses de béton et des voitures, à l'intérieur de cette ceinture étourdissante, elle aurait l'impression d'être en prison. Elle prit donc la première sortie qui s'offrit à elle.

L'heure du déjeuner approchait et Cody se chargeait de le lui rappeler en s'agitant comme un beau diable dans son siège. Pauvre bébé, qui faisait de la route depuis des jours. Combien ? Elle ne savait plus exactement. Elle eut beau lui chanter son nom sur tous les tons, rien n'y fit : c'était l'heure de déjeuner ; le reste, il s'en moquait.

Elle s'arrêta à Annapolis, capitale du Maryland. Mais au lieu de la grande ville à laquelle elle s'attendait, elle découvrit une petite agglomération au charme désuet. Les rues étroites lui donnèrent l'impression d'avoir changé d'époque. Un dôme gris et blanc, coiffant un grand bâtiment de brique, se dressait au-dessus de la cité et semblait en être le pivot. Enchantée, elle roula au hasard jusqu'au moment où elle aperçut de l'eau : une rivière ou peut-être une baie. Manifestement, elle se trouvait au cœur même de la ville. Une esplanade entourait un immense bassin où voguaient une multitude de bateaux. Des gens se promenaient, prenaient des photos, déjeunaient à la terrasse des cafés ou se prélassaient, assis sur des bancs, au bord de l'eau.

Repérant une place qui se libérait, elle se gara au parking. Sous le soleil, éclatant et chaud, elle installa dans la poussette un Cody de plus en plus affamé. Elle alla acheter du poisson et des frites pour elle et un grand pot de yaourt à la framboise pour l'enfant.

Elle s'avançait vers un banc lorsqu'une peinture murale retint son attention. Elle représentait un grand bateau, toutes voiles dehors, sur fond de ciel étoilé où brillait une pleine lune. Le nom de l'artiste — Adam Soria — apparaissait en bas, à droite, sous les vagues blanchies d'écume. Quelque chose de surréaliste la fascinait dans cette peinture, et c'est à contrecœur qu'elle en détacha son regard quand Cody recommença à exprimer son impatience.

Elle l'emmena jusqu'à un banc au bord de l'eau et entreprit d'apaiser sa faim. Une sensation de paix l'enveloppa. Cette jolie petite ville ressemblait peu à l'idée que l'on se fait de la capitale d'un Etat. L'esplanade était loin d'être déserte mais les gens ne semblaient ni pressés ni préoccupés. Des mouettes venaient picorer sur l'embarcadère. Une odeur d'iode accompagnait le clapotis de l'eau. Kim avait toujours vécu à l'intérieur des terres, sans savoir ce qu'elle ratait.

Elle versa du jus de fruit dans le biberon de son fils et le lui tendit. Un couple âgé leur sourit. Elle fit de même.

— Oh, Cody... N'as-tu pas l'impression que notre errance est terminée ?

Kim se sentait tout exaltée. Plus tard, elle prendrait le temps de réfléchir à ce qu'elle avait fait. De penser à ce qu'elle avait perdu dans cette aventure.

Dès que Cody fut rassasié, elle le sortit de la poussette et le laissa faire quelques pas en se tenant au banc. Fasciné par les mouettes, il se mit à sauter et à se baisser en agitant les bras comme s'il volait avec elles dans les airs.

Remarquant un distributeur automatique de journaux à quelques pas de là, Kim prit une pièce dans son porte-monnaie et alla acheter le quotidien local. Elle l'ouvrit à la page des locations d'appartements, tout en gardant un œil sur son fils. Dans Annapolis même, il y avait quelques chambres à louer et plusieurs appartements, dont un qui donnait sur l'Académie navale et la Severn River. Ce dernier paraissait d'emblée très séduisant.

Le logement, en partie meublé, était proposé pour quatre cent cinquante dollars par mois.

A l'homme en complet gris qui passait au même instant devant elle, Kim demanda s'il connaissait Maryland Street.

— Oui, bien sûr. Vous remontez Randall Street puis vous tournez à gauche dans Prince George Street, expliqua-t-il avant de préciser, face à son air perplexe : Vous pouvez acheter un plan de la ville au bureau de tourisme que vous voyez là, en face du parking.

— Merci beaucoup.

Elle remit Cody dans la poussette et alla se procurer un plan qu'elle étala sur le capot de sa voiture. La ville était peu étendue et il semblait facile de s'y repérer. Maryland Street se situant non loin, elle décida de s'y rendre à pied.

Les maisons d'Annapolis étaient petites, serrées les unes contre les autres. Certaines en brique, d'autres en bois, elles étaient toutes infiniment plus anciennes que ce qu'elle avait pu voir dans le Colorado.

De minuscules magasins bordaient Maryland Street. Magasins d'antiquités, librairies, boutiques de cadeaux. Rien, à première vue, ne ressemblait à un immeuble d'habitation. Elle vérifia l'adresse en se demandant si l'appartement ne se trouvait pas au-dessus d'une boutique. Puis elle s'aperçut qu'un peu plus loin la rangée de magasins cédait la place à des maisons individuelles et à une église. Bientôt, elle repéra une demeure imposante en retrait de la rue, bâtie au milieu d'un terrain agrémenté d'un érable, immense et solitaire. Elle était visiblement très ancienne mais le crépi jaune et le blanc des volets attestaient de travaux récents. Sur la pelouse, un panneau proposait un appartement à louer. Kim s'assura de l'adresse et se sentit agréablement surprise. Si elle pouvait louer cet appartement, elle aurait l'impression de vivre dans une vraie maison et non dans une cage à lapins, comme à Boulder.

Une large véranda abritait quatre fauteuils à bascule et une balancelle.

— Regarde, Cody, dit-elle, je crois que nous avons trouvé ce qu'il nous faut.

Laissant la poussette sur le trottoir, elle prit Cody dans ses bras. D'une fenêtre ouverte sur sa gauche provenait une musique — ou plutôt des sons qui rappelaient un bruit de cascade ou d'océan, traversé par des cris de mouettes.

Kim frappa à la porte. Au bout de quelques minutes, une femme vint lui ouvrir.

— Bonjour, lança-t-elle avec un large sourire.

Dans l'ombre qui voilait en partie son visage, elle semblait âgée d'une trentaine d'années.

— Nous avions rendez-vous ? demanda la femme en regardant sa montre.

— Non, veuillez m'excuser. J'aurais dû téléphoner. Mais je viens pour l'appartement.

— Oh, je vois !

Tout en riant, la femme s'avança sous la véranda. Remarquant de fines ridules autour de ses yeux et de sa bouche ainsi que quelques fils argentés dans ses longs cheveux bruns, Kim comprit qu'elle était plus âgée qu'elle ne l'avait paru quelques instants plus tôt.

— Pardonnez-moi, reprit-elle. Je vous avais prise pour une nouvelle cliente. Je suis kinésithérapeute et... Enfin, peu importe. Vous venez voir l'appartement, c'est bien ça ?

Kim acquiesça. Son interlocutrice manifesta une hésitation en regardant Cody.

— Je ne suis pas certaine de vouloir un bébé dans la maison, précisa-t-elle.

Elle caressa néanmoins la joue de Cody, qui la gratifia d'un tel sourire que Kim eut le sentiment que la bataille était gagnée d'avance.

— Il est gentil et calme, la rassura Kim.

— Il n'y a que vous deux ?

— Oui. Mon mari et moi sommes en instance de divorce et c'est lui qui va garder la maison.

Kim comprit aussitôt qu'elle avait prononcé les mots magiques.

— Oh, je sais ce que c'est ! Suivez-moi, je vous en prie.

Kim pénétra dans une vaste entrée avec, à droite, une table sur laquelle était posé un vase orné d'un énorme bouquet de marguerites et, devant elle, un bel escalier conduisant au premier étage. Sur la gauche, par une porte entrouverte, elle put apercevoir un salon, exigu mais apparemment confortable, d'où émanait un subtil parfum floral.

— Ça sent délicieusement bon, fit-elle remarquer en faisant passer Cody d'un bras à l'autre.

— Je pratique l'aromathérapie avec mes clientes.

Kim prit un air entendu comme si l'aromathérapie faisait également partie de son quotidien.

— Je m'appelle Ellen King, précisa son hôtesse. Je vis ici, au rez-de-chaussée, et j'ai transformé l'étage pour en faire deux appartements. Ni l'un ni l'autre ne sont loués pour l'instant. Je suis seule dans cette maison depuis mon divorce.

— Ah... Moi, je m'appelle Kim Stratton, et mon fils, Cody. C'est une bonne chose pour vous d'avoir pu garder la maison.

— C'est une charge importante. Mais avec des locataires je pense que je m'en sortirai.

Ellen commença à monter l'escalier, suivie de Kim portant toujours Cody dans ses bras.

— Vous travaillez ici, si j'ai bien compris ? demanda Kim, peu enthousiaste à l'idée de croiser les clientes d'Ellen. Moins elle rencontrerait de monde, mieux cela vaudrait. Mais Ellen confirma :

— C'est exact. Je travaille ici.

Sur le petit palier du premier, deux portes se faisaient face. Ellen ouvrit celle de gauche.

Dès qu'elle en passa le seuil, Kim sut qu'elle voulait

cet appartement. Les pièces possédaient tout le charme d'une vieille demeure avec ses plafonds hauts et ses murs aux angles biscornus. En dépit de leur ancienneté, elles étaient propres, ensoleillées et d'un aspect très frais. Spacieux, le living comportait un canapé, deux fauteuils, et même une petite télévision, posée sur une table d'angle, ainsi qu'une vénérable table de chêne et quatre chaises, disposées de l'autre côté de la pièce. La cuisine était petite mais bien agencée. Quant à la chambre, elle était meublée d'un grand lit et d'une armoire qui laissaient largement l'espace nécessaire pour installer un berceau.

Kim sentait le regard d'Ellen posé sur elle tandis qu'elle inspectait l'appartement. Des deux fenêtres du living et d'une des fenêtres de la chambre, on voyait au loin la rivière.

— J'aimerais beaucoup vivre ici, dit-elle.

— Parfait ! Redescendons. Je vais sortir les papiers. En premier lieu, j'aurai besoin de vos références bancaires.

— Oh...

Kim aurait dû s'y attendre. Elle s'apprêtait à dire qu'elle préférait s'accorder un délai de réflexion quand elle réalisa qu'elle se heurterait au même problème partout ailleurs. Et puis, quelque chose lui disait qu'Ellen était peut-être sa seule chance.

— Je n'ai pas encore de compte personnel. Jusqu'à maintenant, tout était au nom de mon mari.

Ellen fronça le nez.

— Je connais ce genre d'humiliation. Moi, si je devais me remarier, je garderais tout ce que j'ai à mon nom. (Elle regarda, pensive, par la fenêtre.) Eh bien, dans ce cas, abordons le problème d'une autre façon. Où travaillez-vous ?

— En ce moment, je ne travaille pas, répondit Kim avec un petit rire nerveux. Je dois vous paraître pitoyable ! Mais après avoir été pendant plusieurs années secrétaire dans une banque, j'ai l'intention d'être plus indépendante. De faire des travaux de dactylographie à domicile. Pour rester avec mon fils.

Alors que Kim se demandait comment elle avait pu être assez stupide pour dire qu'elle avait travaillé dernièrement dans une banque à la première personne qui lui posait des questions, Ellen semblait déçue.

— Je ne peux pas vous louer l'appartement si vous n'avez pas de revenus.

— Je reçois une pension pour l'enfant, mentit Kim. Et puis je ne manque pas d'ambition. Je suis certaine que je réussirai très vite à bien gagner ma vie. En attendant, je peux vous donner deux mois de loyer. Si à la fin du mois prochain je ne peux continuer à vous payer, je libérerai aussitôt l'appartement.

Les joues brûlantes à force de mensonges et de gêne, Kim entendit Ellen lui répondre :

— D'accord. Je vous fais un bail de deux mois ; après nous verrons.

— Merci infiniment, Ellen. Je comprends vos réticences mais vous pouvez me faire confiance.

Kim suivit sa nouvelle propriétaire sur le palier.

— Où viviez-vous avec votre mari ? demanda Ellen en descendant l'escalier.

— Dans le New Jersey...

Ellen allait-elle lui demander plus de précisions ? Mon Dieu, quelle était la capitale du New Jersey ?

— Près de Trenton, ajouta Kim.

— Qu'est-ce qui vous a amenée ici ?

— Oh, j'ai de la famille dans le Maryland. Mais je tiens à me débrouiller seule.

— Je vois. Vous êtes comme moi.

Ellen précéda sa locataire dans le salon, ouvrit un secrétaire et prit des papiers dans un dossier.

— Asseyez-vous, dit-elle en désignant le canapé.

Kim s'assit. Cody tenta de lui échapper mais elle le retint fermement. Elle respira le parfum qui imprégnait l'atmosphère de la pièce et se laissa bercer par le bruit des vagues émanant des enceintes accrochées au mur.

Dans l'ouverture de la porte communicante, elle aperçut une table de massage, drapée de blanc, au centre de la pièce voisine.

— Très bien, fit Ellen, en écrivant quelque chose sur le bail. Notre accord sera valable deux mois.

Elle tendit les papiers à Kim, qui dut se résoudre à asseoir Cody sur le canapé pendant qu'elle lisait le bail, le signait et comptait neuf cents dollars, qu'elle présenta à Ellen.

— Merci, Ellen. Est-ce que je peux m'installer immédiatement ?

— Certainement, lui assura Ellen, surprise mais nullement contrariée. Le plus tôt est le mieux. Avez-vous quelqu'un pour vous aider ?

— Je n'ai pas besoin d'aide. J'ai emporté peu de choses. Pour moi, c'est une nouvelle vie qui commence.

— Je vous souhaite de réussir, fit Ellen en lui tendant des clefs. Celle-ci est pour la porte d'entrée. Celle-là pour votre appartement.

Kim se leva, prit Cody dans ses bras et, accompagnée d'Ellen, sortit sur le perron.

— Vous pourriez me dire où je peux acheter un petit lit, des draps, des objets de toilette... ?

— Vous n'avez même pas emmené son lit ?

— Non. Son père en aura besoin quand Cody ira le voir. (Kim s'enfonçait de plus belle dans le mensonge.) Il m'a donné de l'argent pour en acheter un autre, mais j'aimerais qu'il ne me coûte pas trop cher.

— Vous trouverez les meilleurs prix à la galerie marchande située sur la nationale 50.

Kim remercia Ellen, descendit les marches du perron et remit Cody dans la poussette.

Dès qu'elle fut dans la rue, elle commença à prendre véritablement conscience des bouleversements qu'elle avait provoqués. Elle allait vivre à Annapolis. En une fraction de seconde, le pittoresque des rues et l'odeur de l'air avaient emporté sa décision. Il ne lui restait plus qu'à trouver du travail pour payer le loyer dans deux mois...

Elle leva les yeux vers les fenêtres de son appartement puis regarda celles de droite, en espérant qu'Ellen mettrait un certain temps à louer le second logement. Elle redoutait d'avoir à répondre aux questions d'une autre personne. Elle s'était suffisamment débattue dans ses mensonges pour ne pas avoir envie de recommencer dans quelques jours.

Elle n'eut même pas besoin du plan pour retrouver sa voiture. Au centre commercial, outre quelques livres pour Cody, elle n'acheta que le strict nécessaire et aux prix les plus bas. Quant aux jouets, elle s'en procurerait dans l'une des brocantes annoncées dans le journal. Il lui fallait garder de l'argent pour un bon ordinateur et une imprimante si elle voulait gagner sa vie en travaillant chez elle. Toutefois, elle ne put repartir du centre commercial sans une radio assez puissante pour entendre clairement la voix de Linc.

Sur le chemin du retour, elle s'arrêta pour acheter quelques provisions, réservant le grand ravitaillement pour le jour suivant. Quand elle arriva à la maison, Ellen semblait avoir disparu, ce qui n'était pas plus mal. Kim ne voulait pas que sa propriétaire se sente obligée de l'aider à porter ses achats à l'étage. Et puis, surtout, elle estimait qu'elle avait répondu à suffisamment de questions pour l'instant.

Elle installa d'abord le petit parc qu'elle venait d'acquérir afin de ne pas avoir à surveiller Cody pendant qu'elle transporterait le reste de ses achats.

Dès qu'elle eut vidé la voiture, elle s'empressa de donner à manger au bébé. Puis elle entreprit de monter le petit lit. Aussitôt que Cody fut couché, elle s'écroula, exténuée, sur son lit et ne rouvrit les yeux que le lendemain matin.

Ce dimanche-là, elle acheva de faire ses provisions, acheta un livre, un jouet et des vêtements dans les brocantes. Dans l'après-midi, ayant découvert un parc avec une aire de jeu non loin de l'appartement, elle et Cody purent se détendre pendant plus d'une heure. Mais Kim savait que toute son activité depuis son réveil était surtout un moyen de passer le temps en attendant le moment où elle entendrait enfin la voix de Linc. Elle avait connu un instant de panique en lisant les programmes de radio dans le journal du matin. Bien qu'en principe l'émission fût retransmise par toutes les stations locales, il aurait pu y avoir une ou deux exceptions. Mais non. L'émission serait bien retransmise entre 20 et 22 heures, à Annapolis, comme dans le reste du pays. L'idée de réentendre la voix de Linc après ce long voyage solitaire ne l'avait pas quittée un seul instant de toute la journée, troublant son sentiment de paix. Après avoir installé Cody dans son petit lit avec son singe, elle revint dans le salon, s'assit sur le canapé et, le regard perdu vers la rivière, elle attendit.

A 20 heures précises, les accents de *Song for the Asking* remplirent la pièce. Linc commençait toujours son émission avec cette chanson de Paul Simon, et le fait d'entendre cette mélodie simple, familière et obsédante bouleversa Kim bien au-delà de ce qu'elle avait imaginé. Elle s'allongea sur le canapé et fixa le plafond, sans essayer de refouler les larmes qu'elle avait senties prêtes à jaillir toute la journée. L'émission avait certainement été enregistrée mercredi, comme d'habitude. A l'évidence, personne ne se doutait alors qu'elle avait déjà disparu. Linc avait-il été alerté par Jim dans l'après-midi ? Ou avait-il déjà essayé de l'appeler en vain et s'inquiétait-il depuis le matin ? Qu'avait-il bien pu penser lorsqu'il avait compris qu'elle était partie ? *Ne m'en veux pas, Linc. Ne m'en veux pas.*

Elle se souvint de ses disparitions quand elle n'était encore qu'une enfant. Linc, qui savait parfaitement où la trouver, venait la rejoindre dans la petite pièce au-dessus du garage pour l'inciter à rentrer chez elle, même si ce n'était pas toujours ce qu'il aurait dû faire. Cela, il avait fini par le comprendre, mais trop tard.

— Bonsoir, fit Linc, quand la chanson fut terminée.

Bien qu'il enregistrât son émission dans la journée du mercredi, on avait toujours l'impression qu'il était là, le dimanche soir, bien présent derrière son micro.

— Ce soir, continua-t-il, nous allons consacrer presque toute l'émission à Joni Mitchell.

Tandis qu'il résumait la vie de la chanteuse, Kim fut absolument certaine qu'au moment de l'enregistrement il ignorait qu'elle avait disparu. Sinon il n'aurait pu avoir sa voix habituelle, si douce et si calme.

Il passa différents succès de Joni Mitchell, entrecoupés de quelques autres chansons, dont *Suzanne*. Kim sourit en entendant la première phrase : « Suzanne vous emmène chez elle, près de la rivière. » Paroles pour le moins prophétiques. Quand elle avait demandé à Linc de passer cette chanson, rien ne lui permettait de supposer qu'elle irait précisément s'installer non loin d'une rivière...

Mais, brusquement, son sourire s'effaça.

Pour toujours. Tu l'as quitté pour toujours.

Tu es complètement seule avec un bébé à élever. Nul ne te connaît aussi bien que lui et de toute ta vie tu ne rencontreras jamais une autre personne avec laquelle tu puisses parler de toi en toute franchise. Tu ne t'es jamais débrouillée seule jusqu'à présent. Qu'est-ce qui te fait croire que tu vas y arriver maintenant ?

Jim avait détruit le peu de confiance qu'elle avait en elle-même. Elle pouvait encore l'entendre lui dire d'une voix tendre, presque paternelle, que suivre des cours d'art était une absurdité.

— Qu'est-ce qui te fait croire que tu as ne serait-ce qu'une once de talent ? lui avait-il demandé.

— J'en avais, avait-elle affirmé sans preuve à l'appui puisque ses dessins avaient disparu.

— Je ne t'ai jamais vue dessiner.

Il avait raison. Depuis la mort de son père, elle n'avait rien produit. Mais elle aimait toujours le dessin.

— De plus, avait poursuivi Jim, du point de vue

financier, il vaut beaucoup mieux que je suive des cours de droit avant que tu reprennes des études. Et de toute façon, chacun sait que les artistes ne gagnent rien.

La banque, c'était ce qu'il lui fallait, d'après lui. Elle pouvait monter les échelons. Obtenir des promotions.

Kim se concentra à nouveau sur l'émission alors que Linc était en train de rappeler la colère que Joni Mitchell exprimait envers les hommes dans ses premières chansons.

— Il pouvait y avoir beaucoup de cruauté dans ses paroles. Mais il fallait écouter attentivement pour la déceler.

A la fin de la chanson suivante, Kim se leva. A une demi-heure de la fin de l'émission, elle éteignit la radio. Entendre la voix de Linc n'était finalement pas un réconfort mais une véritable torture.

Qu'ai-je fait, mon Dieu, qu'ai-je fait ? Une pointe de regret s'insinua dans son esprit. Elle alla dans sa chambre et se pencha sur Cody qui dormait, couché sur le côté, le singe niché sous son bras. Il avait l'air d'un ange. Il en avait d'ailleurs eu la patience tout au long de leur périple. Le regret se dissipa. Elle avait son enfant avec elle. Il était très jeune et jamais il ne se souviendrait de la confusion et du désarroi de ces derniers jours. Il ne garderait que le souvenir de la vie qu'elle allait lui offrir à partir de ce soir-là. Une vie de joie et de bonheur.

8

Dès que Jim rentra, le lundi soir, Peggy l'attrapa par le bras.

— J'ai essayé de te joindre toute la journée. J'ai obtenu un tas d'informations ce matin.

— Je suis désolé, fit Jim en embrassant sa femme. J'ai passé la matinée au tribunal et j'ai été en rendez-vous tout l'après-midi. Laisse-moi me changer et tu pourras me raconter ce que tu as fait.

Peggy le regarda monter l'escalier puis alla dans la cuisine prendre les brochures, les dépliants et les notes qui attendaient sur la table pour les emporter dans le salon.

Assise sur le canapé, elle revit les jours pénibles qui venaient de s'écouler. Par peur de rater la moindre information au sujet de Susanna, elle n'avait pas osé filtrer ses appels, ce qui l'avait obligée à répondre à des dizaines d'amis bien intentionnés qui voulaient savoir ce qu'elle pensait de son nouveau rôle de mère. A chacun, elle avait expliqué ce qui se passait, rapidement, sans chercher à minimiser l'affaire et en faisant comprendre qu'elle n'avait guère le temps de bavarder. Retrouver Tyler était devenu sa seule préoccupation. Un travail à plein temps. Elle avait fourni toutes les informations dont elle disposait au service de recherche des enfants disparus, lequel pouvait recevoir des appels de tout le pays, vingt-quatre heures sur vingt-quatre. De son côté, la police poursuivait son enquête. Peggy avait également réuni des photos et fait réaliser des affiches. Agir l'empêchait de s'effondrer.

Quand il redescendit, Jim vint s'asseoir à côté d'elle.

— Tout d'abord, lui dit-elle, j'ai eu un entretien avec Bill Anderson. Tu sais, le détective privé que Rausch, l'officier de police, nous avait suggéré de rencontrer.

— On avait pourtant décidé de laisser d'abord la police faire son travail.

— Oui, mais j'ai quand même tenu à voir cet homme. Connaître son point de vue sur la situation au cas où on aurait besoin de lui plus tard.

En fait, elle l'aurait volontiers engagé sur l'heure si elle n'avait su que Jim jugerait cette démarche prématurée.

— Et alors, qu'a-t-il dit ?

— Il pense que nous devrions tenir une conférence de presse sans attendre. Faire savoir qu'il y a eu kidnapping.

— Je suis d'accord.

— Nous devons attirer au maximum l'attention des médias et, selon lui, offrir une récompense à toute personne qui nous aidera à retrouver Tyler sain et sauf.

Jim regarda le plafond.

— Il a suggéré une somme ?

— Pas vraiment. Il m'a simplement dit qu'elle devrait être substantielle. J'ai pensé à vingt mille dollars.

— Oh ! Je dirais plutôt dix.

Peggy ne fut pas surprise. Jim et elle tombaient rarement d'accord sur les questions d'argent.

— Il faut que les gens soient vraiment motivés, fit-elle remarquer.

— Bon, on verra ça plus tard. Qu'as-tu trouvé d'autre ?

Elle sortit une épaisse brochure de la pile de documents posés sur ses genoux.

— L'Agence nationale pour la recherche des

enfants disparus m'a envoyé ceci. C'est une liste des démarches à entreprendre.

Jim lui sourit et lui prit la main.

— Il me semble que nous faisons déjà le maximum, ma chérie.

— Non. Nous pouvons faire beaucoup plus. En commençant déjà par solliciter les gens. L'un des responsables de l'Agence — qui se met à notre disposition — m'a dit qu'ils pouvaient diffuser des cartes postales avec la photo de l'enfant et de la personne qui l'a enlevé. Généralement, ils obtiennent de bons résultats.

— Ils le feraient pour Tyler ?

— Eventuellement, dans quelque temps. Ils sont déjà surchargés et ce sont les enfants enlevés par des inconnus qui ont la priorité. Mais il faut que l'on insiste. Je rappellerai cet homme tous les jours jusqu'à ce que nous ayons retrouvé Tyler.

— Tu vas finir par l'agacer.

— Mais non, je ne l'agacerai pas.

Peggy posa la brochure à côté d'elle et regarda les notes qu'elle avait prises au téléphone, le matin. Elles remplissaient plusieurs feuilles de papier grand format.

— J'ai téléphoné à Rausch. Susanna est désormais considérée comme une hors-la-loi. Un mandat d'arrêt a été lancé contre elle.

Jim lâcha la main de Peggy pour glisser ses doigts dans ses cheveux.

— Ça devient moche, dit-il.

— Mais c'est moche ! Elle a commis un délit grave. Sinon la police ne s'en serait pas mêlée.

— Tu as sans doute raison.

— Bill — le détective privé — pense que l'on devrait alerter les médecins et les hôpitaux. Tyler est reconnaissable à sa cicatrice. J'en ai parlé à Ron. Il dit que ça peut être utile, à condition de toucher le bon médecin, au bon moment. J'ai également appelé le secrétariat de l'émission *Perdu de vue*.

Jim éclata de rire.

— Non, ne ris pas. C'est le genre de chose dont ils s'occupent. Malheureusement il faut attendre la prochaine émission consacrée à des cas d'enfants enlevés par un parent, et elle n'aura pas lieu avant un certain temps. Je leur ai quand même laissé mon nom et mon numéro de téléphone.

En fait, Peggy espérait bien qu'entre-temps tout serait rentré dans l'ordre.

— J'apprécie beaucoup Rausch, continua-t-elle. Il a tout de suite pris l'affaire au sérieux.

— Le FBI va intervenir ?

— Non. A moins qu'ils aient la preuve que Susanna a quitté l'Etat. A ce moment-là, ils considéreraient qu'elle a fui pour se dérober à la justice du Colorado et seraient tenus d'agir.

En quelques jours, Peggy était devenue experte en matière de kidnapping. Mais Jim estimait qu'il y avait dans cette affaire quelqu'un qu'elle oubliait trop facilement.

— Ils devraient commencer par s'intéresser à Linc Sebastian, me semble-t-il. Je suis sûr qu'il n'a pas tout dit.

— Rausch l'avait justement convoqué aujourd'hui dans son bureau pour lui poser des questions. Mais il m'a dit qu'il n'en avait rien tiré.

— Pardi ! Linc n'est pas un novice. Ce n'est pas la première fois qu'il se fait interroger par la police... Pourquoi ne met-on pas son téléphone sur écoute ?

— D'après Rausch, c'est une opération coûteuse et qui mobilise quelqu'un vingt-quatre heures sur vingt-quatre. Mais ils ont demandé un mandat pour avoir accès à la liste de ses appels — reçus et donnés — ainsi qu'à son compte bancaire. Comme ça ils verront s'il a prélevé une somme importante pour aider Susanna à fuir, ou s'il retire de l'argent pour le lui envoyer. Ils ont également examiné le compte de Susanna.

— Et alors ?

— Elle a retiré huit mille dollars au cours des dernières semaines, en plusieurs fois.

— Eh bien, elle avait préparé son coup ! Mais elle n'a tout de même pas de quoi aller très loin avec ça.

— Susanna est moins dépensière que toi, plaisanta Peggy.

Elle avait fait le tour des informations qu'elle avait recueillies dans la journée et, avec un soupir, posa sa tête sur l'épaule de Jim.

— Tu es surpris par ce qu'elle a fait ? demanda-t-elle. Je veux dire, tu lui reprochais toujours son manque d'ambition. D'initiative. Il me semble qu'elle en a fait preuve cette fois-ci.

— A mon avis, elle fait surtout preuve d'instabilité psychologique. Enfin, j'admets que je ne lui connaissais pas cette combativité. Mais je suis avant tout étonné de voir qu'elle ne s'est pas encore fait prendre. (Jim poussa un long soupir.) Décidément, j'aurais dû écouter mon père.

Peggy comprit ce qu'il voulait dire. Son père avait essayé de le dissuader d'épouser Susanna. « Elle va être un boulet pour toi », l'avait-il prévenu. Les parents de Jim n'avaient peut-être pas beaucoup d'argent, mais en revanche ils débordaient d'orgueil et d'ambition et ne voulaient pas que quelqu'un comme Susanna leur mette des bâtons dans les roues.

Jim se tourna vers Peggy, le regard brillant d'amour.

— Je regrette tellement ce qui arrive, Peggy. Nous qui avions tout pour être comblés...

— C'est vrai.

Il caressa sa joue.

— Tu es si belle. Je déteste voir cette tristesse sur ton visage.

— Ça va, Jim. Ne t'inquiète pas.

Il s'écarta d'elle pour s'étirer, puis suggéra :

— Pourquoi ne pas dîner maintenant ? On reprendra cette conversation plus tard. Peut-être au lit ?

Devant l'espoir qu'elle lisait dans ses yeux, elle se sentit tiraillée entre la culpabilité et l'ennui. Elle n'avait plus envie de faire l'amour. Rien ne tue le désir comme de perdre son enfant. Jim avait voulu faire l'amour pendant le week-end et elle l'avait repoussé en se demandant comment il pouvait éprouver du désir quand tout allait si mal.

Elle regarda sa pile de documents.

— Jim, j'ai l'impression de n'être guère soutenue.

— Dans tes recherches, tu veux dire ? Oh, je suis désolé, Peggy. (Il se rapprocha d'elle et l'attira contre lui.) Tu sais bien que je travaille comme un forcené. Tandis que toi, tu as du temps libre, Peggy. Ne crois pas que je sois insensible à ce que tu fais. Et je ne demande pas mieux que de t'aider. Dis-moi ce que je peux faire.

Elle resta perplexe devant sa proposition. Il avait raison. Elle avait du temps libre et lui en manquait. Simplement, elle n'aimait pas se sentir seule dans la bataille.

— Ce que j'aimerais vraiment, c'est que tu m'autorises à engager le détective privé.

Jim soupira.

— Fais-le si tu crois que ça peut aider. Fais-le.

— Merci.

Elle se pencha vers lui pour poser un baiser sur ses lèvres mais, quand il voulut la retenir, il sentit qu'elle ne pensait qu'à une chose : appeler Bill Anderson.

Secouant la tête, il s'écarta d'elle et sourit.

— Ce n'est pas faire l'amour qui t'intéresse, n'est-ce pas ?

Elle l'embrassa de nouveau, lui assura qu'elle l'aimait et alla décrocher le téléphone.

9

Assis sur le canapé, Bill Anderson se pencha en avant, son calepin sur les genoux et un œil sur Sam. Le chien, maintenant couché aux pieds de son maître, avait accueilli le détective par un grognement menaçant. Trouvant son compagnon très perspicace, Linc avait à grand-peine retenu un sourire.

— Bon, fit Anderson, et quand l'avez-vous vue pour la dernière fois ?

C'était la question que tout le monde lui posait.

— J'ai déjà répondu...

— Je sais. A la police. Mais pas à moi.

Linc soupira et obtempéra. De petite taille, vêtu d'un costume trois-pièces impeccable, Bill Anderson souffrait d'une gêne respiratoire qui le faisait renifler de façon grotesque toutes les cinq secondes.

— La dernière fois que je l'ai vue c'était dans ma voiture. A la sortie du tribunal, nous sommes passés prendre Tyler à la garderie puis je les ai ramenés à la maison.

— De quoi avez-vous parlé ?

— Je ne m'en souviens plus, répondit Linc, tout ce qu'il y a de plus sincère. Nous étions aussi déprimés l'un que l'autre.

— Vous êtes entré chez elle ?

— Non. Nous nous sommes parlé une dernière fois au téléphone, dans la soirée. Elle avait l'air d'aller plutôt bien. Pas un seul instant je n'aurais pu supposer qu'elle allait partir.

Linc s'abstint de préciser combien il avait trouvé étrange que Susanna veuille se débarrasser de lui, ce soir-là.

— Vous avait-elle déjà parlé d'endroits où elle aimerait vivre ?

Linc entendit à peine la question d'Anderson. Il pensait à son sac à dos où l'attendait un paquet de cigarettes tout neuf. Comme Grace et Valerie étaient présentes dans la maison, il n'osait pas fumer. Il essaya de se concentrer à nouveau sur l'interrogatoire du détective.

— Pardon, dit-il. Que m'avez-vous demandé ?

Anderson répéta sa question.

— Contrairement à ce que son ex-mari a pu vous dire, lui répondit Linc, Susanna n'est pas stupide. Elle n'irait sûrement pas se cacher dans un endroit où elle aurait auparavant déclaré vouloir vivre.

— Parlez-moi quand même des lieux qu'elle rêvait de visiter, fit Bill Anderson, avec un petit sourire condescendant.

— Eh bien, elle pensait souvent à Hawaii. A l'Europe, aussi. L'Italie et ses œuvres d'art l'attiraient particulièrement.

Tout en espérant que le petit bonhomme qu'il avait devant lui se satisferait de sa réponse, Linc huma l'arôme du potage au poulet qui s'échappait de la cuisine. En revenant du cours qu'il donnait à l'université, il avait trouvé devant sa porte Grace et Valerie, venues « lui remonter le moral ». Dès que la voiture de Bill Anderson était arrivée, Linc avait envoyé ses deux amies dans la cuisine en leur demandant de ne pas se montrer. Il ne voulait pas qu'Anderson les accable également de questions.

— Elle a pu se réfugier chez des parents. Ou même dans votre famille, reprit Anderson.

Puis il recommença à renifler et Linc faillit aller lui

chercher une boîte de kleenex pour la lui mettre sur les genoux.

— J'ai des cousins à Colorado Springs, dit-il. Mais Susanna les connaît à peine. Elle-même n'a pas de famille. De toute façon, je pense qu'elle doit plutôt rechercher l'anonymat.

Bill nota quelque chose sur son calepin. Sam se redressa et s'assit, la tête sur les genoux de Linc, ses gros yeux noirs rivés sur le détective, qui eut un léger mouvement de recul.

— Et sa mère ? Savez-vous où elle se trouve ?

— Susanna ne la voit plus depuis des années, fit observer Linc tout en grattant son chien derrière l'oreille. Je suis sûr qu'elle ne sait même pas où elle vit. Et d'ailleurs, si c'était le cas, ce n'est certainement pas à elle qu'elle demanderait de l'aide.

Si ma mère n'était pas morte, c'est plutôt à elle que Susanna se serait adressée, pensa Linc.

— Admettons qu'elle ait changé d'identité, avez-vous une idée du nom qu'elle aurait pu choisir ?

Linc secoua la tête négativement.

— Son nom de jeune fille, peut-être ? suggéra Bill Anderson.

— Non. Elle détestait le nom de Miller, et encore plus celui de Wood.

— Son fils a eu un grave problème médical. Pensez-vous qu'elle soit suffisamment attentive à sa santé ?

— Evidemment.

— Selon vous, l'enfant peut-il être en danger ?

— Certainement pas.

Linc rêvait d'une cigarette. Dès que le détective serait parti et avant que Grace et Valerie s'en rendent compte, il pourrait peut-être disparaître un moment dans le studio, où il devait d'ailleurs passer en revue les fax qu'il avait reçus. Il n'aurait qu'à fermer la porte à clef et...

— A-t-elle des talents particuliers ?

— Des talents particuliers ?

Linc ne put s'empêcher d'esquisser un sourire. Mais quand il vit l'air salace d'Anderson, il faillit se frapper pour avoir laissé ce nabot entrevoir son intimité avec Susanna.

— En dehors de ces talents-là..., fit Anderson.

Linc ignora la précision d'Anderson.

— Elle est formidable avec les enfants. C'est une excellente mère et...

— Bien sûr, bien sûr, le coupa Bill avec un geste agacé de la main. Ça, vous pouvez le garder pour le juge.

— Elle est généreuse, pleine de compassion et de sensibilité.

— Oui...

— Et c'est une artiste.

Bill plissa les yeux.

— Une artiste ? Son ex-mari ne m'a rien dit à ce sujet.

— Parce que, pour lui, ça ne compte pas. Il préférait qu'elle gâche son talent en travaillant plutôt qu'elle ne fasse des études d'art. Et lui, pendant ce temps, il suivait des cours de droit et se cherchait une avocate pour la remplacer.

— Que d'amertume ! fit observer Bill, narquois. Que pouvez-vous encore m'apprendre que son mari m'ait caché ?

— Elle est très intelligente. Ça, je suis sûr qu'il ne vous l'a pas dit non plus.

— Vous croyez que c'est intelligent de s'enfuir comme ça ?

— Vous voulez que je vous aide à la retrouver ou préférez-vous que je me lance dans une analyse philosophique et morale de sa conduite ?

— Oubliez ma question.

— Elle peut taper sur un clavier comme s'il y avait le feu dans le bureau. Elle manie très bien les chiffres et l'argent.

— Je sais. J'ai discuté avec son chef de service, à la banque.

Sam s'avança vers Anderson et, remuant la queue lentement, attendit une caresse. Bill leva les mains, mal à l'aise.

— Vous ne voudriez pas rappeler votre chien ?

— Viens ici, Sam, fit Linc en riant, la main tendue vers l'animal.

Sam retourna s'allonger aux pieds de son maître pendant que Bill baissait lentement les bras.

— Mis à part vous et ses collègues de travail, a-t-elle d'autres amis dans le coin ?

— Grace Talbot et Valerie Diehl.

— Ah oui, les deux lesbiennes.

Linc leva les yeux en l'air.

— Voyons, fit Bill en feuilletant ses notes. Talbot travaille à la bibliothèque de l'université et Diehl enseigne la psychologie. Elle est bien psy, n'est-ce pas ?

— Exact.

Et elles sont dans ma cuisine mais il n'est pas question que vous les interrogiez.

— Susanna Miller aurait-elle pu partir avec une femme ?

Linc bondit sur ses pieds.

— Bon, il me semble qu'il est temps de mettre fin à cette discussion. Je ne vois pas ce que je pourrais vous raconter de plus.

A son tour, Bill Anderson se leva.

— S'il est bien vrai que vous ignorez où elle est, j'imagine que vous avez envie qu'on la retrouve.

— Ecoutez, je ne vous ai rien caché. Susanna a été assez astucieuse pour disparaître sans me prévenir.

Ce qu'il ne lui avait pas encore pardonné.

Suivi de Sam, Linc raccompagna Anderson à la porte et le regarda faire une prudente marche arrière dans la longue allée tortueuse. De retour dans le living, il pensa aller s'enfermer dans le studio pour fumer une cigarette mais, estimant qu'il n'en aurait pas le temps, il se rendit directement dans la cuisine où Grace remuait la soupe pendant que Valerie sortait des petits pains du four.

— Quel pauvre type ! commenta Linc.

Grace se redressa, rejetant derrière son oreille une mèche de ses cheveux prématurément blancs.

— Oublie-le. Prends une chaise et laisse les deux lesbiennes s'occuper de toi.

— Vous avez suivi la conversation ?

— Suffisamment pour comprendre que c'est un vrai con.

Valerie posa du beurre sur la table, ainsi que la corbeille contenant les petits pains. Puis elle prit Linc par le bras et le fit s'asseoir à la place d'honneur.

— Vous dînez avec moi, j'espère, dit-il.

— Bien sûr.

Grace apporta deux bols de potage sur la table et s'installa près de lui. Valerie se joignit bientôt à eux avec un troisième bol.

— Ça sent drôlement bon, fit Linc.

Il trempa sa cuillère dans le potage aussi épais qu'un ragoût et se rendit compte qu'il avait faim.

— Je suppose qu'il voudra vous interroger, maintenant que je lui ai dit que vous étiez des amies de Susanna.

— Qu'il le fasse, dit Grace. Je doute qu'on puisse beaucoup l'aider.

Grace dirigeait la section des études américaines à la bibliothèque de l'université. Linc l'avait rencontrée lorsqu'il avait fait don d'une partie de sa collection de musique américaine à la bibliothèque et ils s'étaient rapidement liés d'amitié. La voix forte, expansive, Grace ne correspondait pas à l'idée que l'on se fait d'une bibliothécaire.

Valerie, quant à elle, était calme et préférait écouter que parler. Les deux femmes, d'une taille et d'une carrure identiques, arboraient le même style de coiffure.

Mais l'une avait les cheveux aussi noirs que l'autre les avait blancs. Linc trouvait qu'elles allaient formidablement bien ensemble en formant ce couple poivre et sel.

Grace se pencha vers lui et renifla sa chemise.

— Tu recommences à fumer, accusa-t-elle.

Imitant le geste de Grace, Linc prit en plein nez un relent de tabac froid.

— J'ai déjeuné dans un restaurant enfumé, aujourd'hui.

— Oh, Linc ! fit Grace. Tu te fiches de nous ?

— Laisse-le tranquille, intervint Valerie. Il vient de subir un coup terrible. Il a le droit de régresser un peu.

— Oui. Laisse-moi régresser.

Il sourit à Grace, mais celle-ci se détourna dans un mouvement de dégoût, qu'il espéra totalement feint.

— Tu devrais venir avec nous au cinéma, ce soir, lui proposa-t-elle néanmoins.

— Non. Je te remercie, mais j'ai l'émission à enregistrer demain matin et je n'ai encore rien préparé.

— Tu crois que Susanna peut entendre ton émission ? demanda Valerie.

— Sans doute. (Il avala une cuillerée de potage.) Avant de partir, elle m'avait demandé de lui passer *Suzanne* le dimanche suivant. Elle pensait donc qu'elle pourrait l'écouter. En ce moment, j'essaie de trouver un moyen de lui passer un message. Mais je crains que l'émission ne soit passée au crible par la police, par ce détective ou par je ne sais qui d'autre. Ils ont un mandat pour contrôler mes communications téléphoniques et mes fax, et je sens qu'ils vont s'intéresser à la provenance de mon courrier.

— Ah, c'est le grand jeu ! fit remarquer Valerie. Mais pourquoi tu ne passerais pas *Suzanne* chaque semaine, pour elle ?

— Chaque semaine... Je ne veux pas croire qu'elle va rester absente si longtemps.

— Tu espères qu'ils vont la retrouver, c'est ça ? demanda Grace.

Linc posa sa cuillère dans le bol vide.

— Je souhaite de tout mon cœur qu'elle revienne. Mais seulement si elle en a vraiment envie.

Il avait mal à l'idée qu'elle ait pu le quitter si facilement.

Après le repas, il aida les deux femmes à ranger la cuisine, puis il disparut dans son studio pour lire les fax des auditeurs — et fumer une cigarette — pendant qu'elles regardaient la télévision. Il avait l'impression d'être gardé par deux baby-sitters, ce soir-là, mais cela ne le gênait pas. Un peu après dix heures, Grace frappa à la porte du studio.

— Viens, dit-elle. Dépêche-toi. Peggy et Jim donnent une conférence de presse.

Linc accourut, prit la télécommande sur la table basse et monta le son.

— Qu'ont-ils dit jusqu'à présent ? demanda-t-il avant de s'asseoir par terre, à côté de Grace.

— Pour l'instant, rien. C'est le journaliste qui...

Linc l'interrompit. Jim s'apprêtait à intervenir.

— Nous avons toutes les raisons de croire que Susanna Miller a enlevé notre fils, Tyler.

Linc souffla entre ses dents. C'était la première fois que l'on avançait la thèse du kidnapping. Les jours précédents, il n'avait été question que de la disparition de Susanna et de l'enfant.

Sous les flashes des photographes, Jim et Peggy paraissaient blafards.

— Tyler souffre de problèmes cardiaques, continua Jim, et nous craignons qu'il ne reçoive pas les soins dont il a besoin. Susanna Miller a un passé psychiatrique...

Linc tapa du poing sur son genou.

— Quel salaud ! s'exclama-t-il sans écouter la fin de la phrase. Puis il se concentra de nouveau sur Jim, qui poursuivait :

— Nous offrons vingt mille dollars de récompense

à quiconque nous fournira des informations nous permettant de retrouver Susanna et Tyler Miller.

Une photo de la mère et de l'enfant apparut sur l'écran, accompagnée d'un numéro de téléphone. La photo, prise par Linc, montrait Tyler dans les bras de sa mère, en haut d'un toboggan. C'était probablement la police qui l'avait subtilisée dans l'appartement de Susanna, où elle se trouvait, encadrée, sur le poste de télévision. Linc se félicita d'avoir mis en lieu sûr les albums de photos.

Il coupa le son dès que le présentateur du journal changea de sujet.

— « Passé psychiatrique »..., maugréa-t-il.

Furieux, il avait le visage en feu et pouvait imaginer sur ses joues les taches rouges qui surgissaient immanquablement lorsqu'il était en colère ou contrarié.

— Elle était déprimée, espèce d'ordure ! lança-t-il en direction de l'écran. Sans toi, elle ne se serait jamais retrouvée à l'hôpital.

— On se calme, fit Grace en lui tapotant le bras.

— Laisse-le s'extérioriser, objecta Valerie, toujours soucieuse de laisser les gens exprimer leurs émotions.

— Lui, à coup sûr il finirait chez les dingues s'il trouvait la belle Peggy au lit avec un autre homme ! ajouta Linc.

— Va le lui dire, fit Valerie.

— La faire passer pour détraquée ! quelle honte ! J'espère qu'elle est assez loin pour ne pas être tombée sur le spectacle de ces deux crapules réclamant le retour de « leur » bébé.

— Je ne comprends pas Peggy, avoua Grace, à demi allongée en appui sur ses coudes. Elle choisit de travailler pour l'Aide judiciaire et elle épouse l'un de ces avocats de la pire espèce qui ne pensent qu'à faire de l'argent. Vous trouvez ça logique ?

Linc haussa les épaules. Il n'était pas d'humeur à parler de Peggy et de ses côtés effectivement sympathiques.

— Peggy ne mérite pas que je dépense de l'énergie à essayer de la comprendre. C'est Susanna qui me préoccupe, et j'avoue que maintenant je suis furieux contre elle.

— Evidemment, admit Valerie.

— Elle n'aurait pas dû fuir. Elle l'a assez fait quand elle était gamine. C'était sa manière de réagir quand elle avait un problème. Moi, j'allais toujours la récupérer et je la ramenais chez elle. Et vous savez ce qui se passait ?

— Non. Quoi ? demanda Grace.

— Son père — cette ordure — la battait comme plâtre.

Et il en fut ainsi jusqu'au jour où Linc mit définitivement un terme à cette violence... Mais il ne voulait pas revenir là-dessus maintenant. Grace et Valerie savaient qu'il avait tué le père de Susanna. Tout le monde le savait, mais personne, pas même elles, si proches de lui, n'osait lui poser de questions à ce sujet.

— Les hommes sont à vomir, déclara Valerie.

— Merci, fit Linc. Ça fait toujours plaisir à entendre !

— Tu es l'exception à la règle.

Grace se leva et demanda :

— On peut te laisser seul ?

— Et comment ! Je vais enfin pouvoir en griller une.

— Tu as déjà fumé dans ton studio pendant toute la soirée, fit observer Valerie. Tu nous appelles s'il y a du nouveau, d'accord ?

Linc ne prit pas la peine de les raccompagner à la porte. Et fumer, il n'en avait même pas réellement envie. Alors, allongé par terre, la tête sur un coussin, il fixa la télévision toujours muette jusqu'au moment où il sombra dans le sommeil.

10

Kim s'assit sur le canapé et regarda par la fenêtre les branches du vieil érable. Tant qu'Ellen et l'une de ses clientes bavarderaient sous la véranda, elle ne sortirait pas. Elle se sentait tout simplement incapable de passer à côté des deux femmes en les saluant et d'aller tranquillement prendre sa voiture. Ce n'était pas Ellen qui lui faisait peur, mais cette femme qu'elle ne connaissait pas. Elle se méfiait de tout le monde, ces temps-ci. Moins elle rencontrerait de gens, mieux elle se porterait.

Elle sentait partout des regards soupçonneux. Chaque jour, depuis son arrivée, elle s'était efforcée de faire au moins une longue promenade avec Cody. Mais si elle essayait de paraître à l'aise et de passer inaperçue, elle n'en avait pas moins l'impression que toute la ville l'observait. Dieu, quelle existence solitaire elle était en train de se forger ! S'imposer un tel isolement avait quelque chose d'intolérable qu'elle n'avait pas prévu un seul instant.

Cody, assis sur le plancher, la regarda, visiblement contrarié. Comment le lui reprocher ? Elle l'avait habillé pour sortir et voilà qu'elle le laissait attendre, avec un gilet beaucoup trop chaud pour rester dans un appartement.

— On leur accorde encore quelques minutes, Cody, dit-elle, les yeux tournés vers la porte.

Elle l'avait laissée ouverte afin d'entendre ce qui se

passait en bas. Mais, pour l'instant, Ellen et sa cliente n'avaient pas l'air décidées à rentrer dans la maison.

— S'il le faut, nous descendrons sans faire attention à elles. Après tout, qu'est-ce qu'on risque ?

Kim ne savait que trop bien ce qu'ils risquaient. Qu'est-ce qui prouvait que cette inconnue venait bien pour des massages ? Peut-être avait-elle appelé Ellen en se faisant passer pour une cliente alors qu'en réalité elle était au service de Jim. En tout cas, Ellen et son activité représentaient le meilleur moyen de s'introduire dans la maison. Jim avait sans nul doute engagé un détective privé pour la retrouver et il était assez malin pour choisir une femme.

Par crainte de se perdre dans des réflexions sans fin, elle avait multiplié les démarches de toutes sortes, durant les jours précédents. La veille, elle s'était procuré un numéro de téléphone, une assurance pour la voiture, un permis de conduire, des plaques d'immatriculation et un compte bancaire. Et tout cela au nom de Kim Stratton, qui désormais existait sur le papier. Autrement dit, avait acquis une réalité tangible.

Non loin du centre-ville, elle avait trouvé la bibliothèque municipale et s'y était engouffrée avec Cody dans sa poussette pour consulter la carte du New Jersey puis celle du Maryland. Sur la première, elle avait relevé le nom d'un faubourg de Trenton qu'à l'occasion elle citerait si on lui demandait où elle vivait avec son mari. Sur la seconde, elle avait cherché où loger sa famille imaginaire, ces gens dont elle avait soi-disant voulu se rapprocher. Elle avait choisi Bowie, qui n'était ni trop près ni trop loin d'Annapolis. Puis elle s'était mise à penser à cette famille unie et chaleureuse. Elle s'était inventé plusieurs sœurs et des frères qui l'avaient à la fois taquinée et protégée tout au long de son enfance. Peu à peu, cette famille était devenue si vivante, si réelle dans son esprit, qu'elle en avait pris peur. C'était la famille heureuse et normale qu'elle aurait tant voulu créer avec Jim.

Soudain, son attention fut attirée par un mouvement sur une branche de l'érable toute proche de la fenêtre. Découvrant un écureuil, elle appela son fils.

Cody s'approcha d'elle à quatre pattes. Kim le prit sur ses genoux et lui montra l'écureuil, déclenchant des cris émerveillés.

— Chut ! S'il t'entend, il va se sauver.

Le petit animal grignotait quelque chose, les mâchoires furieusement animées, la queue se balançant d'avant en arrière. Un lointain souvenir remonta alors à la mémoire de Kim.

Un jour — elle devait avoir sept ou huit ans —, par la porte entrebâillée de la chambre de ses parents, elle avait aperçu son père, debout, près de la fenêtre, habillé avec élégance mais la cravate à demi défaite et une mèche blonde tombant sur ses yeux. Une cigarette pendait à ses lèvres et, comme toujours, une bouteille de whisky ouverte était posée sur la table de chevet.

Lentement, très lentement, il avait avancé ses mains vers le bas de la fenêtre et remonté la moustiquaire avec précaution. C'est alors qu'elle avait compris ce qu'il observait. A quelques mètres de la fenêtre ouverte un gros écureuil gris était assis dans un arbre. Sans cesser un seul instant de surveiller l'animal, son père avait ouvert le tiroir de la table de nuit et en avait sorti un revolver.

Elle avait d'abord cru qu'il s'agissait d'un jouet. Mais quand elle avait vu son père le pointer avec le plus grand sérieux sur l'écureuil, elle s'était mordu la lèvre pour retenir un cri. Puis elle avait fermé les yeux à l'instant où il avait appuyé sur la détente. L'explosion lui avait arraché un cri aigu que personne n'avait semblé entendre. Quand elle avait rouvert les yeux, l'écureuil avait disparu et, avec lui, le peu de confiance qu'elle gardait en son père.

Ce jour-là, pour la première fois, elle s'était sauvée de chez elle. Elle avait d'abord pensé aller se réfugier auprès de Geri, la mère de Linc, en se disant que celle-ci la prendrait dans ses bras et lui expliquerait que l'écureuil avait probablement réussi à se sauver à la dernière minute. Mais elle savait aussi que Geri l'inciterait à retourner chez elle. Alors, elle avait préféré se cacher dans la petite pièce au-dessus du garage de ses voisins. A aucun moment ses parents ne se rendirent compte de sa disparition. Peut-on prétendre qu'une enfant s'est sauvée de chez elle quand ses parents ne se préoccupent même pas de savoir où elle est ?

Après une longue nuit passée dans sa cachette, elle avait fini par rentrer chez elle. Mais, pendant des semaines, elle avait évité de s'approcher de l'arbre sous les branches duquel l'écureuil avait pu tomber. Ce qui lui avait permis de continuer à croire qu'il avait échappé à la mort.

Aux éclats de rire qui résonnèrent brusquement, Kim comprit qu'Ellen et sa cliente étaient finalement entrées dans la maison. Puis, entendant une porte se fermer, elle se leva, Cody dans les bras.

— On y va, petit père, dit-elle.

Au rez-de-chaussée, elle sortit la poussette du placard qu'Ellen avait mis à sa disposition, la porta jusqu'à sa voiture, l'installa dans le coffre puis attacha Cody sur son siège avant de vérifier la direction qu'elle devait prendre pour se rendre au magasin d'ordinateurs qu'Ellen lui avait recommandé, bien qu'elle-même n'ait jamais eu à faire ce genre d'acquisition. Décidément, cette femme semblait être au centre d'un réseau d'informations à la fois impressionnant et déroutant. Apparemment, il devait être difficile de cacher quelque chose à Ellen King.

Kim sortit de la ville en empruntant une nouvelle route. Arrêtée au feu rouge, à un carrefour particulièrement animé, elle vit Cody lui montrer le mur d'une banque. Il lui fallut quelques secondes avant de comprendre ce qui avait attiré l'attention de l'enfant. C'était l'une de ces fresques qu'elle avait déjà eu l'occasion de remarquer. Celle-ci, en cours d'exécution, semblait représenter un village fantastique sous la neige. Kim se demanda si elle n'essaierait pas l'un de ces jours de venir surprendre l'artiste en plein travail.

Toutes les décorations murales qu'elle avait vues portaient la même signature : Adam Soria — le nom qu'elle avait remarqué, le jour de son arrivée, sous le grand bateau aux voiles déployées. A vrai dire, avant même d'avoir lu la signature on reconnaissait l'artiste à ses couleurs vives et intenses. Kim avait vu ses œuvres dans des endroits presque cachés ou au contraire très exposés, et, plusieurs fois, elle s'était surprise à prolonger ses promenades dans l'espoir d'en découvrir de nouvelles. Sa préférée représentait un coin de jungle, avec des oiseaux blancs volant en cercle sur fond d'arbres d'un vert profond. En bas, à droite, le nom d'Adam Soria était inscrit en lettres dorées.

Elle admirait le travail de ce peintre et pensait au bonheur qui devait être le sien de pouvoir disposer de tant d'espace pour offrir son talent au public. A Boulder, quand elle s'était autorisée à peindre sur tout un mur de la chambre de Cody, elle n'avait pu s'empêcher de trembler en pensant à la réaction du propriétaire. Son arche de Noé lui aurait sans doute coûté le montant de sa caution. Préoccupation ô combien risible aujourd'hui !

Quant à recommencer dans l'appartement d'Ellen... Non, pas sans son accord. Et, surtout, pas avant de savoir si elle pourrait lui payer les prochains loyers.

La veille, elle avait fait ses comptes jusqu'à une heure avancée de la soirée. Il lui restait quatre mille huit cents dollars et elle savait que l'ordinateur et l'imprimante ne lui en laisseraient plus que deux mille environ. Une misère. Il fallait qu'elle trouve du travail au plus vite.

Le magasin occupait un énorme bâtiment, entouré d'un parking à sa mesure. Kim ne connaissait des ordinateurs que le peu qu'elle avait appris à la banque.

Elle mit Cody dans sa poussette et traversa le parking d'un pas résolu. Le vendeur qui l'accueillit à l'entrée n'avait pas plus de vingt ans. Impeccable, l'œil un peu trop brillant, prêt à enflammer le monde, il lui rappela Jim lorsqu'il avait quelques années de moins.

— J'aimerais m'acheter un ordinateur, dit-elle. Essentiellement pour l'utiliser en traitement de texte.

Elle eut l'impression d'avoir pressé un bouton en déclenchant un flot de paroles d'où émergèrent : mémoire vive, ports série, CD-ROM, modem. Ah ! Pour une fois, elle aurait préféré être à Boulder où elle connaissait de nombreuses personnes susceptibles de la conseiller pour ce genre d'achat. A commencer par Linc.

Dès que le vendeur se tut, le temps de reprendre son souffle, elle demanda grâce.

— Ecoutez. Je n'y connais rien. Conseillez-moi un modèle qui convienne à l'usage que je m'apprête à en faire.

— Bien, je vais commencer par vous montrer ce que nous avons.

Il lui présenta différents appareils, mais il y en avait tant que bientôt, dans l'esprit de Kim, tout se confondit en une simple masse de plastique, bien qu'elle dût reconnaître que ces ordinateurs étaient plus attrayants que celui qu'elle avait utilisé à la banque.

Finalement, elle s'arrêta sur un modèle, mais son enthousiasme retomba quelque peu quand elle se pencha sur l'étiquette. Si elle achetait cet appareil-là, que lui resterait-il ? Trois fois rien. Que deviendrait-elle si Cody avait besoin de soins urgents ?

— Il me plaît. Mais je n'ai pas les moyens de l'acheter, avoua-t-elle.

— Oh... mais attendez. Je crois que vous avez de la chance... Venez.

Elle suivit le vendeur en poussant Cody qui s'était endormi. Sur le comptoir, près de la caisse, se trouvait un ordinateur très semblable à celui qu'elle venait de choisir mais qu'un autocollant rouge, collé sur l'écran, proposait à un prix nettement plus abordable.

— C'est le même modèle ?

— Exactement le même.

— Alors, pourquoi ce prix ?

— Parce qu'il a été déballé.

— C'est-à-dire ?

— Quelqu'un l'a acheté puis s'est ravisé pour une raison quelconque et l'a rendu. Mais, bien qu'il soit neuf, on ne peut le vendre comme tel. (Le vendeur fit un clin d'œil à sa cliente comme s'il l'invitait à partager un petit secret.) Et si on ne peut pas le vendre au prix d'un appareil neuf, eh bien, vous faites une affaire. De plus, l'acheteur précédent a laissé dedans une tonne de logiciels. Ce qui vous fait un bonus.

— Je peux voir ?

— Bien sûr.

Il mit l'ordinateur en marche et Kim commença à faire défiler les différents programmes, parmi lesquels elle retrouva le traitement de texte de la banque. Il y avait également un programme financier — superflu pour le moment — et des jeux. Tout cela était très tentant quoique cette histoire d'appareil déballé, rendu et soldé l'inquiétât un peu.

— Il est bien, dit-elle. Mais j'aimerais comprendre pourquoi on l'a rapporté. Il doit avoir un défaut.

— Non, pas du tout. En fait, je peux vous dire ce qui s'est passé. Maintenant je m'en souviens. C'est un appareil que l'on avait prêté à l'un de nos clients, en panne d'ordinateur.

Kim n'en crut pas un mot, mais elle avait tellement envie de cet ordinateur qu'elle mit sa méfiance de côté.

— Je pourrai le rapporter si ça ne va pas ?

— Bien sûr.

— Dans ce cas, je le prends. J'ai aussi besoin d'une imprimante.

Le vendeur l'aida à en choisir une et elle termina ses achats au rayon papeterie.

Ce ne fut qu'après avoir refermé son coffre qu'elle remarqua de l'autre côté de la route un magasin de fournitures pour arts plastiques. Décidément... Voilà qu'après les fresques, elle trouvait sur son chemin de quoi dessiner et peindre ! Peut-être était-il temps pour elle de reprendre crayons et pinceaux.

Traverser une route à grande circulation avec une poussette n'était pas évident. Elle mit un certain temps à y parvenir et passa près d'une heure à aller et venir entre les rayons du magasin, s'imprégnant des odeurs et des sensations qui avaient tant compté dans son adolescence. Finalement, elle ressortit en emportant avec elle un carnet de croquis et un assortiment de crayons comme elle n'en avait pas eu depuis l'âge de seize ans.

Ce soir-là, dès qu'elle eut couché Cody, elle installa l'ordinateur sur la table de chêne, dans le coin salle à manger du living. Elle le mit en route et s'exerça à son fonctionnement. Au bout d'un moment, elle éprouva la fierté de se débrouiller seule avec le premier ordinateur qu'elle eût jamais possédé. Restait à découvrir la raison pour laquelle cet appareil avait été rendu. Si quelque chose clochait, elle préférait s'en apercevoir avant de chercher du travail. Sinon elle risquait de se retrouver avec une commande, sans doute difficilement obtenue, un délai serré et une machine en panne... Le cauchemar.

L'utilisateur précédent avait laissé, en plus d'un certain nombre de logiciels, un fichier comportant deux pages de noms et d'adresses, suivis de curieuses informations.

Katherine Nabors, 448 Labrador Lane, Annapolis, 47 ans, 2 enfants, 2 adultes. 27 septembre, 8 : 30, sur place.

Sellers, Sellers, et Wittaker, 5588 Duke of Gloucester Street, Annapolis, chaque jour de l'année : retenir 17 octobre, 14 : 00 (tout le monde sera là).

Ryan Geary, 770 Pioneer Way, Annapolis, 51 ans, couple âgé, 13 novembre, 21 : 00.

La liste était longue et concernait des particuliers ainsi que trois entreprises.

Kim allait effacer le fichier quand elle songea que son prédécesseur pouvait en avoir besoin. Elle appela le magasin, par chance encore ouvert, et s'entendit répondre que son vendeur était parti. Toutefois, décidée à ne pas attendre le lendemain, Kim demanda conseil à son interlocutrice.

— Que dois-je faire de ce document à votre avis ?

— Ecoutez, je suis certaine que la personne qui l'a créé en a fait une copie avant de rapporter l'appareil. Ou alors il s'agit d'un document sans importance.

— Vous croyez qu'il n'est pas nécessaire que quelqu'un appelle cette personne pour s'assurer...

— Non, c'est inutile. Maintenant cet ordinateur vous appartient. N'hésitez pas à effacer ce qui vous encombre.

Après avoir tout de même laissé son adresse, Kim raccrocha avec une grimace. Une fois la vente effectuée, le magasin se moquait bien de ce qui pouvait arriver à ses clients. Avant de supprimer le fichier, elle copia la liste sur une disquette, qu'elle rangea dans un tiroir, à l'écart de celles qu'elle allait utiliser pour son travail.

Il était minuit quand elle finit par aller se coucher. Le poids de la solitude lui donna envie de téléphoner à Linc, de lui raconter sa journée, de lui parler de son ordinateur, de sa fierté d'avoir su le faire fonctionner toute seule. Comme chaque soir, elle avait envie de lui faire partager ses nouvelles expériences. Elle tira la couverture sur sa tête, comme pour se soustraire à cette pesante solitude.

Les deux jours suivants, elle se familiarisa avec le programme graphique de l'ordinateur avant de s'imprimer des cartes professionnelles et des brochures en comptant sur la disposition et les couleurs pour faire oublier la minceur de ses références. Elle prépara cent enveloppes adressées à des entreprises dont elle avait trouvé les coordonnées dans l'annuaire commercial de la ville qu'elle s'était procuré. Elle acheta des timbres et, le dimanche, glissa tout ce courrier dans la boîte, à l'extérieur de la poste. Quand elle entendit les enveloppes tomber sur le fond métallique, elle put se dire qu'elle avait fait ce qu'elle devait et de son mieux. Maintenant, il ne restait plus qu'à attendre.

Elle s'attardait près de la boîte aux lettres, les mains sur la poussette, lorsqu'elle remarqua un jeune couple non loin d'elle. Un couple d'une vingtaine d'années, oublieux du reste du monde. Le garçon s'appuyait au mur de la poste, tandis que la jeune fille se serrait contre lui, la tête renversée en arrière, ses cheveux blonds cascadant sur ses épaules. Ils échangèrent un long baiser, passionné et tendre à la fois. Kim se figea face à la boîte à lettres, tout en les observant du coin de l'œil. Ses lèvres frémirent. Elle enviait cette jeune femme noyée dans un doux plaisir. Elle aurait voulu être à sa place. Mais dans les bras de Linc.

Lentement l'homme fit glisser sa main jusqu'au sein de sa compagne qui, les yeux clos, s'arracha à ses lèvres pour reprendre son souffle.

Kim fit l'effort de tourner la poussette dans la direction opposée et de s'éloigner du couple, partagée entre l'étonnement devant tant d'audace en un lieu public et la jalousie pure et simple. Elle savait déjà qu'elle aurait du mal à chasser cette vision de ses pensées.

Entraînée dans la plus longue promenade qu'elle eût jamais faite à Annapolis, par un besoin de sublimation évident, elle arriva dans un quartier inconnu où elle vit une maison entièrement entourée par l'un de ces rubans jaunes que la police utilise pour tenir les curieux à distance. La maison était petite, carrée, avec des murs de planches grises et des volets noirs. Des plates-bandes fleuries la séparaient du trottoir.

Visiblement, il y avait eu un incendie. La véranda était noircie de fumée, à la place de la porte d'entrée pendait un épais plastique et le toit semblait près de s'effondrer.

Dans la rue, deux femmes discutaient en montrant du doigt la maison sinistrée. Cédant à la curiosité, Kim se dirigea vers elles avec sa poussette.

— Que s'est-il passé ? leur demanda-t-elle.

— Un incendie, lui répondit la plus âgée.

— Provoqué par une bombe, d'après la police, ajouta l'autre, une brune plutôt rondelette. La femme qui vivait ici a trouvé un colis devant sa porte. Quand elle l'a ouvert, une bombe lui a explosé au visage.

— Mon Dieu, quelle horreur ! Elle est morte ?

Les deux inconnues hochèrent la tête affirmativement.

— On ne la connaissait pas, fit remarquer la plus âgée. On se promenait, comme chaque jour, quand on a entendu parler du drame. Alors on est venues voir.

Le sentiment d'insécurité qui agitait Kim depuis son arrivée s'aggrava brusquement.

— Il me semblait pourtant qu'Annapolis était une ville calme, dit-elle.

— Mais c'est une ville calme ! C'est la première fois que ce genre de chose arrive ici.

— Le crime et la violence sont partout maintenant, conclut la femme brune.

C'était peut-être exact. En attendant, Kim préféra s'éloigner du quartier. Après avoir dit au revoir aux deux inconnues, elle prit le chemin de son appartement.

Le soir, alors que Cody dormait déjà, Kim posa la radio sur l'étagère, derrière son lit, et, bien qu'elle eût une bonne heure à attendre, la régla sur la station qui devait diffuser l'émission de Linc. Cela faisait maintenant une semaine et demie qu'elle ne l'avait pas vu. Par conséquent, lorsqu'il avait enregistré l'émission de ce soir, il savait déjà depuis plusieurs jours qu'elle avait disparu.

Assise sur le lit avec le carnet et les crayons, elle

trompa son attente en dessinant tout ce qui lui tombait sous les yeux, au son de la musique classique que le poste diffusait. Le plaisir, à défaut de l'habileté, lui revint rapidement, et elle passa l'heure entière à reproduire les objets qui meublaient sa nouvelle vie.

Elle posa le carnet de croquis dès qu'elle entendit *Song for the Asking* puis se glissa sous les couvertures, comme pour amortir un choc... Linc annonça qu'il consacrait l'émission aux Byrds et raconta l'histoire du groupe pendant que Kim était à l'affût d'une trace d'émotion dans sa voix. Elle ne tarda pas à la percevoir. La police avait dû le questionner longuement. Sans prendre de gants. Certains policiers avaient participé à son arrestation. Ceux-là devaient se souvenir de la victime baignant dans une mare de sang, de la femme qui gisait, inconsciente, à côté du cadavre. Ils devaient se souvenir aussi d'elle, assise, hébétée, à son bureau tandis que Linc restait stoïquement sur le bord du lit, le revolver dans les mains. Il y avait aussi ceux qui continuaient à penser que Linc avait été condamné à une peine trop légère et qui ne supportaient pas qu'il fût devenu un homme public et populaire. Elle espéra qu'ils avaient mis leur ressentiment de côté et acceptaient de croire qu'elle était partie sans le prévenir.

Savait-il qu'elle l'écoutait ? Elle crut que sa question resterait sans réponse jusqu'au moment où, à la fin de l'émission, il repassa *Suzanne*.

Oh, Linc !

Elle revit le couple, devant la poste. Lentement sa main remonta vers son sein tandis qu'elle cherchait à éprouver l'émoi de la jeune fille, mais aussitôt elle laissa retomber son bras. A quoi bon ? Il valait beaucoup mieux oublier les sensations de ce genre.

11

Dans la petite salle d'attente de l'Aide judiciaire, outre la réceptionniste, Peggy ne vit qu'une seule personne. Après avoir jeté un coup d'œil sur sa liste, elle demanda :

— Bonnie Higgins ?

La femme leva les yeux de la pile de papiers posés sur ses genoux et fit un signe d'acquiescement. Ses traits bouffis et ses yeux rouges révélaient qu'elle avait beaucoup pleuré.

— Veuillez entrer, lui dit Peggy.

Elle guida la femme jusqu'à son bureau où, une fois assise, elle se présenta.

— Je suis Peggy Miller. Prenez place, je vous en prie.

La femme resta muette, se contentant d'ébaucher un pâle sourire, et Peggy se demanda si, l'une comme l'autre, elles auraient l'énergie nécessaire pour mener une discussion. Depuis la disparition de Tyler, c'était son premier jour de travail. Si tout s'était passé comme prévu, elle serait restée absente deux mois. Mais, vu les circonstances, elle avait préféré reprendre, au moins à mi-temps, son activité professionnelle plutôt que de se morfondre chez elle toute la journée.

Malheureusement, le manque de concentration s'avérait pire qu'elle ne l'avait imaginé. Retrouver Tyler était devenu une sorte de passion dévorante qui occupait sans cesse son esprit. Entre deux rendez-vous, elle s'était surprise à contempler sa photo, posée, dans un cadre d'argent, sur son bureau. Il n'avait que huit mois sur ce cliché. Mais depuis il avait bien changé. Elle avait essayé de se souvenir de lui au moment de sa disparition. Mais, déjà, son odeur, les sensations éprouvées quand elle le tenait dans ses bras étaient devenues trop lointaines pour qu'elle pût les retrouver. Même son rire avait cessé de résonner clairement dans sa mémoire.

La réceptionniste avait remis à Bonnie un questionnaire de plusieurs pages à remplir. Peggy le lui demanda et se mit à le feuilleter.

— Vous souhaitez divorcer, c'est bien cela ? fit-elle en regardant sa cliente.

— Non, pas vraiment, répondit Bonnie, au bord des larmes. C'est mon mari qui le veut.

— Pour quelle raison ?

— Il dit qu'il n'est plus heureux avec moi. Qu'il se sent pris au piège et veut se libérer.

Peggy pensa qu'il s'agissait d'un résumé un peu court de la situation, mais elle se tut et continua à lire le questionnaire. Contrairement à certains avocats, elle évitait toujours de faire des époux deux ennemis qui s'en voudraient jusqu'à la fin de leurs jours. En particulier lorsqu'il y avait des enfants. Comme dans le cas de Bonnie Higgins.

— Je vois que vous avez deux enfants, de quatre et cinq ans. Est-ce que votre mari a évoqué le problème de la garde ?

— Non. Il ne m'a jamais dit un seul mot au sujet des enfants. Il ne songe qu'à retrouver sa liberté, vous comprenez, ajouta Bonnie, amère.

— Pensez-vous qu'il ait quelqu'un d'autre ?

Bonnie fixa un instant la fenêtre, de grosses larmes perlant à ses cils.

— Il prétend que non. Et je préfère le croire. De toute façon, je vois mal quand il pourrait rencontrer sa maîtresse avec le travail qu'il a.

Peggy examina le reste du questionnaire puis interrogea sa cliente sur la situation financière de la famille. Pendant une demi-heure, elle expliqua à Bonnie ce qu'elle devait faire pour protéger ses intérêts financiers et lui promit de l'aider à se battre afin que tout soit partagé équitablement entre elle et son mari.

— Mais il dit que je ne le mérite pas dans la mesure où c'est lui qui fait marcher le ménage.

— Pendant que vous, vous éleviez les enfants et vous occupiez de la maison, non ?

Bonnie esquissa un sourire plein d'espoir.

— Oui, c'est vrai.

Peggy préconisait systématiquement le partage en deux parts égales des biens familiaux. Elle avait même réussi à persuader Jim de se plier à ce principe. Au début, il avait refusé mais elle avait fini par lui faire admettre que si Susanna n'avait pas travaillé, il n'aurait jamais pu poursuivre des études et devenir avocat. Certes, c'était lui qui avait acheté la maison mais Susanna devait néanmoins se voir attribuer une somme correspondant à la moitié de sa valeur. Il lui en avait déjà versé une bonne partie, qu'elle avait pour l'essentiel laissée à la banque, de crainte, sans doute, d'attirer l'attention. Mais, en définitive, elle avait agi bien stupidement. Non seulement elle avait laissé cet argent derrière elle, mais elle se privait maintenant de ce que Jim lui versait chaque mois pour la maison et l'enfant, ainsi que de son assurance maladie et d'une part de sa future retraite.

A la fin du rendez-vous, Peggy raccompagna Bonnie à la porte.

— Appelez-moi s'il y a du nouveau d'ici notre prochain rendez-vous, lui dit-elle en lui serrant la main.

Elle reçut deux autres personnes dans la matinée, mais avec de plus en plus de mal à se concentrer. A midi, elle quitta son bureau, pressée de rentrer chez elle et de rappeler le service des enfants disparus, histoire de les secouer un peu.

Quand elle s'engagea dans sa rue, elle vit plusieurs voitures garées devant chez elle. Il y avait celle de Ron, de Jim, et une troisième — bleue — qui devait appartenir à Bill Anderson.

Pleine d'un optimisme prudent, elle se gara derrière la voiture de Jim et courut vers la maison.

Assis autour de la table de la cuisine, les trois hommes riaient en buvant de la bière. Elle s'étonna de voir son frère boire au beau milieu d'une journée de travail, avant de se souvenir que le lundi était son jour de congé.

— Il y a quelque chose à fêter ? demanda-t-elle.

Jim prit aussitôt une mine contrite. Il se leva, s'avança vers elle et l'embrassa sur la joue.

— Non, ma chérie. Du moins, pas ce que tu espères. Mais Bill nous apporte quelques nouvelles intéressantes.

Le détective se rejeta contre le dossier de sa chaise.

— Comme j'ignorais que vous rentreriez maintenant, Peggy, j'ai déjà raconté à votre mari et à votre frère ce que j'avais découvert. J'espère que vous ne m'en voudrez pas.

— Qu'avez-vous découvert ?

Peggy s'écarta de Jim et alla s'asseoir près de Ron, en face du détective privé.

— Je vous écoute, Bill, fit-elle d'une voix pressante.

Bill se frotta le menton.

— Eh bien, pour commencer, je peux vous dire que Susanna a pris un car pour Denver et un autre pour Saint Louis, le matin de sa disparition.

Peggy se pencha en avant.

— Racontez-moi tout. Comment avez-vous appris ça ? Tyler était avec elle, n'est-ce pas ?

— J'ai interrogé les chauffeurs qui empruntent les itinéraires passant près de l'appartement de Susanna. Je leur ai dit qu'elle avait probablement modifié son apparence : perruque, cheveux teints... L'un d'eux l'a reconnue, ainsi que le bébé, d'après une photo. Il les avait remarqués parce qu'à cette heure-là — cinq heures et demie du matin —, il ne prend d'ordinaire que des habitués. Des gens qui vont travailler à Denver. Ils sont arrivés là-bas une heure plus tard.

— Oh, mon Dieu !

Peggy serra la main de son frère qui, en retour, lui sourit.

— Et après ?

Bill se dandina sur sa chaise et but une gorgée de bière. A l'évidence, il savourait le plaisir de créer un suspense en distillant ses informations. Il aimait le pouvoir et, en d'autres circonstances, Peggy lui en aurait fait la remarque.

— La description du chauffeur n'a pas été des plus précises. Mais j'ai au moins appris qu'elle avait les cheveux beaucoup plus foncés et bien plus courts. D'après lui, ce n'était pas une perruque. Toutefois il existe des perruques qui ne se remarquent pas. Alors, allez savoir... Enfin, j'ai fait réaliser un portrait sur ordinateur à partir des éléments qu'il m'a communiqués.

Il sortit le portrait du dossier posé devant lui et le tendit à Peggy.

— Oh, non ! fit-elle, déconcertée, en se disant qu'elle-même ne reconnaissait pas Susanna. Je comprends que personne ne nous ait appelés après la conférence de presse. Elle n'a rien à voir avec la photo que nous avons présentée.

Se tenant derrière elle, Jim lui massa les épaules.

— Bill nous suggère de montrer ce portrait à la télévision. On peut aussi le diffuser massivement à travers Saint Louis.

— Comment avez-vous su qu'elle était là-bas ? demanda Peggy.

— A la gare routière de Denver, plusieurs personnes se souviennent de cette femme et de son bébé. Il faut dire qu'elle n'a pas été très astucieuse d'arriver à une heure où on ne voit que des gens qui vont travailler. Mais, au moins, ça a permis au guichetier de se souvenir d'elle. A défaut de se rappeler sa destination... J'ai dû interroger les conducteurs des cars qui sont partis de Denver ce matin-là. J'ai trouvé celui qui l'avait transportée. Il est sûr qu'elle est allée jusqu'à Saint Louis. Il a même remarqué que l'enfant avait à peine pleuré pendant le trajet.

— Il était peut-être malade, s'inquiéta Peggy.

— Tyler n'est pas plus fragile qu'un autre, Peggy, fit Ron. Arrête de te faire du souci pour sa santé. Avec tes angoisses tu risques de lui faire plus de mal que de bien.

Peggy n'insista pas, bien qu'elle se sentît trahie par l'attitude de son frère.

— Et maintenant ? demanda-t-elle à Bill. Elle est toujours à Saint Louis ?

— Ça, je l'ignore. Aucun guichetier ne l'a reconnue à la gare routière de Saint Louis mais, vu le trafic, ça ne veut pas dire grand-chose. Quoi qu'il en soit, je pense qu'il faut diffuser le portrait-robot dans tout Saint Louis.

— Elle connaît quelqu'un là-bas ?

Peggy regarda Jim, qui haussa les épaules :

— Aucune idée.

— Et Linc ? Il le sait peut-être.

— Bill estime qu'il vaut mieux pour l'instant ne pas l'informer de tout ça, expliqua Jim.

— Effectivement, fit Bill. Je continue à penser qu'il est peut-être dans le coup. Si c'est le cas, il est évident qu'il va la prévenir.

Peggy acquiesça. La veille, elle avait écouté l'émission de Linc en pensant que celui-ci pourrait l'utiliser pour faire passer un message. Certes, elle n'était pas une habituée de cette émission, qu'elle n'avait écoutée qu'une fois ou deux auparavant, mais il lui avait tout de même semblé ne rien percevoir de particulier. C'était toujours le même programme de vieille musique folk-rock. Si message il y avait eu, il avait été très subtil.

— Ce qui est sûr, c'est qu'elle a quitté le Colorado, fit remarquer Peggy. Le FBI peut donc intervenir, non ?

— Absolument. Ils sont en droit de considérer qu'elle a voulu se soustraire à la justice de cet Etat.

Ron marmonna sa désapprobation.

— Ça me paraît tout de même excessif...

Personne ne l'écouta.

— Vous avez des vidéos de Tyler ? demanda Bill.

Peggy et Jim hochèrent la tête à l'unisson.

— Vous allez me les envoyer en même temps que les photos qui vous restent. Je vais les transmettre à l'émission *Perdu de vue*. Vous connaissez ?

— Je les ai déjà contactés, répondit Peggy. Ils m'ont dit qu'ils ne prévoyaient rien sur ce genre d'affaire avant plusieurs mois.

— C'est exact. Mais il vaut mieux qu'ils aient par avance un dossier conséquent.

— Plusieurs mois... (Peggy adressa à Jim un regard désespéré.) Ça semble fou... Cette situation ne va tout de même pas s'éterniser !

— J'espère que non, fit Bill. Mais si ça devait arriver, il est préférable que nous soyons prêts.

— Soit... Je fais faire des copies des vidéos. Vous les aurez dans quelques jours.

— Parfait. (Bill feuilleta son calepin.) Ah ! On surveille son assurance maladie. Si elle y a recours pour elle ou pour Tyler, on pourra la localiser. De même si elle effectue un changement d'adresse.

— Très bien, fit Peggy. Tyler aura bientôt besoin de vaccinations de rappel.

Elle avait noté la date sur son calendrier afin d'être certaine de ne pas oublier de prendre rendez-vous.

— Elle soupçonne probablement que son assurance est surveillée, non ? intervint Jim.

— Probablement, admit Bill. Mais elle sera peut-être obligée de prendre le risque quand même.

— Pourvu qu'elle ne renonce pas aux vaccinations ! dit Peggy. Elle peut même oublier...

Ron soupira.

— Il y a quelque chose qu'il faut que tu saches, Peggy. J'ai eu un appel de Della ce matin. A la demande de Bill, elle a sorti le dossier médical de Tyler. Or, dedans, elle a trouvé une note. Apparemment, Susanna a demandé — et obtenu — une copie du dossier, quinze jours avant de partir.

— Elle avait déjà tout manigancé deux semaines avant ?

— Oui. Mais je dois reconnaître qu'à sa place je n'aurais peut-être pas eu la présence d'esprit de m'inquiéter de ce dossier.

— Ron, de quel côté es-tu ?

— De celui de Tyler, répondit Ron avec fermeté.

Peggy comprit que son frère avait déjà longuement réfléchi à toute cette affaire.

— Dans ce cas, dit-elle, tu tiens à ce qu'il soit en sécurité avec nous.

— Evidemment.

Ron vida son verre de bière et se leva.

— Il faut que j'aille chercher les enfants.

Peggy se leva à son tour, raccompagna son frère à la porte sans un mot puis se tourna vers lui.

— Tu sais, je ne crois pas que tu puisses vraiment comprendre ce que je vis. Tu as tes enfants. Ils sont beaux, en pleine santé et en sécurité. Moi, j'ai Tyler que j'aime comme mon fils. Or il a disparu, je ne sais pas ce qu'il devient et j'ignore même si je le reverrai un jour.

Elle ne voulait pas pleurer devant ce frère qu'elle adorait, mais qui avait toujours eu le don de provoquer ses larmes.

Ron la prit dans ses bras.

— Je suis certain que Tyler va bien, dit-il calmement. Tu n'as sûrement pas envie de me l'entendre dire, mais je peux t'assurer que Susanna est une bonne mère. Elle n'a jamais manqué une seule consultation et a toujours pris soin de Tyler comme il le fallait.

Peggy hocha la tête, pensive. Elle dit au revoir à son frère, puis retourna d'un pas lent vers la cuisine. Que Susanna fût apte à s'occuper de l'enfant aurait dû la réjouir. Mais Ron avait raison : c'était une vérité qu'elle n'avait pas envie d'entendre.

12

Pour la première fois, l'aire de jeu n'était pas entièrement déserte. Une jeune femme, de l'âge de Kim, poussait un petit enfant sur l'une des balançoires tandis qu'un garçonnet jouait parmi les énormes tubes en plastique. Préférant éviter la jeune femme, Kim sortit son fils de la poussette et, le prenant dans ses bras, l'emmena vers le toboggan. Mais Cody tendit les mains vers les balançoires en se débattant pour lui échapper.

— Be, be ! protesta-t-il.

Il fallait être sa mère pour traduire « be, be » par balançoire.

— D'accord. D'accord, concéda-t-elle.

Elle alla l'installer dans un siège en plastique moulé, séparé du petit enfant et de la jeune femme par une autre balançoire.

— Bonjour, fit l'inconnue en souriant à Kim.

Avec ses cheveux courts et noirs, elle avait quelque chose de Valerie.

— C'est la première fois que je vous vois ici, ajouta-t-elle.

— Nous vivons à Annapolis depuis peu, expliqua Kim.

— Je m'appelle Roxanne. Voici Brandon. Et là-bas, c'est Jack.

— Eh bien moi, je m'appelle Kim et mon fils Cody. Quel âge a Brandon ?

— Il a eu un an hier.

Kim fit un pas vers le bambin aux cheveux noirs tout bouclés et aux immenses yeux marron.

— Bon anniversaire, Brandon, dit-elle en se penchant.

Elle recommença à pousser Cody, mais celui-ci ne cessait de dévisager Roxanne. Soudain, il tendit le bras vers elle.

— Barie, Barie ! appela-t-il en ouvrant et refermant son poing comme pour attraper la jeune femme.

— Non, mon chéri, ce n'est pas Valerie.

Kim sourit, surprise que Cody ait remarqué la ressemblance.

— Vous lui rappelez une amie, expliqua-t-elle à Roxanne.

— Tiens, c'est amusant.

Roxanne gardait un œil sur Jack qui s'élançait la tête la première dans les tubes en plastique. Elle soupira.

— Celui-là, c'est un vrai diable. On ne peut pas le quitter des yeux.

— Quel âge a-t-il ?

— Quatre ans. Ça promet... Où étiez-vous avant ?

— Dans le New Jersey. Mais je crois que je serai mieux ici. Il y a longtemps que vous vivez à Annapolis ?

Kim préférait glisser sur le New Jersey et son passé le plus rapidement possible.

— Nous nous sommes installés ici il y a dix ans. Mon mari enseigne à l'Académie navale. Que fait le vôtre ?

— Je suis divorcée. Depuis peu.

Soudain, Kim se sentit gênée par ce statut de femme divorcée. Peut-être aurait-elle dû faire de Kim Stratton une jeune veuve. C'eût été plus sympathique. Mais maintenant il était trop tard pour changer de version.

— Oh, ce doit être difficile d'élever seule un enfant ! compatit Roxanne, avant d'ajouter avec entrain : Ecoutez, en principe je viens ici avec les garçons chaque jour, vers la même heure. Si vous pouviez faire la même chose, les enfants apprendraient à jouer ensemble.

— C'est une bonne idée. Du moins tant que je ne travaille pas.

Jaillissant brusquement d'un tube en plastique, Jack se précipita sur les balançoires. Heurtant celle de son petit frère, il provoqua une crise de larmes.

— Arrête, Jack, cria Roxanne en attrapant le garçonnet par le bras. Tu es trop violent. Je te l'ai déjà dit. (Puis se tournant vers Kim :) On est un petit peu jaloux ces temps-ci...

— Je comprends, fit Kim, les yeux rivés sur le pistolet que Jack tenait dans la main.

Elle avait beau savoir que ce n'était qu'un jouet, la seule vue d'une arme, fût-elle en plastique, lui donnait envie de fuir.

Roxanne montra la table de pique-nique à son fils.

— Maintenant tu vas t'asseoir là-bas jusqu'à ce qu'on s'en aille.

L'enfant leva le bras et pointa le pistolet sur sa mère.

— Pan ! fit-il.

Kim retint son souffle.

— Vous pouvez surveiller Brandon une seconde ? lui demanda Roxanne.

Kim accepta d'un signe de tête, et la mère, agacée, prit son fils par l'épaule, le conduisit jusqu'à la table, l'obligea à s'asseoir et, avant de le relâcher, lui parla calmement mais fermement.

Quand elle revint aux balançoires, Kim était en train de pousser Brandon, qui pleurait toujours. La jeune femme prit le relais, un sourire désabusé aux lèvres.

— C'est votre seul enfant ? demanda-t-elle en regardant Cody.

— Oui.

— Laissez-moi vous donner un petit conseil. N'en faites pas d'autres.

Tout en riant, Kim souleva Cody de la balançoire.

— D'accord, je retiendrai votre conseil. Il faut que je parte maintenant.

— Déjà ? J'espère vous revoir.

— Vous me reverrez.

Kim installa Cody dans sa poussette, dit au revoir à Roxanne et se dirigea vers la sortie du parc. Elle doutait fort de revenir à la même heure. Jamais elle ne laisserait Cody fréquenter des enfants qui s'amusaient avec des revolvers en plastique. Vraies ou fausses, les armes étaient à jamais exclues de sa vie. C'était clair et définitif.

A la maison, un courrier l'attendait. Ellen l'avait posé contre le vase, sur la table de l'entrée, si bien que Kim faillit ne pas remarquer l'enveloppe couleur crème adressée à Kimberly Stratton.

Incrédule, elle regarda un moment ce courrier inattendu avant de s'en emparer. Qui pouvait bien lui écrire à cette adresse ?

Elle coucha Cody pour sa sieste puis, assise sur le canapé, elle ouvrit l'enveloppe. Elle contenait un carton d'invitation.

Vous êtes cordialement invitée
au vernissage de l'exposition d'Adam Soria
à la Cherise Gallery, le 3 octobre, à 19 heures.

Adam Soria. Incroyable ! Elle lut et relut l'invitation puis examina l'intérieur de l'enveloppe comme pour y trouver un indice lui permettant de comprendre qui était à l'origine de ce courrier. Ellen ? C'était ça, probablement. Ellen devait connaître quelqu'un à la galerie et avait demandé que l'on invite sa jeune locataire esseulée.

Kim posa l'invitation sur la table, prit son carnet de croquis dans le porte-revues, à côté du canapé, alla s'installer près de la fenêtre et poursuivit ce qu'elle avait commencé la veille : un croquis de la maison située de l'autre côté de la rue. Elle s'était procuré à la bibliothèque deux manuels de dessin, et les techniques apprises au lycée revenaient peu à peu. Il était dommage qu'elle soit restée si longtemps sans dessiner. Mais au moins, aujourd'hui, il n'y avait plus personne pour lui contester son talent et lui arracher son carnet des mains. La seule véritable difficulté, cet après-midi-là, fut son manque de concentration. L'invitation ne cessait de l'intriguer.

Cody à peine réveillé, elle l'habilla pour ressortir.

— On repart se promener, mon chéri ! lui annonça-t-elle quand elle l'eut remis dans sa poussette.

Au bout d'un quart d'heure de marche, elle trouva la galerie dans une petite rue, étroite et pavée. Une simple enseigne en bois pendait sur la façade de brique. On y lisait : *Cherise Gallery*, gravé à la pointe de feu.

Kim observa l'intérieur à travers la vitrine. Des œuvres d'Adam Soria couvraient les murs. Evidemment plus petites que les peintures murales, elles n'en possédaient pas moins le même jeu d'ombre et de lumière et ce mélange de réalisme et d'onirisme qui séduisait tant Kim.

Sur un petit panneau, accroché à la porte, un message était écrit à la main : « Je reviens dans vingt minutes. » Ne sachant combien de temps il restait à attendre, elle préféra ne pas s'attarder sur le trottoir au risque de se faire remarquer. Mais elle savait déjà qu'elle irait au vernissage le lendemain.

Ellen sortait de la maison, son filet à provisions sur l'épaule, lorsque Kim et son fils revinrent.

— Bonjour, leur dit-elle. Devinez quoi ? Vous allez avoir une voisine.

— Vraiment ? fit Kim en sortant Cody de sa poussette.

— Elle vient juste de signer le bail. Elle me paraît très bien. Son nom est Lucy O'Connor. Elle doit avoir la soixantaine. Elle fait aussi partie du club des divorcées. Elle est journaliste et travaille chez elle. Mais elle n'a rien contre un enfant dans le voisinage. D'autant qu'elle écrit des articles pour des journaux destinés aux parents.

Dissimulant sa contrariété, Kim s'efforça de sourire.

— Eh bien, on ne pouvait pas tomber mieux, fit-elle en pliant la poussette. Quand emménage-t-elle ?

— Demain soir, répondit Ellen en s'emparant de la poussette pour aller la poser près de la porte. Vous ferez sa connaissance à ce moment-là.

— Je ne sais pas si ce sera possible. Je vais à un vernissage, demain soir.

Kim pensait provoquer une réaction du genre : « Oh, vous avez reçu l'invitation ! C'est moi qui leur ai dit de vous en envoyer une. » Mais il n'en fut rien.

— Dans ce cas, vous la verrez sans doute en rentrant, fit Ellen en redescendant le perron. Je vais faire des courses. Vous avez besoin de quelque chose ?

— Non, je vous remercie.

Au pied des marches, Ellen se retourna et regarda sa locataire d'un air interrogateur.

— Vous savez, je pourrais vous trouver une baby-sitter si un jour vous aviez envie de sortir sans Cody.

— Non, ce n'est pas un problème. Mais merci tout de même.

Pour Kim, se séparer de son fils un seul instant était hors de question. Evidemment il l'empêchait de se déplacer — de vivre — aussi discrètement qu'elle l'eût souhaité. Il l'obligeait à prendre des risques mais c'était ainsi. Elle se demanda toutefois si sa présence à un vernissage ne serait pas franchement incongrue.

Le lendemain soir, la nuit étant déjà tombée quand elle sortit, elle décida de prendre sa voiture au lieu de se rendre à pied à la galerie. La rue était trop étroite pour se garer mais elle trouva une place tout à côté.

De loin, on entendait les bruits provenant de la galerie. Des rires se répercutaient sur les murs d'en face tandis qu'un flot de lumière se répandait sur les pavés.

Renonçant à fendre la foule avec la poussette, elle prit Cody dans ses bras.

Quelques personnes se tenaient à l'extérieur.

Un homme et une femme bavardaient en riant sur les étroites marches de pierre. Kim eut le sentiment d'être en train de commettre une erreur, mais comment faire demi-tour sans se sentir ridicule quand on l'avait déjà vue arriver ?

— Excusez-moi.

Elle passa entre l'homme et la femme et franchit la porte grande ouverte.

Les lumières vives et la foule compacte faillirent lui couper le souffle. Elle s'immobilisa, le temps de se ressaisir. Elle était, comme de bien entendu, la seule à porter un enfant dans ses bras. Quant à sa jupe achetée à la brocante, elle n'était guère appropriée à ce genre d'événement. Kim se dit qu'elle devait avoir l'air d'une souillon à côté de toutes ces femmes dont certaines étaient habillées comme pour une soirée dans un night-club.

Quelques personnes, des gobelets en plastique à la main, la dévisagèrent tout en discutant. Elle se félicita d'avoir emporté l'invitation, au cas où quelqu'un lui demanderait ce qu'elle faisait là.

Une grande femme noire, cheveux nattés et ornés de perles, émergea soudain de la foule. Kim la vit serrer des mains, tapoter ici et là des épaules. Son aisance, sa voix sonore, tout la désignait comme l'organisatrice de la réception.

Kim serra un peu plus fort son fils et s'avança vers elle.

— Excusez-moi, j'ai sûrement eu tort d'amener mon fils. Mais ne vous inquiétez pas, je vais le garder dans mes bras.

— Pas question, répondit la femme en riant. C'est moi qui le prends.

Elle saisit l'enfant et son singe d'un geste si rapide

que Kim éprouva un instant de panique avant de se rendre compte que la femme ne lui voulait aucun mal.

— Je suis Cherise, dit-elle. Et vous ?

— Kim.

Cody était tellement fasciné par les longs pendants d'oreilles aux perles multicolores de la jeune femme que Kim craignit qu'il eût envie de tirer dessus.

— Et toi, mon bonhomme ?

— Il s'appelle Cody. Tu ne touches pas les boucles d'oreilles de la dame, hein, Cody ?

Voyant l'enfant avancer la main vers une des boucles, Kim arrêta son geste, mais Cherise ne semblait pas partager ses craintes.

— Cody, répéta-t-elle. Il me fait penser à mon neveu. Qui n'est pas de la même couleur, mais du même âge. Un an, c'est ça ?

— Bientôt, oui.

— Il est aussi beau que lui. Ou presque. Pas vrai, Cody ?

Elle attrapa brusquement le bras d'une invitée qui passait à côté d'elle.

— Reprends un verre de vin, ma chérie. Tu vas en avoir besoin avec la soirée qui t'attend.

Kim sourit. L'hospitalité sans prétention et la volubilité de la propriétaire de la galerie avaient quelque chose d'extrêmement sympathique. Elle fut tentée de demander à Cherise d'où venait son invitation puis y renonça.

— Je suis ici depuis peu, expliqua-t-elle, mais j'ai eu plus d'une fois l'occasion d'admirer les peintures murales d'Adam Soria.

— Elles sont formidables, n'est-ce pas ? Cet homme est un génie. Ce que vous voyez ici, ce sont des œuvres déjà anciennes.

Dans le cliquetis de ses multiples bracelets, Cherise fit un grand geste du bras vers l'un des murs couverts de tableaux.

— J'allais exposer tout ça quand l'accident est

arrivé. J'ai donc repoussé ce projet en attendant qu'Adam se sente prêt pour une nouvelle exposition. Il m'inquiète énormément. Vous vous rendez compte qu'il n'a rien fait depuis six mois ? Il faut absolument qu'il se remette au travail, non ?

— Bien sûr.

Kim ne comprenait rien à ce que lui racontait Cherise mais n'avait nullement l'intention de lui poser des questions. Elle tendit les bras vers son fils.

— Laissez-moi vous débarrasser de Cody, dit-elle.

— Il pèse son poids, hein ? fit Cherise en tendant le bébé à sa mère. Il vous faut des muscles, dites-moi !

Cherise attrapa soudain Kim par les épaules et la fit se tourner vers le mur du fond.

— Venez. Adam est là-bas. Vous le connaissez ?

— Non.

Kim esquissa un mouvement de recul mais Cherise l'entraîna en avant.

— Allez, venez rencontrer l'artiste en personne. C'est lui que vous voyez de dos.

De taille et de corpulence moyennes, les cheveux courts, poivre et sel, Adam Soria avait le bras posé sur les épaules d'une femme brune. Tous les deux étaient en train de discuter avec un autre couple. Kim n'avait aucune envie de les interrompre mais, étrangère à ce genre de réticence, Cherise continuait à la pousser vers Adam Soria. Fort heureusement, l'autre couple s'éloigna juste au moment où elles s'approchaient.

— Adam ! fit Cherise. Laisse-moi te présenter deux admirateurs.

Adam Soria se retourna. En jean, cardigan gris et chemise bleu clair, il était le seul à ne pas s'être habillé pour la circonstance. La trentaine, il portait une moustache et une barbe très courte, grisonnantes comme ses cheveux en dépit de son jeune âge. Les yeux bruns, le regard chaleureux mais le front plissé, il avait un sourire las qui semblait lui demander un effort. Enlevant son bras des épaules de la femme qui se tenait près de lui, il serra la main de Kim.

— Kim Stratton, se présenta-t-elle.

— Et voici Cody, ajouta Cherise.

— Quel amour ! s'écria l'autre femme.

Ses grands yeux noirs s'éclairèrent. Elle ne devait pas avoir plus de vingt-cinq ans.

— Je suis Jessie, la sœur d'Adam. Je peux ?

A peine la jeune femme eut-elle esquissé un geste pour le prendre que Cody se jeta dans ses bras. Pour Kim, tant de confiance envers les étrangers avait quelque chose d'effrayant.

— Mon Dieu qu'il est adorable !

Jessie s'empara alors du singe en peluche de Cody et se mit à le faire danser sur l'épaule d'Adam, ce qui eut pour effet de provoquer le ravissement du petit garçon et arracha à l'artiste un sourire un peu plus détendu.

— Kim a été séduite par tes peintures murales, chéri, expliqua Cherise à Adam. Elle arrive de... Oh !

Cherise venait d'apercevoir de nouveaux invités.

— Je manque à tous mes devoirs, dit-elle en s'éloignant. Je vous laisse un instant.

Kim adressa à Adam un sourire désolé.

— Je ne voulais pas interrompre votre conversation avec...

— Vous n'avez rien interrompu.

— Je crois vous avoir vue promener Cody dans une poussette, intervint Jessie en rendant son singe à l'enfant.

— C'est très possible. Cette ville est idéale pour la promenade. C'est d'ailleurs en flânant que j'ai découvert les peintures murales. Elles sont magnifiques.

— Merci, dit Adam.

— J'ai toujours voulu peindre.

Kim trouva son aveu stupide mais rien d'autre ne lui était venu à l'esprit. Sans Cody, ses bras l'encombraient. Elle ne savait qu'en faire. Elle les croisa sur sa poitrine pour se donner une contenance tandis qu'elle ajoutait :

— J'ai suivi des cours, mais j'ai dû abandonner.

— Vous êtes d'où ? demanda Jessie.

— Du New Jersey.

— Et qu'est-ce qui vous a amenée ici ?

— Oh, j'ai de la famille dans la région ! Et puis je trouve Annapolis très agréable. J'aime la proximité de l'eau.

— Vous travaillez dans le coin ?

— J'ai décidé de me mettre à mon compte. Je dispose d'un traitement de texte, et je recherche des travaux à domicile. Cody est encore trop jeune pour que je travaille à l'extérieur.

— Ah ? Mais alors vous utilisez un ordinateur ou...

Adam éclata de rire.

— Jessie, laisse donc notre amie reprendre son souffle. Ma sœur est très curieuse, vous voyez.

— Désolée, fit Jessie en souriant, avant de pointer un doigt vers un coin de la galerie. Est-ce que je peux emmener Cody voir la sculpture de glace ?

Kim suivit son geste du regard et découvrit le grand dauphin de glace posé sur une table.

— Bien sûr, fit-elle bravement.

Cody ne serait jamais qu'à quelques mètres d'elle.

Elle observa Jessie qui fendait la foule avec l'enfant dans les bras puis reporta son attention sur le tableau le plus proche d'elle. Il représentait un décor de jungle très semblable à sa peinture murale favorite.

— C'est de l'acrylique ? demanda-t-elle, certaine de ne pas se tromper tant les couleurs étaient denses.

— En effet.

Voulant exprimer son admiration à Adam, elle chercha les mots lui permettant de montrer qu'elle n'était pas tout à fait ignorante en matière d'art.

— Il y a une incontestable force dans vos œuvres, dit-elle. Elles... ne peuvent laisser personne indifférent. Et ceci est vrai pour les tableaux comme pour les peintures murales. Il me semble que l'émotion qu'elles dégagent provient avant tout des couleurs... (Elle pencha la tête de côté pour étudier l'oiseau exotique niché dans la verdure tropicale.) Et puis il y a votre style, ajouta-t-elle. Un style très personnel.

— Merci. Je le dois sans doute au fait que je représente mes rêves.

Elle regarda un instant Cody. Elle le vit toucher le nez du dauphin et aussitôt retirer sa main avec un petit rire surpris.

— Vous représentez vos rêves ? s'étonna-t-elle en revenant à Adam.

— Oui. Du moins quand je peignais. Chaque matin, en me levant, je les esquissais comme d'autres les consignent dans un journal. Ensuite je choisissais mes préférés pour en faire des fresques ou des tableaux.

Il expliquait sa méthode sans enthousiasme, comme s'il le faisait pour la énième fois.

— Je comprends mieux que vos peintures soient uniques. Vous ne reproduisez pas ce que tout le monde voit mais ce que vous seul voyez.

— Hmm...

Adam eut l'air de s'animer comme si l'analyse de Kim l'avait ragaillardi. Puis il suivit son regard et vit Jessie en conversation avec une invitée qui s'amusait à chatouiller le nez de Cody avec une patte du singe.

— N'ayez aucune crainte, dit-il en effleurant le bras de Kim. Jessie déborde d'instinct maternel.

— Adam !

Unc femme en robe rouge toute pailletée s'approcha d'eux.

— Bonsoir, fit Adam en embrassant la femme sur la joue.

— Ces tableaux sont magnifiques, mon chéri. Tu es un monstre de nous les avoir cachés si longtemps !

Kim se sentit de trop.

— Je dois récupérer Cody, dit-elle.

Mais Adam la retint fermement par le coude.

— Non, restez.

C'était une prière, formulée avec tant de sincérité dans la voix que Kim s'inclina. A son admiratrice, Adam répondit :

— Je suis heureux que ces peintures te plaisent.

— Quand pourrons-nous en voir de nouvelles ?

— Un de ces jours, fit-il avec son sourire las.

— Ne nous laisse pas languir trop longtemps, Adam.

La femme en rouge le gratifia d'un clin d'œil puis se perdit dans la cohue tandis qu'il se tournait de nouveau vers Kim.

— J'aurais dû vous présenter mais j'ai oublié son nom.

— Oh, ça ne fait rien !

— Alors, dites-moi, quelle est celle de mes œuvres que vous préférez ?

— Le décor de jungle sur Duke of Gloucester Street.

— Et le rêve était encore mieux, croyez-moi.

— Et la fresque à laquelle vous travaillez, celle de la banque, quand pensez-vous l'achever ?

— Probablement jamais. (Il caressa un instant sa courte barbe.) Je l'ai abandonnée il y a six mois. Quand mes rêves sont devenus de la... mélasse, pour ne pas employer un autre mot.

Que dire ? Cherise lui avait parlé d'un accident. Mais elle n'en savait pas plus.

— Et vous, quelle sorte de peinture faites-vous ?

— Je ne fais plus rien, lui répondit Kim avec un pâle sourire. Mes rêves sont devenus comme les vôtres. Il y a treize ans.

Il eut un petit rire.

— Treize ans, dites-vous. Voilà qui n'est guère encourageant.

Kim jeta un coup d'œil en direction du dauphin de glace et, ne voyant plus Jessie et l'enfant, se dressa sur la pointe des pieds, le cœur battant.

— Excusez-moi, dit-elle. Je ne vois plus...

— Ils sont là, fit Adam en lui montrant le fond de la salle.

Assise sur le coin d'une table dressée sur des tréteaux, Jessie parlait avec un invité, Cody sur ses genoux.

Kim soupira de soulagement avant d'annoncer :

— Je vais reprendre Cody. Votre sœur doit en avoir assez de s'occuper de lui.

— Séparée de votre fils, vous êtes anxieuse et je le comprends. J'ai eu beaucoup de plaisir à discuter avec vous, Kim. J'espère que vous vous remettrez bientôt à peindre.

— Je vous souhaite la même chose, Adam. J'ai également été très heureuse de vous rencontrer.

Kim lui tendait la main lorsqu'un homme s'interposa entre eux et serra Adam dans ses bras. Alors, elle s'éloigna pour rejoindre son fils.

Constatant qu'il commençait à s'agiter, elle décida d'écourter la soirée et de revenir un autre jour afin de voir l'ensemble des tableaux. Dehors, le bruit des conversations et des rires la suivit jusqu'à sa voiture. Une seule personne semblait ne pas partager la gaieté générale : l'artiste lui-même.

Quand Kim arriva chez elle, Cody s'était endormi dans son siège. Des lumières brillaient aux fenêtres voisines des siennes et une voiture bleue, qu'elle voyait pour la première fois, était garée devant la maison.

Elle monta l'escalier en portant le bébé et tendit un moment l'oreille avant d'ouvrir sa porte. Bien qu'aucun bruit ne vînt de l'autre appartement, l'air du palier était appesanti par une nouvelle présence. Celle d'une étrangère à qui elle devrait raconter sa vie.

13

Le lendemain, vers onze heures, elle emmena Cody au parc en espérant éviter Roxanne et son petit garçon amateur de revolvers.

L'aire de jeu était effectivement déserte. Elle poussa Cody sur la balançoire pendant vingt minutes puis quitta le parc pour se diriger vers le quai, s'asseoir sur un banc près de l'eau et partager avec son fils le déjeuner qu'elle avait emporté.

Elle rentrait chez elle lorsqu'elle tomba sur Adam Soria qui sortait d'une pharmacie.

— Bonjour, dit-il.

— Bonjour.

Elle s'immobilisa et, face au soleil, mit sa main en visière.

— J'ai passé un bon moment, hier soir ! fit-elle.

Il émit une sorte de grognement, comme s'il ne partageait pas vraiment son appréciation. Il allait ajouter quelque chose quand Jessie surgit à son tour de la pharmacie.

— Bonjour, bonjour, lança-t-elle avant de s'accroupir devant Cody. Ça va, petit homme ? Il t'a plu le dauphin ?

— Mamama.

Cody tendit son singe à Jessie en riant.

— Il ne prête pas son singe à tout le monde, fit remarquer Kim.

Jessie leva les yeux vers elle.

— Vous faites l'une de vos petites promenades habituelles ?

— Oui. J'en profite tant que c'est encore possible. Quand je travaillerai — bientôt j'espère — je n'aurai plus guère le temps.

— Ah oui, c'est vrai, vous cherchez du travail à domicile.

— Vous avez bonne mémoire.

Cody bâilla.

— Tu es fatigué, Cody ? lui demanda Jessie. Ta maman t'a couché trop tard, hier soir ?

— Je crois que oui, avoua Kim. Et je suis en train de le priver de son petit somme du matin. Il faut que je rentre.

— Je comprends. (Jessie adressa à Cody un petit signe de la main.) Au revoir, mon mignon. Au revoir.

— Content de vous avoir revue, fit Adam.

Le frère et la sœur s'éloignèrent pendant que Kim fermait le gilet de Cody. Soudain, elle vit Jessie et Adam s'immobiliser et parler en jetant des coups d'œil dans sa direction. Puis, brusquement, Adam revint sur ses pas.

— Puisque vous êtes nouvelle dans cette ville, dit-il, voulez-vous que nous dînions tous ensemble ce soir ?

La surprise laissa Kim interdite. Jessie et Adam connaissaient une foule de gens. A l'évidence, ils ne manquaient pas d'amis. Pourquoi s'intéressaient-ils à elle ? Tiraillée entre son besoin de compagnie et la raison qui lui dictait de refuser, elle finit par répondre :

— Non, je...

— Je vous en prie, insista Adam. Vous aviez quelque chose de prévu pour ce soir ?

Kim sourit en pensant à son petit appartement et aux distractions qui l'attendaient : l'ordinateur, la télévision, ses croquis.

— Non. Rien de spécial.

— Eh bien, dans ce cas, c'est d'accord, fit Adam en

lui donnant le nom et l'adresse d'un restaurant, où ils convinrent de se retrouver à sept heures et demie.

Elle les regarda s'éloigner. Jessie se retourna pour lui faire signe au moment de s'engager dans une rue adjacente. Kim lui rendit son salut.

— Nous avons des amis, dit-elle à son fils. Je ne sais pas très bien comment c'est arrivé, mais c'est comme ça.

Dans la soirée, alors qu'elle venait d'habiller Cody pour sortir, quelqu'un frappa à sa porte. Ce bruit, devenu tellement inhabituel, la fit sursauter. Elle mit Cody dans son parc, alla ouvrir et se trouva face à une femme charmante, aux cheveux gris, vêtue d'une robe chasuble en jean. La soixantaine bien conservée, elle avait tout à la fois l'allure d'une femme active et dynamique et d'une grand-mère gâteau.

— Bonsoir, lança-t-elle d'une voix déterminée, en tendant la main à Kim. Je suis votre voisine, Lucy O'Connor.

Kim lui serra la main en se présentant et la vit jeter un coup d'œil dans la pièce.

— Oh, j'aperçois le charmant bambin dont Ellen m'a parlé !

Elle pénétra dans l'appartement et se dirigea vers le parc.

— Que tu es mignon ! s'exclama-t-elle, penchée sur Cody, avant de demander à Kim : Je peux le sortir de son parc ?

Kim hocha la tête. Lucy souleva Cody et s'assit par terre avec lui, puis elle attrapa un camion en plastique et le fit rouler sur le plancher.

— Mion, mion ! cria le petit garçon.

Comme tout le monde, Lucy l'avait facilement séduit. Kim observa la scène avec angoisse. Jim aurait-il été assez astucieux pour engager un détective privé aux allures d'innocente grand-mère ?

— Il me rappelle mon petit-fils, fit observer Lucy. Un petit-fils qu'hélas je n'ai pas vu depuis des mois.

Cody s'accrocha à l'épaule de Lucy et s'assit sur ses genoux.

— Oh, quel petit amour ! Il a vos yeux, n'est-ce pas ?

— Il me semble, oui.

— C'est rare un bleu si clair.

Tout en regardant le camion qu'elle faisait rouler sur la jambe de Cody, Lucy poursuivit :

— Ellen m'a dit que vous veniez de divorcer. Ce doit être dur de se retrouver seule avec un si jeune enfant.

— Evidemment, ça n'est pas facile. Mais c'est mieux comme ça pour moi et pour Cody.

— Oh, je vois ! J'espère qu'au moins votre ex-mari vous verse une pension.

Kim hésita entre la vérité et le mensonge. Dans les deux cas, les conséquences lui échappaient.

— Il m'aide un peu, finit-elle par dire, évasive.

— Ce n'est jamais suffisant, de toute façon. Il vit dans la région ? Cody le voit ?

— De temps en temps.

Impatiente de mettre un terme à la séance de questions-réponses, Kim regarda sa montre avec ostentation.

— Je suis désolée, Lucy, de vous enlever Cody. Mais nous sommes invités à dîner.

— Oh, mais j'en suis ravie pour vous !

Non sans quelque difficulté, Lucy se releva puis remit Cody dans son parc.

— En fait, dit-elle, j'étais simplement venue vous demander si vous auriez une rallonge électrique à me prêter.

— Malheureusement non. Je ne suis ici que depuis quinze jours et pour le moment je n'en ai pas encore eu besoin. Peut-être Ellen en a-t-elle une.

— Peut-être, fit Lucy en se dirigeant vers la porte. Je vais le lui demander. C'est quelqu'un, cette femme, n'est-ce pas ? Je ne serais pas étonnée qu'elle me propose une rallonge parfumée qui chante quand on la branche.

Kim ne put s'empêcher de rire tout en suivant sa voisine qui s'apprêtait à sortir.

— Vous travaillez chez vous, je crois, dit Lucy.

— C'est ce que je compte faire, en effet. J'attends des réponses.

— J'espère que ça va marcher ! Et comme je travaille également à la maison, nous pourrions peut-être prendre un café ensemble, de temps en temps.

— Bien sûr, approuva Kim par politesse.

Cette perspective ne l'enchantait guère. Elle trouvait Lucy un peu trop curieuse. Pesante, même.

— Et si vous avez besoin de quelqu'un pour garder Cody, pensez à moi.

Kim hocha la tête en souriant, mais dès qu'elle eut refermé la porte sur Lucy, elle poussa un soupir.

— Quel moulin à paroles ! murmura-t-elle pour elle-même.

A l'adresse indiquée par Adam, elle trouva un petit restaurant italien, sans prétention, qui la rassura. Dans cette atmosphère détendue, Cody ne gênerait personne. Ce n'était pas un enfant encombrant mais il lui arrivait quelquefois d'être agité le soir et elle n'aurait pas voulu embarrasser ses nouveaux amis.

Adam et Jessie étaient déjà là. Assis l'un en face de l'autre, à une table centrale, ils étaient plongés dans une discussion animée, voire houleuse. Adam tournait le dos à l'entrée, et ce fut Jessie qui, la première, aperçut Kim. Elle lui fit signe, un sourire effaçant aussitôt les plis de son front soucieux.

La poussette pliée et posée près du portemanteau, Kim s'avança vers la table de ses amis et s'assit à côté de Jessie. La serveuse apporta une chaise pour Cody, qu'elle plaça en bout de table, près de sa mère.

— Vous êtes venue à pied ? demanda Adam.

— Oui. J'ai une voiture mais j'habite tout près. Ça ne valait pas la peine de la prendre.

— Vous habitez où exactement ?

— Maryland Street. Je loue un appartement dans une grande maison, à proximité de l'Académie navale.

— Je crois voir de quelle maison il s'agit, fit remarquer Jessie. Pendant plusieurs semaines, il y a eu un panneau « A louer » sur la pelouse. La propriétaire est une kinésithérapeute, il me semble.

— Exactement. Elle s'appelle Ellen King.

— Ce n'est pas chez elle que va Cherise ? demanda Adam à sa sœur.

— Si, si.

Kim sourit.

— Ah... Je commence à comprendre d'où venait l'invitation au vernissage. Je ne connais personne ici, à l'exception d'Ellen. Je suppose que c'est elle qui a demandé à Cherise de m'inviter.

— Sans doute, fit Jessie.

Kim sortit un gressin de son cellophane et le tendit à Cody.

— Cherise m'a paru charmante.

— C'est une sacrée bonne femme, expliqua Adam. A l'aise avec tout le monde. Et puis en art, elle s'y connaît. Je lui dois beaucoup. En ce moment, elle me harcèle pour que je me remette au travail.

— Vous pensez lui donner bientôt satisfaction ?

— Ça dépend de mes rêves. Or je n'en ai jamais eu le contrôle.

— Ils reviendront, Adam, assura Jessie.

Adam regarda Kim dans les yeux.

— Savez-vous ce qui est arrivé, il y a six mois ? Ma femme et mes enfants ont été tués dans un accident de voiture.

— Oh, non !

Qu'Adam pût lui faire aussi spontanément un tel aveu, alors qu'il la connaissait à peine, provoqua chez Kim un douloureux élan de sympathie. Elle avait connu plus d'une tragédie dans sa vie, mais rien n'était comparable à une telle perte.

— C'est épouvantable, reprit-elle. Je ne peux même pas imaginer...

Sa phrase resta en suspens. Elle ne savait plus que dire.

Jessie prit la main de son frère.

— Ne parle pas de ça, Adam. Pas ici.

— C'est venu comme ça, sans réfléchir.

— Je suis désolée, s'excusa Kim, se sentant coupable d'avoir fait resurgir quelque chose qui ne la regardait pas.

— Je voulais simplement que vous compreniez pour quelle raison je vous avais monopolisée, hier soir, expliqua Adam. Pardonnez-moi de vous avoir empêchée de rencontrer d'autres personnes.

— Je ne l'ai pas regretté, à vrai dire.

— Mais je me suis servi de vous, vous comprenez. Trop de gens me connaissent et savent que je ne travaille plus depuis cet accident. Je n'avais pas envie de répondre à leurs questions et de les entendre essayer de me persuader de me remettre à peindre. Vous m'avez fourni un excellent prétexte pour les éviter.

— Eh bien, je ne suis pas mécontente d'avoir servi à quelque chose ! fit Kim, sincère et souriante.

— Vous n'imaginez pas à quel point ! précisa Jessie, les larmes aux yeux. Cette soirée nous faisait peur. Parler de ce qui est arrivé dans un lieu public est pour nous à la limite du supportable. Nous sommes encore si fragiles, l'un comme l'autre...

— Quoi d'étonnant ?

— Pour couronner le tout, continua Jessie, peu après l'accident je me suis séparée de l'homme avec lequel je vivais depuis cinq ans. Tout cela m'a tellement perturbée que j'ai dû arrêter mes études. Mais j'espère que j'arriverai à les reprendre. Je préparais un diplôme d'ingénieur.

— Vraiment ?

— Oui. Ce qui fait que, moi aussi, j'essaie de recoller les morceaux.

Leur façon de parler ouvertement ne cessait d'émouvoir Kim. Elle fut saisie d'une telle envie de s'ouvrir à eux, à son tour, qu'elle en fut effrayée.

— Heureusement que vous pouvez vous entraider, dit-elle.

La serveuse vint prendre la commande. Kim se décida pour des spaghettis à la bolognaise.

— Parlons de vous, maintenant, proposa Jessie quand la serveuse se fut éloignée. Racontez-nous tout.

Kim partit d'un éclat de rire, dont la nervosité sembla, heureusement, passer inaperçue.

— Vous risquez de vous endormir...

Il n'y avait pas trois semaines qu'elle était en fuite que déjà elle mourait d'envie de s'épancher auprès des premières personnes qui lui manifestaient de l'amitié. Habituée aux relations basées sur la franchise, ce n'était pas de gaieté de cœur qu'elle dévidait son écheveau de mensonges.

— Eh bien, commença-t-elle, je suis née et j'ai grandi à Los Angeles. Très tôt, j'ai été attirée par le dessin, auquel je dois les seules bonnes notes que j'aie jamais eues à l'école. J'envisageais une carrière artistique quand j'ai rencontré mon mari. J'ai alors renoncé à mes études pour lui permettre de poursuivre les siennes.

Elle pouvait être honnête sur ce point. Personne ne songerait à suivre la piste de l'artiste... D'autant que Jim n'aurait probablement pas l'idée d'évoquer cet aspect de sa personnalité devant quiconque.

— Je vois, fit Jessie.

— Oh, mais attendez la suite ! Il faisait des études de médecine. J'en ai donc eu pour un moment à travailler pour deux.

Elle allait faire de Jim un médecin arrogant, du genre égocentrique, ce qui lui allait comme un gant.

— Et que faisiez-vous comme travail ?

Elle évita de recommencer l'erreur qu'elle avait commise avec Ellen en parlant de banque.

— J'étais réceptionniste. Rien de vraiment exaltant.

— Et que s'est-il passé quand votre mari a eu son diplôme ? demanda Jessie.

— Il a rencontré quelqu'un de plus cultivé que moi.

Adam se renversa contre le dossier de sa chaise en riant.

— Eh bien, bravo ! Et vous n'avez pas eu envie de le tuer ?

— J'y ai pensé. Mais j'étais enceinte et accoucher en prison ne me disait rien.

— Il vous a laissée tomber alors que vous étiez enceinte ? s'étonna Jessie. Quel salaud !

— N'est-ce pas ?

Kim souriait, satisfaite. Elle s'était fait deux alliés. Mais elle devait prendre garde à ne pas se couper. Déjà elle avait oublié de parler du New Jersey.

— Et ensuite ? dit Jessie. Il a demandé le divorce ?

— Non. C'est moi qui en ai pris l'initiative. (Un mensonge qui lui procurait un sentiment de puissance.) Il a pleuré, exprimé des remords et j'en passe, mais j'étais totalement écœurée. J'avais arrêté mes études pour lui. Il était devenu médecin grâce à moi. En plus, je savais qu'il continuait à voir cette femme. Et je... je n'avais plus aucun sentiment pour lui.

— Qui aurait pu vous le reprocher ? intervint Adam.

— Et pour le bébé, est-ce que votre mari... Au fait, comment s'appelait-il ? demanda Jessie.

Kim n'avait pas encore pensé à un nom pour cet époux imaginaire.

— Ted, le baptisa-t-elle. Quant à l'enfant, il ne s'y est jamais intéressé.

Comme elle aurait aimé leur dire la vérité ! Leur révéler toute la traîtrise dont elle avait été victime. Mais elle garda son sang-froid.

— C'est aussi bien comme ça, continua-t-elle. Je

dois avouer que je préférais le tenir à l'écart de mon fils.

— Il vous verse une pension pour lui, j'espère, fit Adam.

— Non. Je ne lui ai rien demandé. Je ne veux plus rien avoir à faire avec lui et je ne tiens pas à ce qu'il voie Cody.

Voilà qui l'obligerait à modifier les versions qu'elle avait données à Ellen et à Lucy...

— Heureusement qu'il vit sur la côte ouest, fit observer Adam.

— Non, plus maintenant. Nous étions installés dans le New Jersey quand nous nous sommes séparés.

— Ah ? Et où ça, dans le New Jersey ?

— Entre Trenton et Princeton, répondit Kim, sans plus de précision.

— Dana — ma femme — était de Passaic.

— Oh...

Kim hocha la tête en espérant qu'on n'attendait pas d'elle quelque commentaire sur ce Passaic dont elle ignorait tout.

La serveuse apporta les plats. Kim goûta à ses pâtes pendant qu'Adam et Jessie attaquaient leurs salades composées.

— Pour certains, commenta Adam, le mariage est une situation acquise. Au bout d'un moment, ils considèrent que tout va de soi et ne songent même pas à apprécier ce qu'ils ont.

— Absolument, approuva Kim.

— Ainsi, vous êtes seule avec Cody, fit Jessie. Ce ne doit pas être facile pour vous.

— Non. Et c'est pour cette raison que j'espère trouver du travail rapidement.

Adam regarda sa sœur.

— On aurait peut-être la possibilité d'aider Kim, tu ne crois pas ?

— Si. Betty se plaint sans cesse d'avoir trop de

choses à taper. Quant à Noel, dans quelques jours il va de nouveau se retrouver sans dactylo.

— Je pense aussi à Les et à tous ces types du Spire Building.

— Bonne idée. Je vais appeler Les et lui demander ce qu'il en pense.

— J'ai envoyé un courrier à une centaine d'entreprises, précisa Kim.

— Vous avez bien fait. Et Jessie et moi, nous allons vous appuyer.

Kim sentit les larmes lui piquer les yeux.

— C'est vraiment gentil de votre part, dit-elle, confuse de réagir ainsi à leur attitude chaleureuse.

Après le dîner, ils l'accompagnèrent jusqu'à chez elle en lui expliquant qu'ils allaient de toute façon dans la même direction.

En route, Kim osa une question personnelle, en espérant ne pas se montrer trop indiscrète.

— Vous vivez ensemble ?

— Presque, fit Adam.

— Depuis cinq ans, je loue la maison voisine de celle d'Adam, expliqua Jessie.

Celle-ci s'était chargée de pousser Cody, lequel dormait presque quand ils arrivèrent devant la maison d'Ellen. La conversation, légère et facile, laissait à Kim un sentiment de profond bien-être qui l'étonnait elle-même. Un sentiment dangereux, qui risquait de l'inciter à des confidences qu'elle ne devait faire à aucun prix.

Ce fut pour cette raison qu'elle leur souhaita bonne nuit sans les inviter à entrer.

14

— Tu sais qu'il est presque une heure, Linc, fit observer Grace.

Poussant son chariot, elle s'approcha des pommes, en prit une pour humer son parfum.

— Oui, oui, fit Linc en choisissant des oranges.

L'heure, il ne l'oubliait pas, mais ce qu'il avait à faire dans l'après-midi n'avait rien d'urgent à ses yeux. Il aimait prendre son temps quand il faisait ses courses dans ce supermarché. Lorsqu'il y venait avec Susanna et Tyler, c'était certes pour acheter toutes sortes de produits diététiques, mais aussi des pâtisseries...

Avec Grace, il s'amusait moins. Elle dédaignait les sucreries et n'arrêtait pas de lui rappeler l'heure. Et pour cause : il avait un rendez-vous à une heure et demie, à l'autre bout de la ville, et devait d'abord la raccompagner chez elle.

— Tu sais, j'ai peut-être tort de me débarrasser du cadeau d'anniversaire de Tyler, dit-il en prenant une laitue.

Grace esquissa un sourire compréhensif, bien qu'il lui eût répété la même chose toute la matinée.

Il restait encore une semaine avant l'anniversaire de Tyler, mais Linc avait acheté son cadeau depuis longtemps : un splendide cheval à bascule. Après avoir attendu pendant deux mois dans un coin de la chambre d'amis, celui-ci était maintenant dans le coffre de sa voiture, enveloppé dans une couverture. C'était un cheval magnifique, sculpté dans l'érable, avec une crinière et une queue blanches comme la neige. Enfant, Linc avait possédé un cheval semblable et, dès que Tyler était venu au monde, il avait pensé lui faire un jour ce cadeau. Mais, désormais, il craignait de ne jamais pouvoir le lui offrir. La colère s'empara à nouveau de lui, comme à chaque fois qu'il pensait à la façon dont Susanna s'était enfuie sans rien lui dire.

— Je devrais peut-être attendre la semaine prochaine, ajouta-t-il. Au cas où ils reviendraient.

Grace glissa son bras autour de sa taille et le serra contre elle un instant — une manière de lui dire : « Je t'aime, mais essaie donc de regarder la réalité en face. »

Il soupira et jeta un coup d'œil vers le rayon suivant.

— Comme je ne rentre pas directement chez moi, je ne peux pas prendre de produits surgelés, fit-il observer.

— Ça, c'est sûr. Tu pourrais aller faire la queue pendant que je vais chercher mon lait et mes yaourts.

— D'accord.

Linc se dirigea vers les caisses sans oublier toutefois de passer devant le rayon confiserie, où il attrapa un paquet de cookies au chocolat, en se disant que Grace n'avait pas besoin de les voir.

Il poussa son chariot vers la file d'attente la plus courte et jeta un rapide regard à sa montre. Il était déjà 1 h 10.

La veille, il avait appelé l'assistante sociale de l'hôpital en lui demandant si elle connaissait un enfant qui serait heureux d'avoir un cheval à bascule. Elle lui avait parlé d'un petit garçon, atteint d'un cancer, qui venait régulièrement à l'hôpital pour des séances de chimiothérapie. Il allait avoir deux ans, vivait avec sa mère, célibataire et au chômage, et n'aurait peut-être aucun cadeau le jour de son anniversaire. « Un enfant adorable », avait spécifié l'assistante sociale.

Mais le déclic s'était vraiment produit lorsque Linc avait entendu le nom de l'enfant : « Tyler Jones. »

A l'évidence, ce cheval à bascule lui était destiné.

Et si Susanna et son fils revenaient la semaine prochaine ?

Surgissant soudain derrière lui, Grace semblait avoir lu dans ses pensées.

— Même si Tyler est de retour dans quelques jours, dit-elle, tu pourras te féliciter d'avoir rendu un autre petit garçon heureux.

— Tu sais, annonça Linc en se tournant vers son amie, j'ai enregistré quelque chose pour marquer l'anniversaire de Tyler. Juste au cas où Susanna écouterait.

Mais le saurait-il un jour ? Allait-il pendant le restant de sa vie passer une chanson à son intention, à chacune de ses émissions, sans jamais obtenir de réaction ?

Personne ne le tenait au courant de l'enquête. On se méfiait de lui. A plusieurs reprises, il avait téléphoné à Jim en espérant glaner quelques informations, mais celui-ci restait évasif. C'était par les journaux et la télévision qu'il avait appris que le FBI s'occupait maintenant de l'affaire. Il en avait conclu que Susanna avait franchi les frontières du Colorado. Il se sentait tiraillé entre le désir de la retrouver et celui de la savoir libre. Si l'idée de partir à sa recherche l'avait à un moment effleuré, il l'avait vite abandonnée. Il s'imaginait mal réussir là où le FBI échouait. Et puis, à quoi bon ? Il était clair que Susanna avait voulu le laisser derrière elle avec le reste de son passé.

Il déposa Grace devant sa porte puis, suivant les indications que lui avait données l'assistante sociale, il se rendit au domicile du petit Tyler Jones. Le retard qu'il avait pris restait raisonnable.

A deux heures moins le quart, il se gara sur le parking d'un grand ensemble des plus sinistres, dans le plus sinistre des quartiers de Boulder. Les immeubles formaient une suite de rectangles de brique déprimants, percés de minuscules fenêtres dont certaines étaient cassées, d'autres bouchées par du contreplaqué. Des enfants jouaient sur la pelouse lépreuse ou s'amusaient à courir sur le trottoir.

Linc vérifia l'adresse, sortit de sa voiture, ouvrit le coffre et enleva la couverture qui enveloppait le cheval. La convoitise qu'il lut dans les yeux écarquillés des enfants, à la vue du jouet, lui donna un sentiment de culpabilité. Il comprit que dans cette lugubre cité la présence d'un cheval à bascule tenait du miracle.

Après avoir gravi quatre étages, chargé de son fardeau, il arriva tout essoufflé devant l'appartement 301. Il n'en sourit pas moins en voyant la citrouille évidée qui décorait la porte marron à la peinture écaillée.

Une jeune femme en jean et sweater rouge vint lui ouvrir.

— Je suis Linc Sebastian, annonça-t-il. L'assistante sociale de l'hôpital vous a prévenue de ma visite ?

— Oui, confirma la jeune femme en s'écartant de la porte pour laisser entrer Linc. Je suis Sandy, la mère de Tyler. Quand Lonnie m'a appelée, j'ai cru rêver. C'est tellement gentil ce que vous faites.

Linc posa le cheval sur le sol du living.

— Je suis ravi de pouvoir faire plaisir à un enfant avec ce beau cheval tout neuf.

— Il est magnifique. Tyler va en être fou. Je vais le chercher. (Elle s'apprêtait à sortir de la pièce quand elle se ravisa.) Vous voulez peut-être d'abord boire quelque chose ?

— Non, je vous remercie.

— Bon, alors je reviens tout de suite, fit-elle en disparaissant dans le couloir.

Linc regarda autour de lui. La mère de Tyler avait tenté d'égayer la petite pièce en disposant sur le canapé des coussins aux couleurs vives et en drapant d'écharpes les abat-jour. Mais, en dépit de ces efforts, ce living restait sombre et triste. Linc se demanda si

Susanna et son fils vivaient dans un appartement semblable.

Au bout de quelques minutes, la jeune femme revint en portant un petit garçon à la peau couleur café, aux immenses yeux noirs mais au crâne chauve. Il donnait l'impression d'avoir survécu de justesse à une famine. Linc s'efforça de dissimuler son émotion.

— Je vous présente Tyler.

L'enfant regarda Linc d'un œil morne puis, apercevant le cheval, il changea aussitôt d'expression et commença à se débattre pour échapper aux bras de sa mère. Dès qu'elle le posa par terre, il se précipita vers le cheval en poussant des cris émerveillés.

— Tu veux monter dessus, Tyler ? lui demanda Linc, heureux de s'entendre prononcer ce prénom qu'il avait appris à chérir.

Tyler leva vers lui ses grands yeux noirs et hocha la tête. Linc le souleva et l'installa sur la selle puis, accroupi, le tint d'une main ferme tandis que le cheval se balançait d'avant en arrière.

— Il parle ? demanda-t-il à la mère.

— Très peu. Il avait bien commencé mais depuis qu'il est malade il a plutôt régressé.

Linc sourit en voyant la joie qui se peignait sur le visage du petit garçon. Il se dit qu'il achèterait volontiers des centaines de chevaux à bascule pour voir ainsi s'éclairer des visages d'enfants malades.

— Comment va-t-il ?

— La chimio est bientôt terminée. Ensuite, il n'y aura plus qu'à attendre. Mais d'après les médecins il réagit bien.

— Alors, Tyler, qu'en penses-tu ? Il te plaît ?

Au lieu de regarder Linc, Tyler se pencha en avant et pressa sa joue contre la crinière du cheval, en un geste affectueux qui fit fondre Linc.

— Vous avez des enfants ? lui demanda Sandy.

— Non. Mais...

Linc s'assit sur ses talons tout en continuant à tenir

Tyler. Sans trop savoir pourquoi, il s'apprêtait à se confier à cette jeune femme.

— En fait, j'avais acheté ce cheval pour le fils de mon amie, un petit Tyler lui aussi.

— Vraiment ? Mais alors, pour quelle raison... ?

— Son ex-mari est remarié. Or lui et sa femme ont obtenu la garde de l'enfant. Jugeant cette situation injuste et inacceptable, mon amie a préféré s'enfuir avec son fils.

— S'enfuir ? Vous voulez dire que vous ignorez où elle se trouve ?

— Exactement. Et j'avoue que je lui en veux.

— Non, il ne faut pas.

Sandy se laissa tomber sur l'accoudoir de son canapé miteux et se pencha vers Linc.

— A sa place, j'aurais agi comme elle. Si quelqu'un essayait de me prendre Tyler... (Elle secoua la tête.) Je peux vous assurer que je me sauverais en coup de vent.

— Sans dire au revoir aux gens que vous aimez ?

— Si elle avait pris le temps de vous dire au revoir, qu'auriez-vous fait ?

— J'aurais essayé de la retenir, admit Linc.

— Evidemment, fit Sandy en souriant. Mais il faut que vous compreniez qu'elle n'a pas agi contre vous. Elle a simplement suivi son instinct maternel. Cet enfant, elle l'a porté, elle l'a mis au monde. Elle donnerait sa vie pour lui sans hésiter une seconde, vous ne croyez pas ?

— Oh, si, certainement !

Susanna elle-même le lui avait dit.

— Elle se sent probablement seule sans vous, mais au moins elle a pu garder son fils. Croyez-moi, en ce moment, c'est l'essentiel pour elle. (Sandy refoula les larmes qui lui montaient aux yeux puis changea de sujet.) Je n'arriverai jamais à le faire descendre de ce cheval, dit-elle en souriant à son enfant.

— Vous n'imaginez pas à quel point je suis heureux qu'il lui plaise.

Linc se releva, la main prête à se poser sur l'épaule de Tyler, mais il s'en abstint en constatant que le petit garçon gardait l'équilibre sans son intervention.

— J'espère de tout cœur qu'il guérira très vite, dit-il.

— Moi aussi.

Linc regarda sa montre sans vraiment faire attention à l'heure.

— Bien. Il faut que je parte maintenant.

Il se dirigea lentement vers la porte, un œil sur Tyler. Sandy le suivit.

— Merci infiniment, monsieur Sebastian, dit-elle en lui ouvrant la porte.

Il se pencha vers elle et posa un baiser sur sa joue.

— De rien, fit-il. Et sachez que j'ai apprécié vos sages paroles. J'avais bien besoin de les entendre.

Il redescendit l'escalier obscur puis déboucha dans la lumière du soleil. Les enfants le regardèrent passer, en se demandant sans doute dans quel appartement il avait laissé le beau cheval qu'il portait en arrivant. Ils ne pouvaient pas savoir que, dans cet appartement, Linc avait reçu beaucoup plus qu'il n'avait donné.

15

Assise par terre, sous la véranda, Kim aidait son fils à jouer avec ses cubes. Il faisait chaud, le temps était clair, le ciel avait ce bleu parfait qui lui rappelait le Colorado. Des flots de musique classique s'échappaient du salon d'Ellen par les fenêtres ouvertes.

Dans deux jours, ce serait l'anniversaire de Tyler, mais Kim avait décidé que l'anniversaire de Cody Stratton ne se fêterait qu'un peu plus tard, dans le courant de la semaine suivante. Elle n'avait pas encore évalué toutes les conséquences qu'entraînait le changement d'identité de Cody. Le sien l'avait préoccupée en priorité pour des raisons évidentes. Maintenant elle se demandait ce qu'elle ferait si elle devait produire l'acte de naissance de son fils. Cody Stratton n'avait aucune existence légale.

Derrière elle, la porte s'ouvrit. Lucy apparut, une tasse à la main. Elle portait un pantalon noir, un fin pull blanc et un collier d'énormes perles vertes.

— Quelle belle journée ! dit-elle en s'asseyant sur la balancelle. J'adore cette rue. Si jolie, si calme... Et je trouve que l'on sent la proximité de l'eau, même si on ne la voit pas.

— J'aime cette rue moi aussi, répondit Kim.

Maryland Street était très pittoresque, avec ses maisons anciennes et ses trottoirs de brique rouge.

— Je suis heureuse d'être enfin installée, fit Lucy.

Kim devinait en Lucy une femme intéressante et lui

aurait volontiers posé des questions si elle n'avait craint une même curiosité à son égard. Néanmoins, il fallait bien qu'elle lui parlât un peu.

— Je crois savoir que vous écrivez, Lucy.

— C'est exact. Je fais surtout du journalisme. J'écris beaucoup sur les problèmes familiaux. Mais en ce moment, je prépare quelque chose sur les médecines douces. Quand j'ai su qu'Ellen s'y intéressait de près, j'ai été ravie. Je crois que je vais rédiger un article sur le type de massage qu'elle pratique, avec fond musical et huiles parfumées. J'aborderai le sujet sous divers angles : la sensualité, l'aspect thérapeutique... C'est toujours amusant, ces approches différentes.

— J'ai l'impression, en effet.

Kim souriait, charmée par l'enthousiasme de Lucy pour son travail.

A quatre pattes, Cody s'approcha de Lucy et se redressa, agrippé à ses genoux.

— Comment vas-tu, petit cœur ? lui demanda Lucy avant de s'adresser de nouveau à Kim. Il commence à marcher ?

— Presque.

Lucy observa les efforts de Cody pour se mettre debout.

— Il est clair que c'est une question de jours maintenant, pronostiqua-t-elle.

Elle aida l'enfant à s'asseoir sur ses genoux et le laissa jouer avec son collier.

— Vous avez un bébé vraiment facile à vivre, Kim.

— J'ai cette chance, c'est vrai.

— Vous supportez, vous, d'entendre les gens parler de « bon bébé » ? demanda Lucy en lissant les cheveux dc Cody, que la brise soulevait. Moi, je déteste cette expression. Comme s'il pouvait y avoir de mauvais bébés. L'enfant qui crie et s'agite est simplement incommodé par quelque chose, le pauvre.

— C'est vrai qu'on entend souvent ça.

Kim se souvint qu'à l'hôpital les infirmières qualifiaient Cody de « bon bébé » parce qu'il ne criait pas quand elles lui faisaient des piqûres. Agacée, elle aurait presque aimé voir son fils hurler sa douleur à la face du monde.

— Voilà un sujet d'article intéressant, fit-elle remarquer.

Lucy lui plaisait particulièrement ce matin.

— Oh, j'en ai déjà parlé une centaine de fois !

Kim regarda Lucy prendre des cubes et les tendre à Cody qui n'en finissait pas de tripoter son collier.

— Vous avez des enfants ? lui demanda Kim.

— Cinq. Et huit petits-enfants.

— Oh ! Et ils vivent dans le coin ?

— Mes enfants ont tous grandi à Annapolis, mais deux seulement y sont restés. Deux autres vivent en Californie et le cinquième en Floride.

— Connaissez-vous un bon pédiatre pas trop loin d'ici ? demanda Kim.

Cody aurait bientôt besoin de ses rappels de vaccins et d'une visite de contrôle. Il lui faudrait également une échographie dans les mois à venir, mais elle y penserait plus tard. Chaque chose en son temps.

— Oh oui, bien sûr ! répondit Lucy. J'emmenais mes enfants chez le docteur Sweeney, à l'ouest de la ville. Son fils lui a succédé et on dit qu'il est aussi bon que son père.

— Merci pour ce précieux renseignement.

Kim regarda la rue tout en mémorisant le nom du médecin. Mais comment allait-elle s'y prendre pour lui communiquer le passé médical de Cody ? Dans la copie du dossier qu'elle possédait, chaque page portait le nom de Tyler Miller, sans parler des multiples références aux médecins qui l'avaient traité et aux hôpitaux qui l'avaient accueilli. Il lui vint soudain une pensée inquiétante. Le corps médical, aux quatre coins du pays, aurait-il été prévenu que l'on recherchait un enfant d'un an, ayant subi une opération de l'aorte ?

— C'est ça, disait Lucy à Cody. C'est bien le cube rouge qui s'emboîte dans le bleu. Regarde.

Dans le salon d'Ellen, le programme musical diffusé par la radio fit place aux nouvelles. Kim entendit le journaliste annoncer que l'enquête piétinait dans l'affaire de la bombe qui avait explosé la semaine précédente à Annapolis.

— Vous êtes au courant de cette histoire de bombe qui a tué une femme chez elle ? demanda Kim à Lucy.

— Oui, j'en ai entendu parler. Il paraît qu'elle était placée dans un colis. Quelqu'un l'aurait déposé sur le seuil de la maison et aurait appuyé sur la sonnette avant de disparaître.

— C'est terrible.

— S'il y a un ex-mari, ils devraient chercher de ce côté-là, fit Lucy avec un sourire narquois. Et je me dis que nous ferions bien d'être prudentes le jour où nous recevrons un colis.

— Que sait-on de cette personne ? Elle était mariée ? Elle avait des enfants ?

— Personnellement, je n'ai entendu aucune information à son sujet. Je sais simplement que la police n'a trouvé ni suspect ni mobile.

Lucy vida sa tasse puis la posa sur le plancher, à côté de la balancelle.

— Vous savez, Kim, j'ai pensé que je pourrais écrire un article sur les mères qui élèvent seules de jeunes enfants. C'est en vous voyant avec Cody que l'idée m'est venue. Est-ce que vous vous prêteriez à une interview ?

Kim en était encore à imaginer l'inconnue mourant déchiquetée par une bombe en laissant peut-être un bébé derrière elle. Mais le danger que représentait pour elle la proposition de Lucy s'imposa néanmoins à son esprit.

— Oh, je ne crois pas que je ferais une très bonne...

Venant de remarquer un homme qui avançait dans leur direction en les regardant, elle laissa sa phrase en suspens.

Son anxiété ne s'apaisa que lorsqu'elle reconnut Adam Soria. Il lui fit signe puis traversa la rue pour venir vers elle.

— Bonjour ! lui cria-t-il.

— Bonjour, Adam ! lui répondit-elle, souriante, en lui faisant signe à son tour.

Il s'arrêta au pied du perron en agitant un sac en papier.

— Ces dames voudraient-elles partager mes beignets ?

S'il paraissait encore fatigué, son sourire rayonnait cette fois-ci.

— Lucy, je vous présente Adam Soria. Adam est l'auteur des peintures murales que l'on voit dans toute la ville.

— Oh, c'est vous ! Vous avez beaucoup de talent.

Adam s'inclina légèrement devant Lucy.

— Merci, dit-il avant de se tourner vers Kim. Et avec le petit déjeuner, je vous apporte aussi du travail.

— C'est vrai ?

— Tout ce qu'il y a de plus vrai.

Adam sortit de sa poche un morceau de papier portant un nom et un numéro de téléphone.

— Kitty Russo propose que vous l'appeliez. C'est une amie. Elle travaille dans un bureau d'ingénierie. La personne à qui elle confiait ses travaux de dactylographie est en congé de maternité. Quand je lui ai parlé de vous, elle a sauté sur l'occasion.

— Fantastique ! s'exclama Kim en prenant le papier. Merci infiniment, Adam.

— Et maintenant, qui veut des beignets ?

— J'en prendrais bien un, fit Kim.

— Non, merci, répondit Lucy. Le dimanche est peut-être un jour de repos pour certains mais pas pour moi.

Elle prit sa tasse et se leva. Kim commença à ranger les cubes de Cody dans leur sac en tissu.

— Ravie de vous avoir rencontré, Adam, fit Lucy

avant de rentrer dans la maison. Bon petit déjeuner à tous les deux.

— Merci, lui répondit Kim. (Puis, s'adressant à Adam :) Venez donc chez moi. Je vais préparer du café.

— Bonne idée.

Cody voulut monter l'escalier en tenant les mains de sa mère. L'ascension fut laborieuse mais Kim exultait. Quelle chance elle avait de connaître Adam et Jessie !

En ouvrant sa porte à Adam, elle se félicita d'avoir passé la journée précédente à arranger un peu l'appartement. Deux tableaux, trouvés dans une brocante, apportaient une touche de chaleur et de couleur au living. L'ordinateur et l'imprimante encombraient malheureusement la table dans le coin salle à manger. Dès qu'elle aurait de l'argent, elle achèterait un bureau.

Elle prépara le café pendant qu'Adam sortait les beignets et les mettait sur une assiette. Remarquant sur le buffet de la cuisine l'une des brochures réalisées par Kim, il la prit et s'exclama :

— Oh, joli ! C'est vous qui l'avez faite ?

— Oui.

Il ouvrit la brochure, parcourut l'information qu'elle contenait et demanda :

— Vous êtes spécialisée dans la création graphique ?

— Je ne suis spécialisée en rien, répondit Kim en riant. J'ai appris à me servir du programme graphique parce que je voulais une présentation agréable. A part ça, je dessine un peu. C'est tout.

— Je peux voir vos dessins ?

Elle fronça le nez.

— Vous y tenez vraiment ?

— Oui, fit Adam en souriant.

Elle alla prendre son carnet de croquis dans le porte-revues. En dépit de ses hésitations, elle brûlait d'envie de connaître l'opinion d'Adam. Chaque jour elle avait dessiné en ayant sans cesse l'impression de travailler dans le vide. Personne n'était là pour lui donner une appréciation, comme autrefois lorsqu'elle suivait des cours. Elle n'avait finalement aucune idée de la valeur de ce qu'elle avait fait.

Elle tendit le carnet à Adam puis, bras croisés, s'appuya contre le buffet en regardant son invité tourner les pages du carnet qu'il avait posé sur le bar.

— Ce n'est pas mal du tout, déclara-t-il devant le cinquième dessin, représentant la maison d'en face.

Puis, continuant à feuilleter le carnet, il affirma :

— Vous progressez d'un croquis à l'autre.

— J'ai emprunté quelques manuels à la bibliothèque. J'avais beaucoup perdu après tout ce temps sans dessiner. Et je crains fort de ne pas dépasser le niveau scolaire avant longtemps.

— Ce n'est pas mon avis.

Devant le dessin suivant — l'un des nombreux portraits de Cody —, Adam s'exclama :

— Oh ! Je crois que le portrait est votre point fort.

— Vraiment ?

Elle eut chaud au cœur. L'avis d'Adam rejoignait celui de l'un de ses anciens professeurs.

— Absolument, confirma Adam en tournant les pages à la recherche d'un autre portrait de Cody. C'est vraiment dommage que vous ayez abandonné le dessin. Vous avez beaucoup de talent.

— Merci. Mais, vous savez, c'est la mort de mon père qui a brisé mon enthousiasme.

— Vous aviez quel âge quand il est mort ?

Elle mentit, mais en ne trichant que d'une seule année.

— Dix-sept ans.

— Vous deviez être très proche de lui.

Kim dut prendre sur elle pour répondre par un signe de tête affirmatif.

— Comment est-il mort ?

L'alcool l'aurait certainement tué si Linc ne lui avait tiré dessus, songea-t-elle.

— Cirrhose du foie.

— La boisson ? Ah, c'est sûr qu'elle ruine bien des vies !

— Puis, plus tard, il y a eu l'attitude de mon mari. Il a vraiment tout fait pour me décourager.

— Oh, c'est vrai ! Le mari médecin. Je me souviens que vous nous avez expliqué avoir renoncé à vos études pour lui permettre de faire les siennes.

— Exactement, s'empressa de répondre Kim, qui avait presque oublié qu'elle avait fait de Jim un médecin prénommé Ted.

Adam referma le carnet.

— Je déteste ça, dit-il. Je déteste entendre parler d'une personne talentueuse contrainte d'abandonner la création. Je me sens personnellement frustré. Ce sont autant de tableaux, de livres, d'œuvres musicales dont je suis privé. C'est criminel.

Kim hocha la tête. Elle-même se sentait profondément frustrée.

— Mais il n'est jamais trop tard pour revenir à la création, affirma Adam. Ces croquis sont très prometteurs.

— Oh, ce n'est que de l'amateurisme !

— Ecoutez, vous n'avez plus votre mari sur le dos maintenant. Alors, oubliez les entraves du passé. Je pourrais vous donner quelques leçons. Puisque en ce moment je ne peins pas, autant aider quelqu'un d'autre à le faire.

— Peut-être, fit-elle, hésitante.

Elle craignait de s'engager avant d'avoir envisagé toutes les conséquences d'une éventuelle acceptation.

Elle mit Cody dans son parc, avec ses cubes et son camion, puis versa le café et coupa les beignets.

— Voulez-vous que l'on retourne dehors ? demanda-t-elle. Je laisserai la fenêtre ouverte pour entendre Cody s'il m'appelle.

— Bonne idée.

Adam prit sa tasse et l'assiette de beignets et la précéda dans l'escalier. Dans l'entrée flottait maintenant un parfum de vanille.

Ils s'installèrent sous la véranda, Kim dans la balancelle, Adam dans le rocking-chair. Il lui parla de nouveau de Kitty Russo et des nombreuses entreprises qu'abritait le Spire Building. Kim se souvenait d'avoir envoyé des brochures à cette adresse.

— C'est vraiment gentil de votre part d'être intervenu auprès de votre amie.

— Je suis heureux de pouvoir vous aider. J'aimerais...

Elle l'interrompit d'un geste de la main et tendit l'oreille. Mais elle n'entendit rien d'autre que la musique mélodieuse diffusée par la radio d'Ellen.

— Pardonnez-moi de vous avoir interrompu, Adam.

— Vous êtes d'une extrême vigilance, on dirait.

— Ce qui signifie ?

— Que vous êtes sans cesse sur vos gardes, comme si vous redoutiez une catastrophe. Vous sursautez pour un rien. Je m'en étais déjà rendu compte à la galerie. Et l'autre soir, au restaurant.

Kim baissa les yeux sur sa tasse.

— Il me semble que votre imagination vous joue des tours, prétendit-elle.

— C'est possible. Moi-même je suis en permanence sur le qui-vive depuis l'accident. Je ne dirais pas que je m'attends effectivement à voir quelqu'un surgir de l'ombre pour m'agresser, mais je n'en serais pas surpris si cela devait arriver. Le monde ne m'inspire plus aucune confiance. Il change d'un jour à l'autre avec une rapidité tellement stupéfiante...

Elle hocha lentement la tête tout en portant à sa bouche un morceau de beignet. Adam fixait la rue. Un rideau noir était tombé sur lui, et Kim se demandait si elle devait tenter de le soulever ou le laisser s'appesantir, le temps que ce mauvais moment passe. A vrai dire, elle ne souhaitait pas entendre les confidences d'Adam, le voir mettre son âme à nu quand elle ne pouvait pas agir de même. C'était une simple question d'honnêteté.

Seulement Adam avait besoin de parler.

— C'était le jour de l'anniversaire de Molly, reprit-il. Nous nous étions réunis avec Jessie et Noel, son ami. Après notre petite fête, nous avons décidé d'aller acheter une bicyclette pour Molly. Comme nous étions trop nombreux pour prendre une seule voiture, Dana est partie avec les enfants, moi, avec Jessie et Noel. Sur la nationale 50, à un carrefour, Dana, qui était juste devant moi, est passée, normalement, au vert. Mais un type qui venait sur sa droite à toute allure a grillé le feu rouge. Il était ivre.

— Oh ! Quelle horreur ! Ça s'est produit sous vos yeux ?

— Oui. Il a percuté la voiture de Dana, qui est allée s'écraser contre un camion. Tous les trois ont été tués sur le coup.

Adam regarda sa tasse de café et Kim se demanda quelles visions épouvantables s'y reflétaient.

— Je pense qu'ils n'ont pas eu le temps de se rendre compte de ce qui leur arrivait. Du moins, je l'espère.

— Et le chauffard ?

— Il s'en est sorti indemne. Au tribunal, même chose. Qu'est-ce qu'il s'est vu infliger ? Quelques remontrances. Rien de plus.

— Quelle injustice !

— C'est le moins que l'on puisse dire. J'aimerais pouvoir l'allonger au milieu de la rue et lui passer sur le corps avec ma voiture jusqu'à ce qu'il... (Il s'interrompit, les joues en feu.) Excusez-moi.

— Ne vous excusez pas. Je comprends. Je serais même prête à vous aider.

Adam sourit.

— Maintenant je dois reconstruire ma vie, mais l'énergie me manque, je dois dire.

— C'est encore trop tôt. Vous devez d'abord achever votre travail de deuil.

— Oui. Je n'ai pas le choix, de toute façon.

Kim aurait aimé lui expliquer que, toutes proportions gardées, ils en étaient au même point tous les deux. Elle avait perdu Linc. Elle avait perdu ses amies. Elle avait failli perdre Cody par deux fois : d'abord à cause de sa malformation cardiaque, puis à cause d'un juge. Et elle devait repartir de zéro dans des conditions particulièrement difficiles. Mais, si tout cela la rapprochait d'Adam, il lui était impossible d'oublier une nécessaire prudence. Fais attention, se dit-elle.

— Cody est né avec une malformation cardiaque, révéla-t-elle tout de même à Adam. On le croyait condamné. Et puis il a été opéré par un chirurgien qui lui a sauvé la vie. Mais, pendant ces longs jours où je l'ai vu si mal, j'ai eu le temps d'imaginer sa mort je ne sais combien de fois. (Soudain, elle se sentit gênée de rapprocher cette expérience de celle d'Adam.) Je sais que ce n'est pas la même chose, mais ça me permet tout de même d'avoir une idée de ce que vous avez vécu.

— Ce que vous me dites à propos de Cody me surprend énormément. Il a l'air d'un enfant tellement plein de santé.

— Il a eu de la chance. Moi aussi. Je crois que je n'aurais pas pu lui survivre. Vous comprenez maintenant pourquoi je suis si vigilante. J'ai toujours peur que quelque chose lui arrive. Pour moi, il reste très vulnérable. Je m'en veux d'être comme ça. C'est un peu... malsain. Mais c'est ainsi. Je n'y peux rien. Je ferais n'importe quoi pour mon fils.

Adam vida sa tasse de café et la posa par terre.

— Je comprends ce que vous voulez dire. Moi, j'en étais arrivé à dépasser mes inquiétudes en ce qui concernait les enfants. J'avais confiance. Liam s'était cassé le bras et je l'avais vu se remettre rapidement. Une coupure sur la joue de Molly s'était refermée en quelques jours. Je leur trouvais une résistance à toute épreuve. Et puis, en un clin d'œil, ils ont cessé d'exister.

Kim eut un frisson. Adam s'étira en soupirant. Une façon d'annoncer la fin de leur conversation.

— Je vais vous laisser, dit-il en se levant. Croyez bien que je n'étais pas venu pour vous raconter tout ça.

Kim se leva à son tour.

— Votre visite m'a fait plaisir. Merci pour les beignets. Sans parler du travail.

— Ce n'est rien. A propos, ajouta Adam en bas des marches, vous avez le bonjour de Jessie. Elle est folle de joie ; Victoria va avoir des petits.

— Victoria ?

— Sa chatte. Mais si vous voyiez Jessie... On croirait que c'est elle qui va être mère.

Kim pensa aux gestes tendres de Jessie envers Cody.

— Je crois qu'elle est faite pour la maternité, dit-elle.

Adam ouvrit la bouche comme pour dire quelque chose mais finalement se tut.

— Que s'est-il passé avec son ami ? Noel, c'est ça ?

— Oui. Oh, c'était un brave garçon ! Mais il buvait un peu trop.

— Ah... Ne m'en dites pas plus.

Adam fit un signe de la main et s'éloigna. Kim rapporta les tasses et l'assiette des beignets dans sa cuisine, impatiente de retrouver Cody, en train de se raconter des histoires dans son parc.

Ce soir-là, elle coucha son fils juste avant huit heures, mit la radio et se glissa sous son édredon en attendant l'émission de Linc.

Incapable de penser à lui sans souffrir, elle avait décidé, au cours de la semaine, de le chasser de son esprit, sauf le dimanche soir, entre 20 et 22 heures. Autrement, elle finirait par se détruire alors qu'elle avait son fils avec elle et que rien ni personne ne devait compter plus que sa présence. Et puis elle s'était fait des amis. Même Lucy lui plaisait bien. Elle pouvait être comme une mère, prête à dispenser ses conseils. Or un soutien de ce genre, Kim n'en avait jamais trouvé qu'auprès de la mère de Linc. Elle avait d'ailleurs fini par s'installer chez elle quand sa propre mère l'avait chassée de la maison. Geri lui avait trouvé un emploi de serveuse dans la cafétéria où elle travaillait et, le week-end, toutes les deux avaient pris l'habitude d'aller ensemble voir Linc à la prison. La mort de Geri l'avait beaucoup peinée. Et pour elle, maintenant, c'était comme si Linc était mort lui aussi.

Immédiatement après la chanson de Simon et Garfunkel : *Song for the Asking*, Linc passa une mélodie de Pete Seeger qu'il aimait chanter à Cody. Kim comprit que c'était là son cadeau d'anniversaire et elle faillit réveiller son fils en lui disant : « Ecoute, Cody, Linc t'offre l'une de tes chansons préférées. » Mais, comme elle ne parlait jamais de Linc à Cody afin de ne pas le perturber, elle refréna son élan et, les larmes aux yeux, se contenta d'observer qu'elle était la première personne au monde à écouter cette mélodie en pleurant.

Elle s'attendit à un petit commentaire de Linc quand la chanson s'acheva, mais il enchaîna aussitôt avec une autre composition de Seeger.

Alors son esprit vagabonda. Elle revit Linc s'installer chez sa mère à sa sortie de prison et retrouva la joie que lui avait apportée cette libération tant attendue. Que de fois elle s'était reproché l'incarcération de Linc ! Si ce n'avait été pour elle, jamais il n'aurait été présent le soir où son père avait eu sa crise de folie.

Elle avait épousé Jim au cours de l'été qui avait précédé la libération de Linc et elle avait souhaité que les deux hommes se rencontrent. Mais elle avait eu beau expliquer que Linc avait besoin de s'entourer d'amis, Jim n'avait rien voulu entendre. « Je ne veux pas d'un ex-détenu comme ami. Un futur avocat doit savoir ce qu'il fait. »

Comme il n'était cependant pas question qu'elle mît un terme à sa longue amitié avec son ancien voisin, elle demanda à Jim de la laisser rencontrer Linc de temps en temps. « On peut se voir chez Geri ou, à l'occasion, dîner le soir au restaurant quand tu as des cours », lui expliqua-t-elle. Mais Jim lui opposa un nouveau refus catégorique et, redoutant un affrontement, elle ne tenta même pas de chercher un compromis. Alors ce fut en cachette qu'elle vit Linc, entretint leur amitié, l'encouragea à chercher du travail à la radio, l'écouta raconter ses tribulations amoureuses et l'appela quand elle avait des ennuis et que Jim n'était pas là pour en discuter. Mais, lorsque Jim découvrit qu'elle voyait Linc, elle se rendit compte qu'elle avait commis une erreur en agissant secrètement. Pour son mari, ces rendez-vous à son insu étaient la preuve de l'adultère. « Ton père avait raison ! lui cria-t-il le jour où il l'aperçut dans un restaurant, en compagnie de Linc. Vous couchiez déjà ensemble alors que tu avais à peine quinze ans. »

Elle essaya, en vain, pour la énième fois, de lui expliquer que sa relation avec Linc était aussi pure que celle d'un frère et d'une sœur. Linc appela même Jim pour tenter de le raisonner mais, tout comme elle, il se heurta à un mur. Plus tard, elle comprit qu'en fait Jim ne cherchait qu'un prétexte pour se séparer d'elle.

Les choses achevèrent de se gâter à la fin du stage professionnel auquel elle avait participé à Denver. Le vendredi soir, elle s'était enfermée dans sa chambre d'hôtel et avait sorti de son sac le test de grossesse qu'elle venait d'acheter. Un retard de dix jours lui laissait espérer une heureuse nouvelle. Elle n'avait encore rien dit à Jim de crainte de s'être trompée mais elle ne fut nullement surprise quand le résultat du test confirma ses espoirs.

Elle pensa d'abord téléphoner à Jim, puis, préférant partager sa joie à ses côtés, elle décida d'aller passer la nuit chez elle, Boulder n'étant qu'à une heure de route de Denver. Elle reviendrait éventuellement le lendemain matin pour la séance de clôture de son stage.

Lorsqu'elle arriva, une voiture qu'elle ne connaissait pas était garée dans l'allée, juste devant la maison. Elle pensa que Jim faisait visiter leur nouvelle demeure à l'un de ses amis et espéra qu'elle n'aurait pas à attendre trop longtemps pour lui annoncer la nouvelle en tête à tête.

Dans le salon à peine éclairé, la stéréo diffusait de la musique douce. Elle appela Jim et, n'obtenant aucune réponse, elle monta au premier étage.

Quand elle ouvrit la porte de la chambre, elle fut accueillie par des exclamations de surprise et des froissements de draps rabattus à la hâte sur des corps dénudés. Susanna, effarée, découvrait son mari avec une autre femme, dans le lit conjugal. Ils étaient aussi pétrifiés qu'elle. Jim restait bouche bée tandis que Peggy l'observait, les yeux écarquillés, sa chevelure brune tout ébouriffée.

Au bout de quelques instants, elle trouva la force de ressortir en refermant la porte derrière elle. D'un pas mécanique, elle descendit l'escalier en se demandant ce qu'elle avait bien pu faire pour que Jim ait eu envie de la tromper. Elle s'accusa d'un manque de tendresse à son égard. A moins qu'il ne la trouvât pas assez jolie. Ou stupide, peut-être. L'image de cette femme ravissante, couchée à sa place, demeurerait à jamais gravée dans sa mémoire.

Il ne lui restait plus qu'à fuir loin de cette scène odieuse, à tenter d'échapper à la blessure de son cœur. Elle se réfugia chez Linc, qui, la serrant dans ses bras, la laissa pleurer et proférer des injures. En revanche, il lui interdit de culpabiliser et de se diminuer. « Jim l'a déjà fait suffisamment, lui dit-il. Tu n'as pas besoin d'en rajouter. »

Jim débarqua dès le lendemain matin chez Linc, certain qu'elle s'y trouvait. Il lui expliqua qu'il voulait se séparer d'elle mais qu'il regrettait qu'elle eût appris sa décision de cette manière. Il comptait lui donner sa part de la maison en échelonnant les versements sur plusieurs années. Elle eut droit à une foule de détails financiers qu'elle feignit d'écouter.

Quand il fut obligé de marquer une pause afin de reprendre son souffle, elle lui apprit qu'elle était enceinte. Fou de rage, il lui reprocha d'avoir arrêté trop tôt de prendre la pilule. Certes, il lui avait dit qu'il fonderait une famille lorsqu'il aurait terminé ses études, mais il n'avait pas dit qu'il le ferait si vite. Il n'y avait qu'une solution : l'avortement.

Il se mit à la harceler pour qu'elle cède. Plusieurs fois par jour il l'appelait chez Linc, ce qui avait pour effet de l'enfoncer de plus en plus dans le désespoir. Non seulement elle n'était pas en état d'aller travailler, mais elle n'avait même plus envie de sortir de son lit. Disparaître définitivement devint une idée séduisante. La voyant au bord du suicide, Linc appela Valerie, qui la fit hospitaliser dans un service psychiatrique. Pendant quelques jours, elle en voulut à Valerie et à Linc, puis, son état s'améliorant, elle les remercia de leur intervention.

Pendant ce séjour à l'hôpital, elle décida que pour rien au monde elle n'avorterait. Elle n'avait plus de famille. Son père était dans sa tombe, sa mère aurait pu aussi bien l'être et son mari la quittait. Cet enfant, elle le voulait par-dessus tout. Ce fut en pensant à lui qu'elle finit par se rétablir. Il lui fallait être forte et en bonne santé pour élever seule son bébé.

Linc lui assura que si Jim refusait de s'occuper d'elle, il le ferait à sa place. Il téléphona à Jim pour lui demander de cesser son harcèlement au sujet de l'avortement. Il accompagna Susanna à ses visites prénatales, assista à la première échographie et à toutes ses séances de préparation à l'accouchement. La femme qu'il fréquentait alors préféra rompre, le jugeant « obsédé » par Susanna et le bébé, mais il n'en fut aucunement affecté.

Il ne la quitta pas une seconde pendant tout le temps que dura l'accouchement et fut témoin de l'angoisse générale lorsqu'il apparut que l'enfant venait au monde avec un grave problème de santé. Mais ce fut en le voyant pleurer devant le corps minuscule du bébé qu'elle commença à le considérer comme le vrai père de Tyler. Jim n'était plus rien pour elle après ce qu'il avait fait. Moins que rien, même. A l'hôpital, chacun semblait partager ses sentiments et traitait Linc comme s'il était le père du nouveau-né. D'autant que Jim ne fit pas la moindre apparition.

« Il aurait voulu être présent, prétendit Peggy dans le box des témoins, mais il est resté à l'écart par considération pour Susanna. Sachant à quel point elle traversait des moments éprouvants, il ne voulait pas lui rendre les choses plus difficiles encore. »

Tyler avait quatre mois lorsqu'elle et Linc devinrent amants. Un soir, il pénétra dans la chambre d'amis où elle dormait depuis plus d'un an, la réveilla, la prit par la main et la conduisit dans sa propre chambre. Ils firent l'amour avec une telle impression d'évidence et d'harmonie qu'elle se demanda pourquoi ils avaient tant attendu. Leur profonde entente s'était forgée bien des années auparavant, et tous deux le savaient.

La belle voix, lente et charmeuse, de Linc vint frôler ses oreilles tandis qu'il annonçait la chanson suivante. Elle ferma les yeux alors que la voix qui lui avait semblé si proche se taisait pour laisser place à celle de Pete Seeger. Imaginant Linc allongé à côté d'elle, elle tendit la main, caressa le deuxième oreiller — celui qui n'était là que pour tromper la solitude — comme elle aurait caressé la joue de son bien-aimé. Mais, quelques secondes plus tard, elle se tournait de l'autre côté du lit avec un sentiment d'échec et de frustration. Pourrait-elle vivre longtemps ainsi, dans l'attente du prochain dimanche où, allongée dans l'obscurité, elle écouterait la voix de Linc, en caressant une ombre ?

16

— Qu'est-ce que tu veux dans ton sandwich ? demanda Peggy à son frère.

Elle l'appelait depuis son bureau.

— Tout ce que tu veux. Sauf des oignons, par respect pour mes patients de cet après-midi.

— D'accord. Je serai là dans un moment.

Elle raccrocha, prit la dernière fiche mise en évidence sur son bureau et se dirigea vers la salle d'attente, où patientait Bonnie Higgins, la femme dont le mari demandait le divorce.

Bonnie se leva dès qu'elle vit Peggy. Cette fois-ci encore, elle avait la tête de quelqu'un qui s'est noyé dans ses larmes.

— Il y a du changement, annonça-t-elle en suivant son avocate dans le couloir.

— En mieux ou en pire ? demanda Peggy bien que devinant la réponse.

— C'est mille fois pire.

Bonnie s'assit face à Peggy et sortit un mouchoir en papier de son sac.

— J'ai découvert qu'il avait une liaison, fit-elle en se mouchant.

— Oh, je suis navrée pour vous !

— Ça dure depuis des années. C'est sa secrétaire. On ne peut pas dire que ce soit original... J'ai eu cette femme au téléphone des dizaines de fois par semaine. Je l'ai même rencontrée à plusieurs reprises. Elle est tout ce qu'il y a de plus vulgaire. Vêtements moulants, maquillage outrancier, vous voyez le genre... Jamais je n'aurais imaginé qu'il puisse s'intéresser à une femme comme ça.

— Vous avez des preuves ? demanda Peggy tout en prenant des notes. Comment avez-vous appris cette liaison ?

— C'est elle qui m'a appelée. Elle m'a tout raconté en me suppliant de rendre sa liberté à mon mari. Ce sont des preuves suffisantes pour vous ?

— Il a nié ?

— Non. Lui aussi a tout avoué. Il se sent coupable.

— Bien. Au moins, maintenant, on a quelque chose à utiliser contre lui s'il veut nous mettre des bâtons dans les roues. Il faut que l'on définisse immédiatement les termes d'un accord financier. Profitons de son sentiment de culpabilité.

Peggy consacra trois quarts d'heure à Bonnie puis quitta son bureau et alla acheter des sandwiches et des boissons.

Ron l'attendait dans son bureau inondé de soleil quand elle arriva. Il l'embrassa sur la joue. Elle s'assit et lui tendit son sandwich et un soda.

— Comment vas-tu, Peggy ? demanda-t-il en ouvrant la boîte métallique.

— Bien, répondit-elle en défaisant lentement le papier qui enveloppait son sandwich. Quoique toute cette histoire s'éternise, ajouta-t-elle.

— Ça fait combien de temps que ça dure, maintenant ? Trois semaines ?

— Trois semaines et demie. Et les bébés changent si rapidement... (Peggy regarda sans appétit l'intérieur de son sandwich à la dinde.) Je crains que la photo de Tyler ne permette plus de le reconnaître. Il a eu un an il y a deux jours, tu sais.

Elle avait mal vécu ce jour-là. Sa tristesse avait été d'autant plus grande que Jim avait oublié que c'était l'anniversaire de son fils. Quand elle le lui avait rappelé, à l'heure du dîner, il était resté perplexe. « Le 8 octobre, c'est son anniversaire ? s'était-il étonné. Je crois bien que je ne le savais même pas. »

— Un an, déjà ? fit Ron. Il me semble que je l'ai opéré hier.

— Je pense que nous devrions alerter les généralistes. Tu as toi-même fait remarquer qu'il n'avait plus besoin de voir régulièrement un cardiologue. En revanche, ne serait-ce que pour ses vaccins, il faudra bien que Susanna l'emmène chez un médecin quelconque.

— Ecoute, j'ai déjà rédigé un rapport médical pour les hôpitaux et les cardiologues. Je ne vais pas recommencer.

Peggy remit dans son sandwich un bout de laitue qui dépassait. Le ton de son frère la contrariait.

— Je ne te demande pas un autre rapport, dit-elle. Mais... Je ne te comprends pas, Ron. Pourquoi ne veux-tu pas faire le maximum pour retrouver Tyler ?

— Peggy... (Ron avala sa bouchée puis reposa le reste du sandwich sur son papier.) Je dois te dire que je ne continuerai pas à te soutenir aveuglément. Tu vas trop loin. Quand je t'entends parler du danger que court Tyler parce qu'il est avec sa mère, je... je ne peux tout simplement pas partager cette espèce d'hystérie.

— Quelle hystérie ? Tu veux peut-être dire que Tyler est mieux avec sa mère qu'il ne le serait avec nous, c'est ça ?

— Tu reproches à Susanna ses faibles moyens financiers et le fait qu'elle soit seule. Mais elle aime son enfant et elle s'en occupe très bien.

— Le tribunal...

— Je me fiche du tribunal. Ce n'est pas parce que Susanna était une mauvaise mère qu'elle a perdu la partie. Mais parce qu'elle n'avait pas les ressources nécessaires pour vous combattre, toi et Jim.

— Oh, Ron, tu n'as pas le droit ! (Peggy reposa son

soda sur le bureau de son frère d'un geste si violent qu'une giclée de liquide jaillit de la boîte.) Ce n'est pas l'argent qui a fait la différence. Beaucoup d'autres choses entraient en jeu, et tu le sais. Tu oublies Linc Sebastian, par exemple. Susanna aurait fini par l'épouser. Tu imagines Tyler vivant avec un type de ce genre ?

— Linc a payé pour ce qu'il a fait. Il est en règle avec la société et je pense qu'il aime Tyler. Quand j'ai été appelé à l'hôpital pour opérer Tyler en urgence, c'était Linc qui était là. Pas toi. Ni Jim.

— Nous ne voulions pas compliquer les choses, rétorqua Peggy.

— Ecoute-moi. Jim ne s'est intéressé à Tyler qu'à partir du moment où toi-même t'y es intéressée. Si tu ne veux pas reconnaître...

— Tu n'as jamais aimé Jim, l'interrompit-elle. Tu as toujours détesté les avocats.

Ron éclata de rire.

— Tu es avocate. Et je t'aime.

— En ce moment, j'en doute.

Peggy sentit les larmes monter à ses yeux et s'en voulut. Femme de tête, avocate compétente, quand elle était avec Ron, elle redevenait la petite sœur, impressionnée par son grand frère.

— Je n'ai rien contre Jim, affirma-t-il. Je pense qu'il n'y a que des gens formidables dans cette affaire. Toi, Jim, mais aussi Susanna et Linc Sebastian. Il n'y a ni bien ni mal. Seulement beaucoup de souffrance.

— Ni bien ni mal, dis-tu ? Mais Susanna a enfreint la loi, Ron ! Elle a kidnappé un bébé et se cache probablement sous un faux nom. C'est une criminelle. Ni plus ni moins.

— C'est vous qui avez fait d'elle une criminelle en l'accusant à tort. Vous avez transformé une mère aimante en une hors-la-loi.

— Nous n'avons pas eu le choix. C'était notre seule chance d'être pris au sérieux par la police.

Ron se pencha vers Peggy par-dessus son bureau.

— Tu ne t'es jamais mise à sa place, l'accusa-t-il. Si tu avais trouvé ton mari avec une autre femme dans ton lit alors que tu étais enceinte, qu'est-ce que tu aurais ressenti ?

Peggy tressaillit. Ron était l'unique personne à qui elle avait raconté ce pitoyable incident.

— Je regrette de t'avoir parlé de cette histoire, dit-elle.

Mais Ron continua :

— Premièrement, tu découvres que ton mari te trompe ; ça fait déjà un choc. Ensuite tu dois abandonner ta maison à sa maîtresse. Mais ce n'est pas tout. La femme en question veut aussi te prendre ton enfant.

— C'est injuste de me faire passer pour une garce.

— Une garce ? Certainement pas. Seulement, ce n'est pas parce que tu ne peux pas avoir d'enfant que tu dois te croire en droit de prendre celui d'une autre.

Le coup fut rude. Peggy se rejeta contre le dossier de sa chaise, muette. Elle regarda son frère pendant un moment puis, après avoir enveloppé dans son papier ce qui restait de son sandwich, elle prit son sac et se dirigea vers la porte sans que Ron fît un geste pour la retenir.

La main sur la poignée, elle se retourna.

— Je croyais n'avoir perdu que Tyler, dit-elle, la gorge serrée, mais je m'aperçois que j'ai aussi perdu mon frère.

— Tu ne m'as pas perdu, rétorqua Ron, ne semblant nullement contrarié par ces propos amers. Tout ce que je tenais à préciser c'est que ma conscience m'interdit de participer plus longtemps à ton acharnement contre Susanna.

Jim rentra tard, si bien que Peggy dut attendre qu'il vienne la rejoindre au lit pour lui rapporter sa conversation avec Ron. Il l'écouta puis glissa un bras autour de ses épaules.

— Ne lui en veux pas. Il ne connaît pas vraiment Susanna. Il essaie simplement d'être impartial.

— Mais quand je pense qu'il m'a reproché de vouloir le bébé de Susanna parce que je ne pouvais pas avoir d'enfant...

— Il oublie que le fils de Susanna est aussi le mien. Ne t'en fais pas, Peggy. Nous retrouverons Tyler. Rausch m'a appelé pour me dire qu'ils avaient finalement obtenu l'autorisation d'accéder aux opérations faites par Susanna avec sa carte bancaire. Il semble qu'elle ne l'ait pas encore utilisée. Mais, dès qu'elle le fera, elle sera repérée.

— Je l'espère bien.

En vérité, Peggy n'y croyait pas. Elle pensait que si Susanna ne s'était pas déjà servie de sa carte elle ne le ferait jamais. Elle se méfiait. Elle était infiniment plus intelligente que ne le prétendait Jim.

Ce dernier se redressa à demi et regarda sa femme.

— Tu es si belle... (Il se pencha vers elle pour l'embrasser.) Je voudrais tant que tu sois heureuse, Peggy.

Il l'embrassa de nouveau, avec plus de fougue, cette fois. Peggy faillit se mettre à pleurer. Faire l'amour était bien la dernière chose dont elle avait envie. Mais il y avait déjà trop longtemps qu'elle le repoussait.

Décidée à partager son désir, elle lui rendit son baiser. Toutefois, la suite promettait d'être difficile. Car, lorsqu'elle ferma les yeux, elle n'eut d'autre vision que le visage méprisant et dédaigneux de son frère.

17

Une tasse de thé à la main, Ellen s'assit dans l'un des rocking-chairs et prit une longue inspiration.

— J'adore cette odeur de début d'automne, fit-elle en souriant à Kim et à Lucy. Elle fait partie de ces odeurs qui rappellent l'enfance, non ?

Kim resta indifférente. Le parfum des automnes de l'Est ne lui était pas familier, mais Lucy acquiesça.

— Oh, oui ! dit-elle. C'était la même en Pennsylvanie, là où j'ai grandi.

— J'imagine, reprit Lucy en s'adressant à Kim, que vous ne respiriez pas la même chose à Los Angeles.

Kim se pencha pour arranger le revers du jean de Cody.

— Effectivement. Moi, ce qui me rappelle mon enfance, c'est l'odeur de la pollution.

Les deux femmes rirent et Kim les imita, satisfaite de constater qu'elle se sentait de plus en plus à l'aise avec ses voisines tandis qu'elle s'installait résolument dans la vie de Kim Stratton. Ou, plus exactement, peaufinait sa création. Elle avait appris à s'accommoder des incessantes questions de Lucy en répondant ce qui lui passait par la tête. Lucy ne semblait pas intriguée par ses incohérences. En fait, elle donnait l'impression de ne pas les remarquer. Kim découvrait que les gens sont prêts à gober tout ce qu'on leur raconte pour autant qu'ils ne voient aucune raison de se méfier de vous.

Avec son fils, elle se laissait porter par une routine qui endormait ses angoisses. Le matin, elle prenait son café avec Lucy sous la véranda. Habituellement, Ellen avait des clientes à cette heure-là — des femmes énergiques qui se levaient tôt et venaient se faire masser avant d'aller travailler. Par conséquent, il était rare qu'elle pût se joindre à ses locataires. Mais, ce matin-là, sa première cliente avait annulé son rendez-vous. Kim ayant annoncé que c'était l'anniversaire de Cody, Ellen était venue participer à la fête en offrant au petit garçon un mobile constitué d'étoiles et de planètes tandis que Lucy apportait un chien en bois avec sa laisse.

Après le café, Kim emmenait généralement Cody faire une promenade en ville ou dans le parc. Elle aimait voir ses joues rosies par la fraîcheur matinale et sentir sur sa peau et dans ses cheveux l'odeur du grand air. Elle ne redoutait plus de rencontrer Roxanne et ses enfants. Jack n'était pas si désagréable, après tout. Cody adorait jouer avec les deux frères. Il avait d'ailleurs besoin de rencontrer d'autres enfants et, fort heureusement, le revolver qui avait horrifié Kim n'était plus jamais réapparu.

Pour l'heure, Cody poussait le chien sur le plancher de la véranda avec un plaisir non dissimulé.

— Reviens par ici, Cody, lui demanda Kim, qui n'aimait pas le voir trop près des marches.

L'enfant fit demi-tour, tout pimpant dans son nouveau gilet bleu, avec des voiliers sur les poches. La trouvaille du dernier week-end. Un vêtement charmant qui lui avait coûté trois fois rien à la brocante. Kim s'était juré que même si elle se réveillait riche un beau matin, plus jamais elle n'achèterait de vêtements dans les magasins.

Elle venait de passer une semaine très active grâce à Kitty Russo et avait déjà reçu un chèque, le vendredi soir, en rapportant la dernière partie de son travail. Kitty n'avait rien à lui donner dans l'immédiat mais elle devait la rappeler prochainement. C'était un excellent début.

Agrippé à la balustrade, Cody se hissa sur ses pieds. Kim lui montra comment marcher en se tenant d'une main et en tirant le chien de l'autre. Elle l'observa longuement. Dans quelques heures, non sans une certaine appréhension, elle le conduirait chez le pédiatre recommandé par Lucy. Pendant le week-end, elle avait reconstitué son dossier médical en tapant sur des feuilles vierges les informations essentielles. Elle avait ensuite falsifié sa dernière analyse de sang, en remplaçant le nom de Tyler par celui de Cody Stratton et en inventant un nom de laboratoire à Trenton, dans le New Jersey. Puis elle était allée faire deux photocopies de l'analyse ainsi modifiée. Mais la nuit avait été agitée. Elle s'était endormie très tard et s'était réveillée à plusieurs reprises, angoissée à l'idée que le corps médical ait pu être alerté. La cicatrice de Cody risquait évidemment de les trahir. Pour se calmer, elle dut se répéter qu'elle était à trois mille kilomètres de Boulder et qu'à Annapolis personne ne la connaissait.

Il fallait mettre un terme à cette paranoïa. La semaine précédente, elle avait regardé l'émission *Les Personnes les plus recherchées d'Amérique* en retenant son souffle. Dans la nuit, elle avait fait un affreux cauchemar : Lucy et Ellen voyaient apparaître sa photo et celle de Cody dans une émission similaire et la police venait enfoncer sa porte.

— J'ai un autre rendez-vous annulé cet après-midi, dit Ellen en faisant jouer les rayons du soleil sur les planètes et les étoiles du mobile. Je déteste avoir deux annulations dans la même journée. Ça me fiche en l'air. (Elle posa doucement le mobile sur le plancher.) Je devrais peut-être appeler Cherise Johnson pour voir si elle peut venir. Elle a des horaires flexibles.

Kim la regarda en entendant le nom de Cherise.

— Au fait, j'ai oublié de vous remercier, Ellen.

C'est très aimable à vous d'avoir demandé à Cherise de m'inviter l'autre jour.

Ellen prit un air étonné.

— Excusez-moi, mais j'ignore ce dont vous parlez.

— Vous avez sans doute oublié. Il y a environ trois semaines, Cherise a organisé un vernissage pour l'exposition d'Adam Soria et m'a envoyé une invitation. Comme je ne connaissais encore personne à ce moment-là, je me suis dit que vous lui aviez parlé de moi.

— Ah...

Ellen appuya sa tête contre le dossier du rocking-chair et regarda en l'air, essayant de se souvenir.

— Ecoutez, je lui ai probablement dit que j'avais une locataire, mais je ne pense pas avoir été plus explicite. Cela dit, je suis heureuse qu'elle vous ait invitée.

— Moi aussi, fit Kim tout en aidant Cody à démêler la laisse du chien. C'est à cette occasion que j'ai rencontré Adam et Jessie.

— Ah, oui, Adam ! s'exclama Lucy, comme si elle n'attendait que cette occasion de parler du séduisant peintre. Racontez-nous, Kim. C'est votre petit ami ?

— Adam ? C'est juste un ami.

— Et Jessie ? C'est vraiment sa sœur ?

— Oui. Et tous les deux sont des amis.

La veille, Jessie et Adam étaient passés et l'avaient convaincue d'aller au cinéma avec eux. Initiative qui s'était révélée regrettable. Cody avait les dents qui perçaient, ce qui l'avait obligée à sortir pendant le film. Elle les avait vus une autre fois dans la semaine, lors d'un dîner au petit restaurant italien.

— Je me trouverais bien un ami aussi beau que lui, fit Lucy.

Adam, un bel homme ? Kim n'avait jamais fait très attention à son aspect physique.

— Moi aussi, ajouta Ellen. A condition qu'il fasse preuve, en plus, d'une grande maturité d'esprit. Et qu'il soit Scorpion. Ça, c'est essentiel.

Lucy éclata de rire.

— Cela va de soi, renchérit-elle.

— De quel signe est votre Adam ? demanda Ellen.

— D'abord, ce n'est pas *mon* Adam, répondit Kim, amusée. Quant à son signe, je l'ignore totalement.

— Vous connaissez au moins le vôtre.

— Poissons.

En voyant la tête d'Ellen, Kim comprit qu'elle avait dû faire un mauvais choix.

— Enfin non... Je veux dire... bredouilla-t-elle. Mon Dieu, j'ai oublié. Qu'est-ce qui correspond au 16 août ?

— Le Lion.

— C'est ça. Je confonds toujours.

Ellen la regarda comme si elle ne pouvait pas croire à tant de désinvolture à l'égard du zodiaque.

— Vous, un Lion ? C'est impossible. Vous êtes tout sauf ça.

Kim essaya de plaisanter.

— C'est parce que vous ne me connaissez pas encore très bien, Ellen. Comment les Lions sont-ils supposés être ?

— A mon avis, vous étiez plus près de la vérité en parlant de Poissons. Ce doit être, au moins, votre ascendant.

— Peut-être...

Kim haussa les épaules, en se demandant s'il y avait quelque chose de sérieux dans toutes ces histoires d'astrologie.

Soudain, elle entendit sonner son téléphone. Posant sa tasse, elle s'empressa de tendre les bras vers Cody.

— Laissez-le-moi, proposa Lucy. Je le surveille. Autrement vous n'aurez jamais le temps de décrocher.

Kim marqua une hésitation puis se précipita dans la maison et monta l'escalier quatre à quatre. Elle espérait que c'était Kitty Russo qui appelait pour lui proposer un nouveau travail, si bien qu'elle fut surprise en entendant une voix masculine au bout du fil.

— Noel Wagner à l'appareil. Je suis un ami de Jessie Soria.

Kim se souvint : Noel Wagner était l'ancien petit ami de Jessie.

— Oui ?

— Jessie m'a dit que vous faisiez des travaux de dactylographie.

— Effectivement.

— Ça vous dirait de taper le roman du siècle ?

— Je vous demande pardon ?

L'homme éclata d'un rire rauque qui trahissait le fumeur invétéré.

— Je suis en train de rédiger un livre. Mais j'écris à la main. Je n'ai jamais réussi à me mettre à la machine. Vous pensez que vous pourriez me taper ça sur votre traitement de texte ?

— Oh, avec plaisir ! Je demande deux dollars par feuillet, avec double interligne.

— Très bien, c'est d'accord. Je vais vous apporter les deux cents premières pages. Mais n'ayez crainte, je ne suis pas très pressé.

— Je pourrais venir les prendre, si vous n'êtes pas trop loin d'ici. Il faut que je sorte aujourd'hui, de toute façon.

Elle avait tout intérêt à commencer avant que Kitty lui redonne du travail.

— Eh bien, c'est parfait ! Mon appartement est situé au-dessus de *Kelly*, le magasin d'instruments de musique. Vous voyez où il se trouve ?

— Oui. (Elle avait remarqué cette pittoresque petite boutique, dans East Street.) Je peux passer vers 16 heures ?

Elle s'arrêterait chez lui en revenant de chez le médecin.

— Je serai là.

Elle raccrocha avec un grand sourire et, aussitôt, décrocha de nouveau pour appeler Jessie.

— Merci, dit-elle, dès que Jessie répondit.

— De quoi ?

— D'avoir transmis mes coordonnées à Noel. Il vient de m'appeler. Il a du travail à me donner.

— Je suis contente pour vous. C'est un bon écrivain. Les grands alcooliques font souvent de bons écrivains. (Il y avait une pointe d'amertume dans sa voix.) Et j'imagine qu'il a prétendu que son écriture était lisible.

— Non. Il ne m'a rien dit à ce sujet.

— Ah ? Deux personnes ont déjà renoncé à taper son manuscrit. Sur le conseil de leur ophtalmo.

Kim éclata de rire.

— Ecoutez, dit-elle, mue par une impulsion. J'aimerais que vous veniez dîner ce soir, chez moi, avec Adam. Ce serait ma façon de vous remercier pour tout ce que vous avez déjà fait pour moi. De plus, c'est l'anniversaire de Cody aujourd'hui.

— Vraiment ? Dans ce cas, il nous est impossible de refuser. Je vais voir si Adam est libre et je vous rappelle.

La salle d'attente du médecin était bondée. Apparemment le docteur Sweeney la partageait avec des confrères. Kim se détendit en voyant deux jeunes femmes accompagnées de leurs petits garçons. Cody n'était qu'un patient parmi les autres et, pour Kim, rien ne pouvait être plus rassurant.

Au milieu de la salle, une large table basse en plastique était couverte de jouets et de livres, si bien que Cody commença bientôt à s'agiter. Tenue de remplir le questionnaire que lui tendait la réceptionniste, Kim laissa son fils s'amuser avec les autres enfants, dans une atmosphère microbienne qu'elle n'osa imaginer. Mais comment faire autrement ?

Au bout d'une longue attente, une jeune infirmière fit entrer Kim et Cody dans le cabinet médical. Elle demanda à Kim de déshabiller son fils puis se retira.

Quelques minutes plus tard, le médecin entra dans la pièce et serra la main de Kim.

— Eh bien, madame, je vous écoute.

— Mon fils a besoin de rappels. Je vous ai apporté sa fiche de vaccination.

Elle tendit la fiche au docteur Sweeney dont le regard était déjà posé sur la cicatrice qui barrait la poitrine de Cody.

— Qu'est-ce que c'est ? demanda-t-il.

Il laissa courir son doigt sur la peau douce de l'enfant qui, chatouillé, se mit à rire.

Kim humecta ses lèvres desséchées.

— Il est né avec un rétrécissement de l'aorte, expliqua-t-elle. Il a fallu l'opérer. J'ai également avec moi son dossier médical. Si vous voulez le voir...

— Oui, merci.

Le médecin s'assit sur l'unique chaise du cabinet et se mit à feuilleter le dossier pendant que Kim frictionnait le dos de Cody. Il faisait très froid dans la pièce.

Quand elle vit le docteur Sweeney plisser soudain le front, elle imagina le pire. Elle se raidit, prête à se précipiter vers la porte et se jura que si elle ressortait finalement sans encombre de cette consultation elle élaborerait un plan de fuite, pour le cas où elle devrait quitter sans délai Annapolis.

— Qui l'a opéré ? demanda le docteur Sweeney en retournant la feuille qu'il venait de lire, dans l'espoir d'y trouver le nom du chirurgien de Cody.

— Le docteur Farnhager.

Ce fut le premier nom qui vint à l'esprit de Kim. Elle le trouva si inhabituel qu'elle faillit rire de son choix.

— Ça ne me dit rien.

— Il exerce à Los Angeles, dit Kim en pensant que dans une ville aussi cosmopolite il devait bien y avoir un docteur Farnhager.

— J'ai moi-même exercé à Los Angeles.

Kim sentit son cœur s'emballer.

— Dans quel hôpital travaillait-il ? Je ne me souviens pas de son nom.

— Je ne sais pas depuis quand il exerce là-bas, fit Kim en s'efforçant de prendre un ton naturel. Mais il a une excellente réputation. Nous avons eu de la chance de tomber sur lui.

Los Angeles... Si quelqu'un avait la mauvaise idée de vérifier, elle serait vraiment dans de beaux draps...

Bien qu'elle eût répondu à côté de la question, le docteur Sweeney n'insista pas et mit un terme à son interrogatoire.

Il examina Cody avec douceur et en silence. Silence pesant pour Kim, qui s'en voulait d'avoir inscrit sa véritable adresse sur le questionnaire. La police l'attendrait probablement de pied ferme devant chez elle quand elle rentrerait.

Habitué à la douleur, Cody n'émit qu'un vague gémissement quand le médecin lui fit ses piqûres. Kim en éprouva, comme à chaque fois, un serrement au cœur.

— Vous pouvez le rhabiller, annonça le docteur Sweeney. Tout est normal. Je vais vous donner le nom d'un cardiologue qui lui fera une échographie. Mais il n'y a pas urgence.

— Merci, docteur.

Dès qu'il fut sorti, Kim habilla Cody rapidement, laissa un chèque rédigé à la hâte et soupira de soulagement quand ils retrouvèrent la voiture.

A son avis, ce médecin s'était montré trop peu communicatif. Ellc sc demanda, tandis qu'elle roulait vers le centre-ville, s'il était préoccupé par son prochain match de tennis ou s'il se préparait à prévenir la police. « Je ne connais pas son histoire, pourrait-il leur dire, mais en revanche je sais qu'elle m'a montré un dossier falsifié. »

Elle repensa à un plan de fuite. Il lui fallait acheter un gros feutre noir qu'elle utiliserait le cas échéant pour changer le numéro d'immatriculation de la voiture. Elle devait également garder de l'argent liquide au lieu de tout mettre en banque. Ainsi, au moins, elle ne perdrait pas tout. Qu'emporterait-elle ? Cela dépendrait du temps dont elle disposerait. Dans le meilleur des cas, elle pourrait prendre l'ordinateur et l'imprimante, à condition de les transférer dans le coffre pendant la nuit. Au pire, elle se contenterait d'emporter le parc et la poussette. Elle se demanda si elle n'avait pas intérêt à préparer dès maintenant son sac de marin.

Une place se libéra devant le magasin d'instruments de musique, juste au moment où elle cherchait à se garer. Elle s'y précipita puis détacha Cody de son siège, le prit dans ses bras et se mit en quête de l'escalier qui menait à l'appartement situé au-dessus du magasin.

Elle n'en trouva qu'un, à l'arrière du bâtiment. En fer, il ressemblait plutôt à un escalier de secours. Cody calé sur sa hanche, elle entreprit de gravir les marches.

Un pan de chemise sortant de son pantalon, les cheveux en bataille, souriant mais l'air distrait, Noel avait tout de l'écrivain éthylique. Lorsqu'elle passa devant lui pour entrer dans l'appartement, Kim se retint de grimacer en sentant l'odeur d'alcool, mêlée à celle, plus forte, du tabac.

Le living, exigu, n'offrait au regard que de vieux meubles délabrés et une moquette aux couleurs indéfinissables. Le son d'une flûte montait de la boutique du rez-de-chaussée, traversant les lattes du plancher.

— Vous devez avoir de la musique toute la journée, fit remarquer Kim.

— Effectivement, répondit Noel en lui faisant signe de s'asseoir sur le canapé. Et malheureusement je n'y peux rien ; ils donnent des cours de musique. La flûte, passe encore, mais quand c'est du violon, je n'ai plus qu'à me mettre du coton dans les oreilles.

Kim s'assit en riant. Aussitôt Cody chercha à lui échapper mais elle le retint fermement sur ses genoux.

Qui pouvait dire ce qui se cachait dans les poils de la moquette d'une propreté douteuse ?

Noel s'assit à son bureau, installé dans un coin de la pièce, et se mit à empiler des feuillets de papier jaune. Depuis sa place, Kim pouvait voir la seconde pièce : une chambre à coucher où trônait un ordinateur.

— Vous avez un ordinateur ? s'étonna-t-elle.

Noel leva les yeux de ses feuillets.

— Pardon ? Ah, oui, j'en ai un ! Mais je ne l'utilise que pour recevoir des messages ou surfer sur Internet. Je n'ai jamais réussi à me servir du traitement de texte. (Il sourit.) Pitoyable, non ?

Kim fit sauter Cody sur ses genoux.

— Je déteste me montrer égoïste, dit-elle, mais j'avoue que votre problème m'arrange bien.

Noel reporta son attention sur sa pile de papiers, laissant Kim regarder autour d'elle. Une photo, sur le bureau, montrait Noel et Jessie, enlacés et souriants. Jessie avait l'air si heureuse, sur ce cliché, qu'il fallut quelques secondes à Kim pour la reconnaître ; la jeune femme n'avait pas dû sourire avec tant d'abandon depuis un bon moment.

Noel surprit le regard de Kim.

— Jessie ne m'appelle plus que très exceptionnellement, dit-il. Et seulement quand elle a quelque chose à me demander. On dirait qu'elle tient beaucoup à vous aider.

— Elle et Adam sont très gentils avec moi.

— Ils le sont d'une manière générale. Malheureusement il y a eu cet accident qui les a plongés dans le désespoir. J'espère qu'ils vont finir par sortir du gouffre.

— C'est encore récent...

— Tout de même, ça fait un moment, maintenant. Je crois qu'ils devraient éviter d'être toujours ensemble à ruminer leur malheur. Je suis heureux que Jessie se soit trouvé une amie qui n'a rien à voir avec ce qui est arrivé. C'est peut-être le signe qu'elle commence à aller mieux malgré tout.

A l'évidence, Noel aimait encore Jessie.

— Voilà, dit-il.

Il vint poser la pile de feuilles sur la table basse où attendait un carton. Mais, quand il voulut le remplir, il dut se battre avec les feuillets pour les faire entrer dedans. Kim remarqua les pages couvertes de pattes de mouches.

— Je vais porter tout ça jusqu'à votre voiture. Vous êtes déjà assez chargée avec votre charmant petit garçon.

Kim se leva et le suivit tandis qu'il se dirigeait vers la porte.

— Pour quand avez-vous besoin de ce travail ? demanda-t-elle.

— Il n'y a pas le feu. J'en ai encore pour un mois avant de terminer la deuxième partie. A ce moment-là, je commencerai à corriger ce que vous aurez tapé. Ça ira ?

— Très bien. Mais, si vous n'y voyez pas d'inconvénient, je viendrai chaque vendredi vous rapporter le travail de la semaine. Je préfère être payée au fur et à mesure, vous comprenez.

— Pas de problème.

Ils descendirent l'escalier métallique et contournèrent l'immeuble pour rejoindre la voiture. Kim attacha Cody sur son siège puis prit le carton des mains de Noel et le posa sur le siège passager.

— Appelez-moi si vous avez du mal à me lire, précisa Noel en souriant.

— C'est entendu.

Kim démarra en songeant qu'elle risquait de l'appeler souvent au cours des prochains jours.

En cours de route, elle acheta un poulet et un gâteau pour le dîner d'anniversaire de Cody. Lorsqu'elle regagna son domicile, elle constata avec soulagement qu'aucun policier ne l'attendait. Quelle idiote elle faisait avec ses inquiétudes ! Elle était allée chez le médecin, Cody avait eu ses rappels de vaccins et une montagne de travail l'attendait ainsi qu'un chèque en fin de semaine. De quoi aurait-elle pu se plaindre ? Il ne lui restait plus qu'à se féliciter d'avoir eu la bonne idée d'inviter ses amis à dîner.

Jessie arriva avec un paquet-cadeau et Adam avec une bouteille de cidre qu'il brandit en annonçant :

— Ça, c'est pour fêter vos nouvelles activités !

Il la surprit et lui réchauffa le cœur en l'embrassant sur la joue comme s'ils étaient de vieux amis.

Jessie sembla plus intéressée par Cody.

— Comment va l'enfant qui fête son anniversaire ? demanda-t-elle en sortant Cody du parc.

— Je ne sais pas comment je me serais débrouillée sans vous deux, fit observer Kim. Je n'ai eu aucune réponse à mes courriers.

— C'est toujours long, lui assura Adam. La plupart des entreprises gardent sous le coude ce genre d'offres de service et les ressortent en cas de besoin. Je suis sûr que vous aurez des appels avant longtemps.

— Noel va vous occuper un bon moment, intervint Jessie en faisant sauter Cody sur sa hanche. Il écrit beaucoup. C'est toute sa vie.

L'amertume avait de nouveau percé dans la voix de Jessie.

— Je crois que vous lui manquez, dit Kim.

Jessie haussa les épaules.

— C'était l'alcool ou moi.

Kim approuva d'un signe de tête compréhensif.

— Quel traitement de texte utilisez-vous ? demanda Jessie en s'approchant de l'ordinateur, posé pour l'occasion sur la table basse afin de libérer celle du dîner.

— *Wordperfect*, lui répondit Kim.

Jessie se pencha et effleura le clavier du bout des doigts.

— Qu'avez-vous d'autre ? Des jeux ? J'adore les jeux électroniques.

— Non, désolée, je n'en ai pas. (Elle avait effacé les jeux le lendemain de l'installation de l'ordinateur.) J'aurais été incapable de travailler avec des jeux à portée de main.

— Vous avez plus de discipline que moi.

Jessie donna un gros baiser à Cody puis le remit dans son parc.

— Vous m'amènerez Cody quand Victoria aura eu ses chatons ? Ça lui plairait, non ?

— Oui, certainement. On verra...

Kim esquissa un sourire. Cody adorerait probablement ce spectacle mais, en ce qui la concernait, une portée de chatons ne pouvait que lui rappeler des souvenirs qu'elle préférait oublier.

— Qu'est-ce qu'on peut faire pour vous aider ? demanda Jessie en entrant dans la cuisine.

Kim lui proposa de s'occuper de la salade, tandis qu'Adam pèlerait les pommes de terre et qu'elle-même préparerait le poulet. Un poulet qui représentait une extravagance au regard des sempiternels plats de pâtes, de riz ou de haricots rouges. Mais cette soirée n'était pas comme les autres.

Ils bavardèrent tout en s'affairant. Kim se sentait le cœur léger. Elle avait pratiquement oublié ses craintes de trouver la police devant sa porte. Quatre heures s'étaient écoulées depuis qu'elle était ressortie de chez le médecin, et rien ne s'était passé. C'était bon signe.

Adam avisa son carnet de croquis près de l'ordinateur.

— Je peux montrer vos croquis à Jessie ?

Kim fit oui de la tête. Adam alla chercher le carnet, le posa sur le bar et se mit à tourner les pages pendant que Jessie regardait par-dessus son épaule.

Au bout d'un moment, elle déclara, visiblement surprise :

— Mais c'est vraiment très bien, Kim.

— Il y en a de nouveaux, fit remarquer Adam.

— Oui. Il va me falloir un autre carnet.

— Quand accepterez-vous que je vous donne des cours ? Allez, ça me ferait tellement plaisir.

Comment refuser une proposition formulée de cette façon ?

— Bon, d'accord. Fixez-moi un rendez-vous.

— Parfait, dit Adam en refermant le carnet. Vous viendrez dans mon atelier, qui d'ailleurs se trouve chez moi. Mais, en attendant, pourquoi ne pas essayer d'utiliser vos rêves ? Vous gardez le carnet sous votre lit et dès votre réveil — avant même de vous lever — vous en faites une esquisse.

— Je ne m'en souviens jamais.

C'était un mensonge. Mais ses rêves étant tout aussi noirs et angoissants que devaient l'être ceux d'Adam, elle préférait prétendre ne pas se les rappeler.

— Ça peut changer, lui assura Adam. Il suffit de faire un effort.

Le repas prêt, ils s'attablèrent après avoir installé Cody sur sa chaise haute, à la place d'honneur.

— A Cody ! fit Jessie en levant son verre de cidre.

Adam leva son verre à son tour.

— Et à Kim. La seule d'entre nous qui travaille en ce moment.

Kim but une gorgée de cidre, heureuse qu'ils n'aient pas apporté de vin. Curieux... Elle ne leur avait pourtant pas dit qu'elle ne buvait pas d'alcool, à part de la bière ou du cidre de temps en temps. Mais peut-être était ce leur cas, à eux aussi.

— Vous ne buvez de vin ni l'un ni l'autre ?

— Plus maintenant, répondit Adam. J'ai arrêté de boire de l'alcool après l'accident. J'ai vu dc trop près le genre de désastre qu'il pouvait provoquer. Ça a été une sorte de réflexe de ma part.

— Quant à moi, c'est ce qui m'a poussée à me séparer de Noel, expliqua Jessie. Après le drame, je n'ai plus supporté de le voir constamment un verre à la main.

Kim se souvint de l'odeur d'alcool qui imprégnait Noel — une odeur qui avait hanté son enfance.

— Mes parents étaient alcooliques, avoua-t-elle. (Elle se tourna vers Adam.) Je vous ai dit que mon père buvait. Mais ma mère aussi. Et l'alcool en a fait des êtres si méprisables qu'ils m'en ont dégoûtée à jamais.

— Nous sommes faits l'un pour l'autre, fit Adam.

Kim décela dans son regard une lueur troublante. Elle détourna les yeux, soudain en proie à des sentiments contradictoires. Elle aimait bien Adam, le considérait comme un ami... Quant à tomber amoureuse de lui... Non, c'était impossible. Jamais il ne pourrait remplacer Linc.

Remarquant le regard appuyé de son frère, Jessie fronça imperceptiblement les sourcils, geste qui n'échappa nullement à Kim.

Brusquement, alors que le repas n'était pas terminé, Jessie se leva de table.

— Je pense que nous devrions y aller, Adam, déclara-t-elle. Je ne voudrais pas me coucher à une heure impossible.

— Voyons, Jessie, il est encore tôt.

— Je n'ai même pas servi le dessert, fit valoir Kim.

— Et Cody n'a pas ouvert ses cadeaux, ajouta Adam.

Jessie prit un air résigné et soupira.

— C'est vrai. Désolée. Mais je me sens vannée tout d'un coup.

Kim surprit l'expression anxieuse d'Adam. Se sentant tenue d'accélérer les festivités, elle se leva pour apporter les cadeaux sur la table.

Bien que ce fût son premier anniversaire, Cody savait ce que l'on attendait de lui. Il déchira en riant le papier qui enveloppait ses présents. Kim lui offrait deux jouets qu'elle avait achetés d'occasion, et Jessie et Adam un livre sur les animaux, magnifiquement illustré.

Kim mit les cadeaux à l'abri avant d'apporter le gâteau d'anniversaire. Les trois adultes chantèrent le traditionnel *Happy birthday to you* puis aidèrent Cody à souffler sa bougie.

— Un gâteau à la crème glacée ! fit Jessie en regardant Kim découper les parts. Le dessert préféré de Molly. Tu te souviens, Adam ?

Adam hocha la tête puis parut s'affaisser sur sa chaise, comme si Jessie venait de planter une épingle dans une baudruche.

— Pour son anniversaire, juste avant l'accident, nous avions acheté le même gâteau, dit-il, le visage décomposé.

Kim eut un mouvement de recul.

— Oh ! Si j'avais su...

— Ne vous en faites pas. Continuez. C'est très appétissant.

Le charme de la soirée fut néanmoins rompu. Jessie ne toucha pas à sa part de gâteau et Kim ne fut pas surprise de l'entendre répéter qu'elle se sentait fatiguée dès qu'Adam eut avalé sa dernière bouchée.

— Tu peux rester si tu veux, lui dit-elle. Mais moi, je rentre.

Visiblement, Adam hésitait, tiraillé entre le désir de satisfaire sa sœur et celui de prolonger la soirée. Kim regrettait l'attitude de Jessie. Elle commençait à se sentir attirée par Adam, sans pour autant être certaine de ce qu'elle attendait de lui. Fragilisée par la solitude, elle se dit qu'elle devait confondre un besoin de compagnie avec des sentiments amoureux.

Jessie passa près de Cody et lui effleura les cheveux. Elle voulait partir, et le plus vite possible. On la sentait en proie à une sorte de panique tandis qu'elle se dirigeait vers la porte. Une main sur la poignée, elle attendit la décision de son frère.

— Je viens, Jessie, dit-il en lançant à Kim un regard désolé.

Kim prit Cody dans ses bras et suivit Adam sur le palier.

— Merci à tous deux d'être venus. Cody aussi vous remercie pour le superbe livre.

— Le dîner était excellent, fit Adam. Je vous téléphonerai pour que nous puissions prendre rendez-vous et...

— Adam ! appela Jessie d'une voix suppliante.

Elle semblait sur le point de défaillir pour peu qu'elle reste une minute de plus sur ce palier.

— Oui, Jessie, je viens !

Adam passa son bras autour des épaules de sa sœur puis, se retournant à demi, répéta :

— Je vous téléphonerai.

— D'accord. Bonne nuit à tous deux.

Kim les regarda s'éloigner, Adam tenant fermement Jessie par les épaules. Quand ils tournèrent pour s'engager dans l'escalier, Kim surprit sur le visage de Jessie un incontestable soulagement.

18

— Je crois qu'un peu de musique nous détendrait, déclara Adam en se dirigeant vers la chaîne hi-fi installée dans un coin de l'atelier.

Kim regardait fixement la toile vierge qui attendait sur le chevalet. Bien qu'elle eût déjà passé deux soirées à dessiner et à peindre sous l'œil attentif d'Adam, elle ne s'était pas encore attaquée à une toile. Cette fois-ci, elle allait franchir le pas, mais la peur de mal faire la paralysait.

Tandis qu'une musique de jazz, jouée au piano, se faisait entendre, Adam revint près d'elle.

— Ayez confiance en vous. Vous ne pouvez pas commettre d'erreur.

Elle reconnaissait la musique. C'était un morceau de Keith Jarrett, l'un des musiciens préférés de Linc. Mais l'heure n'était pas aux rêveries. Déjà Adam prenait sa main, l'approchait de la palette et trempait le bout du pinceau dans du bleu pâle. Avant qu'elle pût protester, il lui fit barrer toute la largeur de la surface immaculée d'un épais trait bleu. Elle retint une exclamation, puis éclata de rire.

— Maintenant, fit Adam, vous n'avez plus à redouter de gâcher ma belle toile vierge. Vous pouvez vous lancer.

Mais comment s'y prendre ? Que faire de ce trait bleu ? Comment se libérer de toute réticence ? Le premier soir, elle s'était sentie maladroite, gênée, entravée par la crainte de l'entendre exprimer un jugement négatif. Comme s'il lisait dans ses pensées, il l'avait encouragée avec des paroles si convaincantes qu'elle n'avait pas tardé à montrer ce dont elle était capable. « Vous apprenez vite », lui avait-il dit. Mais, tandis qu'elle dessinait et peignait, Adam errait, désœuvré, comme s'il avait oublié la façon d'utiliser le matériel dont regorgeait son atelier.

La forme et la couleur du trait azur prirent soudain pour Kim un aspect familier. Elle pensa au ciel tel qu'elle l'avait vu quand, depuis sa fenêtre, elle avait dessiné la maison d'en face. Elle se mit cette fois à la peindre de mémoire en essayant d'ignorer les fréquents coups d'œil qu'Adam lançait dans sa direction.

Si elle n'était pas certaine d'être amoureuse de lui, Kim était indubitablement sous le charme de son cadre de vie. Adam habitait une petite maison blanche, à un étage, jumelle de celle que Jessie louait juste à côté. A l'intérieur, on retrouvait ce même goût des contrastes qu'on décelait déjà dans ses œuvres : moquette gris pâle, canapé bleu marine, chaises revêtues d'un tissu rayé bleu foncé et blanc. Sur les murs, les tables, les étagères s'accumulaient photos et peintures représentant sa femme et ses enfants. Dana avait manifestement été une très belle femme. Elle était grande et mince, arborait une chevelure d'un roux profond, légèrement ondulée, et un charmant sourire que l'on imaginait mal effacé à jamais.

Accroché au-dessus de la cheminée, un tableau représentait les enfants tout de blanc vêtus, sur fond de vert intense : le genre de contraste qui portait incontestablement la marque d'Adam Soria. Molly avait les cheveux bruns de son père, et Liam, la chevelure rousse de sa mère. Frappée par la beauté de l'œuvre, Kim ne s'était demandé que dans un second temps comment Adam réussissait à garder sous les yeux cette exquise vision d'un bonheur perdu.

Ce qui était à l'origine un grenier était devenu un

atelier extrêmement fonctionnel. Grâce à la vaste verrière qui occupait un pan entier du toit et aux murs uniformément blanchis à la chaux, la luminosité y était exceptionnelle. Un évier et des étagères occupaient l'un des murs tandis que devant l'autre se dressaient les chevalets. Dans la partie médiane deux petits canapés de cuir rouge se faisaient face.

Pendant que sa mère peignait, Cody dormait dans l'ancien lit de Liam, près duquel une chaise avait été placée en guise de barrière. Kim s'était sentie mal à l'aise lorsqu'Adam avait offert la chambre de son fils et elle avait eu les larmes aux yeux en découvrant les jouets, les peluches, la lampe de chevet en forme de camion. Mais, contrairement à ses craintes, Adam avait paru plus heureux que nostalgique de voir un autre enfant dans ce qui avait été le domaine de Liam.

D'une façon générale, Kim trouvait Adam plus gai ces derniers temps. Par ailleurs, elle avait plus d'une fois surpris son regard posé sur elle et non sur son travail, et elle pressentait qu'elle devrait bientôt s'interroger sur les sentiments qu'elle nourrissait à son égard. Une chose était certaine : elle avait besoin de sa compagnie. Comment avait-elle pu imaginer être capable de vivre coupée du monde ?

En bas, une porte claqua.

— Ah ! Ce doit être ma sœur, fit Adam.

Ils entendirent des pas dans l'escalier et bientôt virent apparaître Jessie. Elle semblait fatiguée.

— Bonsoir, dit-elle d'une voix éteinte.

— Bonsoir, répondit Kim. Comment allez-vous ?

— Tu as l'air épuisée, fit observer Adam. Qu'est-ce qui t'arrive ?

Jessie haussa les épaules.

— Rien de spécial. J'ai apporté de la pizza. Si quelqu'un en veut...

Adam regarda Kim.

— Vous avez faim ?

— Je n'ai rien contre une part de pizza.

— Un Coca, Kim ? proposa Jessie, alors qu'elle redescendait au rez-de-chaussée.

— Avec plaisir, lui cria Kim.

Adam alla poser le pinceau dans l'évier pendant qu'elle recouvrait la palette d'un film plastique.

Elle avait remarqué que Jessie venait systématiquement chez Adam quand elle s'y trouvait. Jouait-elle les chaperons ? En tout cas, elle leur interdisait ainsi toute véritable intimité. Peut-être agissait-elle de cette manière à la demande de son frère. Pour lui éviter... Quoi, au juste ? Quelle que soit la réponse, il était clair, vu sa mine, que Jessie aurait été bien mieux dans son lit, ce soir-là.

Elle avait disposé les assiettes et la pizza sur la table basse, dans le living, et rempli trois verres de Coca. Kim s'assit par terre, le dos appuyé au canapé. Jessie s'installa à côté d'elle pendant qu'Adam allait se chercher une chaise. La télévision était allumée, diffusant les informations en bruit de fond.

— Tu es sûre que ça va bien, Jessie ? demanda Adam.

— Oui. Je suis fatiguée, c'est tout, répondit-elle en avalant une bouchée de pizza, les yeux fixés sur l'écran, avant de porter son regard sur Kim. Alors, comment vous débrouillez-vous avec le livre de Noel ?

— Ça se passe bien, fit Kim, laconique.

Dans son roman, Noel racontait l'histoire d'un adolescent vivant dans un quartier ouvrier de Baltimore. Le récit était d'un intérêt moyen et méritait d'être sérieusement retravaillé si son auteur espérait le vendre.

Soudain, Adam se pencha vers la télévision.

— C'est arrivé tout près d'ici, dit-il, ébahi, en saisissant la télécommande afin de monter le son.

Une jeune femme reporter se tenait devant un immeuble de bureaux à la façade en partie calcinée et expliquait qu'une explosion s'était produite dans l'après-midi, tuant un avocat et une réceptionniste, ainsi que ses deux enfants, présents auprès d'elle au moment du drame.

— Une explosion due à quoi ? interrogea Kim.

— Une bombe, expliqua Jessie. J'ai entendu la nouvelle dans ma voiture, quand je suis allée chercher la pizza.

— C'est la deuxième fois que ça se produit, si je ne m'abuse, fit Adam.

— En effet, confirma Kim. Je suis même tombée par hasard sur la maison où la première bombe venait d'exploser. Une femme a été tuée en ouvrant un paquet laissé devant sa porte.

— Est-ce que l'on sait...

Adam s'interrompit et, les yeux plissés, observa l'immeuble qui était montré à l'écran.

— Ce ne seraient pas ces bureaux d'avocats qui se trouvent dans Duke of Gloucester Street ? (Il s'approcha un peu plus de la télévision comme pour détailler la façade à moitié détruite.) *Sellers, Sellers, et Wittaker*. C'est bien ça, non ?

Kim connaissait ce nom. Elle avait dû le remarquer en passant devant l'immeuble à un moment ou à un autre. A moins qu'il ne s'agisse d'une des sociétés auxquelles elle avait adressé son offre de service.

— Ce nom m'évoque quelque chose, dit-elle.

— Vous l'avez peut-être vu en vous promenant, suggéra Jessie. Quoique la plaque soit discrète.

Mais Kim pensa qu'elle avait plutôt entendu parler de *Sellers, Sellers, et Wittaker*. Mais où et quand, elle n'aurait su le dire et, de toute façon, c'était sans importance. Elle regarda la photo qui venait d'apparaître sur l'écran, montrant la jeune réceptionniste et son mari, leurs enfants dans les bras.

— C'est trop injuste, dit-elle, saisie du désir d'aller serrer Cody sur son cœur.

Adam éteignit brusquement la télévision.

— Je ne peux pas voir ça.

Pâle, la mâchoire crispée, il avait retrouvé le regard

douloureux qui avait frappé Kim lors de leur première rencontre.

— Je comprends, dit-elle.

Les yeux rougis, la gorge serrée, Jessie s'inquiéta :

— Ça va, Adam ?

— Ecoute, je dois reconnaître que je me porte mieux ce soir que le pauvre homme que l'on vient de voir.

— Je me demande pourquoi elle avait ses enfants avec elle, sur son lieu de travail. Quelle idée ! s'insurgea Jessie.

— Elle venait peut-être d'aller les chercher à la garderie, suggéra Kim. Ou alors quelqu'un venait de les lui amener... Qui peut bien être derrière tout ça ? Vous savez si la bombe était cachée dans un colis, comme la première fois ?

— Oui. C'est ce qu'ils ont dit à la radio.

Adam écarta de lui la boîte contenant la pizza comme si l'odeur lui en était devenue insupportable.

— Je crois que je vais me retirer dans ma chambre, annonça-t-il en se levant. Désolé, Kim. Je suis encore loin d'avoir retrouvé tout mon équilibre.

— Ne vous excusez pas, Adam.

Quand il la vit prête à se lever à son tour, il l'arrêta en posant une main sur son épaule.

— Vous n'avez pas besoin de vous sauver. Restez donc encore un moment avec Jessie. J'ai simplement besoin de...

Au lieu d'achever sa phrase, il haussa les épaules et se tourna vers la porte. Alors, impulsivement, Kim se précipita vers lui et passa son bras autour de sa taille. Imitant son geste, Adam la serra un instant contre lui, avec toutefois une évidente retenue. Peut-être plutôt que du sien, avait-il, à ce moment précis, besoin du réconfort de sa sœur. A cette pensée, Kim se détacha de lui. Surprenant le regard anxieux de Jessie fixé sur son frère, elle décida de les laisser seuls, avec cette douleur qu'ils ne pouvaient partager avec elle.

— Il faut que je rentre, dit-elle.

Cette fois-ci, ni l'un ni l'autre ne tenta de la retenir. Elle monta chercher Cody et, pendant qu'elle le sortait du lit, elle entendit la porte de la chambre d'Adam se refermer puis se rouvrir quelques secondes plus tard. Elle comprit que Jessie était allée rejoindre son frère.

Le regard attiré par la photo de Liam posée sur la table de nuit, Kim sentit à nouveau les larmes lui monter aux yeux, sans savoir si c'était le deuil d'Adam et de Jessie ou la tragédie annoncée à la télévision qui la faisait pleurer. Elle serra son fils endormi dans ses bras et donna libre cours à son chagrin.

Le rez-de-chaussée était plongé dans le silence et l'obscurité. Elle referma doucement la porte derrière elle. Cody continuait à dormir et ne se réveilla pas un seul instant de tout le trajet.

Arrivée chez elle, elle le déposa dans son petit lit puis alla se coucher. Mais quelque chose la troublait, à tel point qu'elle ne pouvait se résoudre à éteindre la lumière. Elle resta allongée plus d'une demi-heure, le regard fixé sur le plafond, avant de parvenir à identifier la cause de ce malaise.

Elle se leva et fouilla dans le tiroir de la commode à la recherche de la disquette sur laquelle elle avait copié le fichier laissé dans l'ordinateur par son précédent utilisateur. L'ayant trouvée, elle alluma l'appareil, inséra la disquette et fit apparaître son contenu sur l'écran. L'étrange liste de noms s'afficha : *Sellers, Sellers, et Wittaker, 5588 Duke of Gloucester Street, Annapolis, chaque jour de l'année : retenir 17 octobre, 14 : 00 (tout le monde sera là).*

On était le 17 octobre... Et à quelle heure la bombe avait-elle explosé ? La journaliste n'avait-elle pas dit 14 heures, précisément ? Ou son imagination lui jouait-elle des tours ?

Ses mains tremblaient quand elle regarda le nom précédent. *Katherine Nabors, 448 Labrador Lane,*

Annapolis, 47 ans, 2 enfants, 2 adultes. 27 septembre, 8 : 30, sur place.

Labrador Lane. Kim était certaine qu'il s'agissait de la rue où la première bombe avait explosé. En revanche, elle ignorait le nom de la victime. Mais ce ne pouvait pas être cette Katherine Nabors. Non, c'était impossible ! Etait-il pensable que cette liste eût un rapport avec un tel carnage ?

Huit autres noms — de particuliers ou d'entreprises — complétaient la liste. Kim l'imprima dans son intégralité, posa le document sur son bureau puis, souhaitant dormir, s'efforça de ne plus y penser. Quand elle finit par sombrer dans le sommeil, toutes ces informations étranges avaient déserté son esprit pour laisser place au visage si douloureux d'Adam Soria.

Le lendemain matin, elle s'abstint de boire son café sous la véranda en expliquant à Lucy qu'elle devait se mettre au travail de bonne heure. Il lui fallait effectivement prendre de l'avance si elle voulait se rendre à la bibliothèque dès son ouverture, tout en faisant un crochet par l'immeuble de *Sellers*, *Sellers, et Wittaker*.

Ce fut ainsi qu'elle put voir de ses propres yeux la façade calcinée du bâtiment et le ruban de plastique jaune mis en place par la police afin de délimiter un périmètre interdit. Sur le trottoir d'en face, des badauds observaient, bouche bée, le lieu du drame.

A la bibliothèque, Kim trouva pour Cody un livre d'images qui l'occuperait pendant qu'elle chercherait le journal local daté du 28 septembre. Elle n'eut pas besoin de le feuilleter quand elle l'eut entre les mains. Le drame de la veille faisait la une. UNE FEMME TUÉE DANS UNE EXPLOSION, put-elle lire en gros titre. En dessous, une photo de la maison endommagée était accompagnée du commentaire suivant : « Katherine Nabors, 47 ans, a été tuée par une bombe contenue dans un colis déposé devant sa porte. »

Prise de vertige, Kim ferma les yeux. Par un bien étrange hasard, voilà qu'elle se retrouvait en possession d'un document criminel... Criminel et bizarre. Comment s'expliquer en effet que le nom d'une mère de famille pût voisiner avec celui d'un cabinet d'avocats ? Par ailleurs, que signifiait « 2 enfants, 2 adultes » ? Ou encore « chaque jour de l'année » ? Et qui étaient les autres personnes de la liste ? Quel moyen avait-elle de les prévenir ? Seigneur, que devait-elle faire ?

Elle pouvait difficilement se présenter à la police pour remettre la liste. Sa démarche soulèverait trop de questions, exigerait trop d'explications pour quelqu'un qui cherchait à passer inaperçu. Mais il n'était pas non plus envisageable de faire comme si de rien n'était.

Regardant qui figurait en troisième position sur la liste qu'elle avait imprimée, elle put lire : *Ryan Geary, 770 Pioneer Way, Annapolis, 51 ans, couple âgé, 13 novembre, 21 : 00.*

13 novembre. Elle disposait d'environ un mois pour prendre une décision. Peut-être pourrait-elle envoyer une lettre anonyme au journal local. A condition de s'assurer que la police n'aurait aucun moyen de remonter jusqu'à elle. L'image de cette jeune femme et de ses deux enfants l'obsédait. Si seulement elle s'était rappelé avoir lu l'adresse de Labrador Lane en tête de la mystérieuse liste trouvée dans l'ordinateur ! Elle aurait fait le rapprochement et aurait trouvé un moyen quelconque d'éviter le second drame. Mais qui agissait dans l'ombre ? Qu'un dangereux criminel ait pu posséder, ne serait-ce que quelques jours, l'ordinateur dont elle se servait maintenant la fit frissonner de terreur. Finalement, Kim se félicitait que le magasin n'ait pas jugé utile d'informer de sa découverte le précédent propriétaire de l'ordinateur.

Elle emprunta quelques livres pour Cody puis reprit sa voiture pour aller déjeuner sur son banc favori, au bord de l'eau. Habituellement, une heure passée à cet endroit suffisait à l'apaiser mais, cette fois-ci, son anxiété persista. Incapable d'avaler plus de deux bouchées, elle jeta pratiquement tout le poisson et les frites qu'elle avait achetés. En plein désarroi, elle promena Cody au hasard des rues, préférant errer plutôt que de retrouver son ordinateur.

Sur le chemin du retour, elle s'arrêta au parc, si bien qu'il était déjà près de cinq heures lorsqu'elle s'engagea dans Maryland Street. Une journée de travail perdue allait l'obliger à téléphoner à Adam pour annuler sa leçon de peinture. Mais elle n'eut pas à le faire, car, lorsqu'elle arriva chez elle, il l'attendait, assis sous la véranda. Dès lors, elle n'eut plus qu'un désir : lui parler de la liste, lui demander conseil. En même temps, elle savait qu'elle devait rester prudente et secrète.

— Bonsoir, lui dit-elle.

— Bonsoir, Kim. Je vous attendais.

— Nous avons fait une longue promenade.

Il la regarda au fond des yeux.

— Je voulais m'excuser pour hier soir.

— Vous n'avez pas à le faire, Adam. Il n'y avait rien d'étonnant à ce que vous soyez bouleversé.

— Dans ce cas, merci d'être si compréhensive, Kim.

A la tendresse qu'elle décela dans son sourire, Kim sut que quelque chose en lui avait changé.

Adam était en train de s'éprendre d'elle. C'était aussi évident qu'une déclaration d'amour.

Dès qu'ils furent dans l'appartement, Kim prépara le dîner de Cody puis l'installa sur sa chaise haute.

— J'avais l'intention de vous appeler, dit-elle à Adam. Pour annuler notre cours. Il faut que je travaille ce soir.

— Moi aussi je voulais annuler, répondit Adam en s'asseyant à la minuscule table de la cuisine. Parce que j'avais envie de vous voir loin des toiles, des pinceaux et de Jessie.

Kim envia Adam de pouvoir se permettre tant de franchise, de simplicité et de spontanéité, alors qu'elle devait peser chacun de ses mots. Elle s'assit à côté de Cody et commença à lui donner sa purée de carottes.

— Adam, finit-elle par répondre en essayant de satisfaire son besoin de franchise, je crois qu'il vaut mieux que je vous dise que j'aime quelqu'un.

Elle le vit lever les sourcils, surpris.

— Ah... fit-il, comme si soudain tout s'éclairait.

— Enfin... (Elle donna à son fils une autre cuillerée de purée.) C'est difficile à expliquer. Il est fort probable que je ne reverrai jamais cet homme. Il fait partie de ce que j'ai laissé derrière moi en venant ici. Mais il est encore dans mon cœur. Il fallait que vous le sachiez.

— Etes-vous en train de parler de... votre ex-mari ?

— Non. De quelqu'un d'autre.

— Pourquoi n'êtes-vous pas avec lui ? Il est marié ?

— Non, ce n'est pas ça. Simplement, trop de choses nous séparent. Notre relation était vouée à l'échec, nous le savions l'un comme l'autre.

Elle retombait dans le mensonge, et ce mensonge-là lui fendit le cœur.

— Eh bien, je crois que vous avez eu raison de me prévenir... (Adam prit une serviette en papier sur la table et essuya la tablette de Cody où venait de tomber un peu de purée.) D'autant que je ne peux être sûr de mes sentiments, en ce moment, reprit-il. Tout ce que je sais, c'est que je pense beaucoup à vous. Et c'est quelque chose qui me rend heureux. Or, il y avait bien longtemps que je n'avais pas éprouvé un tel sentiment. Alors, si vous me le permettez, j'aimerais faire durer ce bonheur encore quelque temps. Jessie pense que c'est encore trop tôt pour que je... m'attache vraiment à quelqu'un. Peut-être a-t-elle raison...

— Oui, probablement. Moi non plus je ne suis pas prête à m'engager de nouveau.

Adam froissa la serviette au creux de sa main.

— Au cours de la journée j'ai souvent repensé à votre réaction en apprenant le drame, hier soir. Je vous ai vue profondément bouleversée. Vous avez du cœur et c'est quelque chose qui compte énormément pour moi.

Kim, les yeux fixés sur l'assiette de Cody, sentait peser à nouveau le fardeau de sa culpabilité, comme si elle était directement responsable de l'explosion.

— Bien, soupira Adam. Et si je préparais le dîner ?

— Vous ne trouverez rien dans cette maison.

— Oh, je parie le contraire ! Continuez à vous occuper de Cody, et moi, je me débrouille dans la cuisine.

Puisque, à l'évidence, Adam comptait rester, Kim abandonna l'idée de se mettre au travail. Non sans être soulagée de trouver une excuse pour éviter l'ordinateur au passé douteux.

Elle donna son bain à Cody, puis lui lut l'un des livres pris à la bibliothèque avant de le mettre au lit. Quand elle retourna à la cuisine, Adam avait inventé un plat composé de haricots noirs, de riz, de haricots verts décongelés et de tomates coupées en tranches. Un plat aux couleurs contrastées qui rappelait ses peintures.

Après le repas, il mit la radio sur une station qui diffusait des slows langoureux. Kim accepta de danser, parfaitement consciente qu'il tentait de la séduire en douceur. Elle sentait son besoin de contact physique, son besoin d'enlacer et d'être enlacé. Comprenant bientôt qu'elle partageait le même désir, elle ne songea pas à se dérober lorsqu'il chercha ses lèvres.

— Je voudrais passer la nuit ici, murmura-t-il.

Elle ferma les yeux, la tête appuyée sur son épaule. Que devait-elle répondre ? Elle avait envie de le voir rester, de le garder dans ses bras. Linc l'avait trop gâtée. Il lui avait donné le goût de l'intimité, dont il lui était devenu difficile de se passer longtemps. Elle souhaitait la retrouver — même si elle ne devait pas atteindre la même perfection qu'avec Linc —, mais elle craignait d'entraîner Adam dans des désillusions dont il n'avait vraiment pas besoin.

— J'aimerais que vous restiez, mais..., commença-t-elle.

— Je sais. Vous m'avez dit qu'il y avait quelqu'un d'autre. J'ai apprécié votre franchise et je ne vous demande pas de feindre pour moi des sentiments que vous n'éprouvez pas.

Ils dansèrent encore un moment puis se dirigèrent vers la chambre le plus naturellement du monde. Cody dormait à poings fermés. Ils se déshabillèrent près du lit. Kim fut surprise de n'éprouver aucune gêne. Adam lui inspirait confiance. Ses baisers étaient doux et pleins de tendresse, ses caresses délicieuses. Ce fut elle qui ouvrit le lit et attira Adam près d'elle. Ils partagèrent d'abord les mêmes élans passionnés, mais dès qu'Adam entra en elle, ce fut l'image de Linc qui s'imposa aux yeux de Kim. Incapable de l'effacer, elle resta insensible aux mouvements pourtant tendres et sensuels d'Adam. Quand il se retira pour s'allonger à son côté, elle était en larmes.

Fort heureusement, l'obscurité empêcha Adam de découvrir son visage bouleversé. Elle aurait voulu parler, trouver des mots gentils, mais elle redoutait que sa voix ne la trahisse.

La prenant contre lui, il demanda :

— Ça va ?

— Oui, murmura-t-elle.

Le poing pressé sur ses lèvres, elle s'efforçait de refouler ses sanglots. C'était Linc qu'elle désirait auprès d'elle. N'avait-elle pas rêvé de n'avoir d'autre amant que lui jusqu'à la fin de ses jours ?

— Je me sens merveilleusement bien avec vous, dit Adam. Vous ne me procurez que des pensées positives.

— J'en suis heureuse, Adam.

Elle s'essuya discrètement les yeux avec le drap puis souleva la tête pour embrasser Adam avant de se lover contre lui pour la nuit, décidée, elle aussi, à trouver l'apaisement.

Quand elle ouvrit les yeux, Adam était déjà réveillé et l'observait.

— Où est votre carnet de croquis ? demanda-t-il. Il faut absolument que vous dessiniez vos rêves.

— Je vous ai déjà dit que je les oubliais systématiquement.

— Ce soir, avant de vous endormir, répétez-vous plusieurs fois : « Je dois me rappeler mes rêves, je dois me rappeler mes rêves... » Vous verrez, ça devrait marcher.

Il lui caressa la joue avec un geste si affectueux que Kim en fut émue.

— D'accord, dit-elle. J'essaierai ce soir.

Elle jeta un coup d'œil vers le lit de son fils : sous sa couverture qu'illuminait un rayon de soleil, Cody dormait encore. Puis, regardant Adam, elle esquissa un sourire qui n'avait rien de forcé. A sa grande surprise, elle n'était pas du tout mécontente de se réveiller auprès d'Adam Soria.

Sur la petite table de cuisine, elle disposa des toasts et du jus d'orange. Adam s'en versa un verre en déclarant :

— Jessie va me faire une de ces têtes...

Kim n'eut pas besoin de lui demander pourquoi.

— Vous êtes obligé de lui rendre des comptes ?

— Oh, elle se fait simplement du souci pour moi. Et je peux comprendre ses raisons. Mais il faut que j'arrive à la convaincre que je vais mieux maintenant et que je sais ce que je fais. (Adam tendit le bras pour prendre la main de Kim.) Je vous remercie encore de votre franchise. Je préfère que vous m'ayez parlé de... de cet autre homme.

Kim se contenta de répondre par un sourire. Sa franchise avait de singulières limites...

— Bien, fit Adam en se levant. Je crois qu'il est temps que je vous laisse travailler.

Kim l'accompagna jusqu'à la porte et, tandis qu'elle l'embrassait en lui souhaitant une bonne journée, elle décida de ne rien regretter de la nuit qu'elle venait de passer.

A l'exception d'une brève promenade au parc avec Cody, elle passa toute la journée devant son ordinateur. Plus d'une fois le drame de l'avant-veille revint la hanter. Alors, repensant aux informations qu'elle détenait, la panique s'emparait d'elle. Elle avait beau se répéter qu'elle avait tout le temps de réfléchir à ce qu'elle pourrait faire, dès que sa vigilance se relâchait, les images du reportage revenaient l'assaillir.

Elle mit Cody au lit vers sept heures, ce soir-là, et elle avait déjà repris sa place devant l'ordinateur quand elle entendit claquer la portière d'une voiture. Aussitôt elle regarda par la fenêtre et vit un policier se diriger vers la maison.

Se levant d'un bond, elle éteignit le plafonnier puis regarda de nouveau à l'extérieur. Le policier gravissait déjà les marches du perron. Contrairement à ce qu'elle attendait, l'homme ne sonna pas. Intriguée, elle avança sur la pointe des pieds jusqu'à sa porte et y colla l'oreille.

La porte d'entrée grinça en s'ouvrant puis les pas lourds de l'homme retentirent dans l'escalier. Kim vérifia qu'elle avait poussé le verrou, fit demi-tour et, le cœur battant la chamade, s'assit sur le canapé, bien décidée à faire comme si elle n'était pas là. Comment la police avait-elle su ? Le médecin ? Un détective privé ? Avait-elle été surveillée ?

Quand elle entendit frapper, elle sursauta, bien qu'elle s'y fût préparée et que le coup n'eût rien d'agressif. Ce ne fut qu'au deuxième coup qu'elle comprit qu'on frappait non à sa porte mais à celle de Lucy. Retenant son souffle, elle alla écouter ce qui se passait dans le couloir. Elle entendit Lucy ouvrir sa porte et échanger des salutations avec son visiteur avant de le laisser entrer.

Kim s'assit sur ses talons tandis que les questions se bousculaient dans sa tête. Lucy aurait-elle compris qui était sa voisine ? L'avait-elle dénoncée ? Son arrestation n'était-elle plus qu'une question de minutes ?

La veille, elle avait retiré de la banque deux mille dollars qu'elle avait enfouis sous son matelas afin d'être prête à fuir en catastrophe. Devait-elle passer à l'action sans plus tarder ? Avait-elle le temps de réunir quelques affaires et de disparaître avant que le policier ne vienne frapper à sa porte ? De toute façon, quoi qu'elle fît, elle doutait de pouvoir échapper longtemps aux recherches. On connaissait sa voiture et elle avait oublié d'acheter un marqueur pour changer son numéro d'immatriculation.

Empêtrée dans ses interrogations, elle sentait la paralysie la gagner lorsque Lucy rouvrit sa porte. Mais, curieusement, personne ne frappa chez elle. Elle entendit simplement les pas de l'homme résonner de nouveau dans l'escalier, la porte d'entrée s'ouvrir et se refermer puis, quelques instants plus tard, la voiture de police démarrer.

Adossée à la porte, elle reprit sa respiration, chercha à comprendre, se demanda si elle devait s'attendre à voir débarquer toute une escouade de policiers. A moins... à moins qu'elle n'eût été victime de sa paranoïa et qu'il n'y eût aucun lien entre la visite du policier chez Lucy et la situation de Kim Stratton.

Une demi-heure passa avant qu'elle pût se relever. Elle alla éteindre l'ordinateur. Il n'était plus question pour ce soir de se remettre au travail.

Avec des gestes mécaniques, elle répartit ce qu'elle comptait emporter entre son sac de marin et deux sacs en plastique. Elle attendrait le milieu de la nuit pour transporter l'ordinateur dans le coffre de la voiture. Après tout, l'idée de reprendre la route ne lui déplaisait pas. Ici, elle n'était déjà plus libre. Elle se retrouvait détentrice d'informations qu'elle n'aurait jamais dû posséder ; elle avait entamé une liaison avec un homme qu'elle ne pouvait que blesser... Pas de doute, elle avait tout intérêt à plier bagages et à se sauver. Elle partirait avant le lever du jour.

Dans sa chambre, elle se pencha sur le lit où dormait son fils. Celui-ci s'était on ne peut mieux adapté à sa nouvelle vie. Il semblait adorer son petit univers : l'appartement, le parc, les longues promenades à travers une ville pleine de charme. Alors, avait-elle le cœur de le déraciner pour la seconde fois en si peu de temps ?

Elle caressa ses cheveux, respira son odeur. Elle qui avait voulu combler son fils, lui donner tout ce qu'elle n'avait jamais eu, n'allait-elle pas finalement faire exactement le contraire ?

« Tu fuis toujours tes problèmes, lui avait dit Linc plus d'une fois. Tu recherches constamment la solution de facilité. »

Eh bien, ce qui était vrai pour Susanna ne le serait pas pour Kim. Attrapant brusquement les sacs, elle les retourna et les vida sur le lit. Si Susanna Miller avait voulu faire de sa vie une fuite éternelle, il n'en irait pas de même pour Kim Stratton. Elle se devait d'être plus forte que ça.

19

Kim fut tirée du sommeil par les pleurs de Cody. La chambre était plongée dans l'obscurité et, pendant quelques instants, elle ne sut ni où elle se trouvait ni même qui elle était. Puis elle se crut chez Linc jusqu'au moment où elle constata qu'il n'y avait personne à côté d'elle.

Le robinet qui fuyait dans la salle de bains l'aida à retrouver ses esprits. Se penchant vers la fenêtre, elle écarta les lames du store et constata qu'il faisait encore nuit. Son réveil indiquait 5 : 14. Cody n'aurait jamais dû être réveillé à une heure pareille. Alors, poussée par l'instinct maternel, elle bondit hors de son lit.

Cody avait de la fièvre. Elle le sentit dès qu'elle s'approcha du berceau et fut saisie d'angoisse. Depuis l'époque où il avait fallu surveiller en permanence la température de Cody par crainte d'une infection consécutive à son opération, Kim redoutait la moindre poussée de fièvre.

Elle prit son fils dans les bras, alla s'asseoir sur son lit et alluma la lampe de chevet. Cody se détourna de la lumière en se frottant d'une main nerveuse la joue et le cou. Elle prit sa température : 39. Elle lui donna un peu d'eau, le berça et attendit huit heures pour décrocher son téléphone, n'osant pas, un dimanche matin, déranger plus tôt le docteur Sweeney.

Dans ses bras, Cody avait fini par se calmer, mais Kim ne lui avait jamais vu cette petite mine chiffonnée.

Elle embrassa tendrement son front brûlant en se félicitant d'avoir renoncé à fuir dans la nuit. Elle s'imagina un moment sur la route, avec un bébé malade. Mon Dieu ! Qu'est-ce qui l'avait donc poussée à vouloir reprendre son errance ? Elle ne le savait même plus.

Mais, peu à peu, la raison de son affolement lui revint en mémoire. Elle revit le policier, se souvint du bruit de ses pas dans l'escalier, de l'instant où il avait frappé à la porte de sa voisine. Restait à savoir ce que Lucy lui avait raconté...

A huit heures précises, elle appela le docteur Sweeney, mais tomba sur un message enregistré indiquant les coordonnées d'un médecin de garde. Percevant une grande anxiété dans sa voix, ce dernier lui conseilla d'emmener son fils aux urgences de l'hôpital.

Dès qu'elle eut raccroché, Kim remit Cody dans son lit puis sortit son chéquier de son sac afin de calculer ce qui lui restait en banque. Elle dut admettre qu'elle avait oublié de mesurer les conséquences d'une absence d'assurance maladie.

Constatant que ce qui restait sur son compte ne suffirait sans doute pas à payer la consultation et les médicaments, elle plongea la main sous son matelas et y prit deux cents dollars, ce qui en principe devait être suffisant.

Elle habilla Cody et s'apprêtait à sortir quand Adam téléphona.

— Cody est malade, lui annonça-t-elle. Je le conduis à l'hôpital. Son médecin cst absent pour le week-end.

— Je vais vous accompagner.

— Non, merci, ce n'est pas nécessaire, affirma-t-elle tout en espérant qu'Adam insisterait.

— Je sais que ce n'est pas nécessaire, dit-il. Mais j'aimerais venir.

— D'accord. Je vous attends devant la maison.

Il arriva quelques minutes plus tard. Ils s'installèrent

dans la voiture de Kim, celle-ci disposant d'un siège pour Cody, et prirent le chemin de l'hôpital.

— Je pense qu'il s'agit d'un début d'otite, pronostiqua Adam, quand Kim lui eut décrit les symptômes du bébé. Liam faisait souvent ce genre d'infection. On va à coup sûr lui prescrire des antibiotiques et des gouttes dans les oreilles.

— Ah, si vous pouviez me faire l'ordonnance ! Ça m'éviterait une dépense dont je me serais bien passée, avoua Kim.

— Vous êtes couverte par votre assurance, non ?

— Je n'en ai pas.

Adam lui lança un regard réprobateur.

— Mais, voyons, c'est de la folie de ne pas avoir d'assurance ! Il vous en faut une. Et pas seulement pour Cody. Il n'est pas assuré par son père ?

— Je ne veux rien avoir à faire avec lui.

— Tout de même. Si c'est pour le bien de l'enfant...

Kim se sentit honteuse. Adam avait parfaitement raison, et si elle avait laissé son fils à Jim et à Peggy, ces problèmes d'assurance et d'argent n'auraient jamais existé. A un feu rouge, elle se retourna pour regarder le malheureux Cody, rouge de fièvre et d'avoir trop pleuré. Elle posa sa paume sur sa joue en feu.

— Pardonnez-moi, Kim, dit Adam en posant la main sur son épaule. Je me mêle de ce qui ne me regarde pas.

— Non, vous avez raison. Il faut absolument que je trouve un moyen de l'assurer.

Elle essuya une larme. Adam pressa son épaule.

— C'est l'argent qui vous tracasse ou l'état de Cody ? Vous pensez à son cœur, c'est ça ?

— Il y a un peu des deux, répondit-elle.

Mais le vrai problème était ailleurs. Plus que tout, elle se sentait coupable d'être une mauvaise mère, de ne pas protéger son fils comme elle l'aurait souhaité. Et comme l'aurait certainement fait Peggy.

— Toutes les professions ont un système d'assurance maladie, reprit Adam. Vous pouvez souscrire une assurance en tant que travailleur indépendant, comme moi-même, d'ailleurs. Je vous donnerai la documentation.

Elle le remercia mais savait trop bien ce qui l'attendait. On lui demanderait un dossier médical, des noms de médecins — autant de choses qu'elle ne pouvait pas communiquer...

Aux urgences de l'hôpital, ils durent attendre pendant près de deux heures avant d'être reçus. On eût dit que la moitié des enfants de la ville étaient tombés malades le même jour.

Adam s'ingénia à distraire Cody avec le singe en peluche tandis que Kim ressassait sa culpabilité et ses craintes. Voilà qu'un second médecin allait être au courant des antécédents de Cody ! Et dans un hôpital ! Or, si la police avait alerté le corps médical, elle avait dû commencer par les services hospitaliers. Kim repensa au policier de la veille et à la décision qu'elle avait failli prendre. Peut-être devrait-elle tout de même quitter Annapolis dès qu'elle aurait les médicaments pour Cody ? Mais ensuite ? Où irait-elle ? De quoi vivrait-elle ? Elle avait entendu parler de parents en fuite avec leurs enfants, contraints à des déménagements sans fin et constamment à deux doigts d'être arrêtés. Elle se voyait mal vivre de cette façon, à moins d'une nécessité absolue.

En face d'elle était assise une femme blonde, entourée de ses deux petits garçons. Kim repensa aussitôt à la réceptionniste tuée dans l'explosion avec ses deux enfants et se dit que, si elle n'avait rien pu faire pour prévenir ce drame, elle était aujourd'hui en mesure d'en éviter d'autres. Et si elle ne le faisait pas, où qu'elle soit, jamais elle ne se le pardonnerait.

— Eh ! fit Adam en la regardant, l'air soudain préoccupé.

Kim comprit que ses tourments se reflétaient sur son

visage et accepta le bras protecteur d'Adam autour de ses épaules.

— Ne vous inquiétez pas pour Cody, la rassura-t-il. Ce n'est pas le cœur, mais seulement l'oreille...

La jeune interne qui les reçut parut plus intriguée qu'impressionnée par la cicatrice de Cody.

— Ce petit garçon a eu beaucoup de chance, fit-elle simplement observer quand Kim lui eut expliqué quelle opération avait subie Cody.

Puis elle examina les oreilles et la gorge de l'enfant, ausculta ses bronches, pour finalement confirmer le diagnostic d'Adam et prescrire des antibiotiques et des gouttes.

Tandis qu'elle rédigeait l'ordonnance, Adam fit à Kim un clin d'œil complice, auquel celle-ci répondit par un sourire de soulagement.

En ressortant du cabinet médical, elle alla payer cent vingt dollars à la caisse, refusant catégoriquement le billet de cinquante dollars qu'Adam essayait de lui glisser dans la main.

Il lui proposa de prendre le volant afin qu'elle puisse s'asseoir à l'arrière avec Cody. Elle resta silencieuse pendant tout le trajet et se raidit quand ils tournèrent au coin de sa rue. Elle n'aurait pas été étonnée de voir une fourgonnette de la police devant chez elle. Mais seule la voiture d'Adam était garée le long du trottoir.

— Il est tard, fit ce dernier en regardant sa montre dès qu'il eut coupé le moteur. Vous devriez me laisser vous préparer le déjeuner à tous deux.

Kim hésita. C'était dimanche, elle pensait à l'émission de Linc et n'avait d'autre envie que d'attendre tranquillement le soir tout en s'occupant de Cody. Certes, Adam ne l'aurait pas dérangée. Elle aurait même pu attendre dans ses bras, allongée près de lui, sur le lit, pendant que Cody dormait. Mais elle se voyait mal le mettre dehors sans explication juste avant 20 heures. Ç'eût été pour le moins inélégant.

— Je suis très fatiguée, Adam, expliqua-t-elle.

Cody m'a réveillée avant l'aube. Je vais m'occuper de lui, le soigner et me contenter de me reposer un peu si j'en ai le temps.

Elle fut soulagée de le voir céder.

— Bien, fit-il, l'air préoccupé. Mais vous m'appelez si vous avez besoin de quoi que ce soit ?

— Je vous le promets.

Ils sortirent de la voiture. Adam lui tendit les clefs.

— Demain, je vous apporte le document pour l'assurance.

— D'accord.

Cody dans les bras, Kim posa un baiser sur la joue d'Adam.

— A demain, donc. Merci, Adam.

La sieste de Cody fut écourtée par les élancements qui devaient vriller son oreille. Il ne cessa de s'agiter et de gémir une bonne partie de l'après-midi. Kim ne s'éloigna de lui que le temps de parler à Ellen du robinet qui fuyait dans la salle de bains. Lorsque le calme régnait dans l'appartement, l'eau s'égouttait avec la discrétion d'un marteau frappant une enclume.

Kim venait à peine de coucher Cody lorsqu'elle entendit à la radio les premières notes de *Song for the Asking*. Elle éteignit la lumière dans sa chambre et se glissa sous l'édredon.

— Bienvenue dans l'émission qui vous permet d'entendre vos disques préférés, fit Linc. Ce soir, nous allons écouter Van Morrison. Ses anciennes et ses nouvelles chansons.

Comme toujours, la voix de Linc émut Kim jusqu'aux larmes. « Tu me manques, Linc », murmura-t-elle.

Dès qu'un disque passait, elle avait hâte qu'il se termine pour retrouver Linc. Elle l'imaginait assis dans son studio, changeant les disques, se rejetant contre le dossier de sa chaise, buvant du café dans la grande tasse qu'elle lui avait offerte pour sa fête.

Quand elle entendit frapper à sa porte, elle se redressa d'un bond et se pencha vers la fenêtre en s'attendant à revoir la voiture de police. Mais seules la sienne et celle de Lucy étaient garées contre le trottoir.

— Kim ? C'est Lucy, ma chérie.

Elle alla ouvrir. La lumière du palier l'éblouit un instant puis elle remarqua que dans cet éclairage plutôt cru sa voisine n'avait plus rien de la bienveillante grand-mère qui prenait avec elle le café du matin sous la véranda.

— Pourquoi restez-vous dans l'obscurité ? demanda Lucy.

— Je m'étais assoupie dans la chambre, expliqua Kim. Cody m'a réveillée très tôt ce matin. Il a une otite et...

— Le pauvre petit ! Comment va-t-il ?

— Beaucoup mieux déjà. Les médicaments sont très efficaces.

Kim retint un soupir d'agacement. Elle aurait dû faire entrer Lucy, mais elle n'allait tout de même pas se priver de Linc pour cette voisine en qui elle n'avait plus confiance.

— Ecoutez, Kim, je suis désolée de vous déranger, mais voilà une heure que je me débats avec mon four. C'est la première fois que j'essaie de m'en servir et je ne parviens même pas à le mettre en marche. Je suppose que le vôtre est identique. Vous savez comment il fonctionne ?

Kim le savait en effet, car Ellen lui avait fait une démonstration quelques jours après son arrivée. Il fallait régler le thermostat au moment précis de l'allumage.

— Oui, répondit-elle. Je vais vous montrer.

Elle laissa sa porte ouverte afin de pouvoir entendre Cody s'il pleurait et suivit Lucy en surmontant sa crainte de découvrir une brigade de policiers embusquée chez elle.

L'appartement de Lucy était un peu plus petit que le

sien. Un ordinateur encombrait également la table du living, avec en plus des montagnes de papiers, de magazines et de livres qui se répandaient jusque sur les chaises et le buffet de la cuisine. En revanche, les murs étaient entièrement nus, sans la moindre décoration, comme si cet appartement n'était pour sa locataire qu'une résidence très provisoire.

Seul le réfrigérateur apportait une touche personnelle avec sa porte couverte de photos. Photos de bébés, d'enfants, de jeunes adultes. Tout un univers familial dont Lucy aurait sans doute aimé parler. Mais ce serait pour une autre fois. Kim entendait vaguement l'émission de Linc se poursuivre et pestait de ne pouvoir saisir ce qu'il disait.

Elle se pencha sur le four récalcitrant et montra à Lucy comment il fonctionnait. Ce fut seulement à l'instant où elle se redressa qu'elle se rendit compte que Lucy avait les yeux rouges, les joues et le cou marbrés.

— Un problème, Lucy ?

— Oh... (Lucy eut un geste désabusé et prit une inspiration haletante.) Je viens d'avoir une longue conversation au téléphone avec l'un de mes fils.

— Et quelque chose ne va pas ?

— Non, ce n'est pas ça. C'est seulement que je n'ai vu aucun de mes enfants depuis six mois. Sans parler de mes petits-enfants. C'est pourquoi vous me voyez gâtifier avec Cody.

La visite du policier restait encore un mystère, mais Kim eut soudain le sentiment que Lucy ne représentait aucun danger pour elle.

— Et pour quelle raison vous ne les voyez pas ? demanda-t-elle.

— Je suis partie de la maison. Après trente ans de mariage. Si j'avais eu un peu plus d'amour-propre, je l'aurais fait bien avant et mes enfants m'auraient applaudie. Ils disent aujourd'hui que j'ai gâché leur vie.

Voyant trembler les lèvres de Lucy, Kim lui tapota le bras.

— Ne vous en faites pas, Lucy. Un jour, ils finiront par vous comprendre, dit-elle.

Elle savait qu'elle aurait dû poser des questions, poursuivre le dialogue. Lucy avait manifestement besoin de parler, et l'histoire du four n'avait dû être qu'un prétexte. Mais Kim entendait le murmure de la voix de Linc. La pendule du four indiquait 9 : 47. Elle discuterait avec Lucy le lendemain matin, quand elles prendraient leur café sous la véranda. S'il le fallait, elle l'écouterait pendant des heures.

— Il faut que je retourne chez moi, Lucy. Pardonnez-moi, mais je ne veux pas laisser Cody seul. Nous nous verrons demain matin, si vous le voulez.

— Oh, oui ! Avec plaisir. C'est moi qui apporterai le café.

Kim retrouva son appartement plongé dans l'obscurité. La radio resta un instant silencieuse puis commença à diffuser *Suzanne*, chantée par Leonard Cohen.

C'était la fin de l'émission. Kim se demanda si elle avait raté quelque chose. Quelques mots, une musique que Linc lui aurait destinés ?

Elle s'assit sur le canapé et y resta un long moment, l'esprit occupé à lui écrire une lettre imaginaire. Une lettre pleine de sous-entendus qu'il aurait été le seul à comprendre. Elle en riait toute seule. Mais au quatrième paragraphe, elle sut qu'elle allait réellement lui écrire cette lettre. Et, plutôt que de la poster, elle la lui faxerait. D'une autre ville. Linc recevait des centaines de fax de la part des auditeurs qui lui réclamaient des chansons. Et même si son courrier était passé au peigne fin, il serait impossible de distinguer son fax des autres. Elle y veillerait. Linc serait le seul capable d'être alerté pour peu qu'il fasse preuve d'un minimum d'attention.

Kim s'installa devant l'ordinateur et commença à taper :

Cher Linc Sebastian,

Je vous écris de chez moi, près de la rivière. (Allusion à l'une des phrases de *Suzanne.*) *J'aimerais beaucoup que vous passiez les titres suivants à mon intention...* Elle énuméra plusieurs chansons que Linc reconnaîtrait comme ses favorites. Puis, faisant référence aux trois premières paroles de la chanson de Leonard Cohen : « Suzanne vous emmène... », elle signa. *S.V. Emmen.*

Lis attentivement, Linc, pria-t-elle en silence.

Elle dormit paisiblement cette nuit-là, bercée par la pensée que dans quelques heures Linc aurait son message entre les mains.

A l'heure du petit déjeuner, comme promis, elle alla retrouver Lucy. Celle-ci prit Cody sur ses genoux et ne cessa de le cajoler pendant tout le temps que dura leur conversation. Le petit malade allait beaucoup mieux, se rétablissait même avec une rapidité étonnante, mais était encore assez affaibli pour se laisser dorloter au lieu de jouer.

Ce fut avec un sentiment de culpabilité que Kim écouta Lucy lui raconter en détail ses déboires conjugaux. Tout le monde se confiait à elle, qui n'offrait en retour que des mensonges.

Elle aurait surtout aimé que Lucy lui parle de la visite du policier. Alors, quand Lucy arriva au bout de ses confidences, Kim rassembla son courage.

— J'ai aperçu un policier, l'autre soir. Je me suis inquiétée en me demandant ce qui se passait. J'espère qu'il n'y avait rien de grave.

Elle vit Lucy rougir.

— Oh, j'avais... j'avais cru entendre un bruit bizarre. J'ai toujours été un peu peureuse. Et, maintenant que je vis seule, ça a tendance à empirer. Je suis désolée que vous vous soyez inquiétée pour rien. Je dois avouer que je me suis trouvée ridicule d'avoir appelé la police.

Lucy s'était mise à parler si précipitamment qu'il était évident qu'elle mentait. Mais la pauvre femme paraissait si mal à l'aise que Kim eut pitié d'elle.

— Un jour, il m'est arrivé la même chose, lui expliqua-t-elle. Mon mari était en déplacement. J'ai cru, à tort, que quelqu'un cherchait à forcer la porte et j'ai stupidement appelé la police.

Lucy goba le mensonge et sourit, l'air soulagé.

Dès qu'elles se séparèrent, Kim installa Cody dans la voiture et se mit au volant, non sans avoir vérifié que la lettre était bien dans son sac. Après une heure de route, elle atteignit Rockville, une agglomération suffisamment importante pour qu'elle y passe inaperçue. Après avoir tourné en ville un certain temps, elle repéra un magasin offrant divers services de bureautique. Elle se gara et alla faxer sa lettre à Linc, avec l'assurance de quelqu'un qui fait cela tous les jours.

Puis elle reprit la route d'Annapolis, les mains moites, angoissée à l'idée qu'elle venait peut-être de commettre une erreur.

20

— Eh bien ! fit Peggy. Quel champ de bataille !

— Je suis heureuse que ce soit terminé, avoua Nancy, l'air éprouvé.

Sa fille, Renee, venait de fêter ses douze ans, et le salon était sens dessus dessous.

Tout l'après-midi, Peggy avait aidé son amie. Ensemble elles avaient organisé des jeux sur la pelouse pour vingt gamins exubérants, regardé un film avec eux dans le salon, supporté les cris et les bousculades au moment de l'ouverture des cadeaux et mangé de la pizza et du gâteau d'anniversaire. Les oreilles de Peggy résonnaient encore du vacarme de la fête.

Assiettes en carton et gobelets en plastique jonchaient les tables, et le sol était couvert de monceaux de papier cadeau.

— Il faut nettoyer tout ça, proposa Peggy en faisant le geste de se lever.

Mais Nancy lui fit signe de rester assise.

— Non, laisse. Je préfère que l'on bavarde un peu toutes les deux. Tu en as assez fait. Je m'occuperai de la maison plus tard. Avec Gary.

Peggy ne se le fit pas dire deux fois. Elle avait l'impression d'avoir passé des heures dans un monde inconnu et se sentait exténuée. Mais au moins elle avait eu l'occasion de se distraire un peu.

— Renee est adorable, dit-elle.

Nancy eut un petit rire dubitatif.

— Je me demande comment va se passer son adolescence. Elle s'intéresse déjà aux garçons, comme tu l'as certainement remarqué.

— En effet. (Peggy sourit puis regarda son amie.) Crois-tu que les filles soient plus faciles à élever que les garçons ?

— Sûrement pas !

— Eh bien, j'espère en faire l'expérience...

Elle n'avait pas revu Tyler depuis cinq semaines et commençait à perdre son optimisme.

— Tu te rends compte que j'aurai pas loin de cinquante ans quand Tyler sera encore un adolescent ? Ça risque de poser un problème, si toutefois on le retrouve.

— Vous le retrouverez, affirma Nancy. Il ne peut pas en être autrement.

— Nous n'avons toujours aucune nouvelle, tu sais.

Peggy soupira, ramassa un ruban rose par terre et le posa sur ses genoux.

— As-tu pensé à un radiesthésiste ? demanda Nancy.

Peggy éclata de rire.

— Non, mais je parle sérieusement ! Peggy. Personnellement, je n'ai jamais eu l'occasion de faire appel à ce genre de personnes mais j'ai des amies qui ne jurent que par eux. Tu pourrais lui apporter un vêtement ou un jouet de Tyler.

Peggy se surprit à penser que c'était peut-être quelque chose à tenter et regretta que Tyler n'ait pas laissé son singe en peluche.

— Je peux déjà imaginer la réaction de Jim si je proposais une chose pareille.

Nancy devint soudain pensive.

— Tu sais...

Laissant sa phrase en suspens, elle renversa la tête contre le dossier de son fauteuil et se mit à fixer le plafond.

— Qu'allais-tu dire ? demanda Peggy.

— J'ai entendu...

— Quoi ?

Nancy continua à regarder en l'air.

— Ça me gêne de t'en parler, mais...

— Vas-y, Nancy, je t'écoute.

Nancy posa son regard sur Peggy.

— J'ai discuté avec ma sœur, l'autre jour. Tu te souviens ? Susanna travaillait avec elle.

— Oui.

— Eh bien, elle ne voit pas du tout les choses comme nous.

— Ce qui signifie ?

— D'après elle, Susanna était très appréciée à la banque. Tout le monde, paraît-il, trouvait qu'elle était charmante et se montrait une mère très attentive.

— C'est normal. C'est l'opinion de ses amis.

— Ma sœur n'a jamais été une amie de Susanna mais seulement une relation de travail. D'ailleurs, elle lui a toujours reproché sa passivité. A la banque, personne ne pouvait croire qu'elle ait pu fuir comme ça, en bravant une décision de justice. Mais, en même temps, ils ont tous applaudi à sa décision.

— Qu'est-ce que tu dis ?

— La vérité.

— Mais enfin, c'est scandaleux !

— Peut-être, mais...

Peggy sentait que Nancy avait quelque chose à ajouter.

— Il y a autre chose ?

— A propos de Jim, oui. Julie prétend qu'il a toujours affiché un souverain mépris pour les employés de la banque. Il ne s'est jamais montré à aucun cocktail, n'a jamais participé à aucune sortie. Rien. Jamais.

— Ecoute, il était certainement trop occupé. D'abord par ses cours, ensuite par son travail.

Nancy acquiesça d'un signe de tête comme s'il n'existait effectivement pas d'autre explication possible, et Peggy se garda de révéler le fond de sa pensée.

Elle-même trouvait que Jim avait tendance à manifester un sentiment de supériorité à l'égard de la plupart des gens. C'était déplaisant et elle s'en irritait, surtout lorsqu'il lui affirmait qu'elle n'avait, en travaillant pour l'Aide judiciaire, que des clients indignes de son niveau. Pourtant, quand on cherchait à attaquer Jim, elle éprouvait toujours le besoin de le défendre.

— Il m'arrive de le trouver parfois un peu hautain, admit-elle. Mais je pense que ça vient du mal qu'il s'est donné pour sortir de l'ornière. (Elle sourit à Nancy.) Tu ne le connais pas encore et je ne voudrais pas que tu le rencontres avec des idées préconçues.

— Ne t'inquiète pas, s'empressa de répondre Nancy. Je garderai un esprit ouvert. Franchement, je ne te cache pas que je me suis sentie mal à l'aise en parlant avec Julie de ta situation. J'avais l'impression de te trahir. Et puis, je dois préciser que — toujours selon Julie — Susanna avait beaucoup d'estime pour Jim. Au moins jusqu'à leur séparation. Elle était vraiment très amoureuse de lui. (Nancy se pencha pour ramasser un papier froissé.) Tu sais, à la banque, ils sont tous persuadés que tu avais une liaison avec Jim alors qu'il était encore marié. J'ai dit à Julie que c'était impossible. J'étais furieuse que l'on puisse te considérer comme une briseuse de ménages.

Peggy tombait de haut. Elle n'avait jamais pensé auparavant aux collègues de Susanna ni à leurs possibles commentaires. Et voilà que soudain elle se voyait considérée comme l'ennemie dans cette affaire. Et le pire était de constater qu'ils ne se trompaient pas sur toute la ligne.

Elle fit un joli nœud avec le ruban rose qu'elle tripotait depuis le début de la discussion puis leva les yeux et regarda Nancy.

— J'ai en effet fréquenté Jim bien avant qu'il soit divorcé de Susanna, avoua-t-elle calmement. Mais tout était déjà fini entre eux.

Elle avait à peine terminé sa phrase que des phares

apparurent dans l'allée. Gary rentrait après avoir raccompagné chez eux des amis de Renee. Dommage. Elle aurait voulu s'expliquer plus longuement en voyant la déception qui s'inscrivait sur le visage de Nancy.

— Oh, Peggy... J'aurais tellement préféré que ce ne soit qu'une fausse rumeur répandue par Susanna...

Gary fit irruption dans le salon, secoua la tête en voyant le désordre et lança avec un large sourire :

— J'espérais que vous auriez tout rangé, mesdames.

Il s'assit, sans remarquer la tension qui avait envahi la pièce depuis quelques minutes.

— N'oublie pas, Nancy, que nous devons signer ce papier pour le collège de Renee.

Nancy hocha la tête, sans toutefois quitter son amie des yeux. Sans doute se demande-t-elle ce qu'une femme peut ressentir quand elle découvre que son mari la trompe, pensa Peggy. Qu'avait appris Nancy, exactement ? Savait-elle que Susanna l'avait trouvée avec Jim dans le lit conjugal ? Voyant pour la première fois les choses avec les yeux de Susanna, Peggy maudissait de plus en plus la présence de Gary qui l'empêchait de plaider sa cause.

— Bon, si tu es sûre, Nancy, que vous pouvez vous débrouiller sans moi, je vous laisse ranger tout ça.

Dévorée par la honte, Peggy se leva et alla prendre son manteau dans la penderie de l'entrée.

— Tu as eu un succès fou avec les enfants, Peggy, lança Gary tout en ramassant des lambeaux de papier cadeau. Les quatre que j'ai raccompagnés ne parlaient que de devenir avocats.

Flattée malgré elle, Peggy préféra néanmoins prendre un ton désabusé :

— Heureusement qu'ils ont quelques années devant eux pour changer d'avis.

Elle passa son manteau. Nancy se leva pour la raccompagner à la porte.

— Merci d'être venue m'aider. Je crois que sans toi je ne m'en serais pas sortie.

Peggy regarda son amie en regrettant une nouvelle fois la présence de Gary dans le salon et, désireuse de dissiper le malaise, suggéra en ouvrant la porte :

— Voyons-nous tous les quatre un de ces jours.

Quand Nancy lui toucha un instant le bras, elle espéra qu'il s'agissait d'un geste de compréhension.

— Ce sera avec plaisir, ma chérie.

Tandis qu'elle rejoignait sa voiture, Peggy repensa à la dernière fois qu'elle avait évoqué devant son mari l'idée d'une sortie avec Nancy et Gary. Jim s'était aussitôt inquiété de connaître la profession des Curry et avait lâché, en apprenant qu'ils étaient enseignants :

— Nous n'avons certainement pas grand-chose en commun.

Elle se demandait maintenant de quoi Jim avait voulu parler. De la différence de leurs centres d'intérêts ou de celle de leurs revenus ?

En dépit de sa fatigue, elle préféra emprunter des détours plutôt que de rentrer directement. Elle avait besoin de réfléchir, de laver son esprit de toute pensée négative à l'égard de Jim et d'elle-même avant de retrouver son pays des merveilles.

21

Pas moins de quarante-deux fax étaient arrivés pendant la nuit.

Linc les emporta dans la salle à manger, où il ouvrit les stores sur un soleil éblouissant. Puis, installé devant une tasse de café, il alluma sa première cigarette de la journée. Il n'avait qu'une heure devant lui avant de partir pour l'université, mais cela lui laissait amplement le temps de noter les demandes de ses auditeurs.

Certains lui réclamaient des chansons qu'il n'avait pas passées depuis un bon moment. Une femme de Cleveland lui suggérait de parler de Donovan. C'était autant d'excellentes suggestions.

Puis il tomba sur un fax qui commençait de façon inhabituelle : *Je vous écris de chez moi, près de la rivière.* Il jeta un coup d'œil à la signature : *S.V. Emmen.* Curieux nom. Il lut le reste du message. *J'aimerais beaucoup que vous passiez les titres suivants à mon intention...* Quatre chansons étaient citées, dont *Suzanne*.

Linc regarda par la fenêtre, alluma une seconde cigarette puis revint au fax avec un œil neuf.

Susanna ! Ce ne pouvait être qu'elle.

Il relut le début et la signature, éclata de rire en repoussant les autres fax et resta un moment à contempler ces quelques lignes qui le ravissaient. Susanna était vivante, et elle se portait assez bien pour conserver son sens de l'humour.

En haut du fax, la ligne téléphonique à utiliser en cas de réponse commençait par le nombre 301. Linc attrapa son téléphone portable et appela les renseignements.

— A quel Etat correspond le 301 ? demanda-t-il.

— Au Maryland.

— Et le 508 ? A quelle agglomération ?

Il entendit l'opératrice feuilleter un annuaire.

— Rockville, annonça-t-elle finalement.

Dès qu'il eut raccroché, Linc regarda à nouveau le fax. Rockville. Il y était allé une fois. C'était près de Washington. Pas très loin du Potomac. Etait-ce la rivière à laquelle Susanna faisait allusion ? Il en douta, la voyant mal s'ingénier à disparaître sans laisser de traces pour ensuite envoyer un fax de la ville même où elle s'était réfugiée. Mais, au moins, il savait maintenant dans quelle partie du monde elle se trouvait.

Il ne cessa pas un seul instant de sourire béatement tandis qu'il roulait en direction de l'université. Il fit son cours sur la musique folk avec un enthousiasme qui ne lui était plus coutumier, sans pour autant arrêter de penser au contenu de sa prochaine émission. Remarquant son entrain, ses étudiants se laissèrent aller à rire et à plaisanter, comme avant... Avant la disparition de Susanna. Linc se rendit compte qu'il avait fait régner une atmosphère pesante sur ses cours, ces dernières semaines.

Tous ces jeunes gens devaient probablement se demander ce qui se passait. Sa vie privée avait toujours été un sujet de conversation : l'inévitable rançon du vedettariat. On était intrigué par son passé comme par son personnage médiatique. Le tapage fait autour de la disparition de Susanna avait évidemment alimenté la curiosité de ses élèves. Tous savaient qu'il était l'ami de la fugitive, mais aucun n'avait posé de questions. Linc se demandait s'il leur arrivait de le plaindre ou s'ils s'imaginaient qu'il était le complice de Susanna. Quelques filles — plus nombreuses qu'à l'ordinaire — essayaient de capter son attention. Une façon de profiter de la situation. L'une d'elles avait même osé l'appeler chez lui sous prétexte de parler d'une dissertation. Le bruit courait qu'il était disponible et, plus que jamais, il devait faire savoir qu'il n'en était rien.

Après le cours, il rentra directement chez lui et consacra l'après-midi à préparer l'enregistrement du lendemain.

Il savait déjà qu'il ne passerait pas les disques demandés par Susanna — du moins pas en début d'émission. Il préférait d'abord lui adresser un message, lequel exigeait un genre de musique inhabituel pour l'émission. Il aurait à coup sûr droit à un rappel à l'ordre, de la part de la station comme de ses auditeurs, mais peu lui importait. Une fois n'était pas coutume.

Pendant des heures il hésita, passant en revue une multitude de disques, d'enregistrements et de notes personnels. Il voulait trouver un moyen de raconter à Susanna ce qui se passait à Boulder, lui parler de l'agressivité féroce de Jim et de Peggy à son égard, et aussi lui faire remarquer qu'elle avait pris des risques en lui envoyant le fax, quoiqu'il fût ravi de l'avoir reçu.

Le téléphone sonna alors qu'il achevait de dîner.

— Bonne nouvelle ! fit Grace en guise de salutation. Je t'ai déniché la femme de ta vie.

— Fais-moi grâce de ce genre de plaisanteries, veux-tu ?

— Oh, je l'ai avertie que tu avais le moral un peu bas en ce moment ! Mais ça ne t'empêche pas de lui offrir un café. (Devant son silence, Grace parut hésiter.) Je peux te parler d'elle au moins ?

— Ecoute, je préférerais de loin que tu me racontes ta dernière visite chez le dentiste.

— On pourrait peut-être sortir tous les quatre ensemble : toi, moi, Valerie et Fran — c'est son nom.

Tu serais plus à l'aise comme ça ? Que dirais-tu de demain soir ?

— J'aurais adoré mais demain soir il faut justement que je répare le robinct de ma baignoire.

— D'accord, je laisse tomber, fit Grace après un silence. Tu te sens mieux ?

— Il me semble.

Grace se lança alors dans le récit de la soirée à laquelle elle avait été invitée, la veille, avec Valerie. Linc n'écouta qu'à moitié. Il mourait d'envie de lui parler du fax, mais se retint, sachant que c'était la dernière chose à faire.

Quand il eut raccroché, il entraîna Sam dans une promenade le long des chemins escarpés et tortueux qui sillonnaient les collines alentour. Puis, sitôt rentré, il alla se coucher, non pour dormir mais pour penser à Susanna en toute tranquillité.

D'une certaine façon, les semaines qui venaient de s'écouler lui avaient rappelé ses quatre années de prison quand, séparé de Susanna, il ne cessait de songer à elle. Comme maintenant. Au cours des mois qui avaient précédé son incarcération, ses sentiments à l'égard de sa petite voisine avaient radicalement changé. Désormais il ne la voyait plus comme la gamine un peu godiche qui avait constamment besoin d'être secourue. Elle était brusquement devenue à ses yeux une belle et talentueuse jeune fille.

Durant la semaine il travaillait comme coursier pour une station de radio et tous les week-ends il retrouvait son orchestre dans le garage familial. Invitée permanente, Susanna croqua les musiciens avec constance jusqu'au jour où elle demanda à Linc de poser seul. « Tout habillé », précisa-t-elle, provoquant le rire de Linc qui n'imaginait pas qu'il pût en être autrement. Elle le fit poser des heures entières, dans sa chambre, quand ses parents s'absentaient. Ils eurent ainsi de longues conversations. Des conversations plus profondes qu'auparavant.

Assis, immobile, au bord du lit, il lui demanda un jour :

— Pourquoi ne sors-tu pas avec quelqu'un ?

Il s'était récemment dit qu'elle avait l'âge de s'intéresser aux garçons comme d'être courtisée. D'autant plus qu'elle était ravissante.

— Mais je sors avec quelqu'un ! Seulement je le fais discrètement. Tu connais mes parents.

Il sentit instantanément la jalousie le transpercer.

— Qui est-ce ? Comment s'appelle-t-il ?

— Tu ne le connais pas.

— Et tu... tu fais l'amour ?

Susanna leva brusquement les yeux de son croquis.

— Ça ne te regarde pas.

Il se sentit rougir.

— Je voulais seulement m'assurer que tu sais ce qu'il faut faire pour ne pas avoir d'enfant.

Ce n'était pas le genre d'information qu'elle pouvait attendre de ses parents, et Linc se persuada qu'il avait simplement voulu jouer les grands frères.

Les yeux sur son croquis, Susanna lui lança :

— Ecoute, espèce de curieux, je n'ai jamais fait l'amour ! Et toi ? Tu le fais ?

— Moi, j'ai vingt-deux ans, il me semble.

Il avait eu sa première expérience sexuelle à l'âge de Susanna mais n'avait aucune intention de le lui dire.

Le regard de nouveau rivé sur son dessin mais la main bougeant à peine, elle lui demanda :

— Avec qui ?

— C'est personnel.

— Rosie ? Tammi ?

— Oui.

— Les deux ?

— Elles ne se connaissent pas. Alors, motus, d'accord ?

Pendant quelques instants, Susanna se tut. Puis elle annonça :

— Nigel a l'air de s'intéresser à moi.

Nigel était le nouveau bassiste de l'orchestre de Linc et, de fait, il n'arrêtait pas de tourner autour de Susanna.

— Je n'aimerais pas te voir avec lui.

— Pourquoi ?

— Il est trop... prétentieux. Et puis... (Linc prit une longue inspiration, conscient que d'une minute à l'autre tout allait basculer entre sa voisine et lui.) Et puis, ça me rendrait jaloux.

Il la vit se figer mais, quand elle le regarda, il ne lut aucune surprise sur son visage.

— Moi, je suis jalouse quand je te rencontre avec Rosie, Tammi ou une autre fille, fit-elle calmement. J'ai toujours été jalouse de tes copines.

Etonné et ému, il laissa échapper un petit rire confus.

— Comment j'aurais pu le deviner ? dit-il tout en songeant : « Elle a seize ans. Elle est vierge. Je l'ai toujours considérée comme une petite sœur. Et elle a des parents cinglés. »

Ces pensées l'empêchèrent de commettre un acte qu'il risquait — du moins alors — de regretter. Ce fut peu de temps après cette conversation qu'il se retrouva en prison pour le meurtre du père de Susanna. Derrière les barreaux, il oublia complètement Rosie, Tammi et les autres. Il ne pensa qu'à elle. Plus tard, il regretta de ne jamais lui avoir avoué, lorsqu'elle venait le voir, combien il avait besoin d'elle. Combien il la désirait et souhaitait qu'elle l'attende. Ce qu'elle eût certainement fait s'il lui avait ouvert son cœur. Il ne put donc s'en prendre qu'à lui-même quand elle épousa Jim.

Il respectait cette union, et à aucun moment il n'avait souhaité son échec. Il aurait même fait n'importe quoi pour éviter à Susanna les désillusions qu'elle avait finalement connues avec Jim. Toutefois, quand ils se séparèrent et qu'il put enfin lui avouer ses sentiments, il pensa que le destin leur donnait une seconde chance. Une chance qu'il n'était pas question cette fois-ci de manquer. Jamais plus il ne se laisserait enfermer dans une prison érigée par lui-même et qui lui semblait pire encore que celle à laquelle l'avait condamné la justice.

Et voilà pourquoi, ce soir-là, il n'arrivait pas à dormir, trop impatient d'être déjà au lendemain pour enregistrer l'émission qu'il consacrerait à Susanna.

22

En compagnie de Cody, maintenant rétabli, Kim arriva pour son cours à sept heures, comme prévu. Mais Adam ne leur laissa pas le temps d'entrer.

— Victoria a eu ses petits aujourd'hui, annonça-t-il, et j'ai promis à Jessie que l'on irait les voir. Je crois qu'elle a dans l'idée de vous en réserver deux.

— Ah bon ? fit Kim sans enthousiasme.

Sa vie actuelle s'accommoderait mal de ce cadeau. Sans compter que le bail signé avec Ellen excluait les animaux domestiques. Par ailleurs, elle — ou du moins Susanna — avait depuis longtemps banni les chats de son existence.

Ils franchirent les quelques mètres qui les séparaient de la maison de Jessie au rythme lent et saccadé des pas de Cody qui trottinait en tenant la main de sa mère.

Adam entra chez Jessie sans frapper, comme s'il était chez lui. La maison de sa sœur présentait le même plan architectural que la sienne mais inversé, la cuisine se trouvant ici à droite du living, tandis que l'escalier était à gauche de l'entrée. La seule vraie différence tenait à la décoration. Aux couleurs vives et contrastées, Jessie avait préféré un doux mélange de pastels qui créait une atmosphère plus paisible que chez Adam. Mais Kim aimait pareillement les deux styles. Non sans une pointe d'amertume, elle songea à son appartement, si triste en l'absence de décoration.

— C'est nous, Jessie ! cria Adam depuis le living.

— Je suis dans ma chambre !

Ils montèrent à l'étage et trouvèrent Jessie allongée sur le ventre, en travers de son lit, le regard fixé sur le plancher. Elle releva la tête et se tourna vers eux.

— Venez voir.

Ils contournèrent le lit et virent la grosse chatte tigrée de Jessie et sa portée grouillante installée dans un confortable panier. Kim dut s'arracher un sourire devant ce spectacle qui lui rappelait de si pénibles souvenirs. Elle fit même l'effort de s'accroupir près du panier en s'extasiant, soucieuse de cacher son malaise à Cody, qu'elle retenait par les bretelles de sa salopette.

— Regarde, Cody. Tu vois, ce sont les chatons de Victoria.

Cody poussa des cris de joie, la main tendue vers les petites boules de poils.

— Doucement, fit Kim en guidant sa main. Voilà, comme ça.

— Il me semble qu'il lui en faudrait un tout à lui, suggéra Jessie en caressant la tête de l'enfant.

Kim lui sourit. Elle n'avait pas revu Jessie depuis qu'Adam avait passé la nuit chez elle et se sentait un peu gênée en sa présence. Etait-elle au courant ? Que lui avait dit Adam ?

— Nous ne sommes pas autorisés à avoir des animaux dans l'appartement, expliqua-t-elle.

— Oh ! C'est scandaleux !

— Combien sont-ils ?

— Cinq.

Kim ne put s'empêcher de songer aux six chatons qu'elle avait cachés dans l'armoire de sa chambre. Six magnifiques chatons, dont trois bicolores et les autres roux.

— Tu dois attendre qu'ils aient quel âge pour les donner ? demanda Adam, assis sur le bord du lit.

— Environ deux mois.

— Et ensuite, tu fais opérer Victoria ?

Question teintée d'espoir qui valut à Adam une grimace de sa sœur.

— Ce que tu peux être mesquin !

— Je pense simplement qu'il y a suffisamment de chats de par le monde. Autrement, je les aime bien. En fait, je me disais même que je pourrais en prendre un.

— Vraiment ? fit Jessie, son visage s'illuminant. Oh, Adam, ce serait formidable ! Et deux, ce serait encore mieux. Ils se tiendraient compagnie.

— N'exagère pas, Jessie.

Adam se leva et toucha l'épaule de Kim.

— Prête pour la leçon ?

Kim dut ignorer les protestations de son fils qui refusait d'être arraché au spectacle des chatons.

— Tu passes, ce soir ? demanda Adam à Jessie.

— Non, je reste avec mes bébés.

— Bien. Alors à demain.

Adam prit Kim par la taille et l'entraîna vers l'escalier.

De retour chez lui, Kim coucha Cody dans le lit de Liam et lui chanta l'une de ses chansons préférées, autant pour l'endormir que pour essayer de chasser les souvenirs sinistres qui lui revenaient à la mémoire depuis qu'elle avait vu la portée de Victoria. Elle crut y être parvenue, jusqu'au moment où elle pénétra dans l'atelier où Adam préparait la palette.

— Adam ? Pourrions-nous oublier la leçon, ce soir ?

Il la regarda, étonné.

— Ça ne vous est jamais arrivé de vous savoir par avance incapable de vous concentrer ? lui demanda-t-elle.

Elle le vit rire.

— Mon Dieu ! Ça m'est arrivé plus souvent qu'à mon tour.

Il recouvrit la palette d'un plastique et alla s'asseoir sur le canapé rouge, à deux places.

— Venez me raconter ce qui ne va pas, dit-il.

Elle s'assit à côté de lui, soudain consciente de ne pas être uniquement perturbée par les chatons. Elle avait écouté les actualités et lu le journal en espérant que la police annoncerait une arrestation qui lui éviterait d'avoir à se mêler de cette horrible affaire de bombes. La liste des noms ne cessait de la hanter. Si, dans une semaine, la police n'avait rien trouvé, elle n'aurait d'autre choix que d'intervenir. Restait encore à savoir comment.

— Alors ? insista Adam. Vous m'avez paru toute retournée chez Jessie. Malgré tous vos efforts pour le dissimuler, votre trouble ne m'a pas échappé.

— Vous êtes très perspicace, Adam. Et je n'ai plus qu'à vous en expliquer la cause. Mais c'est une horrible histoire que je vais vous raconter.

Il passa son bras autour de ses épaules.

— Je vous écoute, Kim.

— Un jour — je devais avoir dans les neuf ans —, j'ai trouvé une chatte en train d'errer autour de la maison. Je l'ai fait entrer et je lui ai donné à manger, mais, le soir, quand il l'a vue, mon père s'est mis dans une colère noire. C'était d'ailleurs à cause de lui que je n'avais jamais pu avoir d'animal. Il a voulu que je m'en débarrasse. Seulement, voilà, j'étais déjà folle de cette chatte. Alors je l'ai cachée dans ma chambre.

— Vous étiez une enfant rebelle, fit Adam en riant.

— Non. A neuf ans, les coups de ceinture s'étaient depuis longtemps chargés de m'ôter toute velléité de révolte.

— On vous battait ?

Elle balaya la question d'un mouvement de la main et continua :

— Donc, cette chatte me plaisait beaucoup et je l'ai gardée. Elle allait et venait en passant par la fenêtre de ma chambre. Je ne lui avais pas donné de nom, comme si je sentais qu'il valait mieux que je ne m'attache pas trop à elle. Et puis, un jour, en rentrant de l'école, j'ai découvert une portée de chatons dans mon armoire.

J'étais affolée et, comme toujours quand j'avais un problème, j'ai couru chez mes voisins. Geri et son fils — un garçon plus âgé que moi — étaient mes amis. Mais Geri était allergique aux poils de chat. Elle n'a donc pas pu prendre la chatte et ses petits, que j'ai dû garder en attendant que l'on trouve à qui les donner. Mais, un soir...

La voix de Kim se brisa.

— Kim, je vous écoute. Que s'est-il passé ce soir-là ?

— En rentrant de l'école, je n'ai pas retrouvé mes chats et je ne pouvais pas demander où ils étaient puisque je les avais gardés en secret. Et puis, à la fin du dîner — un de ces sinistres repas où nous n'échangions pas trois mots —, mon père m'a dit : « Est-ce que je ne t'avais pas demandé de te débarrasser de cette chatte ? Eh bien, puisque tu en as été incapable, sache que je me suis chargé d'elle. Et de ses petits par la même occasion. »

— Et qu'en avait-il fait ?

— J'ai pensé qu'il les avait emmenés à la fourrière. Je me suis même dit que si j'y allais avec Geri, on aurait une chance de les récupérer. Mais, quand il m'a demandé si je voulais savoir comment il s'en était débarrassé et que je lui ai parlé de la fourrière, il a pouffé de rire en m'expliquant qu'il n'allait certainement pas gâcher l'argent des contribuables pour ces stupides bestioles. J'en avais le cœur soulevé. Je lui ai dit : « Tu les as tués ? » Comme, une fois, je l'avais vu tirer sur un écureuil, j'ai pensé qu'il avait recommencé avec les chats.

— Et c'était le cas ?

— Non. Il avait assommé la chatte et l'avait enterrée vivante avec ses petits, dans le jardin.

Après vingt ans, Kim était toujours aussi bouleversée par cette histoire. Elle sentit la main d'Adam serrer plus fermement son épaule.

— J'étais horrifiée, poursuivit-elle. J'imaginais mes

chatons étouffant, luttant contre la mort, grattant la terre de leurs pattes minuscules. J'ai quitté la table et je suis sortie de la maison en courant, mais mon père m'a rattrapée, m'a flanqué une gifle et m'a priée d'aller dans ma chambre et d'y rester. J'ai attendu que ma mère et lui soient endormis pour me faufiler dehors. Mais dans l'obscurité je ne pouvais pas voir où la terre avait été retournée et puis, de toute façon, c'était trop tard, je le savais. J'ai couru chez mes voisins pour leur raconter ce qui s'était passé. J'avais la tête qui tournait, je vomissais. Me voyant dans cet état, Geri m'a gardée chez elle jusqu'au matin.

Kim se souvenait encore que, pour la première fois de sa vie, elle s'était sentie entourée d'une réelle tendresse maternelle. Geri l'avait prise dans ses bras, caressant ses cheveux, séchant ses larmes. Pendant ce temps-là, Linc allait et venait dans la maison en essayant de contenir une fureur dont seul est capable un adolescent de quinze ans.

— Le lendemain, Geri a envoyé la police chez moi. Mon père a ri quand ils lui ont parlé des chats. Il leur a raconté qu'il les avait donnés à un collègue mais qu'il avait voulu me punir en me laissant croire qu'il les avait enterrés vivants. Les policiers ont inspecté le jardin sans rien remarquer. J'étais soulagée, vous ne pouvez imaginer à quel point. (Kim appuya sa tête contre le bras d'Adam et regarda le plafond.) Quelques années plus tard, Li... le fils de Geri m'a avoué qu'il avait trouvé la tombe dans son jardin, peu de temps après. Mon père avait enterré les chats chez les voisins...

Elle avait quinze ans quand Linc lui avait fait cet aveu, qui n'avait fait que rendre encore plus implacable la haine qu'elle nourrissait déjà contre son père.

— Vous n'avez pas répondu tout à l'heure. Votre père vous battait ?

— Quand il avait bu, oui. Autant dire tout le temps.

— Et votre mère ? Elle prenait votre défense ?

— Il la battait, elle aussi. Alors elle avait peur de lui et se rangeait plutôt de son côté. Je pense qu'elle buvait pour oublier ce qu'il lui faisait endurer.

Mais qu'est-ce qui me prend de faire toutes ces confidences ? se demanda subitement Kim.

— Où est votre mère maintenant ?

— Je l'ignore et je m'en moque. On ne se parle plus depuis la mort de mon père. J'avais seize ans à l'époque.

— Seize ans ? Je croyais que vous m'aviez dit dix-sept.

— Seize, dix-sept... Je ne sais plus très bien. Et quelle importance ?

Adam posa ses lèvres sur sa tempe et murmura :

— Restez ici cette nuit, Kim. Restez avec moi.

Bien qu'elle ne fût pas venue avec cette intention, elle avait envie d'accepter. Ce soir, elle avait besoin d'Adam, de sentir autour d'elle la chaleur de ses bras. Certes, elle aurait bien du mal à ne pas penser à Linc. Elle ne cessait de se torturer à l'idée qu'il ait pu ne pas repérer son message parmi tous ceux qu'il recevait.

— Je resterai volontiers, mais si cela ne vous ennuie pas, j'aimerais que nous regardions le journal télévisé.

— Bien sûr... Pourquoi pas ? répondit Adam, sans pouvoir cacher un certain étonnement.

— Cette histoire de bombes m'intrigue. Je continue à me demander s'ils ont trouvé une piste. On ne parle plus du tout de l'affaire, depuis quelques jours. C'est même à douter qu'il y ait vraiment une enquête.

— Les recherches se poursuivent, ça ne fait aucun doute, mais il ne faut pas oublier que la police en sait souvent plus long qu'elle ne le dit. Ils essaient probablement de tendre un piège au criminel.

Kim espéra qu'il disait vrai. Ils suivirent le journal télévisé depuis le lit d'Adam, mais, concernant l'affaire, on ne parla que du service religieux qui avait eu lieu en hommage aux enfants de la réceptionniste. Leur photo accentua l'angoisse de Kim, qui se dit qu'elle avait décidément bien besoin du réconfort d'Adam.

Quand, de très bonne heure, le lendemain matin, elle ouvrit les yeux, elle vit Adam, le dos appuyé contre son oreiller, un crayon à la main et un carnet de croquis sur les genoux. Voulant éviter de le déranger, elle resta immobile et feignit de dormir jusqu'au moment où il se leva pour aller à la salle de bains. Alors, curieuse, elle feuilleta le carnet dont un tiers seulement était rempli. La plupart des croquis la firent frémir. Ce n'étaient qu'horribles créatures aux yeux enfoncés, aux lèvres retroussées sur des dents de loup, aux langues de feu. Les dernières pages, en revanche, tranchaient sur le reste, en offrant au regard des arbres et des fleurs, des dauphins et des bateaux. On y trouvait aussi une femme pêchant, assise au bord d'un quai, et une petite ville vue du ciel.

Adam la surprit penchée sur le carnet. Elle leva les yeux.

— J'espère que vous ne m'en voulez pas. Je n'ai pas pu résister.

Il haussa les épaules tout en achevant d'enfiler un tee-shirt.

— Chacun son tour, dit-il.

— Le début est effrayant. Vous faisiez vraiment d'épouvantables cauchemars.

Adam s'approcha du lit avec un sourire radieux.

— Et pire encore ! Mais vous, ma douce, dit-il en se penchant pour l'embrasser, vous avez complètement changé mes rêves.

En fin de matinée, ce même jour, Kim travaillait pour Noel quand on frappa à sa porte. Quelqu'un était monté sans qu'elle ait entendu ses pas. Elle sursauta, au bord de la panique. Depuis la visite du policier chez Lucy, dès que le téléphone sonnait ou que l'on frappait chez elle à l'improviste, elle était affolée.

— Qui est-ce ? demanda-t-elle.

— Jessie.

Soulagée, elle se leva et alla ouvrir. Sur le palier, Jessie frissonnait dans un petit pull trop léger pour la saison.

— Votre propriétaire m'a dit de monter. J'espère que je ne vous dérange pas.

— Non, pas du tout. Entrez.

Jessie pénétra dans le living.

— Je ne voulais pas interrompre votre travail, mais je passais par ici et, quand j'ai vu l'heure, je me suis dit que vous alliez peut-être prendre le temps de déjeuner.

Kim jeta un coup d'œil à sa montre.

— En effet. Et d'ailleurs je me rends compte que j'ai une faim de loup.

— Tant mieux. Vous voulez que l'on aille quelque part ?

— Non, restons ici, répondit Kim en se dirigeant vers la cuisine. Ça m'évitera d'habiller Cody pour sortir. J'ai du fromage, de la salade, du thon... et de la purée pour Cody. Je vais le chercher. Il dormait, mais je crois qu'il vient de se réveiller. Et il doit mourir de faim, lui aussi.

Quand elle revint, Jessie embrassa tendrement Cody et le prit dans ses bras.

— Asseyez-vous, Jessie, proposa Kim.

Elle mit la purée à réchauffer au micro-ondes puis sortit la boîte de thon du placard.

— Comment vont les chatons ce matin ?

— Oh, ils sont magnifiques ! Tu les aimes ces bébés chats, n'est-ce pas, Cody ? fit Jessie en s'asseyant, avant d'ajouter à l'attention de Kim : C'est fou à quel point j'ai besoin d'êtres vivants autour de moi. Je ne crois vraiment pas être faite pour vivre seule.

Kim versa le contenu de la boîte de thon dans un saladier.

— Vous savez, ça ne me regarde pas, Jessie... mais

j'ai l'impression que vous manquez beaucoup à Noel. Chez lui, il y a des photos de vous partout.

Jessie repoussa doucement une mèche qui tombait sur le front de Cody.

— Je le sais, Kim. Lui aussi me manque, mais il a ce problème et...

— Je comprends très bien, fit Kim sans qu'elle eût besoin de terminer sa phrase.

Pour rien au monde elle n'aurait encouragé quelqu'un à vivre avec un alcoolique.

Elle acheva de préparer la salade au thon, puis elle sortit la purée du four et installa Cody sur sa chaise haute.

— De toute façon, reprit Jessie, je ne suis pas venue ici pour parler de Noel, mais de tout autre chose.

— Ah oui ? De quoi donc ? demanda Kim en s'asseyant à son tour.

— Je vous apprécie beaucoup, Kim, et si Adam était vraiment prêt à nouer des liens affectifs, je serais ravie de vous voir ensemble. Seulement, voilà, il n'est pas prêt. C'est encore trop tôt. Son deuil n'est pas achevé et je crains qu'en se rapprochant de vous, il ne cherche avant tout à oublier sa douleur.

Kim donna une cuillerée de purée à Cody.

— J'ai été honnête avec lui, Jessie. Je lui ai dit que moi-même je n'étais pas prête pour m'impliquer dans une relation. Mais, en attendant, nous nous réconfortons l'un l'autre.

Jessie se mit à pleurer. Surprise par ces larmes soudaines, Kim posa une main amicale sur le bras de la jeune femme.

— Pardonnez-moi, fit Jessie en s'essuyant les yeux avec sa serviette. Je suis égoïste, je le sais. Avant votre arrivée, nous étions tous les deux éperdus de chagrin. C'était terrible mais, au moins, on pleurait ensemble. Maintenant, il va mieux, grâce à vous. Mais moi, je me retrouve seule avec ma peine.

— Vous deviez être très proche de Dana et des enfants.

— Molly et Liam étaient toute ma vie. Je ne pense pas être faite pour le mariage et je n'aurai peut-être jamais d'enfants. Avec Molly et Liam j'avais au moins une nièce et un neveu.

Kim chercha à la réconforter.

— Vous pouvez très bien rencontrer un autre homme et avoir des enfants avec lui. Pourquoi pas ?

L'argument était faible, voire inconvenant, Kim le savait. Pour Jessie, Molly et Liam étaient aussi irremplaçables que l'aurait été Tyler si elle avait dû l'abandonner à Jim.

Jessie grimaça en secouant la tête.

— Non. Je ne veux pas de mari, pas d'enfants. J'aurais bien trop peur de les perdre.

— Dans quelque temps, vous irez mieux, Jessie. Vous êtes forte. Vous finirez par reprendre le dessus.

Kim se souvenait de ces mêmes paroles dans la bouche de la thérapeute qui l'avait soignée pendant son hospitalisation. Elle n'avait pas voulu y croire à l'époque et elle doutait que Jessie eût une réaction différente.

— Si au moins celui qui les a tués avait payé pour ce qu'il a fait ! (Les yeux étincelants de colère, Jessie déchira rageusement le mouchoir qu'elle tenait à la main.) Mais non... Alors en plus de la douleur, il faut supporter le poids de cette monstrueuse injustice.

— Je sais. Adam ressent la même chose que vous.

— Il ressentait la même chose, corrigea Jessie, amère. Mais il vous a rencontrée et tout est rose pour lui, maintenant.

— Mais non. Adam ne voit pas tout en rose. Il est tout simplement en train de réapprendre...

Jessie interrompit Kim, la voix hostile.

— Ecoutez. Cessez de vous occuper de mon frère. Laissez-le se rétablir à son rythme.

— Mais je ne cherche pas à bousculer quoi que...

— D'accord, je sais. Vous ne cherchez ni à aider ni à blesser. Mais c'est tout de même ce que vous faites, même si vous n'en êtes pas consciente.

Jessie se leva et s'écarta de la table.

— Vous ne voulez rien manger ? lui demanda Kim.

— Non, je regrette, je n'ai plus faim.

Alors que Jessie se dirigeait vers la porte, Kim se sentit désemparée par le tour qu'avait pris leur conversation. Elle comprit néanmoins qu'elle n'était pas directement en cause. Certes, Jessie était jalouse. Mais pas de l'attention que lui prodiguait Adam. Non, Jessie enviait la capacité de son frère à sortir de ce désespoir où elle-même restait engluée.

Kim s'assura que Cody était bien attaché sur sa chaise puis suivit Jessie jusqu'à la porte.

— Je sais que vous avez vécu une année terrible tous les deux, dit-elle, mais si Adam réussit à vivre un peu mieux, ce serait injuste de ne pas l'encourager dans cette voie.

— Ne me parlez pas d'injustice. Il n'y a que cela dans la vie ! Vous n'avez peut-être pas eu l'occasion de vous en rendre compte, Kim. Vous avez un merveilleux petit garçon, une vie confortable. Mais vous ignorez encore que tout cela peut changer en un clin d'œil.

Kim ouvrit la bouche, prête à lui répondre puis, sagement, se ravisa.

— Peut-être, dit-elle simplement. Peut-être...

Dès qu'elle eut refermé la porte sur Jessie, Kim s'adossa au battant, les yeux clos, les genoux tremblants.

De la vie et de ses injustices, elle en savait bien plus long que ne pouvait l'imaginer Jessie.

23

— J'ai commencé à travailler à mon article, annonça Lucy, assise sur la balancelle.

— Quel article ?

Kim posa sa tasse de café, le temps de remonter la fermeture Eclair de sa veste. L'air piquait, ce matin.

— Celui que vous m'avez inspiré. Vous savez, sur les mères qui élèvent seules des enfants.

— Ah, oui ! Je me souviens. Et comment ça avance ?

— Eh bien, il faudrait que j'interviewe quelques personnes... Si je commençais par vous, Kim ?

Kim reprit sa tasse, s'appuya au dossier du rocking-chair et surveilla Cody, debout sur le fauteuil voisin.

— Je ne sais pas, Lucy.

— Ce serait amusant. Je ferais venir un photographe qui prendrait des photos de vous avec Cody et...

— Oh, non ! Je tiens à mener une vie tranquille, à rester dans l'anonymat, Lucy.

Fallait-il soupçonner un piège ? La police avait-elle demandé à Lucy d'observer sa réaction face à la perspective d'avoir sa photo dans un magazine ?

— N'ayez crainte, fit Lucy en riant. Ce n'est pas un article portant ma signature qui fera de vous une star. Je n'ai malheureusement pas une telle notoriété.

Kim finit son café.

— Bon. On verra pour l'interview. Mais pas de photos, d'accord ?

Lucy acquiesça du bout des lèvres.

— J'espère tout de même que vous changerez d'avis, ajouta-t-elle.

— J'en doute. Par ailleurs, je tiens à être présentée sous un autre nom dans votre article. Ça se fait souvent, n'est-ce pas ?

— Oui. Si ça peut vous rassurer, pourquoi pas ? (Lucy resta un instant pensive.) Je comprends que l'on soit méfiante quand on est une jeune femme seule. On peut toujours craindre des sollicitations abusives, bien sûr.

— Merci de votre compréhension, Lucy.

Kim se leva et fit descendre Cody du fauteuil.

— Prêt pour une promenade, petit père ?

— Oh, à propos... fit Lucy, je me suis inquiétée l'autre soir en ne vous voyant pas rentrer.

Alors qu'elle installait son fils dans la poussette, Kim leva les yeux vers Lucy sans dissimuler sa surprise.

— Désolée, maman, ironisa-t-elle.

— Que voulez-vous, c'est plus fort que moi, j'imagine toujours le pire. Je vous voyais déjà allongée sur un trottoir, la gorge tranchée.

— Merci de vous inquiéter pour moi, Lucy, fit Kim en fermant la veste de Cody. Mais tout va bien, rassurez-vous.

— C'est vrai que vous êtes assez grande pour savoir ce que vous faites... Je pourrais peut-être ajouter un paragraphe à mon article... (Lucy prit un air concentré.) Quelque chose sur la difficulté pour les mères seules de concilier éducation des enfants et vie amoureuse.

— Bonne idée, mais il vous faudra trouver quelqu'un d'autre que moi pour ce sujet ! rétorqua Kim en éclatant de rire.

Elle tournait la poussette en direction de la rue quand Ellen entrouvrit la porte. Elle semblait exaspérée.

— Ma cliente n'est pas encore arrivée ?

— Je n'ai vu personne, fit Lucy.

— Ellen, est-ce que quelqu'un va bientôt venir réparer mon robinet ? demanda Kim. J'en suis à me mettre du coton dans les oreilles pour ne plus l'entendre.

— Soyez un peu patiente, Kim. Mon plombier habituel est surchargé de travail en ce moment. (Ellen regarda la rue en secouant la tête.) Bon, si j'ai bien compris, j'ai une heure de libre devant moi.

Haussant les épaules, elle disparut à l'intérieur de la maison.

— Kim, vous devriez exiger cette réparation avec plus de fermeté, conseilla Lucy. Il y a déjà plusieurs jours que je vous entends lui en parler. N'hésitez pas à la harceler, sinon vous n'obtiendrez rien.

— Ce n'est pas vraiment mon genre. A plus tard, Lucy.

— A plus tard. Amusez-vous bien tous les deux.

Kim prit la direction du parc. Lucy l'avait à la fois amusée et agacée. C'était gentil de sa part de se faire du souci quand elle ne la voyait pas rentrer le soir, mais il ne fallait pas qu'elle prenne l'habitude de surveiller toutes ses allées et venues. Le cas échéant, Kim voulait pouvoir disparaître sans que Lucy se pose immédiatement des questions.

Le feuillage semblait avoir brusquement accentué ses couleurs automnales au cours de la nuit, et Kim eut l'impression d'emprunter un tunnel rouge tandis qu'elle approchait du terrain de jeux et que la poussette de Cody crissait sur un tapis de feuilles mortes.

Roxanne était déjà là avec ses deux fils. En haut du toboggan, Jack apostrophait un compagnon de jeu imaginaire. Roxanne poussait Brandon sur une balançoire. Kim fit de même avec Cody tout en parlant avec sa nouvelle amie du temps, des belles couleurs de l'automne, des costumes que mettraient les enfants pour Halloween.

— Jack veut absolument être un monstre cette

année, raconta Roxanne. J'aurais pu faire l'économie d'un déguisement, il me semble. (Elle rit.) Mais monsieur veut être un monstre avec une tête verte et un cou plein de grosses verrues. Une horreur ! Le magasin n'avait pas de costume à sa taille. Il a fallu le commander. Je vais donc recevoir un paquet dans la semaine et j'avoue qu'avec cette histoire de bombes j'appréhende de l'ouvrir.

— Vous n'avez rien à craindre. Ces colis piégés n'étaient pas envoyés par la poste.

Kim aurait pu ajouter que seul un certain Ryan Geary était en danger.

Au bout d'une demi-heure elle quitta le parc et se dirigea vers le centre-ville afin de déposer à sa banque le chèque que Noel lui avait remis la veille.

A l'approche de l'immeuble, elle crut percevoir un changement dans la peinture murale qu'Adam avait laissée inachevée. Elle crut d'abord à un effet d'optique dû à la luminosité particulière en cette saison. Puis elle constata que le charmant petit village enneigé s'était agrandi et que maintenant des enfants patinaient sur un étang gelé, entouré de sapins aux branches bordées d'une dentelle de givre.

Mais il y avait mieux encore : l'artiste lui-même était présent. Kim s'immobilisa brusquement, un sourire aux lèvres.

Grimpé sur une échelle, un énorme pinceau à la main, Adam peignait un nuage blanc dans le ciel bleu, au-dessus du village.

« Formidable », murmura Kim en allant s'asseoir sur un banc tout proche. Elle se pencha sur son fils et lui montra Adam.

— Adam est en train de peindre, Cody. Regarde la jolie église. Et les enfants sur l'étang.

Après quelques minutes, le rire cristallin de Cody parvint aux oreilles d'Adam, qui se retourna. Les voyant sur le banc, il sourit, leur fit signe de la main qui tenait le pinceau et descendit de l'échelle pour venir vers eux.

— Il y a longtemps que vous êtes ici ?

— Non, mais suffisamment pour nous être régalés du spectacle. C'est merveilleux de vous voir travailler.

Adam tourna la tête pour jeter un bref coup d'œil à son œuvre, puis s'assit à côté de Kim.

— Le temps est propice. L'heure me convient. Mes rêves étaient là, ce matin. Ils reviennent depuis quelques jours. Et c'est à vous que je le dois, Kim, ajouta-t-il en lui souriant.

— J'en suis ravie, Adam, répondit Kim en sortant Cody de sa poussette pour le laisser monter sur le banc.

— Cette nuit, c'est de vous que j'ai rêvé en fait. A mon avis, ça signifie que je devrais vous peindre.

— Tâchez de trouver une autre signification à ce rêve, d'accord ?

Décidément, tout le monde voulait l'immortaliser ce matin !

Une femme âgée qui passait par là laissa échapper une exclamation de joie en voyant la fresque.

— Oh, monsieur Soria ! J'ai tellement prié pour que vous acheviez cette peinture !

— Merci, madame. Vos prières sont les bienvenues.

Quand la passante se fut éloignée, Adam se tourna à nouveau vers Kim.

— Vous voulez venir au cinéma avec nous, ce soir ?

— Je ne préfère pas. Souvenez-vous du bruit que Cody a fait la dernière fois.

— Ecoutez, j'ai toute une liste de baby-sitters qui ont gardé Liam et Molly et que je peux vous recommander. Permettez-moi d'en appeler une pour vous. Elle gardera Cody chez vous ou chez moi, comme vous voudrez.

— Non, répondit catégoriquement Kim.

Elle glissa son bras autour de la taille de Cody qui s'amusait à sauter sur le banc en regardant les voitures passer.

— Kim, je crois que vous devriez mettre votre rôle de mère entre parenthèses, de temps à autre. Ce serait une bonne chose pour vous comme pour Cody.

En dépit de son appréhension à l'idée de s'éloigner de Cody, elle devait reconnaître qu'Adam avait raison. Un enfant n'a pas à être constamment avec sa mère, et ce n'est pas faillir à son rôle que de faire appel de temps en temps à une baby-sitter.

— D'accord, Adam. Mais je tiens à parler moi-même à cette jeune fille.

— Rien de plus facile.

Elle désirait aussi discuter de Jessie, mais elle attendrait un autre moment. Elle voyait Adam trop heureux pour troubler sa joie.

— Vous comptez rester encore un moment ? demanda-t-il.

— Si ça ne vous dérange pas.

— Oh, pas du tout !

Kim le regarda travailler avec un mélange d'envie et d'admiration. Quelque chose dans cette vaste peinture l'attirait, la sollicitait, faisait courir dans son bras le désir d'y répandre tout un éventail de couleurs.

D'autres personnes vinrent s'asseoir sur le banc et toutes souriaient, fascinées par l'œuvre d'art qui prenait forme sous leurs yeux.

Kim repensa à sa conversation avec Jessie. Que sa sœur le veuille ou non, Adam était prêt à aller de l'avant. Le fait qu'il ait eu envie de reprendre son travail ne pouvait qu'être de bon augure. Leur relation lui était visiblement bénéfique. Il faudrait qu'il soit fou pour prolonger sa souffrance dans le seul but de la partager avec sa sœur.

Kim décida donc de confier Cody à une baby-sitter pendant qu'elle allait au cinéma avec Adam et Jessie. L'étudiante qui se présenta chez Adam, chargée de livres et de cahiers de cours, semblait sérieuse et compétente. Adam dut néanmoins rassurer Kim une nouvelle fois, en lui rappelant que c'était cette jeune fille qui s'était occupée le plus souvent de ses enfants avant l'accident.

De fait, il y eut plus d'un moment au cours de la soirée où Kim oublia de penser à son fils. Mais elle refusa tout de même la proposition de Jessie d'aller au restaurant après le film.

Compréhensif, Adam l'encouragea à rentrer, tout en se moquant gentiment d'elle.

— C'est la première sortie de la maman sans son petit garçon chéri. Il est normal qu'elle n'ait pas envie de s'attarder.

Jessie n'insista pas. Bien qu'elle fût plus réservée qu'à l'ordinaire, elle semblait n'éprouver aucun ressentiment à l'égard de Kim. Elle prit même la peine, sur le chemin du retour, de lui chanter les louanges de la baby-sitter afin de calmer ses ultimes inquiétudes.

Dès qu'ils entrèrent chez Adam, Kim se trouva ridicule d'être à ce point anxieuse. Cody avait tranquillement dormi toute la soirée, le singe dans ses bras.

Jessie s'absenta le temps d'aller vérifier que ses chatons allaient bien, puis revint, tout sourire, mais bien déterminée à ne pas voir son frère passer la nuit avec Kim. Celle-ci, désireuse d'éviter tout conflit, annonça vers onze heures qu'elle rentrait chez elle.

Le lendemain soir, Adam parvint néanmoins à échapper à son chaperon pour rejoindre Kim. De même, ils passèrent le dimanche ensemble, Adam en profitant pour faire découvrir à son amie les environs d'Annapolis qu'elle n'avait pas encore explorés. Mais, quand la journée s'acheva sans qu'Adam eût manifesté l'intention de rentrer chez lui, Kim dut se résoudre à rompre le charme en lui expliquant qu'elle avait besoin d'être un peu seule.

— Vous aviez déjà besoin d'être seule, dimanche dernier, fit observer Adam.

C'était moins un reproche que l'aveu d'une certaine blessure.

— J'ai simplement besoin de m'occuper un peu de moi de temps en temps.

— Ah, je vois ! Vous passez vos dimanches soirs à vous chouchouter, c'est ça ? Vous prenez un long bain aux huiles exotiques. Puis vous vous massez avec une crème parfumée avant de boire une tisane pour bien dormir.

— Mais comment savez-vous tout ça ?

Il sourit et se leva sans insister. Elle en fut soulagée, se voyant mal lui avouer qu'elle passait ses dimanches soir sous sa couette, à écouter la radio, l'esprit et le cœur à trois mille kilomètres d'Annapolis.

Ce soir-là, elle attendit le début de l'émission avec une émotion particulière, en essayant de retrouver une image précise du visage de Linc. Elle regrettait de n'avoir emporté aucune photo de lui. C'était pire que lorsqu'il était en prison. A cette époque-là, non seulement elle avait des photos mais elle pouvait aller le voir. Maintenant, son visage commençait à devenir flou dans sa mémoire.

Dès qu'elle entendit le générique de l'émission, elle ferma les yeux et attendit l'instant où résonnerait la voix de Linc. Mais, curieusement, avant même de saluer ses auditeurs, il enchaîna avec *Réveille-toi, petite Susie*. Instinctivement, Kim se redressa sur son lit en murmurant : « Je suis réveillée, Linc. » Elle savait que cette chanson lui était destinée. Linc ne passait jamais les Everly Brothers dans son émission.

— Bonsoir à tous, dit-il finalement de sa belle voix, tellement radiogénique.

Aussitôt elle revit son visage aux pommettes hautes, ses yeux bleus, ses cheveux blonds et drus.

— Cette émission est plus que jamais la vôtre, poursuivit-il. Vous avez été particulièrement nombreux à me contacter cette semaine. De tous les coins du pays. J'ai sous les yeux les noms de Leslie Potters... de James Abbott... de S.V. Emmen, et la liste est longue.

Kim eut un sourire béat. Linc indiquait rarement des noms d'auditeurs. Le message était clair : non seulement il avait reçu le fax, mais il l'avait décrypté et savait qu'elle était en train de l'écouter. Que l'émission ait été enregistrée quatre jours plus tôt ne l'empêcha pas ce soir-là de se sentir plus proche de lui qu'elle ne l'avait jamais été.

— Pour Mme Emmen, nous allons commencer par Bruce Springsteen et son *Philadelphia*. OK, les amis ? On y va.

Elle n'avait pas demandé *Philadelphia* et d'ordinaire Linc ne passait pas Springsteen. Conclusion : il essayait de lui communiquer quelque chose.

Elle attrapa son carnet de croquis sous son lit et nota le titre de la chanson ainsi que quelques lignes qui semblaient avoir un rapport avec sa situation. Croyait-il qu'elle s'était réfugiée à Philadelphie ?

Puis il passa *Au zoo*, de Simon et Garfunkel, *Le lion dort ce soir*, *Samedi soir est parfait pour la bagarre,* et enfin *Le Monde de dix-sept heures* par les Vogues.

— Eurêka ! s'écria-t-elle en riant.

Linc conclut cette première phase de l'émission en spécifiant qu'il avait passé ces disques à l'intention de Mme Emmen et annonça que les suivants avaient été demandés par Leslie Potters.

Kim continua à écouter, à noter titres et phrases susceptibles de la concerner mais ne tarda pas à comprendre que Linc se contentait maintenant de brouiller les pistes. Avec Leslie Potters et les autres auditeurs, on revenait au ton habituel de l'émission. On devait se demander à travers le pays ce qu'étaient venus faire dans l'émission de Linc Sebastian les disques choisis par cette S.V. Emmen.

Kim se pencha sur son carnet. Il n'y avait pas de doute possible : Linc lui fixait rendez-vous le samedi suivant, à 17 heures, devant la fosse aux lions du zoo de Philadelphie. L'espace d'un instant, l'idée d'un piège lui traversa l'esprit. Si la police était persuadée que Linc l'avait aidée à fuir et restait en contact avec elle, peut-être l'avait-on contraint à coopérer en le menaçant d'un nouveau séjour en prison s'il refusait. A moins que, jugeant son comportement suicidaire, Linc ait de lui-même choisi de provoquer son arrestation. Ou pire : de la faire interner une nouvelle fois. Dans ce cas, devant la fosse aux lions, il y aurait des blouses blanches à la place des uniformes de police... Encore fallait-il qu'il ait le cœur de la trahir. Et cela, jamais il ne le ferait. S'il y avait une seule personne au monde en qui elle pût avoir confiance, c'était bien Linc.

Dès le lendemain matin, elle achèterait un plan de Philadelphie.

24

Peggy détestait les dimanches. Ou plus exactement les week-ends, parce qu'alors elle ne pouvait pas joindre la personne qui s'occupait du cas de Tyler à l'Agence nationale pour la recherche des enfants disparus. En ce qui concernait la police ou Bill Anderson, il n'y avait pas d'impossibilité matérielle mais elle était tout de même censée leur accorder un peu de répit. La veille, elle avait appelé Bill pour lui demander une fois de plus s'il avait vérifié le dossier d'assurance maladie de Susanna et s'il avait bien pensé à rechercher ses anciennes camarades de classe, dont certaines avaient pu rester en contact avec elle.

Bill n'avait pas caché son agacement et Peggy s'était excusée. Il n'était pas question pour elle de se mettre à dos les personnes qui pouvaient l'aider à retrouver Tyler, mais d'être à ce point à la merci des uns et des autres lui donnait la nausée. Forte, entreprenante, habituée à redresser les torts, elle se voyait devenir une femme timorée, hésitante, sans pouvoir, réduite à attendre que l'on trouve à sa place une solution à ses problèmes. Solution, soit dit en passant, qui tardait à venir. Et cela, parce que personne ne se souciait autant qu'elle du sort de Tyler. Alors elle en arrivait à se demander si elle se démenait suffisamment pour retrouver l'enfant.

Dans l'après-midi, Jim l'emmena au cinéma dans l'espoir de lui « changer les idées ». Elle ne parvenait pas à comprendre comment son mari réussissait à évacuer toute cette histoire de son esprit avec tant de facilité. Jim s'en remettait aux autorités puis se concentrait tranquillement sur ses activités tandis que, de son côté, elle se trouvait de plus en plus inefficace dans son travail et commençait même à douter que l'on pût encore la considérer comme une bonne avocate.

Quand ils sortirent du cinéma, elle se dit qu'elle aurait été bien incapable de raconter le film si on le lui avait demandé. Elle prépara le dîner pendant que Jim retournait un moment à ses dossiers et à son ordinateur. Elle mit de l'eau à bouillir pour le riz et alluma la radio. L'émission de Linc commençait dans cinq minutes.

Elle faisait revenir des blancs de poulet lorsqu'elle crut remarquer quelque chose d'étrange dans le programme proposé par Linc. Certes, elle n'était pas une habituée de l'émission, qu'elle n'écoutait régulièrement que depuis la disparition de Tyler, mais jamais jusqu'à présent elle n'avait entendu Linc nommer les auditeurs qui lui demandaient des disques. Par ailleurs, les autres fois, elle avait observé qu'il consacrait son émission à un thème, à un musicien, à un certain genre de musique. Ce soir, c'était plutôt un joyeux méli-mélo où le rock remplaçait la musique folk, un peu sirupeuse, qu'il privilégiait d'habitude. L'attention de Peggy fut d'emblée attirée par *Réveille-toi, petite Susie*, mais quand elle entendit une chanson qui disait : « Suzanne, ils ont voulu t'achever et ils ont réussi », elle n'eut plus aucun doute. Elle éteignit la plaque électrique sous le poulet et se rua au premier étage, dans le bureau de Jim.

Les yeux rivés sur l'écran de son ordinateur, il ne bougea pas lorsqu'elle fit irruption dans la pièce.

— Le dîner est prêt ? demanda-t-il simplement.

— Il faut tout de suite que tu écoutes l'émission de Linc, fit Peggy.

Elle s'était précipitée sur la radio de Jim et cherchait

la station. Elle tomba sur une chanson de Peter, Paul et Mary.

— Il a commencé avec *Réveille-toi, petite Susie*. Il passe une musique différente de celle des autres dimanches. Et c'est la première fois que je l'entends nommer les auditeurs dont il a retenu les demandes.

Jim resta impassible.

— Ce que j'entends en ce moment est bien dans son style habituel, non ?

— Oui. Mais avant il a passé... Bref, je ne sais plus. Mais, crois-moi, je l'écoute attentivement depuis que Susanna a enlevé Tyler et l'émission de ce soir est différente. (Elle se laissa tomber sur le fauteuil placé dans un coin de la pièce.) Je donnerais ma main à couper qu'il mijote quelque chose.

Jim se détourna de son ordinateur.

— A quoi penses-tu ?

— Il doit être en contact avec elle d'une façon ou d'une autre. Et là, il lui envoie un message.

— Chérie, soupira Jim en faisant rouler sa chaise vers elle pour lui prendre les mains. Tu vas finir par te rendre malade. Tu y penses trop. Si ça peut te soulager, demain on appelle Bill Anderson et on lui demande de revoir Linc.

Des larmes de frustration piquaient les yeux de Peggy.

— Il prétendra qu'il ne sait rien, comme d'habitude.

Jim embrassa sa femme.

— Tu sais ce qu'il nous faudrait ? Un peu de vacances. Où aimerais-tu aller ? On ne pense plus qu'à cette histoire. Ça ne peut plus durer.

— Evidemment qu'on ne pense plus qu'à ça ! C'est normal. Un membre de la famille a disparu et tu voudrais penser à autre chose ?

— Ce que je voulais dire c'est qu'on va finir par y laisser notre santé, sans être plus avancé pour cela. Alors autant s'aérer un peu.

Elle s'écarta de lui et se redressa dans son fauteuil.

— Tu peux partir seul si tu y tiens. Quand j'aurai retrouvé ton fils, je te le ferai savoir.

Voyant Jim interloqué, Peggy regretta aussitôt ses paroles et se pencha vers lui pour le serrer dans ses bras.

— Pardonne-moi, Jim. Mais je ne pourrai pas envisager de prendre des vacances tant que nous n'aurons pas quelque chose à fêter. Tu comprends ?

Il hocha la tête, caressa sa joue.

— Bien. Mais, toi aussi, il faut que tu me comprennes. J'ai parfois l'impression de ne pas avoir seulement perdu mon fils...

— Oh, Jim ! Je suis désolée. Je sais que je ne t'ai pas... manifesté beaucoup d'attention ces derniers temps.

Mère impuissante, avocate incompétente, elle était aussi devenue une épouse négligente.

— Le dîner va être prêt, dit-elle. Tu viens ?

Il retourna devant son ordinateur.

— Je descends dans une minute, chérie.

Pendant le dîner, elle se contenta de parler de choses et d'autres, et si Jim la soupçonna de continuer à penser à l'émission de Linc, il n'y fit pas la moindre allusion. Ainsi, elle n'eut pas la tentation de lui avouer ce qu'elle envisageait de faire après le repas et s'évita une remarque critique, dont, de toute façon, elle n'aurait pas tenu compte.

Dès que la vaisselle fut rangée et que Jim eut retrouvé son ordinateur, elle alla s'enfermer dans sa chambre et composa le numéro de Linc. Après plusieurs sonneries, elle allait raccrocher quand, enfin, il répondit.

— Linc Sebastian, j'écoute.

— Linc, c'est Peggy Miller.

Il marqua une courte hésitation.

— Bonsoir, Peggy.

— Linc, pourriez-vous m'expliquer le sens de votre émission de ce soir ?

Elle l'entendit rire.

— Le sens de mon émission ? C'est à chacun d'en décider, vous ne croyez pas ?

— Ne vous moquez pas de moi. Vous êtes en contact avec Susanna, n'est-ce pas ?

— Seulement en rêve.

— Ce qui signifie ?

— Que c'est non. Je n'ai aucun contact avec Susanna. Je vous l'ai déjà dit des centaines de fois, à vous et à ceux qui travaillent pour vous.

— Alors pourquoi avez-vous commencé l'émission avec une chanson qui semblait s'adresser à elle ?

— Pardon ?

— Je vous trouve agaçant au possible. *Réveille-toi, petite Susie* : voilà ce dont je parle, Linc. Et puis vous n'avez pas passé votre genre de musique habituel.

— Oh ! Je comprends. Mais j'ai fait ces choix sans penser particulièrement à elle. Quoique... Elle est si souvent dans mes pensées que j'ai pu être guidé par mon inconscient.

Peggy sentit ses lèvres trembler. Non, il n'était pas question de pleurer. Elle ne lui ferait pas ce plaisir.

— Je veux retrouver mon enfant, Linc. Je veux qu'il nous revienne sain et sauf. A mon avis, elle n'utilisera plus l'assurance maladie de Jim, ce qui signifie qu'elle n'a aucune couverture pour Tyler et très peu d'argent. Comment dans ces conditions pourrait-elle le faire soigner correctement ?

— Ecoutez, Peggy. Je sais que vos préoccupations sont sincères mais, quoi que puisse déclarer un juge, Tyler n'est pas votre enfant.

Peggy serra les dents. Linc savait vous toucher au vif ! Cependant, elle restait persuadée qu'il cachait la vérité.

— Voudriez-vous déjeuner avec moi la semaine prochaine ? lui demanda-t-elle.

— Pour quoi faire ? Echanger des récriminations ?

Non, merci. Je n'ai pas envie d'un repas qui me resterait sur l'estomac.

— Je vous en prie. Si vous ne voulez pas déjeuner, rencontrons-nous chez vous. Ou chez moi. Ou en terrain neutre. Je vous laisse le choix. Je sais que vous aimez beaucoup Tyler. Faisons cause commune pour une fois.

Elle l'entendit soupirer.

— D'accord, finit-il par dire. On se voit jeudi ?

— Plus tôt, ce n'est pas possible ?

— Bon sang, vous ne lâchez pas prise facilement ! Ce sera jeudi ou jamais.

— Soit ! Où se voit-on ?

— Au Café russe. Vous connaissez ?

— Oui. A quelle heure ?

— Midi.

— J'y serai.

Après avoir raccroché, elle s'attarda un moment, assise au bord du lit, en repensant aux paroles qu'ils venaient d'échanger. Quand finalement elle ressortit de sa chambre, elle se dit que Jim passerait certainement une partie de la nuit devant son ordinateur et elle éprouva un tel sentiment de solitude qu'elle eut envie d'appeler son frère. Mais ils ne s'étaient pas parlé depuis leur discussion dans son bureau, et Ron ne lui semblait plus disposé à la réconforter. Quant à ses amies, elles devaient être en famille un dimanche soir et, par ailleurs, elles commençaient sans doute à se lasser de l'entendre rabâcher ses problèmes. Avant cette histoire, de quoi leur parlait-elle ? Elle ne savait plus.

Elle écouta les quelques bruits provenant du bureau de Jim puis redescendit et tenta de tromper sa solitude en se plongeant dans le manuel d'éducation des enfants d'un an.

25

Ce mercredi soir, Kim faisait dîner Cody lorsque Lucy vint lui déposer un classeur rouge dans lequel elle avait réuni quelques-uns de ses articles.

— J'ai pensé que leur lecture vous aiderait à vous préparer à l'interview.

— Merci, Lucy, fit Kim en donnant à Cody une dernière cuillerée de purée. A propos, je voulais vous dire que je serai absente pendant le week-end.

Elle avait pris sa décision après deux jours passés à évaluer les avantages et les inconvénients d'un éventuel déplacement à Philadelphie. Finalement son désir de voir Linc l'avait emporté. Elle serait donc au rendez-vous.

— Oh, vraiment ? Où allez-vous ?

— A New York. (Elle enleva à Cody son bavoir et s'en servit pour lui essuyer la bouche.) Je vais voir des amis, ajouta-t-elle en évitant le regard de Lucy.

— Vous prenez le train ?

— Non, la voiture.

— Vous allez conduire dans New York ! Vous en êtes sûre ?

— Rassurez-vous, Lucy. Ce ne sera pas la première fois.

Elle n'avait jamais mis les pieds à New York.

— Vous savez, je serais ravie de garder Cody. Ça vous permettrait d'être plus libre de vos mouvements, non ?

— Oh, c'est très gentil, Lucy ! répondit Kim en s'efforçant à grand-peine de rester courtoise. Mais mes amis new-yorkais n'ont pas vu Cody depuis des mois. Ils m'en voudraient de ne pas l'avoir avec moi.

— Bien, je comprends, dit-elle. Mais dès que vous revenez, on fait cette interview, d'accord ?

— Oui, pas de problème.

Kim jeta un coup d'œil à la pendule du four. Elle était censée arriver chez Adam dans quelques minutes. Sortant Cody de sa chaise, elle sourit à sa voisine.

— Il faut que je m'en aille. J'ai mon cours de peinture chez Adam. Peut-être que je ne rentrerai pas avant demain matin. Je préfère vous prévenir pour vous éviter de vous inquiéter.

— Ça va être un cours sacrément long, si je comprends bien.

Lucy hocha la tête tandis qu'elle se dirigeait vers la porte. Puis elle ajouta dans un éclat de rire :

— Ne faites pas attention. Je suis jalouse, tout simplement.

Kim donna un rapide bain à son fils et lui mit son pyjama afin de le coucher dès qu'elle serait chez Adam. Mais, au lieu de se rendre directement chez lui, elle fit un détour par les quartiers ouest où vivait Ryan Geary, l'homme dont le nom figurait en troisième place sur la liste maudite. La prochaine victime. Elle avait besoin de voir où vivait cet homme. Besoin de constater que le nom et l'adresse n'avaient rien de fictif.

Cette partie d'Annapolis était bien différente de celle où elle habitait. De grandes maisons se dressaient à l'écart de la rue, au milieu de vastes terrains arborés, celle de Ryan Geary présentant la particularité d'être séparée de ses voisines par deux bosquets plantés de part et d'autre. Bien réelle, la demeure de Ryan Geary était assez spacieuse pour abriter plusieurs personnes, toutes exposées au même danger.

Kim avait finalement décidé d'attendre jusqu'au

6 novembre — une semaine jour pour jour avant la date prévue de l'explosion. Si l'enquête semblait encore au point mort à ce moment-là, elle se déciderait à agir. Elle communiquerait la liste à la police, accompagnée d'une courte lettre d'explication, en prenant soin de poster son envoi depuis une ville éloignée d'Annapolis d'au moins deux ou trois cents kilomètres. Ensuite il ne lui resterait plus qu'à attendre et espérer que la police rechercherait le coupable plutôt que l'informateur...

Elle aurait pu envoyer l'information depuis Philadelphie, mais, cette démarche n'étant pas sans risque, elle préférait attendre le dernier moment. Elle voulait encore croire que le filet se refermerait sur l'assassin sans qu'elle eût à intervenir.

Elle s'arrêta pour acheter des nouilles sautées au poulet puis, dès qu'elle arriva chez Adam, elle coucha Cody pendant que Jessie et son frère mettaient la table. Adam était de bonne humeur — joyeux, volubile, tout excité par le rêve qu'il avait fait la nuit précédente.

— Je retrouve mes couleurs, dit-il, alors qu'ils passaient à table.

— La peinture murale de la banque est magnifique, fit observer Kim. Elle est presque terminée, il me semble.

— Je l'ai justement achevée aujourd'hui. Maintenant je peux penser à la suivante. Le musée de la Marine m'en réclame une pour son hall d'entrée depuis des années. Hier soir, en me couchant, je me suis dit qu'il fallait que j'oriente mes rêves sur ce projet. Je me suis conditionné et aujourd'hui j'ai déjà quelques idées.

— On peut diriger ses rêves comme ça ?

— Oui. C'est quelque chose qui s'apprend. En tout cas, pour moi, ça marche, à condition que j'aie l'esprit libre. Ce qui commence à être le cas.

Jessie leva la tête de son assiette, à laquelle elle n'avait pas touché.

— Tu crois vraiment que tu es prêt à entreprendre autre chose immédiatement ? Tu ne devrais pas faire une pause d'abord ?

Adam, d'un geste rassurant, serra la main de sa sœur.

— J'ai retrouvé mon allant. Tout va bien.

Pendant que Jessie chipotait, Adam parla de son rêve avec Kim. Quand le repas fut terminé, ils s'occupèrent tous trois de la vaisselle puis Jessie s'excusa.

— Une amie vient voir les chatons. Elle a deux enfants. J'espère qu'elle va en prendre un pour chacun.

Dans l'atelier, Kim reprit son tableau représentant la maison qu'elle voyait de chez elle pendant qu'Adam cherchait à reproduire les couleurs vues en rêve.

— Vous n'avez pas l'impression que Jessie est déprimée ? lui demanda Kim au bout d'un moment.

— Ce n'est pas une impression, mais une certitude, répondit-il sans quitter sa toile des yeux. J'étais dans le même état il n'y a pas si longtemps.

— Peut-être aurait-elle besoin de... disons... de l'aide d'un spécialiste ?

— Elle a vu un psy pendant un certain temps. Moi aussi d'ailleurs. Nous avons pris l'un et l'autre des antidépresseurs. De temps en temps elle replonge mais, croyez-moi, dans l'ensemble elle va mieux. Quant à moi, je vais... beaucoup, beaucoup mieux.

Il fit un pas de côté pour s'approcher de Kim et posa un baiser de gratitude dans son cou avant de revenir à sa toile et de changer de sujet.

— Que diriez-vous de m'accompagner à Washington, samedi ? Il y a une exposition que j'aimerais voir à la *National Gallery*.

Aïe ! Elle allait être obligée de lui parler de Philadelphie plus tôt qu'elle ne l'aurait souhaité.

— Oh, je suis désolée, Adam ! Mais j'ai déjà un projet pour le week-end. Je ne serai pas ici.

— Où allez-vous ?

— A Philadelphie, voir un ami.

Elle espéra qu'Adam et Lucy n'auraient pas l'occasion de confronter leurs informations.

— Ah...

Adam reprit ses essais de couleurs et elle crut que le sujet était clos. Mais à tort.

— Cet ami serait-il, par hasard, l'homme qui est encore dans votre cœur ?

La question surprit Kim. Elle hésita suffisamment longtemps avant de lui répondre pour qu'il fût convaincu d'avoir vu juste. Inutile donc de prétendre le contraire.

— Il est possible en effet que je le voie, mais rien n'est sûr, à vrai dire.

Adam hocha la tête et se remit au travail dans une atmosphère où Kim crut déceler une certaine tension. Pendant les vingt minutes suivantes, ils peignirent tranquillement, puis Adam reposa son pinceau et quitta la pièce. Kim entendit ses pas dans l'escalier en pensant qu'il allait chercher quelque chose à boire. Mais quand au bout d'un quart d'heure elle ne le vit pas revenir, elle sut qu'il y avait un problème. Le week-end à Philadelphie contrariait Adam beaucoup plus qu'il ne l'avait laissé croire.

Elle songea à s'éclipser discrètement avec Cody. Sans confrontation ni conflit.

Grandis un peu, se dit-elle. La fuite, c'était bon pour Susanna. Kim est censée agir différemment.

Elle respira un grand coup, recouvrit sa palette et descendit au rez-de-chaussée.

Adam était assis près d'une fenêtre, dans le living plongé dans l'obscurité. Elle traversa la pièce et s'assit sur une chaise à côté de lui.

— Si je vous ai contrarié, j'en suis vraiment désolée, Adam.

Il inspira longuement, comme pour prendre son élan.

— Il est vrai que nous avons l'un et l'autre précisé dès le départ les limites de notre relation. Mais je me rends compte maintenant que j'espérais autre chose. Je supporte mal l'idée que vous alliez revoir cet homme.

— Je peux le comprendre. Je crois que dans la situation inverse je ressentirais la même chose. (Rien n'était moins sûr mais que dire d'autre ?) Mais, je vous le répète, je ne suis pas certaine de le voir. Je l'espère néanmoins. Trop de choses sont restées en suspens entre nous.

— Que vous voudriez régler avant de mettre un terme à cette relation ?

Elle soupira.

— Adam, je ne sais pas ce qui va se passer exactement. Je ne peux rien vous promettre. Si nos liens actuels ne vous suffisent pas, je ne sais que dire. Sinon que pour l'instant je ne peux rien vous donner de plus.

A la pensée qu'elle pouvait le perdre, son cœur se serra. Elle avait besoin de lui sans doute autant qu'il avait besoin d'elle. Mais elle n'entendait pas le garder au prix d'un énorme mensonge.

— J'en conclus, dit-il, que si je veux poursuivre notre relation je dois me faire à l'idée que vous passiez le week-end dans le lit d'un autre, c'est bien ça ?

Elle eut brusquement les larmes aux yeux. Elle était bien placée pour savoir ce que l'on éprouve quand on apprend que la personne aimée vous délaisse pour quelqu'un d'autre. Elle se leva et passa derrière le fauteuil d'Adam. Se penchant sur lui, elle glissa les bras autour de son cou et posa un baiser sur ses cheveux.

— Adam, jc vous répète que je ne sais même pas si je vais le voir. Pardonnez-moi. J'essaie d'être honnête. Et cela depuis le départ.

— Je sais. (Il se dégagea de l'étreinte de ses bras et se leva.) On retourne travailler ?

Elle hocha la tête, songeuse mais néanmoins soulagée.

Ils reprirent leur travail pendant une heure. La tension s'était dissipée ou, du moins, n'était plus palpable.

Mais, quand arriva le moment de se décider à rester ou à rentrer, Adam ne l'invitant pas à passer la nuit avec lui, elle repartit avec son fils sans poser de question.

26

Un verre de thé glacé entre les mains, Peggy commençait à s'impatienter dans la minuscule salle du Café russe où elle attendait Linc. Elle aurait dû deviner qu'il serait en retard. Peut-être même avait-il tout simplement oublié leur rendez-vous. Elle alla jusqu'à le soupçonner de n'avoir jamais eu l'intention de venir et elle s'apprêtait à s'en aller lorsqu'elle le vit entrer. S'appuyant au dossier de sa chaise, elle essaya de se détendre.

— Je suis en retard. Désolé, dit-il en s'asseyant en face d'elle.

— Enfin, au moins vous êtes là. Nous avons absolument besoin de parler.

— Franchement, je crois au contraire que nous n'avons vraiment rien à nous dire.

Il semblait avoir vieilli au cours de ces dernières semaines. Il avait le regard fatigué, la bouche crispée. Son petit anneau d'or à l'oreille gauche était ridicule.

Elle poussa un menu vers lui.

— On commande d'abord ; comme ça ce sera fait.

Linc choisit le goulasch. Peggy l'imita, bien qu'elle n'eût pas faim.

— Ecoutez, Linc, dit-elle quand la serveuse se fut éloignée. Je ne chercherai pas à vous faire avouer que vous savez où se trouve Susanna. Pour moi, c'est évident. Non, je veux seulement que vous compreniez que Tyler est en danger tant qu'il est avec elle.

— Je ne suis pas de votre avis.

Elle eut un regard agacé.

— Le simple fait de s'enfuir comme ça, avec un enfant d'un an, révèle une certaine inconséquence, non ?

— Sa fuite ne révèle que son désespoir, sa terreur à l'idée de perdre son enfant. Il me semble que vous devriez être la première à le comprendre.

Il se pencha vers elle. Le regard de ses yeux bleus était si intense qu'elle eut du mal à le soutenir. Elle ouvrit la bouche pour lui répondre mais il l'arrêta.

— Vous la sentez en vous cette terreur, n'est-ce pas ? Eh bien, croyez-moi, elle est dix fois plus forte chez elle ! Elle lui a donné la vie. Elle l'a porté pendant neuf mois, cet enfant.

— Il y a un tas de femmes de par le monde qui négligent l'enfant qu'elles ont porté pendant neuf mois.

— Ce n'est pas le cas de Susanna, et vous le savez.

— Non. Je ne sais rien de tel. Non pas que je la croie méchante ; pas du tout. En revanche, j'ai la conviction que c'est une personne déséquilibrée. Et en partie à cause de vous, si vous voulez connaître le fond de ma pensée.

Peggy regretta aussitôt ses dernières paroles, qui risquaient de bloquer la situation en mettant Linc sur la défensive.

— Détrompez-vous. Elle est parfaitement équilibrée.

— Linc, je vous en prie, écoutez-moi. Elle a besoin d'aide. Elle est perturbée. Et il vaudrait beaucoup mieux pour elle que vous reconnaissiez ce fait au lieu de le nier.

— Vous me surprenez. J'ignorais que vous teniez tant à l'aider.

Peggy baissa les yeux et, plutôt que de réagir à son sarcasme, lui demanda calmement :

— Faut-il vraiment que nous soyons ennemis, vous

et moi ? N'y a-t-il aucun moyen de travailler ensemble sur cette affaire ?

— Je n'en vois aucun, en effet. Pour vous, Susanna est une mère dangereuse. Pour moi, c'est une mère formidable. Nos points de vue sont inconciliables.

— On n'est pas une mère formidable quand on sépare un enfant de ceux qui l'aiment et qu'on le prive des soins médicaux dont il a besoin. Sa fuite prouve son instabilité mentale. Elle est... infantile. (C'était l'appréciation de Jim.) Elle a un niveau culturel médiocre. Elle a toujours fait preuve d'un manque d'autonomie qui la rend probablement inapte à s'occuper...

— Oh, je vois ce que vous voulez dire ! se mit-il à persifler. C'est fou toutes ces femmes qui manquent tellement d'autonomie qu'elles abandonnent tout — domicile, amis, travail... — pour élever seules leurs enfants.

Elle aurait aimé lui dire d'aller au diable, mais retint sa langue, préférant poursuivre son argumentation :

— Elle est certainement sortie trop tôt de ce service psychiatrique. Je ne lui reproche pas sa dépression nerveuse. Ça se comprend chez une personne comme elle, tellement dépendante de son mari que...

— Taisez-vous donc, Peggy ! Je vais vous dire, moi, comment je vois les choses. Vous n'allez pas apprécier mais je m'en moque.

Il se tut pendant que la serveuse apportait le goulasch puis se lança dans ses explications :

— Vous êtes complètement dupe de ce que Jim vous raconte. Oui, c'est vrai que Susanna a abandonné ses études. Son père était mort. Sa mère, alcoolique, ne lui assurait aucun soutien. Elle s'était réfugiée chez ma mère et travaillait comme serveuse pour se faire un peu d'argent. Et puis...

— Non, attendez. N'allez pas trop vite. Vous essayez de la défendre, mais en fait vous l'enfoncez. Vous me rappelez que ses parents étaient alcooliques et vous voudriez qu'on laisse Tyler à une femme qui a été élevée dans un tel environnement ? Quant à son père, vous croyez que j'ai oublié que c'est vous — son petit ami — qui l'avez tué ?

Linc ferma les yeux, comme s'il puisait dans ses dernières réserves de patience. Puis il se pencha vers Peggy à travers la table et plongea son regard dans le sien.

— Premièrement, je n'étais pas son petit ami, mais son voisin. Rien de plus. Deuxièmement, quand on a eu des parents comme les siens, on fait tout pour épargner à son propre enfant les épreuves qu'on a connues. (Linc baissa la voix.) C'est vrai, j'ai tué son père. Je l'ai tué afin de protéger sa femme et sa fille. C'était un individu cruel et violent, et, bien que je sois opposé aux armes et convaincu qu'on ne doit pas se faire justice soi-même, je n'ai jamais réussi à regretter mon geste.

Peggy était fascinée par tant de franchise. Elle le regarda un instant avant de poser la question qui lui brûlait les lèvres.

— Il la violait ? C'est peut-être pour ça qu'elle est si... perturbée.

— Non, il n'a jamais abusé d'elle. Il s'est contenté des injures et des coups pour l'avilir. Et, contrairement à ce que vous croyez, elle n'en a pas été « perturbée », comme vous dites. C'est d'ailleurs un miracle dont je ne cesse de m'étonner.

— Linc, laissons tout ça de côté. Perturbée, pas perturbée, peu importe. Quant à savoir qui doit élever Tyler, la question a été tranchée. Ce qu'il faut maintenant c'est que nous...

— Permettez, je n'ai pas fini. (Linc avala une cuillerée de goulasch avant de reprendre.) Il faut que vous sachiez que Susanna était très douée pour le dessin et la peinture. Il ne fait aucun doute qu'elle aurait pu mener une carrière artistique si elle avait pu suivre des cours. Contrairement à ce qu'a dû vous expliquer Jim, ce n'est pas par manque d'ambition qu'elle est devenue employée de banque — un métier qu'elle détestait — mais pour gagner l'argent du ménage, pendant que son mari terminait ses études. Jim lui avait promis de lui rendre la pareille dès qu'il serait diplômé, et Susanna l'a cru, à tort, parce qu'elle l'aimait et lui faisait confiance. Plus tard, quand Jim a commencé à gagner beaucoup d'argent en tant qu'avocat, Susanna, après des semaines de recherches, a trouvé cette maison fantastique que vous occupez. Elle était folle de joie à l'idée de la décorer elle-même. C'est alors que, pour comble de bonheur, elle a découvert qu'elle était enceinte.

— Ça n'allait déjà plus entre elle et Jim, à cette époque. Elle aurait dû comprendre...

— Comprendre quoi ? Jim ne lui disait pas qu'il voulait se séparer d'elle. Au contraire. Il lui laissait croire que tout allait pour le mieux. Jusqu'au jour où elle est rentrée chez elle à l'improviste et a découvert que, loin d'être l'époux amoureux et fidèle qu'il prétendait être, Jim couchait avec l'une de ses consœurs, vous en l'occurrence, ma chère Peggy.

— Baissez le ton, Linc...

— Susanna comprit alors que la splendide maison qu'elle avait dénichée ne serait jamais la sienne. Jim l'avait laissée la chercher, en imaginer la décoration, se réjouir tant et plus, alors qu'il savait déjà qu'il y vivrait avec vous.

L'estomac noué, Peggy baissa le nez dans son assiette sans y toucher.

— J'ai fait une erreur en essayant de vous parler raisonnablement. Vous êtes impossible.

Elle attrapa son sac avec l'intention manifeste de poser vingt dollars sur la table, de laisser son goulasch et de se ruer dehors. Le comprenant, Linc lui saisit le poignet.

— C'est vous qui avez voulu cette rencontre, alors vous allez m'écouter, même si vous refusez de me croire. Vous pensez que Jim tient à Tyler autant que vous, n'est-ce pas ? Eh bien, moi, j'en doute. Et je peux vous affirmer que Susanna n'a pas menti lorsqu'elle a expliqué que Jim avait insisté pour qu'elle avorte. Jim ne voulait pas de Tyler, Peggy.

— Je ne le croirai jamais.

— Vous avez tort, car j'ai été personnellement témoin du harcèlement dont Susanna a été victime de la part de Jim. Alors que, désespérée, elle s'était réfugiée chez moi, Jim l'appelait plusieurs fois par jour pour lui donner des noms de médecins, en ajoutant qu'il était prêt à les payer grassement. Voyant ses réticences, il lui a ensuite indiqué des méthodes aussi primitives que dangereuses pour le cas où elle préférerait avorter toute seule.

— Pourquoi est-ce que j'écoute de telles horreurs ? Jamais Jim n'aurait agi de cette manière. A moins, peut-être — et encore, j'en doute — qu'il ait pensé que cet enfant n'était pas de lui mais de vous.

Linc la regarda, effaré.

— Quelle absurdité !

— C'est pourtant une idée qui lui a traversé l'esprit, car, il y a peu de temps, il m'a demandé comment je réagirais si l'on découvrait un jour que Tyler est votre fils et non le sien.

— Là-dessus, Peggy, vous pouvez être rassurée. Tyler avait déjà plusieurs mois quand Susanna et moi avons couché ensemble pour la première fois. Et je dis bien : pour la première fois.

Il y avait un tel accent de sincérité dans ses propos que Peggy fut portée à le croire.

— De toute façon, dit-elle, ce qui compte maintenant c'est que Jim aime cet enfant et qu'il...

— Peut-être, peut-être pas, l'interrompit Linc en haussant les épaules. J'ignore quels sont les sentiments actuels de Jim à l'égard de Tyler, mais une chose est certaine : il s'est soucié comme d'une guigne de son fils jusqu'au moment où il a su que vous vouliez un enfant alors que vous ne pouviez pas en avoir.

— C'est répugnant, ce que vous me racontez.

Linc éclata d'un rire mauvais.

— Je suis bien de votre avis ! répliqua-t-il en fixant son interlocutrice au fond des yeux. Pour Jim, vous êtes le parti idéal, Peggy, et il serait capable de tout pour vous garder. Dans ces conditions, accuser son ex-femme d'être une mère indigne est un détail sans importance.

— Je suis désolée, Linc, mais entre un homme qui a été condamné pour meurtre et mon mari avocat, j'ai plutôt tendance à croire le second.

Le voyant sourire, Peggy comprit pour la première fois pourquoi certaines femmes lui trouvaient du charme.

— Ecoutez, Peggy, vous ne m'êtes nullement antipathique, fit-il d'une voix soudain radoucie. Je dirais même que j'admire votre travail pour l'Aide judiciaire quand on sait que vous pourriez gagner une fortune ailleurs. Vous avez du cœur, et je suis sûr que vous aimez Tyler et que vous êtes réellement inquiète à son sujet.

La gorge brusquement nouée, elle lui demanda :

— Savez-vous s'il va bien ? Je ne vous demande pas où il se trouve, mais simplement comment il va.

Linc secoua la tête.

— J'ignore où il est. Sur quel ton dois-je le dire pour que vous me croyiez ? Mais je vous garantis que vous n'avez pas à vous en faire. Tyler ne peut être qu'heureux et en bonne santé. Si Susanna est partie c'est uniquement dans le but de pouvoir s'occuper de lui au maximum. Alors, ne comptez pas sur moi pour vous aider à la retrouver, chère Peggy.

Cette tendresse qui perçait dans la voix de Linc était insupportable à Peggy, qui ne voulait en aucun cas lui trouver le moindre côté positif. Elle devait oublier tout ce qu'il lui avait dit et retrouver le mépris qu'il lui inspirait d'ordinaire.

— A propos de votre dernière émission...

— Oui, vous avez vu juste. J'ai passé des chansons où l'on parlait de Suzanne ou de Suzie... C'était en effet intentionnel. Elle me manque tant... J'espère qu'elle peut m'entendre et qu'ainsi elle comprend combien je pense à elle.

Peggy regarda son goulasch puis celui de Linc.

— Nous avons à peine mangé, fit-elle remarquer.

— Etions-nous venus pour ça ?

Elle secoua négativement la tête. C'était la première fois qu'ils tombaient d'accord. Le cœur serré, elle songea que ce ne serait peut-être pas la dernière.

Elle resta mal à l'aise tout l'après-midi et, bien qu'elle n'eût pas a priori l'intention de raconter à Jim son déjeuner avec Linc, quand vint le soir, elle éprouva le besoin de demander des explications. Linc lui avait dit trop de choses qu'elle ne pouvait garder pour elle.

— J'ai déjeuné avec Linc aujourd'hui, annonça-t-elle de but en blanc, lorsque après le dîner ils se retrouvèrent dans le salon.

Jim leva les yeux de son journal.

— Ah ? Et pourquoi ?

— Je pensais qu'il savait quelque chose. Sa dernière émission m'obsédait. J'avais besoin de certaines réponses.

Jim posa le journal sur ses genoux.

— J'aurais préféré que tu me préviennes. Que tu ne fasses pas comme Susanna, qui passait son temps à rencontrer Linc en cachette.

— Je ne vois pas le rapport. J'ai tout de même le droit de prendre une initiative sans te demander ton avis.

Peggy s'étonnait que Jim n'eût pas le réflexe de lui demander si elle avait obtenu des nouvelles de Tyler. A sa place, elle n'aurait eu que cette question à la bouche.

— Il m'a parlé de choses que j'ai besoin de vérifier avec toi. Je sais bien que c'est un dingue mais...

— De quoi s'agit-il, Peggy ?

— Il a nié avoir été l'amant de Susanna avant la naissance de Tyler.

— Tu t'attendais à autre chose ?

— Il prétend aussi que tu l'as harcelée pour qu'elle se débarrasse de l'enfant.

Jim soupira.

— Il n'est pas impossible que j'aie évoqué l'idée d'un avortement quand elle m'a annoncé qu'elle était enceinte. Je la voyais mal donner naissance à cet enfant alors que je savais que j'allais vivre avec toi.

— Pourtant tu as toujours prétendu le contraire !

— Oui, parce qu'en fait Susanna et moi n'avons jamais discuté sérieusement du problème.

— Et la liste des médecins que, selon Linc, tu aurais fournie à Susanna ?

— J'ignore où il est allé chercher ça. Ce n'est que pure invention de sa part. Susanna ne voulait pas avorter. J'en ai pris acte, un point c'est tout.

— Il paraît que Susanna était persuadée que tout allait pour le mieux dans votre couple quand elle nous a surpris...

Jim ricana.

— Si elle faisait l'autruche, évidemment.

— Mais tu m'as toujours dit qu'à cette époque tout était déjà fini entre vous...

— En ce qui me concernait, il n'y avait pas le moindre doute.

— Seulement tu ne le lui disais pas. Tu préférais lui laisser ses illusions, n'est-ce pas ?

— Qu'est-ce que c'est que cet interrogatoire ? Ma parole, Sebastian t'a complètement tourneboulée ! C'est incroyable !

— Moi, ce que je trouve incroyable, c'est que tu ne m'aies même pas demandé s'il avait des nouvelles de Tyler.

— Tu m'en as laissé le temps ?

— En tout cas, je peux te dire qu'il ne sait rien.

— Tu le crois sur parole, maintenant, c'est le comble ! On dirait que vous êtes devenus de grands amis tous les deux.

— Absolument pas. Simplement, j'ai vraiment eu le sentiment qu'il disait la vérité. Ce n'est pas par lui qu'on apprendra quelque chose.

Jim soupira.

— Si tu le dis...

— J'ai parfois l'impression de tenir plus que toi à Tyler...

— Tu plaisantes ? J'ai hâte de le retrouver, au contraire. Ça te redonnera peut-être envie de faire l'amour.

— Jim, je t'en prie.

Jim plia son journal, le posa sur la table, se leva et vint poser un baiser sur le front de Peggy.

— Je suis vraiment désolé, ma chérie. Pardonne-moi ma grossièreté.

Elle hésita un instant avant de passer ses bras autour de son cou. Comment lui en vouloir ? Elle était littéralement obsédée par cette affaire. Au point de mettre en péril leur union et de priver Tyler d'un foyer.

— Viens dans la chambre, dit-elle. Je te promets de ne parler ni de Linc ni de Tyler. Seulement de toi et moi.

27

Il était cinq heures moins le quart lorsque Kim et Cody arrivèrent devant la fosse aux lions du zoo de Philadelphie. Tout un groupe d'écoliers riait et s'exclamait en observant les fauves, et Kim dut se frayer un chemin parmi eux, avec la poussette, afin que Cody eût sa part du spectacle. Pendant qu'il s'extasiait à son tour, Kim scruta les environs immédiats dans l'espoir d'apercevoir Linc.

Excepté les deux institutrices, visiblement débordées, qui essayaient de maintenir un semblant d'ordre parmi les écoliers, personne à proximité de la fosse ne dépassait un mètre vingt. Pour la première fois, Kim pensa qu'elle avait pu mal interpréter le message de Linc. Ou pire : imaginer un message qui n'avait jamais existé. Il avait peut-être simplement eu envie de passer quelques disques susceptibles de lui plaire, sans aucune intention particulière.

Soudain un policier, surgi de nulle part, apparut aux côtés des deux institutrices et se mit à parler à l'une d'elles. Kim se détourna à la hâte, regrettant de ne pas être restée en retrait, afin de voir plus facilement arriver Linc.

Au bout de quelques minutes, elle jeta un coup d'œil par-dessus son épaule. Le policier pointait son doigt sur l'un des lions tout en expliquant quelque chose à son interlocutrice. Quand elle les vit rire, Kim observa plus attentivement l'uniforme de l'homme et s'aperçut qu'il n'était qu'un gardien du zoo et non un policier. Sa fichue paranoïa continuait à lui jouer des tours.

Il allait être cinq heures quand elle sentit quelqu'un l'enlacer. Elle sursauta machinalement puis s'appuya au creux de ces bras familiers. Tournant la tête, elle respira l'odeur de l'homme qu'elle aimait.

Linc l'embrassa sur la joue.

— Tu m'as manqué.

Elle lui fit face et glissa ses bras autour de son cou. Elle voulut parler, lui dire que lui aussi lui avait manqué, mais les mots restèrent coincés dans sa gorge et elle se contenta de poser la tête sur son épaule.

— J'ai failli ne pas te reconnaître, dit-il en caressant ses cheveux. Ça te change, mais ce n'est pas mal du tout.

Il posa un baiser sur ses lèvres puis se pencha vers Cody.

— Salut, Tyler ! s'exclama-t-il en sortant le petit garçon de sa poussette, pour le prendre dans ses bras et l'embrasser. Tu as bien pris cinq kilos depuis la dernière fois qu'on s'est vus.

— Il ne s'appelle plus Tyler, fit remarquer Kim. Maintenant c'est Cody.

Linc sourit.

— Eh bien, dans la mesure où il t'a fallu le rebaptiser, je suis heureux que tu aies choisi ce prénom ! Ah, et il a toujours son singe ! Ça ferait plaisir à Grace et Valerie. (Il regarda Kim.) Et toi, comment t'appelles-tu maintenant ?

— Je préfère ne pas te le dire. Moins tu en sauras et mieux ça vaudra, Linc.

Il scruta son visage pendant quelques secondes puis fit un signe d'acquiescement.

— Tu as raison. De toute façon, pour moi, tu seras toujours Susanna.

Elle jeta un regard autour d'eux. Le gardien avait disparu et les enfants se dirigeaient vers d'autres animaux. Kim se rendit compte que le bruit et l'agitation des écoliers lui avaient fait comme un bouclier qui soudain lui manquait.

— Tu es sûr que personne ne t'a suivi ? demanda-t-elle.

— Oui. Je n'ai dit à personne que je m'absentais. Sinon à Grace à qui j'ai raconté que j'allais passer la nuit à Denver. En plus, j'ai fait un tas de détours pour arriver ici. J'ai passé la matinée à sillonner la région. Ce qui m'a plutôt amusé.

— C'est le genre de jeu dont on se lasse vite.

Linc prit un air soudain grave et changea de côté pour porter Cody. Le petit garçon passa ses bras autour de son cou puis posa sa tête sur son épaule, dans un total abandon.

— Cette remarque signifie que tu es constamment sur la route, j'imagine. Tu as dû déménager trente-six fois depuis ton départ, non ?

— Rassure-toi, je me suis fixée quelque part. J'espère pouvoir y rester. Les gens ignorent qui je suis. Je me suis inventé une autre vie. J'ai trouvé du travail. Si tu ne me manquais pas, tout irait bien.

Elle vit Linc détourner tristement le regard et n'en fut pas étonnée. Comment aurait-il pu se réjouir de cette nouvelle vie dont il était exclu ?

— Il y a un hôtel près d'ici, dit-il. J'ai pensé que nous pourrions y prendre une chambre.

— Bonne idée.

Le trajet l'avait fatiguée et elle avait par-dessus tout envie de se lover contre lui sans avoir besoin de jeter des regards inquiets autour d'elle.

L'hôtel, un *Holiday Inn* à la fois confortable et anonyme, offrait un refuge idéal.

— Laisse-moi donner mon nom, proposa Kim en entrant dans le hall. J'ai encore la chance d'être moins connue que toi...

Linc esquissa un sourire.

— Demande la meilleure chambre, c'est moi qui paie.

— D'accord. De toute façon, je n'ai pas les moyens de refuser.

Quand la fiche fut remplie et que le réceptionniste lui remit la clef en l'appelant « madame Stratton », Linc leva les sourcils mais s'abstint du moindre commentaire.

Les larges fenêtres de la chambre, située au septième étage, offraient une vue agréable sur la ville. Avant toute autre chose, Kim alla dans la salle de bains préparer un biberon pour son fils. Pour sa part, Linc se laissa tomber sur le lit à côté de Cody.

— Je n'ai pas très envie d'aller dîner dehors, lança-t-il. Et toi ?

— Moi non plus.

— On se fera servir quelque chose ici.

Kim revint avec le biberon et un seul projet en tête : s'allonger près de Linc, le serrer dans ses bras toute la nuit et toute la journée du lendemain s'il le voulait bien.

Il lui prit le biberon des mains, et aussitôt Cody vint se blottir contre lui. Ils donnaient tous deux une telle image de bien-être que Kim se sentait coupable de les séparer.

— J'ai quelque chose dans mon sac pour lui, annonça Linc tout en caressant la tête de l'enfant. Je n'ai pas oublié son anniversaire. Je le lui donnerai dès qu'il aura fini son biberon... En fait, je lui avais réservé un cadeau plus spectaculaire, mais je ne l'ai pas gardé, ignorant si je le reverrais un jour.

— Oh, Linc...

Kim s'assit au bord du lit, une main posée sur le genou de Linc.

— Je suis désolée de t'imposer tous ces désagréments.

— Laissons cela de côté. Du moins pour ce soir.

Il prit, sur la table de nuit, le menu réservé au service en chambre et le lui tendit.

— Tu as faim ? demanda-t-il.

— Je meurs de faim, tu veux dire, répondit Kim.

Elle s'était arrêtée en cours de route pour déjeuner, mais seul Cody avait manifesté de l'appétit.

Ils commandèrent leur dîner puis laissèrent Cody découvrir son cadeau — une grande boîte en plastique multicolore, avec des portes, des tiroirs, et toutes sortes d'éléments à manipuler. De quoi occuper un enfant d'un an pendant des heures.

— Eh bien, au moins, il va avoir de quoi se distraire ! fit Kim en riant.

On leur apporta rapidement leur repas. Ils posèrent le plateau sur le lit et s'attaquèrent au poulet rôti, accompagné de pommes sautées.

— Est-ce que j'aurais laissé échapper quelque chose dans ton message ? demanda Kim en énumérant les titres des chansons dont elle se souvenait.

— Je n'en ai pas l'impression. Mais tu ne peux pas imaginer le nombre de plaintes que j'ai reçues après l'émission. Mes auditeurs ont tous cru que j'avais disjoncté.

— Tu as bien dû en perdre un ou deux. Mais le jeu en valait la chandelle, non ?

— Et comment !

Quand ils eurent achevé leur repas, Kim fit prendre son bain à Cody puis, le tenant par la main, le ramena dans la chambre pour lui mettre son pyjama.

Linc s'assit au bord du lit et tendit les bras vers l'enfant.

— Viens tout seul, mon grand garçon, dit-il en faisant signe à Kim de lâcher la main de son fils.

Doucement, l'enfant fit un premier pas chancelant, puis un deuxième. Linc se pencha en avant pour être à sa hauteur.

— Vas-y, Cody. Tu peux y arriver.

Kim regarda son fils qui avançait, nu et confiant, vers l'homme qui l'avait adopté sans réserve. Linc attrapa le petit garçon à l'instant où il allait tomber et le souleva dans les airs.

— Bravo ! Un vrai champion !

Conscient de sa prouesse, l'enfant laissa fuser des petits rires joyeux.

Linc le fit redescendre et le serra contre lui avec tant d'amour et de tendresse que Kim en eut les larmes aux yeux. Puis, avec la fierté d'un père, il se mit à commenter, tel un journaliste sportif, la performance du petit garçon.

— Cody a battu le record de sa catégorie dans l'épreuve de la marche debout et sans soutien. Un petit vacillement au départ, un autre à l'arrivée lui vaudront une pénalité, mais quel style !

Cody n'avait nullement besoin de comprendre ce que disait Linc, dont le débit rapide et enthousiaste suffisait à le faire hurler de rire. Appuyée contre le mur, Kim observait la scène en souriant.

— Tous les bambins du monde te regardent, Cody, continua Linc sur sa lancée. Qu'as-tu à leur dire ?

Il tendit un micro imaginaire à Cody, qui, au comble de l'hilarité, se laissa tomber sur son torse, un pouce dans la bouche, une main agrippée à sa chemise. Brusquement Linc changea d'expression, ferma les yeux, serra le petit garçon dans ses bras, les lèvres sur son front.

Kim sentit une boule se former dans sa gorge en voyant Linc au bord des larmes. Quand il leva les yeux et la regarda, elle lui annonça :

— Ce sont ses tout premiers pas, tu sais.

— Vraiment ?

Elle hocha la tête puis disparut dans la salle de bains. Elle ne voulait pas pleurer devant Linc.

Lorsqu'elle revint dans la chambre, Cody était couché dans son petit lit. Toutes les lumières étaient éteintes, à l'exception de celle de l'entrée. Linc suivit Kim du regard tandis qu'elle traversait la pièce.

Elle se pencha sur son fils, glissa le singe sous ses couvertures et posa un baiser sur son front. Puis elle ferma les doubles rideaux et alla s'asseoir en tailleur sur le lit, face à Linc. Prenant ses mains dans les siennes, elle le regarda intensément, comme pour graver à jamais ses traits dans sa mémoire.

Linc soupira.

— Par quoi on commence ? demanda-t-il.

Elle choisit un sujet a priori anodin.

— Dis-moi comment vont Grace et Valerie.

— Elles ont tendance à t'en vouloir un peu. Elles comprennent tes motivations, bien sûr, mais il faut reconnaître que tu as semé une certaine pagaille dans notre existence.

Kim n'aurait su dire s'il y avait ou non de la colère dans ces paroles.

— Et autrement ? Que se passe-t-il à Boulder ? On me recherche ?

— Plus que jamais ! Et ne t'attends pas à ce qu'ils laissent tomber, fit Linc en serrant les mains de Kim dans les siennes. Jim et Peggy ont engagé un détective privé, en plus d'avoir fait appel à l'Agence nationale pour la recherche des enfants disparus. Tu connais cet organisme, je suppose. Peggy doit les harceler à longueur de temps. Elle est réellement convaincue que tu es une mère indigne et que Tyler... ou plutôt Cody, rectifia-t-il avec un sourire, court les pires dangers en restant avec toi.

— Ça me rend folle d'entendre ça.

— Il ne faut pas lui en vouloir ; elle est sous l'influence de Jim. Et elle s'inquiète sincèrement pour Ty... Cody.

— Je le sais. A ton avis, ils ont des chances de me retrouver ?

— Je l'ignore. Ils ne me tiennent pas informé. Mais je peux te dire que le FBI est dans le coup.

— Quoi ? Le FBI ! Ah non !

— Ils m'ont mis sur la sellette et je crois que je peux te remercier de ne m'avoir rien dit. Pourtant, au début, j'étais furieux contre toi, d'être partie comme ça...

— Je suis désolée. Mais je ne voyais pas comment faire autrement.

— Tu as eu raison. Si tu m'avais prévenu, j'aurais été tenté de te retenir et ensuite j'aurais été obligé de mentir au risque de me trahir.

Elle déboutonna les manches de chemise de Linc et laissa glisser ses mains le long de ses bras.

— Tu crois qu'ils me retrouveront ? demanda-t-elle.

— Je l'ignore. Mais c'est vrai qu'ils remuent ciel et terre. En outre, tu dois savoir qu'ils ont diffusé le signalement de Cody auprès de tous les médecins et services médicaux du pays.

— Comme je le redoutais. Ceci dit, je l'ai emmené chez le pédiatre et même aux urgences de l'hôpital et...

— Aux urgences ? Pourquoi ?

Elle sentait la chaleur de ses bras sous ses paumes.

— Il a eu un début d'otite. Comme c'était le week-end, je n'avais pas le choix. Quoi qu'il en soit, je n'ai pas ressenti la moindre suspicion.

Kim se garda de préciser que la présence d'Adam à ses côtés y était peut-être pour quelque chose.

— Bon, tant mieux, fit Linc. Seulement ils risquent de te repérer par le biais de l'assurance.

— Je ne m'en suis pas servie. Je me méfiais.

— Et tu as payé comment ?

— Avec l'argent que j'ai retiré de la banque en partant.

— Il ne doit pas te rester grand-chose. Je t'enverrai un chèque dès mon retour.

— Non, Linc. Je tiens à me débrouiller seule. Et puis, il me semble que ce serait risqué pour toi de connaître mon adresse.

Linc fit une grimace, et Kim sentit les muscles de ses bras se crisper.

— Ça ne me plaît pas tout ça, dit-il.

— Je m'en doute. Moi non plus.

— Tu sais, j'ai entendu dire que cet organisme avec lequel Peggy est en contact avait pour habitude de diffuser massivement des cartes postales avec la photo des enfants recherchés. Et il paraît qu'ils obtiennent très souvent des résultats.

— Ils l'auraient déjà fait pour Cody, selon toi ?

Pas plus tard que la semaine précédente, Kim avait vu l'une de ces cartes dans le courrier d'Ellen. Elle portait la photo de deux sœurs enlevées par leur père ainsi qu'un numéro de téléphone à appeler si l'on reconnaissait les fillettes.

— Je n'ai pas l'impression, répondit Linc. Mais Peggy doit insister pour qu'ils le fassent. Et elle n'est pas du genre à lâcher prise facilement.

— Tu parles comme s'il était évident qu'on allait me retrouver ; comme si ce n'était plus qu'une question de temps.

Linc resta un moment plongé dans ses réflexions, le regard fixé sur les mains de Kim, posées sur ses avant-bras.

— Tu devrais songer à rentrer avec moi, Kim, dit-il enfin.

— Pour leur abandonner Cody ? Jamais ! répliqua-t-elle, submergée par une vague de colère.

— C'est vrai que tu serais obligée de leur laisser Cody, mais si on t'évite la prison tu pourras le voir. Je ferai le maximum pour t'aider. J'engagerai un as du barreau. (Il s'appuya à la tête de lit et lui prit les mains.) Il faut bien reconnaître, Susanna, que, d'une certaine manière, Cody serait mieux avec Jim et Peggy. Il aurait un foyer stable...

— Il est très bien avec moi, merci, le coupa-t-elle en croisant les bras sur sa poitrine.

— Tu ne peux pas fuir tes problèmes éternellement. Tu ne crois pas ?

— Aurais-tu oublié ce qui est arrivé la dernière fois que tu m'as fait cette remarque ?

Le voyant baisser les yeux, elle sut qu'il avait parfaitement compris à quoi elle faisait allusion.

— Tu avais alors la moitié de l'âge que tu as maintenant. Aujourd'hui, c'est différent. Bon, j'avoue que je parle en égoïste... Ma motivation est simple : je veux de nouveau vivre avec toi. Grace s'évertue à me présenter d'autres femmes. Mais ça ne m'intéresse pas. Je veux retrouver mon amie de toujours.

Kim lui pardonna d'avoir suggéré qu'elle ne donnait peut-être pas à Cody tout ce dont il avait besoin, sachant que ses paroles avaient dépassé sa pensée.

— Moi aussi j'aimerais vivre avec toi, Linc. Mais même pour toi je ne renoncerai pas à mon fils.

— Bien. Restons-en là pour l'instant. Ne gâchons pas à nous quereller le peu de temps que nous avons devant nous.

— Tu as raison.

— Viens.

Il lui tendit la main pour l'inviter à s'allonger près de lui, sur le lit. Ils restèrent un bon moment silencieux, blottis l'un contre l'autre.

— Tu sais, Linc, j'ai peur de t'embrasser, et même de te toucher, dit-elle enfin.

Il se tourna vers elle et lui caressa la joue.

— Pourquoi ?

— Je crains, si je le fais, de ne plus pouvoir te quitter. De ne plus pouvoir me priver de toi de nouveau.

— C'est bien ce que j'espère.

Elle eut un mouvement de recul.

— Non, Linc, ne l'espère pas si tu m'aimes.

— Pardonne-moi.

Il se pencha sur elle pour l'embrasser. Ses lèvres étaient si chaudes, si familières... Elle répondit à son baiser, le faisant durer encore et encore. Elle aurait voulu qu'il soit éternel. Comme la nuit qui s'offrait à eux.

Linc la serra plus fort contre lui, et elle se sentit submergée par un désir grandissant. Elle avait soif de lui depuis trop longtemps. Mais, quand elle voulut défaire sa ceinture, il écarta doucement ses mains et entreprit de déboutonner son chemisier.

Elle ferma les yeux tandis qu'il découvrait ses épaules. Il dégrafa son soutien-gorge puis s'allongea sur elle, lui révélant l'intensité de son propre désir. Quand ses lèvres se refermèrent sur la pointe de son sein, elle se cambra vers lui en laissant échapper un gémissement.

Doucement, doucement, se dit-elle, refrénant son envie de lui arracher ses vêtements.

Cette nuit — peut-être la dernière qu'elle passerait avec Linc — devait s'imprimer pour toujours dans sa mémoire. Partageant visiblement cette pensée, Linc s'attardait à caresser son corps de ses mains et de ses lèvres. Elle dut longuement attendre avant qu'il lui permette de le déshabiller et encore plus longtemps avant qu'il vienne en elle. Et même alors, ses mouvements restèrent lents et mesurés. Il savait exactement comment l'amener tout au bord de l'extase et l'y maintenir jusqu'à ce qu'elle l'implore de mettre fin à cette exquise torture.

Chassant de son esprit toute pensée se rapportant aux épreuves passées et à venir, elle s'abandonna sans réserve à l'ivresse partagée. Pourtant, quelques instants plus tard, alors que les délicieuses sensations s'estompaient peu à peu, elle fondit en larmes.

Linc l'enveloppa de ses bras.

— Ne pense pas, lui murmura-t-il. Ne pense à rien.

Secouée par des sanglots irrépressibles, elle s'accrochait à lui désespérément, tandis qu'il couvrait de baisers ses paupières et son visage.

Elle pleura jusqu'à l'épuisement, au point qu'elle s'endormit sans s'en apercevoir.

Quand elle rouvrit les yeux, l'atmosphère de la chambre avait changé et elle devina qu'un certain temps s'était écoulé à son insu.

— Tu es réveillée ?

— J'ai dormi longtemps ?

— A peu près une demi-heure. Ça va ?

— Oui.

Elle s'allongea sur le dos et, regardant le reflet de la lumière de l'entrée sur le plafond, tenta de démêler la réalité de ses rêves.

— J'ai pris tes albums de photos dans ton appartement, lui dit Linc. Je ne voulais pas que Jim s'en empare.

— Tu as bien fait, merci.

— J'ai aussi emporté les croquis qui restaient de l'époque où tu dessinais les musiciens de mon orchestre. Il y avait un moment que je ne les avais pas regardés.

Kim se souvenait avec acuité des soirs d'été passés à croquer l'orchestre, pendant que Linc et ses amis jouaient et échangeaient des plaisanteries. Ce garage était pour elle un tel havre de paix qu'elle devait toujours se forcer pour retourner dans la maison de ses parents, où l'attendait un père alcoolique, tantôt violent, tantôt pleurnichard.

— Chez toi, c'était mon oasis, dit-elle.

— Je sais.

Le souvenir de ce soir terrible où son père était mort s'insinua soudain dans sa mémoire et, devant le silence songeur de Linc, elle se demanda s'il pensait à la même chose qu'elle.

— Parfois, je repense à ce qui est arrivé, dit-elle brusquement, et je me rends compte qu'à force d'avoir raconté les choses comme tu m'avais demandé de le faire, j'ai presque fini par croire que c'était la réalité.

En fait, leur récit s'éloignait peu de la vérité. Ils ne lui faisaient subir qu'une légère distorsion. Kim avait d'ailleurs subi sans dommage le détecteur de mensonges, et la version de la mort de son père, élaborée par Linc, n'avait jamais été remise en question.

— Tout ça est bien loin, dit-il.

— Je regrette seulement que tu aies dû aller en prison.

— Bof... Tant d'eau a coulé sous les ponts depuis.

Elle se serra plus fort contre Linc. Elle ne voulait

pas se rendormir, afin de savourer chaque minute de sa présence. Pendant un moment elle rêva éveillée puis, sentant qu'elle cédait malgré tout au sommeil, elle se réconforta en se disant qu'au moins cette nuit elle dormirait avec l'homme qu'elle aimait.

28

Quand Linc se réveilla, Kim dormait encore. Il la regarda et eut l'impression de retrouver la petite fille délicate qu'il avait aimée comme une sœur. Les cheveux auburn ne convenaient pas à ses traits et il s'étonna que personne ne s'en fût rendu compte. Il lissa sa chevelure en arrière à la recherche des racines blondes, mais n'en trouva pas. De toute évidence, elle entretenait avec soin sa teinture. Il pressa ses lèvres sur son front sans la réveiller et se plut à penser qu'elle dormait, confiante et heureuse auprès de lui, d'un sommeil aussi profond que celui de Cody dans le petit lit.

Il se leva, alla dans la salle de bains puis ouvrit les doubles rideaux et regarda Philadelphie encore sombre et endormie.

En évoquant le soir où il avait tué son père, Kim avait fait resurgir toute une série de souvenirs, à commencer par les fameuses séances de pose, dans sa chambre.

« Tu pourras rester habillé », avait précisé Susanna. Puis, au bout d'une semaine, désireuse d'imiter les vrais artistes, elle décida de se lancer dans le croquis de nu.

— Tu n'auras pas besoin d'être nu comme un ver, lui assura-t-elle. Tu pourras garder ton slip.

Il se laissa fléchir tout en sachant qu'il allait au-devant des ennuis. Il revoyait comme s'il y était la chambre de Susanna. Une pièce exiguë avec le lit dans un coin et, juste à côté, un bureau poussé contre le mur. Elle fermait la porte avec la grande clef qui pendait à la poignée puis s'installait sur la chaise du bureau, son carnet de croquis sur les genoux et les pieds sur le lit, où son modèle posait, assis ou allongé. Les murs étaient couverts de dizaines de dessins représentant l'orchestre — et dont elle était très fière. A juste titre : ils étaient excellents. C'était notamment grâce à eux qu'elle avait été sélectionnée pour participer à un concours national. Ils lui avaient déjà valu un prix décerné par un jury local, mais seul un succès sur le plan national lui garantirait une bourse pour étudier dans une école supérieure. On ne l'entendait parler que de cela.

Il la voyait, sérieuse et concentrée, pendant qu'il entretenait des pensées érotiques qui lui donnaient un sentiment de culpabilité. Mais, sans elles, que ces séances eussent été ennuyeuses ! Jamais il n'aurait eu assez de patience.

Un soir, elle posa son carnet sur le bord du lit en soupirant et s'approcha de lui. Il était assis, le dos appuyé au mur. Elle se pencha vers lui, glissa ses doigts sous l'élastique de son caleçon et le tira doucement. Surpris, il lui saisit la main.

— Ne va surtout pas te faire des idées, lui dit-elle. J'aimerais simplement te dessiner en entier. S'il te plaît.

Il ne savait comment réagir.

— Je ne crois pas que ce serait bien, Susanna.

Elle parut sincèrement déçue.

— C'est tellement frustrant, tu comprends. C'est absurde un nu en caleçon...

Certes ! Alors, après une dernière hésitation, il se leva et enleva son sous-vêtement. Si elle s'étonna de la différence entre l'aspect de son sexe et celui des modèles visibles dans les manuels de dessin, elle n'en laissa rien paraître. Elle retourna s'asseoir sur sa chaise et reprit son croquis, apparemment plus concentrée que jamais. Lui, pendant ce temps-là, se demandait comment un jeune homme de vingt-deux ans en pleine santé pouvait se laisser ainsi observer sans perdre la tête.

Mais elle n'avait pas repris son croquis depuis cinq minutes que Susanna le regarda, un petit sourire aux lèvres.

— Je crois que j'ai envie qu'on fasse l'amour, annonça-t-elle.

Dans le bleu pâle de ses yeux, Linc vit le reflet de son propre désir. Mais il secoua la tête.

— Tu es trop jeune. Je pourrais être arrêté pour détournement de mineure.

Indifférente à cet argument, elle posa son carnet sur le bureau et vint le rejoindre sur le lit. Le regard plongé dans le sien, elle enleva son tee-shirt, défit en un clin d'œil son soutien-gorge, lui offrant le spectacle de ses seins, petits et hauts, si joliment mis en valeur par l'écrin de sa chevelure blonde. Elle se pencha alors vers lui, le rendant fou de désir.

Il se souvint de la conversation qu'il avait eue avec elle quelques semaines plus tôt au sujet de la contraception. Que restait-il des sages mises en garde qu'il lui avait si généreusement prodiguées ? Rien ! Tout allait être balayé dans les secondes suivantes, emporté par le tourbillon de la passion. Ses lèvres se posèrent sur les siennes. Elle lui prit les mains et les mit sur ses seins. Jamais jusqu'alors il ne l'aurait qualifiée d'agressive, mais cette fois-ci il n'existait pas d'autre mot pour la décrire. C'était sans doute sa propre hésitation qui avait poussé Susanna à tant d'initiative.

Elle était vierge et si étroite qu'il se demanda s'il parviendrait à la pénétrer. Il sentit qu'il lui faisait mal mais malgré la douleur elle l'attira en elle.

— Je t'aime, lui dit-elle.

Il lui fit le même aveu sans hésiter. Un aveu qui venait du fond de son cœur.

Linc continuait à regarder la ville assoupie, les

mains posées sur le petit lit où se trouvait Cody. Les premières lueurs de l'aube commençaient à filtrer dans la chambre. Il se tourna vers Susanna. Enfouie sous le couvre-lit multicolore, elle continuait à dormir du même sommeil profond que son fils. Jamais ils n'avaient reparlé de cette soirée tragique. Même si elle restait profondément ancrée dans leur mémoire, ils faisaient comme s'il ne s'était rien passé. Quand il avait affirmé à Peggy que Susanna et lui n'avaient jamais été amants avant la naissance de Tyler, il n'avait pas eu l'impression de mentir. L'un et l'autre refusaient de s'en souvenir à cause de ce qui avait suivi. Mieux valait tout oublier en bloc.

Ils étaient donc tellement pris par leur passion, ce soir-là, qu'ils n'entendirent pas rentrer le père de Susanna. Ce n'est qu'au moment où Paul Wood se mit à tambouriner contre la porte de la chambre qu'ils eurent conscience de sa présence dans la maison.

Ils s'arrachèrent au lit et se précipitèrent sur leurs vêtements, Susanna attrapait ses chaussures quand elle se figea tout à coup, le regard rivé sur le trou de la serrure.

— Oh, mon Dieu ! Il nous a vus, s'exclama-t-elle en faisant un bond de côté.

Linc eut l'impression que son cœur s'arrêtait de battre.

— Ouvre cette porte ! hurlait Paul Wood.

Blême, Susanna tenta d'ouvrir la fenêtre. Mais celle-ci était bloquée et ne s'entrebâilla que de quelques centimètres.

— Qu'est-ce que tu fais ? lui demanda Linc.

— Il faut qu'on sorte d'ici. Viens m'aider à ouvrir cette fenêtre, sinon il va nous tuer.

Pendant quelques secondes, il pensa qu'elle avait raison. Puis il se ravisa. Ils pourraient se cacher pendant quelques heures, voire quelques jours, mais ils seraient obligés tôt ou tard d'affronter la colère de Paul Wood.

— Ecoute, Susanna, tu ne peux pas constamment fuir tes problèmes. (Il devait forcer la voix pour se faire entendre par-dessus le vacarme provoqué par son père.) Tu ne résoudras jamais rien comme ça. Il faut lui parler. Je lui dirai que tout est de ma faute, que c'est moi qui t'ai forcée.

Elle secoua la tête, incrédule. Le regard empli de terreur, elle avait tout de l'animal pris au piège, qui sent venir la mort.

— Je ne le laisserai pas te brutaliser, lui promit-il.

S'écartant d'elle, il s'approcha de la porte.

— Je vais ouvrir, monsieur Wood. Arrêtez de cogner.

Il y eut un brusque silence que Linc prit pour un signe d'apaisement. Il attrapa la clef et la glissa dans la serrure en pensant à ce qu'il dirait quand il serait face à Paul Wood. Nier ce qui s'était passé serait évidemment difficile.

Il n'eut pas le temps de prononcer un seul mot. Paul Wood se jeta sur sa fille dès que la porte s'ouvrit. Il la saisit par les cheveux et la secoua comme une poupée de chiffon en lui crachant des injures au visage. Son haleine empestait le whisky.

Susanna hurlait de douleur.

— Laissez-la tranquille ! cria Linc en essayant de s'interposer.

Lâchant sa fille, Paul Wood lança son poing en direction du visage de Linc, lequel, mettant à profit l'état d'ébriété avancée de son adversaire, esquiva aisément le coup.

— Espèce de salopard ! Depuis combien de temps tu abuses de ma fille ? Je vais te fendre le crâne, petite ordure.

Il levait à nouveau le poing quand son regard tomba sur le dernier dessin de Susanna.

— Nom de Dieu ! Qu'est-ce que c'est que ça ?

Susanna tenta vainement d'attraper le carnet de croquis avant son père.

— Alors, c'est ça le genre de dessin que tu fais ?

Il arracha la page et la déchira en deux puis, s'apercevant qu'il y avait toute une série de croquis du même genre, il se mit à déchiqueter tout le carnet comme un fou furieux.

— Ça n'a que seize ans et c'est déjà une pute ! (Il pointa un doigt vers Linc.) Toi, mon gars, tu vas aller en taule. Et je vais envoyer ta petite copine dans une maison de redressement, si je ne la tue pas avant.

Sur le bureau, Linc remarqua les carnets qu'il savait remplis de croquis de l'orchestre. Fallait-il qu'il s'en empare pour essayer de les sauvegarder ou bien valait-il mieux ne pas attirer l'attention sur eux ? Il hésitait quand des pas résonnèrent dans l'entrée.

— Mais qu'est-ce qui se passe ici ? demanda la mère de Susanna, surgissant comme un diable de sa boîte, aussi ivre que son mari, sinon plus. Paul ! Pourquoi tu déchires ses dessins ? Tu n'aurais pas dû, Paul...

Quand elle tendit la main pour tenter de sauver ce qui restait du carnet, son mari la repoussa avec une telle violence qu'elle alla atterrir comme une vieille serpillière contre le radiateur. En la voyant les yeux clos, la tête sur le plancher, Linc la crut morte. Mais dans l'immédiat peu lui importait.

Cherchant plutôt à protéger Susanna, il tira la jeune fille par le bras et la fit passer derrière lui. Tremblante de peur, celle-ci se précipita néanmoins sur son père quand il voulut s'en prendre aux dessins qu'elle avait accrochés au mur.

— Non, papa ! Non, pas ceux-là !

La saisissant par les cheveux, son père l'écarta de lui et arracha le premier croquis, qu'il déchira rageusement avant de s'attaquer au suivant.

— Ce sont les dessins qu'elle va présenter au concours. Ne faites pas ça ! s'écria Linc en tentant d'immobiliser Paul Wood.

Mais ce dernier, bien qu'imbibé d'alcool, gardait sa force de taureau.

Affolée, Susanna retira furtivement les autres croquis du mur. Mais avant qu'elle ait pu les mettre à l'abri, son père les lui arracha des mains, puis prit un malin plaisir à les déchirer sous son nez. Des larmes d'impuissance inondèrent son visage. On aurait dit qu'elle regardait ses enfants se noyer. A peine en avait-il fini avec les dessins du mur que Paul Wood s'empara des carnets posés sur le bureau. Ce fut à ce moment précis que Susanna, échappant à la vigilance de son père, se précipita hors de la chambre.

Linc se sentit soulagé. Il l'aurait encouragée à fuir en lui criant : « Sauve-toi vite ! Tu avais raison. Cours ! cours ! », s'il n'avait été occupé à esquiver les coups de poings furieux de Paul Wood qui, déchaîné, voulait se lancer à la poursuite de sa fille.

Mais, quelques minutes plus tard, Susanna reparut. Debout dans l'embrasure de la porte, le visage en feu, elle lança à son père :

— Papa, écarte-toi de Linc ou je tire !

Linc découvrit alors le revolver que Susanna brandissait d'une main tremblante.

Après un court instant de stupéfaction, Paul Wood hurla à sa fille :

— Donne-moi ça immédiatement !

Il se jeta de tout son poids sur elle, la heurtant d'un violent coup d'épaule en pleine poitrine. L'arme, s'échappant des mains de Susanna, vola à travers la pièce. Linc se précipita pour la ramasser et, impulsivement, la pointa sur le dos de Paul Wood et tira. Sous l'effet de l'impact, les bras de l'homme mortellement atteint se soulevèrent. Le sang gicla sur le tee-shirt blanc de Susanna qui, voyant la chute s'amorcer, fit un pas de côté afin de laisser son père s'écraser lourdement sur le plancher, face la première.

Susanna regarda Linc, séparé d'elle par le corps massif et inerte de son père. Autour des pieds nus de la jeune fille, le sang commençait à former une mare. Linc, au bord de la nausée, comprit que la balle avait dû traverser le cœur. Il se sentit blêmir et s'assit au bord du lit, le revolver reposant à plat sur sa paume ouverte.

— Voilà comment c'est arrivé, dit-il d'une voix calme qui le surprit lui-même : ton père est rentré complètement ivre. Il s'est mis à vous frapper sans raison, ta mère et toi. Je savais où il cachait son arme... Dans la table de chevet, n'est-ce pas ? (Il se souvenait de l'histoire de l'écureuil.) Je suis allé la chercher. Quand je suis revenu, ta mère était évanouie, et j'ai vu ton père se jeter de nouveau sur toi. Je l'ai tué pour vous protéger toutes les deux.

— Oui, fit Susanna. C'est exactement ce qui s'est passé.

Le visage dépourvu de toute expression, elle regarda les lambeaux de papier qui jonchaient le sol.

— Et les dessins ? demanda-t-elle.

Linc se leva, ramassa un à un les morceaux de croquis déchirés puis les glissa dans l'un des dossiers suspendus du dernier tiroir du bureau. Ainsi personne ne saurait qu'il s'était dénudé dans la chambre de Susanna. Le témoin de leurs ébats était mort. Ils n'étaient que deux voisins. Deux amis. Rien de plus.

Les genoux flageolants, il se rassit sur le lit.

— Qu'est-ce que je faisais ici ? demanda-t-il.

Susanna regarda le plafond.

— Tu étais peut-être venu me dire quelque chose.

— Oui. C'est ça. J'étais passé pour t'informer que l'orchestre répéterait le lendemain et que tu pourrais venir dessiner. C'est alors que ton père est entré dans la chambre.

Susanna laissa échapper un sanglot.

— Mon travail... Mon travail. Il a tout saccagé.

Bien que lui-même n'eût jamais mis tant de cœur dans un travail, Linc pouvait imaginer ce qu'elle ressentait. Il se serait levé et l'aurait serrée dans ses bras si une sorte d'engourdissement ne s'était emparé de lui. Ce ne fut que bien plus tard qu'il se rendit compte du côté baroque de la situation. Alors que son père gisait, mort, à ses pieds, que sa mère était étendue, inconsciente, de l'autre côté de la pièce, Susanna pleurait la perte de ses croquis...

— Il faut appeler la police, dit-il.

Susanna fit un signe d'acquiescement, le visage de nouveau impassible. Elle alla vers le téléphone, laissant sous ses pas des traces de sang. Lui resta assis à la même place jusqu'à l'arrivée de la police.

Linc regardait le soleil se lever quand il éprouva une sensation de froid. Il se détourna de la fenêtre et alla se recoucher. Il se glissa sous la couverture et se blottit tout contre Susanna dont le corps irradiait une douce chaleur.

Il avait cru qu'il serait capable de la convaincre de rentrer à Boulder avec lui. Mais il s'était trompé. Elle s'était installée quelque part et s'en sortait visiblement très bien. Vouloir qu'elle fût heureuse uniquement auprès de lui n'était que pur égoïsme. Dans quelques heures ils se sépareraient de nouveau. Cette matinée serait peut-être la dernière qu'ils passeraient ensemble. Eventuellement ils se reverraient encore une fois, ou deux avec un peu de chance. Mais, de toute façon, viendrait immanquablement le jour où leur séparation serait définitive.

Linc s'allongea sur le dos et essaya de mettre de l'ordre dans ses pensées. Il ne continuerait pas à vivre comme ça. Si elle refaisait sa vie sans lui, il n'aurait plus qu'à faire de même. Jamais il ne s'était dit qu'il l'aimait peut-être plus qu'elle ne l'aimait, mais désormais la question se posait. Il s'interrogeait encore lorsqu'elle ouvrit les yeux et le regarda, surprise et heureuse de le trouver près d'elle. Puis, brusquement, elle se serra contre lui et se mit à pleurer.

— Pourquoi ne pas rester un peu plus longtemps

ici ? demanda-t-elle à travers ses larmes. Encore quelques nuits, s'il te plaît...

— Il faut que je rentre, tu sais, répondit-il en passant son bras autour de ses épaules.

Il craignait qu'une absence prolongée ne renforce les soupçons qui pesaient déjà sur lui. La police risquait de se lancer à sa recherche et par la même occasion de retrouver la trace de Susanna. Et ça, Linc ne le voulait pour rien au monde.

Cody entama un joyeux soliloque. Linc sourit. Quel bonheur d'entendre le babillage d'un petit enfant quand on vient de se torturer l'esprit pendant une bonne demi-heure !

Susanna s'essuya les yeux du revers de la main.

— J'aimerais te demander ton avis à propos de quelque chose, Linc.

— Vas-y.

— Il m'arrive une chose étrange. J'ai acheté un ordinateur d'occasion il y a quelques semaines. Or, quand j'ai voulu m'en servir, je me suis aperçue que l'utilisateur précédent avait laissé un fichier dedans. J'ai prévenu le magasin, qui m'a dit de ne pas m'en préoccuper. J'ai tout de même laissé mon adresse puis, avant de l'effacer du disque dur, j'ai fait une copie du document au cas où on voudrait le récupérer. Après quoi, je n'y ai plus pensé. Mais, quelque temps plus tard, une bombe a explosé dans un cabinet d'avocats de... de la ville où je suis. Et là, je me suis dit que je connaissais le nom de ce cabinet. Je me suis demandé comment. Eh bien, je l'avais vu dans le fameux fichier ! En fait, c'est une liste de noms avec de drôles d'informations... (Elle sortit du lit.) J'ai une photocopie. Je vais te montrer.

Linc la suivit des yeux tandis qu'elle se dirigeait vers son sac. Elle avait maigri et, avec ses cheveux courts et roux, c'est tout juste si, de dos, il la reconnaissait. Mais, dès qu'elle se retourna, il retrouva sa silhouette familière. Il souleva les couvertures, l'invitant à revenir très vite le rejoindre.

Il lui frictionna les épaules pour la réchauffer pendant qu'elle dépliait deux feuilles de papier. Puis brusquement elle se ravisa en s'écriant :

— Oh, zut ! Tu vas voir le nom de la ville où j'habite !

— Allez, tant pis. Laisse-moi voir.

Ce n'était peut-être pas raisonnable, mais il brûlait d'envie de savoir où elle vivait.

Elle hésita un instant puis lui montra les papiers.

— Regarde. Là, c'est le nom d'une femme qui a été tuée par un colis piégé. Ça, c'est le nom de ce cabinet d'avocats dont je t'ai parlé. Et les dates correspondent exactement à celles des deux attentats.

Annapolis. Toutes ces adresses se trouvaient à Annapolis.

— Attends une minute, fit Linc. Si j'ai bien compris, la personne qui a utilisé l'ordinateur avant toi savait que ces explosions allaient avoir lieu. C'est complètement dingue !

Le soliloque de Cody commençait à trahir une certaine impatience, que les deux adultes semblèrent ignorer.

— Tu l'as dit... Et comme la prochaine explosion est prévue pour le 13 novembre, il faut absolument que je fasse quelque chose. J'ai pensé envoyer une lettre anonyme à la police, mais il faudrait que j'explique d'où je tiens mes informations. Et à partir de là, je crains qu'ils s'adressent au magasin et remontent jusqu'à moi.

— Effectivement, c'est risqué. Je crois que tu devrais oublier tout ça. T'en laver les mains. Faire comme si tu n'avais jamais vu cette liste.

— Non, c'est impossible, Linc.

Il se passa la main dans les cheveux. Elle avait raison. Lui-même serait incapable de se comporter de cette façon.

— Est-ce que la personne qui avait l'ordinateur avant toi a un moyen de savoir que tu détiens cette liste ? Dans ce cas, tu pourrais être en danger.

— J'ai effectivement laissé mes coordonnées au magasin, mais, vu que la liste le désigne d'office comme le coupable des attentats, l'utilisateur précédent doit être persuadé d'avoir tout effacé.

— Je n'aime pas du tout cette histoire... Tu pourrais peut-être prévenir la police sans donner d'explication... ou mieux : c'est moi qui les préviendrai. En leur envoyant la liste depuis Boulder.

— Non, c'est hors de question. Tu m'as déjà trop souvent sortie de situations impossibles. Susanna avait besoin que l'on vienne à sa rescousse. Mais, aujourd'hui, j'essaie d'être plus forte et de m'en sortir seule. Par ailleurs, si jamais ils remontent jusqu'à toi, tu pourras donner toutes les explications que tu veux, personne ne te croira. C'est comme ça quand on a fait de la prison... Ne prends pas le risque d'y retourner.

Bien qu'il ne fût pas convaincu de la justesse de ce raisonnement, la simple évocation de la prison dissuada Linc d'insister.

— Bien, fit-il. Mais tu vas tout de même me laisser cette photocopie, et si tu ne trouves pas de moyen non risqué de prévenir la police, fais-le-moi savoir. Par un fax, signé S.V. Emmen. A ce moment-là, je prendrai les choses en main.

Elle fit une moue dubitative en regardant le plafond puis acquiesça :

— D'accord. A condition que tu me promettes de ne pas bouger avant que je te le demande.

— Promis.

Cody se mit à pleurer.

— Le pauvre, il meurt de faim, fit Susanna en rejetant les couvertures.

Linc la regarda sortir du lit, passer un peignoir et disparaître dans la salle de bains avec le biberon. Puis il reprit la liste. Annapolis... Soudain, il regretta de savoir où elle vivait, de pouvoir l'imaginer dans un cadre nouveau, menant une vie nouvelle. Enfant, il était allé une fois à Annapolis et n'avait pas totalement oublié cette petite ville, charmante et pittoresque.

Susanna revint, embrassa son fils et lui tendit son biberon.

— Parle-moi de ta vie à Annapolis, lui demanda Linc.

— Non, répondit-elle catégoriquement en retirant son peignoir et en se glissant de nouveau sous les couvertures. Le fait que tu saches où j'habite me rend déjà nerveuse.

— Allez, maintenant que je connais l'essentiel, tu peux bien me raconter le reste. Ton logement, ton travail, tes amis, si tu en as...

Elle mit un certain temps à lui répondre, ne sachant comment résumer sa vie loin de lui, une vie qu'elle n'avait pas vraiment choisie.

— J'ai trouvé à me loger dans une grande maison. Le rez-de-chaussée est occupé par la propriétaire — une kinésithérapeute — et le premier étage est divisé en deux appartements : le mien et celui d'une journaliste. Les deux femmes sont charmantes. (Elle frissonna et Linc passa son bras autour de ses épaules.) Par mesure de prudence, j'avais l'intention de rester le plus possible isolée, et c'est pratiquement sans le vouloir que je me suis fait des amis. Ils m'ont aidée à trouver des clients pour des travaux sur traitement de texte. Comme j'ai acheté cet ordinateur, je peux les faire à domicile. J'ai même réalisé une brochure pour offrir mes services aux entreprises.

— Chapeau ! Tu te débrouilles bien.

Linc était à la fois surpris et plein d'admiration. Toutefois, il ne pouvait s'empêcher de regretter qu'elle l'eût si facilement laissé derrière elle.

— Et il y a une autre chose, qui va beaucoup te plaire : je prends des cours de peinture avec un artiste renommé. On peut voir ses fresques à travers toute la ville.

— Vraiment ? Je suis très fier de toi, fit Linc, dissimulant à grand-peine le sentiment de jalousie qui s'insinuait en lui.

— Il y a un homme dans ta nouvelle vie ? demanda-t-il.

La voyant hésiter, il crut qu'elle n'avait pas saisi le sens de sa question. Il s'apprêtait à la reformuler quand finalement elle lui répondit :

— L'artiste en question, oui.

Il la serra plus fort contre lui.

— Ah, zut, zut, zut !

— Je t'en prie, ne m'en veux pas, Linc. Je suis désolée. (Elle se tourna vers lui et caressa sa joue.) Je n'étais pas sûre de te revoir un jour. Et puis, si j'aime bien Adam, ça ne va pas plus loin. Je le considère surtout comme un ami et nous...

— Je ne t'en veux pas, la coupa-t-il.

Il ferma les yeux et se tut, tandis qu'elle posait sa tête sur son torse en attendant qu'il sorte de son silence. Linc savait qu'elle comprenait ce qu'il ressentait, car elle le connaissait bien. Mieux qu'aucune femme ne le ferait jamais. Décidément, cet artiste, ce peintre, cet Adam d'Annapolis était bien encombrant...

— Je m'étonne que tu aies pris le temps de venir me voir, persifla-t-il.

Elle se redressa, le regard furibond, mais au lieu d'exprimer sa colère elle fondit en larmes.

— Linc, c'est toi que j'aime. Personne d'autre. J'écoute ton émission chaque dimanche soir, sans me soucier d'autre chose. Je ne vis que dans l'attente de ces soirs-là. C'est la vérité. Fallait-il vraiment que je te le dise ? Je pleure quand j'entends ta voix. Tu me manques. J'aurais pu avoir peur de venir ici, mais je l'ai quand même fait. S'il y a un moyen de te rencontrer, n'importe où, n'importe quand, je serai au rendez-vous. Mais je ne peux pas vivre avec toi et garder

Cody. (Elle posa sa main sur son bras.) Je comprends ce que tu ressens, Linc. Je n'aimerais pas du tout apprendre que tu couches avec une autre femme.

Linc se crispa. En plus elle couchait avec ce type ! Elle n'avait pas perdu de temps !

— Et puis, cet homme connaît ton existence, ajouta-t-elle.

Linc leva un sourcil interrogateur.

— Oh, il ne sait pas qui tu es ni pourquoi j'ai dû te quitter ! Mais je lui ai parlé de toi pour qu'il comprenne que je ne suis pas complètement libre. Lui, de son côté, n'est pas non plus prêt à s'engager dans une relation vraiment sérieuse. Sa femme et ses deux enfants ont été tués dans un accident. Il y a seulement sept mois de cela. Alors nous partageons notre misère affective. Je t'en prie, Linc, ne sois pas fâché. Je t'en prie...

— D'accord.

Il avait levé la main pour l'interrompre mais c'était déjà trop tard. Elle avait eu le temps de donner à cet homme un visage, un passé, des émotions. Il aurait préféré croire qu'il n'y avait qu'une ombre entre elle et lui.

Elle s'allongea de nouveau à côté de lui, un bras en travers de sa poitrine.

— Je ne veux pas que l'on se sépare sur une note discordante, fit-elle.

Linc ne le souhaitait pas plus qu'elle. Il l'embrassa tendrement tout en sachant qu'il n'irait pas plus loin. Non, il ne lui ferait pas l'amour. Pas maintenant. Il pouvait cependant la tenir dans ses bras, lui dire qu'il l'aimait. Lui dire qu'il l'admirait d'avoir su prendre un nouveau départ.

Quand il serait de retour à Boulder, il ferait en sorte de trouver lui aussi un moyen de repartir de zéro.

29

— Donc, je t'envoie un fax de temps en temps et je signe S.V. Emmen, dit Kim, alors qu'ils roulaient en direction de l'aéroport de Philadelphie. On pourrait peut-être mettre au point une sorte de code que tu utiliserais dans ton émission pour m'envoyer des messages, non ?

— Pourquoi pas... ?

Linc était songeur cet après-midi. Kim ne parvenait pas à lui arracher un sourire et elle-même n'était guère plus joyeuse. Dans quelques minutes elle le déposerait à l'aéroport et ensuite... Ensuite, elle ignorait ce qui se passerait.

— Tu crois que l'on pourrait se donner rendez-vous, comme ça, de temps à autre ?

Linc soupira.

— Je n'en sais rien. Ce que je ressens en ce moment... Je me demande si on ne se fait pas plus de mal que de bien en se revoyant.

Blessée par ces paroles, Kim murmura d'une voix douce :

— Moi, je ne regrette pas.

Linc prit sa main sur le volant et la porta à ses lèvres.

— Je ne dis pas que je n'ai pas été heureux de te voir mais j'espérais tellement que tu reviendrais avec moi... Et puis tu as une nouvelle vie et un nouvel...

Elle l'interrompit, se sentant prise de panique.

— Il n'y a pas de comparaison possible. Moi, je ne vois qu'une chose positive dans cette « nouvelle vie » : elle me permet d'avoir mon fils auprès de moi.

— Mais il n'empêche qu'avec ses côtés positifs et ses côtés négatifs cette nouvelle vie existe bel et bien. Et si tu veux qu'elle soit normale, si tu veux entretenir une relation durable avec quelqu'un — que ce soit cet artiste ou un autre —, je ne vois pas comment nous pourrions continuer à nous rencontrer régulièrement. Quel type acceptera que tu passes un week-end avec ton ancien amant quand cela te chante ?

Kim regretta d'avoir parlé d'Adam. Sur le principe, le raisonnement de Linc était juste. Mais elle ne se sentait pas concernée dans la mesure où, pas une seule seconde, elle n'envisageait de « relation durable » avec un autre homme que lui.

— Tu sais, ajouta-t-il, si de mon côté je m'attachais à une autre femme, je me sentirais incapable de l'abandonner ne serait-ce qu'une journée pour aller te rejoindre.

La vision de Kim fut soudain brouillée par les larmes.

— Tu es furieux contre moi, n'est-ce pas ?

Linc marqua une hésitation avant de répondre.

— Je suis furieux contre cette situation en général.

Ils approchaient de l'aéroport. Là, par mesure de prudence, elle le laisserait devant le hall des départs sans sortir de la voiture. Linc craignait d'être reconnu, ce qui, sans être fréquent, lui était déjà arrivé.

Dans le carrousel des voitures qui repartaient ou cherchaient à se garer, elle dut attendre quelques minutes avant de trouver une place le long du trottoir.

Linc se tourna vers elle, la prit dans ses bras et l'embrassa.

— Je t'aime.

— Moi aussi.

Elle le regarda sortir de la voiture. Il ouvrit la portière arrière pour prendre sa valise et poser un baiser sonore sur la joue de Cody.

— Tu vas me manquer, mon bonhomme, dit-il avant d'ajouter à l'adresse de Kim : C'est un beau petit garçon.

Avant qu'elle ait pu répondre quoi que ce soit, il avait refermé la portière.

Le cœur serré, elle le suivit des yeux tandis qu'il disparaissait dans l'aérogare. Puis elle s'attarda encore, jusqu'à ce qu'un policier vînt la prier de circuler.

En quelques minutes elle fut sur la route d'Annapolis. Tant que Cody restait éveillé, elle lui parlait, lui chantait des chansons, essayait de le faire rire. Mais, pendant les rares moments où il s'endormait, elle laissait couler ses larmes. Linc avait raison. Ils ne devaient pas se revoir. La séparation était trop douloureuse.

Elle arriva à la nuit tombée. La maison était plongée dans l'obscurité, et elle ne vit ni la voiture d'Ellen ni celle de Lucy.

Elle sentit que l'hiver approchait tandis qu'elle détachait Cody de son siège. Le petit garçon tombait de sommeil, et elle le porta en même temps que sa valise jusqu'à la maison. Mais, jugeant imprudent de monter l'escalier avec ce double fardeau, elle déposa la valise devant le porche ; elle viendrait la récupérer une fois Cody couché et endormi, ce qui ne saurait tarder.

Elle introduisait sa clef dans la serrure lorsqu'elle se figea en constatant que sa porte était légèrement entrebâillée. Elle était pourtant certaine de l'avoir fermée. Elle se voyait encore en train de tourner la clef dans la serrure quand elle était partie, le samedi matin.

Apeurée, tremblante, mais essayant de se maîtriser, elle serra plus fort son fils contre elle. Le détective privé de Jim avait-il fini par la trouver ? Ou était-ce le FBI ?

Du bout des doigts elle poussa la porte, qui grinça sur ses gonds, puis elle passa la tête dans l'appartement obscur. Seule une pâle lueur se reflétait sur le mur, près de la grande table, émanant sans doute d'un des lampadaires de la rue. Incapable d'avancer, elle fit volte-face et redescendit l'escalier à toute vitesse, malgré le poids de Cody, dont la tête ballottait sur son épaule.

Elle n'aurait pas été surprise de voir une voiture de police devant la maison. Mais seule la sienne était visible. Oubliant sa valise, elle s'empressa d'aller remettre Cody sur son siège, de prendre le volant et de se diriger vers la cabine téléphonique la plus proche. Elle composa le numéro d'Adam.

— Adam, c'est Kim.

— Oh, vous êtes rentrée !

— Oui. Mais j'ai un problème. J'ai trouvé ma porte ouverte et je n'ose pas entrer dans l'appartement. Je vous appelle d'une cabine.

— Vous avez prévenu la police ?

Elle aurait dû prévoir que ce serait sa première réaction.

— Non, je...

— Bon, je le fais tout de suite et j'arrive.

— Non ! Je veux dire : ne les appelez pas. Venez tout simplement me rejoindre.

Il marqua une hésitation.

— D'accord. Je suis là dans quelques minutes. Attendez-moi devant la maison.

Elle raccrocha, soulagée, en essayant d'ignorer le petit sentiment de culpabilité qu'elle éprouvait à l'idée d'appeler Adam à l'aide, alors qu'elle avait passé la nuit précédente dans les bras de Linc.

Elle se garait de nouveau devant la maison quand elle se souvint du robinet qui fuyait dans la salle de bains. Quelle idiote ! se dit-elle. Bien sûr, c'était ça. Le plombier était passé et avait mal refermé la porte en repartant.

Adam la trouva assise, frigorifiée, sur les marches du perron. Elle tentait de réconforter son fils qui, chaudement habillé, ne souffrait pas du froid mais en avait assez d'être trimballé ici et là quand il ne demandait qu'à dormir tranquillement, dans son lit.

— Me voilà, fit Adam.

Debout au pied des marches, il regardait les fenêtres de l'appartement.

— Je crois savoir ce qui s'est passé, expliqua Kim. Je me rappelle maintenant que j'avais demandé à Ellen de faire réparer le robinet de la salle de bains. Le plombier a dû venir et oublier de refermer la porte à clef.

— Je vais jeter un coup d'œil à l'intérieur.

— Je vous accompagne.

— Non. Restez ici avec Cody pendant que je m'assure que tout est normal.

Elle entra dans la maison avec lui et attendit au pied de l'escalier. Quelques instants plus tard, elle le vit passer la tête dans l'embrasure de la porte.

— Rien à signaler, annonça-t-il.

Elle monta aussitôt et pénétra dans l'appartement, où Adam avait pris soin d'allumer toutes les lampes. Elle porta Cody dans la chambre et le coucha en se disant qu'elle le mettrait en pyjama plus tard. Puis elle alluma le chauffage et commença son inspection.

— Rien n'a été déplacé apparemment, fit-elle remarquer. C'est sûrement le plombier qui est passé. Quoique...

Elle tendit l'oreille. Le robinet gouttait toujours aussi bruyamment. Elle eut l'air effaré.

— Ça alors ! C'est à n'y rien comprendre.

— Vous aviez laissé votre ordinateur en marche ?

Elle rejoignit Adam, qui se tenait devant le moniteur, dont l'écran était allumé. Le reflet lumineux sur le mur, qu'elle avait remarqué un peu plus tôt, devait venir de là.

— Non, je suis certaine de l'avoir éteint.

Les disquettes étaient sorties de leur boîte de rangement et éparpillées sur la table.

— Et je n'avais pas non plus sorti ces disquettes...

— Qui pourraient-elles intéresser ?

— Attendez une minute.

Elle alla dans sa chambre et ouvrit le tiroir de la commode. La disquette contenant la fameuse liste et qu'elle avait cachée entre deux soutiens-gorge n'avait pas bougé. Elle pensa à la mise en garde de Linc. Ne lui avait-il pas dit qu'elle pouvait être en danger ?

La disquette à la main, elle revint vers Adam.

— Qu'est-ce que c'est ? demanda-t-il.

— Il faut que je vous explique quelque chose, dit-elle en s'asseyant devant l'ordinateur. Cet appareil, je l'ai acheté d'occasion...

Pour la seconde fois en deux jours, elle raconta son histoire.

Adam se laissa tomber sur le canapé, le visage blêmissant à mesure qu'elle avançait dans son récit. Quand elle eut fini, il se leva, et se mit à arpenter la pièce en se frottant la barbe.

— Si je comprends bien, l'explosion dans ce cabinet d'avocats, la mort de cette réceptionniste et de ses deux enfants... tout ça était prévu d'avance.

— Et la mort de la première femme aussi.

Kim introduisit la disquette dans l'ordinateur. La liste apparut sur l'écran.

— Vous voyez, la première victime est morte à cette date précise. Ici, vous avez *Sellers, Sellers, et Wittaker*. Et là, en troisième position, le nom d'un homme et une date — celle de la prochaine explosion, je présume. Le 13 de ce mois.

— Mon Dieu ! s'exclama Adam, semblant encore plus accablé qu'elle. Depuis combien de temps avez-vous connaissance de ces informations, Kim ? Pourquoi n'avez-vous pas immédiatement prévenu la police ?

Le reproche qui perçait dans sa voix n'échappa nullement à Kim. Mais, les yeux fixés sur l'écran, elle hésitait encore à tout lui expliquer.

Adam posa les mains sur ses épaules.

— Kim ? fit-il d'une voix moins sévère.

Levant les yeux vers lui, elle lut sur son visage un mélange d'anxiété, d'incompréhension et de douceur. Elle mit ses mains sur les siennes.

— Je peux vous faire confiance, Adam ?

— Qu'en pensez-vous ?

— Je voudrais tout vous dire, mais je... (Elle savait déjà qu'elle allait se confier à lui, lasse de tant de dissimulation.) Allons nous asseoir sur le canapé, d'accord ?

— Bien sûr.

Quand ils furent installés, elle se tourna vers lui et prit sa main entre les siennes.

— Surtout, ne répétez à personne ce que je vais vous dire. Même pas à Jessie. Vous me le promettez ?

— Je vous le promets.

— Voyez-vous, je ne peux pas appeler la police parce que je dois l'éviter à tout prix.

Il prit un air sidéré.

— Vous avez commis un crime ?

— Pour certains, oui... A la suite d'une procédure judiciaire, mon ex-mari et sa femme ont obtenu la garde de Cody. Moi, je n'aurais été autorisée à le voir que deux fois par semaine. Alors je me suis enfuie avec lui.

— Mais comment se fait-il que la justice ait voulu vous séparer de cet enfant ? Vous êtes une mère exemplaire !

Elle sourit, l'espace d'une seconde.

— Les autres sont riches et occupent des fonctions importantes. Ils sont tous les deux avocats. Et ils vivent dans une splendide maison. Une maison que j'avais trouvée pour mon mari et moi.

— Il avait déjà une liaison avec cette femme alors que vous étiez encore mariés ?

Elle aimait la façon dont il disait « cette femme », avec une certaine aigreur dans la voix.

— Oui, dit-elle.

— Je m'étonne tout de même qu'un jugement de cette importance ne dépende que d'une question de revenus.

— D'autres éléments ont joué, évidemment. Comme le fait que le frère de cette femme ait été le chirurgien qui a sauvé Cody. Ce fut un argument supplémentaire pour convaincre le juge que l'enfant serait mieux suivi médicalement avec eux qu'avec moi.

Il n'était pas question pour Kim de parler de ses rapports avec Linc ni du meurtre de son père. C'était beaucoup trop compliqué, et elle ne voulait pas qu'Adam puisse en conclure que finalement le juge avait eu raison.

— Je n'en reviens pas, dit-il, toujours aussi blême. Je croyais vous connaître et voilà que...

— Je comprends. Pardonnez-moi.

— Kim Stratton, c'est votre vrai nom ?

Elle secoua la tête.

— Mon Dieu, je vous plains ! Quand vous vous réveillez le matin, vous ne devez plus savoir où vous en êtes.

— C'était vrai au début, mais plus maintenant. Je suis devenue Kim Stratton, définitivement.

— Vous êtes recherchée ?

— Plutôt, oui ! Par une organisation qui s'occupe de retrouver les enfants disparus, par la police, le FBI, plus un détective privé.

— Seigneur ! Et comment le savez-vous ?

Elle marqua une hésitation.

— Je l'ai appris par l'ami que j'ai vu ce week-end.

— Ah... L'homme de votre cœur.

— Oui.

— Je ne l'aime pas beaucoup.

— Je ne peux pas dire qu'il vous adore, fit-elle en souriant.

— Vous lui avez parlé de moi ?

— Ma franchise me perdra, fit-elle en guise de réponse avant de changer de sujet. Pour en revenir à cette maudite liste, je me creuse la tête depuis un bon bout de temps pour trouver un moyen de prévenir la police sans risquer de me faire repérer.

— Donnez-moi la disquette. Je la leur ferai parvenir d'une manière ou d'une autre.

— Adam, c'est à moi d'agir.

— Ne soyez pas ridicule. Pourquoi prendre inutilement des risques ? Quant à moi, je me débrouillerai pour que vous ne soyez pas impliquée.

Elle hésita, se dit qu'il avait peut-être raison et demanda :

— Qu'envisagez-vous de faire ?

— Je l'ignore encore. Je vais réfléchir.

— Eh bien, merci, fit Kim en se levant.

Elle alla chercher la disquette et la tendit à Adam avec un incontestable soulagement.

— Et surtout n'oubliez pas que le prochain attentat est prévu dans neuf jours.

— La police aura cette disquette dès demain. Je m'y engage.

Kim regarda autour d'elle. Il faisait encore froid dans l'appartement, mais ce n'était pas uniquement pour cela qu'elle frissonna.

— Quand je pense que quelqu'un s'est introduit ici en mon absence, j'en ai la chair de poule, dit-elle en se rasseyant à côté d'Adam. C'est un peu comme un viol.

— Venez à la maison avec Cody, proposa Adam en caressant tendrement sa joue.

Kim détourna son regard : quelques heures plus tôt, Linc avait eu exactement le même geste.

— Vous pourriez même rester quelques jours. Vous seriez en sécurité et je serais heureux de vous avoir auprès de moi.

Kim se sentait incapable de passer la nuit avec Adam alors qu'elle venait de quitter les bras de Linc. Elle cherchait un prétexte pour refuser lorsqu'elle entendit les pas de Lucy dans l'escalier, puis la porte d'en face s'ouvrir et se refermer.

— Merci, Adam. Mais ça va aller. Lucy vient de rentrer.

— Vous allez lui dire ce qui s'est passé ?

— Non. Je ne tiens pas à ce que l'on me demande une nouvelle fois pourquoi je n'ai pas prévenu la police.

— Vous avez raison. Moins il y aura de personnes au courant et mieux ça vaudra.

Elle s'étonna d'avoir été capable de tout lui avouer — ou presque — avec tant de facilité.

— Je vous remercie d'être si compréhensif, Adam.

Il resta songeur un instant puis lui demanda :

— Ce que vous m'avez raconté de votre enfance... l'alcoolisme de vos parents... c'était vrai ?

— Hélas, oui.

— Et l'histoire des chats ?

— Authentique.

— L'homme que vous avez rencontré à Philadelphie, c'est quelqu'un dont vous avez dû vous séparer quand vous avez fui avec Cody ?

— Oui.

— Vous ne prenez pas de risques en restant en contact avec lui ?

— Je ne peux pas dire que nous soyons vraiment en contact.

— Pourtant, vous vous étiez donné rendez-vous...

Elle sourit, sans pouvoir retenir un petit soupir agacé.

— C'est difficile à expliquer. Il est... disons que c'est plus ou moins un personnage public. Il a réussi à me faire passer un message à travers une émission de radio.

— Ah, fit Adam, qui semblait trouver cette explication parfaitement cohérente. Vous le voyez souvent ?

— Depuis mon départ, c'était la première fois. Et ce pourrait être la dernière. C'est trop dangereux.

— Mais vous aimeriez qu'il en soit autrement.

Comment se dérober ? Assaillie de questions, elle se sentait coincée.

— Nous sommes très proches depuis l'enfance. Il me manque énormément. Je ne le reverrai peut-être jamais, mais ça ne m'empêche pas de tenir beaucoup à lui. C'est la raison pour laquelle je garde une certaine réserve envers vous. Je ne me sens pas tout à fait libre.

Adam esquissa un sourire attristé.

— Essayez de ne pas devenir victime de votre franchise. Elle vous rend trop vulnérable.

— Il me semble que je suis tout sauf franche, ces derniers temps.

Adam se leva.

— Bien. On fait comme ça : vous essayez de dormir tranquillement cette nuit, et demain je viens vous poser un verrou de sécurité, d'accord ?

— Ce serait gentil, Adam.

Il se pencha vers elle pour l'embrasser. Elle accepta son baiser sans le moindre sentiment de culpabilité. Ne lui avait-elle pas parlé de Linc le plus honnêtement possible ?

Quand il fut parti, elle mit son fils endormi en pyjama puis alla frapper à la porte de sa voisine.

Une minute s'écoula avant que Lucy lui ouvrît. Elle portait un peignoir beige et l'on voyait dans le coin salle à manger l'écran de son ordinateur allumé.

— Ah, bonsoir, Kim ! Votre petite escapade s'est bien passée ?

— Très bien. Et ici, pas de problème ?

Elle voulait savoir si Lucy avait entendu quelque chose mais n'osait le lui demander ouvertement.

— Non. Tout a été très calme. Je travaille à mon article, mais vous pouvez entrer une minute si vous voulez.

— Non, merci. Je suis fatiguée. Je souhaitais seulement vous saluer.

— Alors bonne nuit et à demain matin.

Incapable de s'endormir, Kim se releva au bout d'une heure, et alla bloquer sa porte avec une table. Mais, cette précaution prise, elle s'aperçut que le sommeil continuait à la fuir. Elle avait déjà l'impression que sa rencontre avec Linc datait de plusieurs jours. Ils avaient passé si peu de temps ensemble ! Quelle frustration ! Comme si, après avoir goûté à un mets délicieux, on lui interdisait d'y toucher à nouveau. Elle aurait aimé trouver avec lui un système de communication permanent, mais il avait sans doute raison : ils se feraient ainsi plus de mal que de bien.

Le lendemain matin, Adam arriva avec des beignets et un solide verrou. D'emblée, il lui annonça qu'il avait une bonne nouvelle à lui apprendre.

— C'est fait, dit-il.

— Vous voulez dire que la police a la disquette ? Déjà ?

— Oui.

— Comment avez-vous fait ?

Adam posa les beignets sur le bar et entama son récit :

— Je me suis vraiment cru dans un film. Un polar, ça va de soi... En rentrant de chez vous, hier soir, j'ai commencé par copier la liste sur une autre disquette, vierge de toute empreinte digitale. Puis j'ai tapé une note explicative et j'ai mis le tout dans une enveloppe avec la mention « urgent ». Ensuite, j'ai pris le volant et j'ai cherché une voiture de police. Au bout d'un moment, j'en ai trouvé une, arrêtée devant le marchand de beignets, qui reste ouvert toute la nuit. J'aurais dû m'en douter... (Il sourit.) J'ai déposé rapidement l'enveloppe sur le pare-brise, mais, comme il faisait nuit, je suis certain que personne ne m'a vu. Après quoi je suis allé me garer un peu plus loin. A peine deux minutes plus tard, un policier sortait du magasin. Il a tout de suite repéré l'enveloppe et je peux même vous dire qu'il l'a ouverte avant de remonter en voiture. Voilà. Mission accomplie !

Kim se jeta au cou d'Adam.

— Oh, merci ! C'est un tel soulagement !

Puis elle alla préparer du café pour accompagner les beignets. Sitôt leur petit déjeuner terminé, elle expliqua à Adam qu'elle devait se remettre sans tarder au travail.

— Je comprends, dit-il. Est-ce que le bruit vous dérangera si j'installe le verrou ?

— Non, pas du tout.

Elle lui servit une seconde tasse de café, qu'il pourrait boire tout en travaillant, puis s'assit devant son ordinateur. Elle se mit à taper un nouveau chapitre du livre de Noel, mais s'arrêta après quelques lignes, incapable de se concentrer. Elle pensait à la liste qu'elle avait laissée à Linc. Qu'arriverait-il s'il l'envoyait à la police ? Leurs empreintes étaient partout sur les deux feuilles, et celles de Linc seraient facilement identifiables. Pourquoi diable n'y avait-elle pas pensé avant ?

Elle ferma le fichier « Noel » et en ouvrit un nouveau, où elle tapa :

Cher monsieur Sebastian,

Merci d'avoir passé mes chansons favorites, mais ne tenez pas compte de l'autre liste que je vous ai envoyée. L'artiste a fait le nécessaire. Toutefois, je serais heureuse si vous passiez quelque chose pour moi de temps en temps.

S.V. Emmen

30

Linc corrigeait une copie quand le fax arriva. Dès qu'il se pencha sur le bref message, son regard fut attiré par l'essentiel : *... ne tenez pas compte de l'autre liste... L'artiste a fait le nécessaire.*

Il aurait dû se sentir soulagé mais ce ne fut pas du tout le cas. Cet « artiste » se chargeait de beaucoup de choses, à ce qu'il semblait.

Depuis l'instant où il avait quitté Susanna, il baignait dans la morosité. Il n'aurait peut-être jamais dû la revoir. Au lieu de se réjouir de son dynamisme, du fait qu'elle ait trouvé de nouveaux amis et du travail, il regrettait inconsciemment qu'elle eût moins besoin de lui qu'il ne l'avait cru. Mais que voulait-il ? Qu'elle soit malheureuse, seule et sans le sou ?

Ne t'accroche pas à elle, se dit-il. Laisse-la refaire sa vie.

Il se souvint de ce qu'elle lui avait raconté à propos de l'artiste et de sa famille tuée dans un accident. Il devait faire comme s'il était arrivé la même chose à Susanna et Cody. Ainsi, après une période de deuil, passée à pleurer les deux disparus, il pourrait de nouveau aller de l'avant. Non, il ne lui enverrait aucun message cette semaine. Il ne passerait même pas *Suzanne* pour elle. C'était une histoire sans issue.

La liste qu'elle lui avait donnée était fixée avec une punaise, sur le tableau de liège, au-dessus de son bureau. Il l'enleva et l'emmena dans la cuisine, où il se prépara un bol de céréales et une tasse de café. Puis il s'assit, avec la liste et le fax devant les yeux. Bizarre, cette histoire, tout de même. Oui, très bizarre. Il était tellement intrigué qu'il n'attendit pas d'achever son petit déjeuner pour appeler Grace à la bibliothèque de l'université.

— Tu as une minute ?

— Pour toi, oui.

— Je suis face à une situation pour laquelle j'aurais besoin de ton avis. Suppose que j'aie entre les mains une liste de personnes à qui il est arrivé malheur. Or, selon moi, tous ces gens avaient quelque chose en commun. Comment devrais-je m'y prendre pour vérifier si j'ai raison ?

Devant le silence de Grace, il comprit qu'il s'était mal expliqué.

— Tu pourrais recommencer ? finit-elle par lui demander.

Il éclata de rire.

— D'accord. Admettons que toi, Grace, tu apprends qu'un certain nombre de gens ont été tués. Assassinés. Apparemment, il n'y a aucun lien entre les meurtres. Mais toi, tu penses au contraire que les victimes ont quelque chose en commun et que ce quelque chose est le mobile du crime. Dans cette hypothèse, comment procéderais-tu pour découvrir le point commun dont il s'agit ?

— Où es-tu allé mettre les pieds, Linc ?

— Grace, ce n'est qu'une hypothèse.

— Si tu le dis... Mais attends une minute, j'ai un autre appel.

Il profita de cette interruption pour allumer une cigarette. Quelques instants plus tard, Grace revenait en ligne.

— Donc tu penses que quelque chose rapproche ces personnes. As-tu leurs adresses ? Habitaient-elles dans le même quartier ou travaillaient-elles dans la même entreprise ? Ont-elles fréquenté la même université ?

Bonnes questions. Seulement, il ne disposait d'aucun moyen pour effectuer ces vérifications.

— Je n'en ai pas la moindre idée, avoua-t-il.

— Ecoute, tu sais ce que je ferais à ta place ? Je commencerais par consulter les articles consacrés à ces assassinats pour voir s'ils te permettent d'établir un lien. Si rien n'émerge, tu peux, dans un deuxième temps, chercher à savoir s'il existe d'autres articles faisant référence à ces personnes.

— Où trouve-t-on ce genre d'informations ?

— A la bibliothèque, Linc. Tu sais, ce grand bâtiment plein de livres.

— Et si ces gens n'étaient pas d'ici ?

— Tu consultes les journaux de leur région.

— Je peux les trouver à la bibliothèque de Boulder ?

— Ça dépend. Où ça c'est passé ?

— Dans le Maryland. A Annapolis, très exactement.

Il souffla sa fumée loin du téléphone en espérant que Grace ne l'entendait pas.

— Ah... fit-elle. Dans ce cas, il s'agit peut-être de journaux à trop faible tirage pour être répertoriés ici. Il faudrait que... Mais attends... Je connais un bibliothécaire qui travaille à l'Académie navale d'Annapolis. Si tu l'appelles de ma part, et s'il a le temps, je pense qu'il ne refusera pas de t'aider. Enfin, tout est du domaine de l'hypothèse, n'est-ce pas ?

Il sourit de son ironie.

— Merci, Grace.

Elle s'absenta quelques instants puis revint pour lui donner le nom et le numéro de téléphone de son collègue.

— Cela étant, Linc, promets-moi de ne pas faire de bêtises.

— Promis, fit-il avant d'ajouter, avec un soupir : A propos, je rencontrerais volontiers l'amie dont tu m'as parlé. Pas pour sortir avec elle, mais peut-être pour que l'on dîne ensemble, avec toi et Valerie.

Il eut envie de se boucher les oreilles tant il appréhendait une réponse enthousiaste.

— Bonne idée ! On pourrait faire ça ce week-end, par exemple...

— Oh, il n'y a rien d'urgent.

Dès qu'ils eurent raccroché, il appela Annapolis en espérant qu'un coup de téléphone à une académie navale n'attirerait pas les soupçons de la police quand elle vérifierait ses appels. Le bibliothécaire faillit l'envoyer au diable mais changea radicalement d'attitude dès qu'il se recommanda de Grace. Linc lui exposa son problème et lui donna le nom de la première victime puis, craignant que le bibliothécaire ne pense immédiatement aux explosions s'il lui indiquait le nom du cabinet d'avocats, passa aux personnes suivantes.

— Il vous faut ces informations rapidement ? demanda l'ami de Grace.

— Cela dépend de vos possibilités. C'est une simple question de curiosité, vous savez.

— Je vais voir ce que je peux faire.

Linc raccrocha et écrasa son mégot dans le cendrier. Sam entra dans la pièce et posa sa lourde tête noire sur les genoux de son maître, qui se mit à le gratter affectueusement derrière les oreilles.

— Je sais, je sais, fit Linc, croyant déceler un air de reproche dans les yeux de son chien. Mais c'est fini avec Susanna, d'accord ? Simplement, cette liste m'intrigue, tu comprends.

Devant le regard sceptique de Sam, Linc repoussa sa chaise et alluma une autre cigarette.

31

En route pour son cours de peinture avec Adam, Kim s'arrêta chez Noel afin de lui remettre une centaine de feuillets et prendre la suite de son manuscrit — ainsi qu'un chèque. L'appartement était enfumé et glacial, mais Noel lui-même semblait en grande forme.

— C'est merveilleux, dit-il en feuilletant le paquet de pages dactylographiées. Ça me donne l'impression d'écrire un vrai livre.

— Mais c'est ce que vous faites !

Kim trouvait qu'au fil des pages Noel donnait de plus en plus de consistance à ses héros.

— Tout le passage où ils se cachent dans le musée m'a passionnée, ajouta-t-elle.

Elle se pencha vers Cody et le prit dans ses bras. Depuis qu'il marchait, le petit garçon ne cessait de gambader, et l'appartement de Noel était plein d'embûches pour un enfant de son âge.

— Vraiment ? fit Noel rayonnant de satisfaction. J'aurais voulu ajouter un tas de détails sur ce musée d'histoire naturelle, mais le livre qui lui est consacré est resté chez Jessie, expliqua-t-il en prenant une cigarette dans le paquet posé sur son bureau. A ce propos, je me demandais s'il vous serait possible d'aller le récupérer. Je voulais le faire moi-même, mais, quand je l'ai appelée, Jessie m'a carrément dit qu'elle ne tenait pas à me voir.

— Dans ce cas, j'irai. Ne vous inquiétez pas.

Noel alluma sa cigarette d'un air pensif puis, tendant à Kim le chèque qu'il avait préparé à son intention, il demanda :

— Vous l'avez vue ces derniers temps ? Elle m'a paru affreusement déprimée au téléphone.

— J'ai l'impression qu'elle a des hauts et des bas. Elle est encore très triste. Et peut-être en partie à cause de vous.

— Elle vous a raconté ce qui a motivé notre séparation, j'imagine.

Kim se demanda si elle n'aurait pas mieux fait de se taire.

— Elle m'a parlé de votre penchant pour la boisson...

— C'est de la foutaise, tout ça ! s'exclama Noel. Depuis l'accident, elle et son frère sont obsédés par ces histoires d'alcool. Comme si ne pas boire pouvait faire revenir Dana et les enfants !

Kim se tut. Elle n'avait rien contre Noel et le trouvait même de plus en plus sympathique, mais elle n'en comprenait pas moins la décision de Jessie.

Cody ne cessant de protester et de gigoter, Kim en profita pour mettre un terme à la discussion.

— Il ne tient plus en place, dit-elle en faisant deux pas vers la porte. Il faut que je file. Mais je pense à votre livre. J'irai le chercher tout à l'heure.

— Génial ! Merci mille fois.

Noel prit le dossier contenant la suite de son manuscrit et raccompagna Kim jusqu'à sa voiture.

Celle-ci avait hâte d'arriver chez Adam. Pour la première fois, elle avait fait un rêve qui pouvait lui inspirer un tableau. Dès qu'elle s'était réveillée, elle en avait esquissé les grands traits pendant que Cody babillait dans son berceau.

Au moment où elle allait tourner dans la rue d'Adam, le feu passa au rouge. Elle freina mais la voiture continua sa route. Affolée, elle appuya de plus belle sur la pédale du frein et finit par s'immobiliser tant bien que mal en plein croisement. Du coin de l'œil, elle aperçut un break noir qui arrivait à toute vitesse sur sa gauche. Elle redémarra avec l'énergie du désespoir, juste à temps pour éviter la collision, mais pas le coup de klaxon rageur de l'autre conducteur...

Le sang tambourinant à ses tempes, elle effectua un prudent demi-tour et rentra chez elle le plus lentement possible. Lorsqu'elle s'arrêta devant la maison, elle constata que ses freins ne répondaient pratiquement plus. Elle se tourna vers Cody.

— Ça va, mon chéri ? demanda-t-elle, tremblant de tous ses membres.

Cody, qui n'avait rien remarqué, gratifia sa mère d'un sourire réjoui.

Pour Kim, il était évident que si sa voiture était restée une seconde de plus à l'intersection, ni elle ni Cody ne seraient plus de ce monde. Et s'ils étaient morts tous les deux, comment Linc l'aurait-il appris ?

Bouleversée, elle monta l'escalier, les larmes aux yeux, l'enfant dans ses bras tremblants. Elle se revit conduisant Linc à l'aéroport de Philadelphie. Lorsqu'elle avait proposé qu'ils se retrouvent de temps en temps, Linc avait répondu que se revoir leur ferait plus de mal que de bien... Lui enverrait-il tout de même un message au cours de sa prochaine émission ? S'il ne le faisait pas, elle en conclurait qu'il avait décidé de tourner la page. Et elle pourrait difficilement lui en vouloir.

Sitôt entrée chez elle, elle appela Adam en lui expliquant ce qui s'était passé. Aussitôt il se proposa de venir la chercher, et elle lui en fut reconnaissante. Un quart d'heure plus tard, il frappait à sa porte.

— Connaissez-vous un endroit où je pourrais faire réparer mes freins sans que ce soit trop cher ? demanda Kim tandis qu'Adam prenait la direction de sa maison.

— Je peux m'en occuper.

— Non, pas possible ?

— Si, madame. J'ai toujours assuré moi-même l'entretien de ma voiture et de celle de Jessie. Si vous pouvez attendre le week-end...

— Vraiment, Adam ? Ce serait formidable, s'empressa-t-elle d'accepter tout en se disant qu'elle devrait trouver un moyen de le dédommager de sa peine. Je suis vraiment heureuse que vous soyez venu me chercher. J'ai fait un rêve la nuit dernière. J'étais dans un parc semblable à celui où j'emmène Cody. Les rayons du soleil filtraient à travers les arbres et des enfants jouaient, assis en cercle, sur le sol. L'image est restée très claire dans mon esprit, mais une chose m'ennuie : je ne sais pas si je saurai peindre des enfants.

— Vous n'aurez qu'à les garder pour la fin, lui conseilla Adam alors qu'il s'engageait dans l'allée qui menait à sa maison. Quoique je n'aie aucun doute quant à votre capacité à peindre des personnages.

Adam servit son minestrone maison puis, dès qu'ils eurent achevé de dîner, Kim coucha Cody. Quand elle le rejoignit dans l'atelier, Adam travaillait à un nouveau tableau : une route bordée d'arbres, menant à un lac où voguaient de petits voiliers. Le voir ainsi absorbé donna à Kim l'envie de se mettre à l'œuvre sans tarder.

— Les artistes du rêve, fit Adam au bout d'un moment en jetant un coup d'œil au travail de Kim. Vous êtes en plein progrès.

— Merci.

Kim recula d'un pas pour regarder sa toile et, pour la première fois, pensa qu'elle méritait pleinement les compliments d'Adam.

— Vous savez pourquoi vous avez enfin fait un rêve qui vous inspire ? demanda-t-il tout en peaufinant l'un des voiliers. Parce que vous vous sentez plus libre depuis que vous m'avez tout raconté. Désormais vous n'avez plus rien à cacher, du moins à moi.

— Effectivement, vous devez avoir raison, Adam.

Oui, elle se sentait plus à l'aise. Il semblait qu'Adam n'eût enregistré ses confidences que pour les ranger dans un coin de sa mémoire, là où elles ne pourraient faire aucun mal. Mais elle savait aussi qu'en se livrant elle avait renforcé leurs liens, ce qui parfois l'effrayait.

Plus à l'aise, elle l'était également depuis que la maudite liste était entre les mains de la police. Bien que rien n'eût encore filtré dans les journaux à ce sujet, on pouvait espérer que le criminel serait arrêté avant la prochaine date fatidique.

Toutefois, dire qu'elle se sentait totalement libre eût été outrepasser la vérité. En dépit du verrou de sécurité, elle dormait avec une table devant sa porte ; dans la rue, elle regardait par-dessus son épaule dès qu'elle entendait quelqu'un marcher derrière elle, s'imaginant être suivie par le détective privé, le FBI ou l'ancien propriétaire de l'ordinateur ; chez elle, elle gardait son sac de marin toujours prêt pour le cas où elle devrait fuir précipitamment. Dans ces conditions, pouvait-on parler de liberté ?

Adam alla chercher un chiffon dans un placard. Avant de se remettre à sa toile, il s'arrêta derrière Kim et glissa ses bras autour de sa taille.

— Je crois que vous allez devoir rester ici cette nuit, car je refuse de vous raccompagner.

Elle s'appuya contre lui. Depuis son retour à Annapolis, elle n'avait pas passé une seule nuit avec lui, préférant s'attarder sur ses souvenirs de Philadelphie.

— Alors, je vais peut-être rester, dit-elle, en se rappelant que Linc l'avait tenue de la même façon dans ses bras lorsqu'ils s'étaient retrouvés au zoo, le samedi précédent.

Elle préféra chasser cette vision tandis qu'Adam ajoutait :

— J'aime plus que jamais l'idée de me réveiller auprès de vous maintenant que vous vous souvenez de vos rêves. (Il effleura son oreille d'un baiser.) Demain matin, nous aurons tous les deux la tête pleine d'images merveilleuses et nous nous jetterons sur nos carnets pour les remplir jusqu'à la dernière page.

— Alors, si c'est comme ça, je reste ! Seulement vous devrez me reconduire chez moi de bonne heure. Noel vient de me remettre la suite de son manuscrit et... Ah oui, au fait, est-ce que Jessie vient ce soir ? Noel a besoin d'un livre qu'il a laissé chez elle.

Adam desserra son étreinte en soupirant et retourna à sa toile.

— Je ne pense pas qu'elle viendra, répondit-il. Elle traverse une sale période en ce moment. Je lui ai apporté un peu de soupe tout à l'heure. Elle n'est pas sortie depuis plusieurs jours. Elle se contente de regarder grandir ses chatons.

— Elle est peut-être indisposée, elle aura pris froid...

— Non, elle est simplement déprimée.

Kim nettoya son pinceau et alla le mettre dans le pot rempli d'eau, posé sur l'évier.

— Je vais lui dire bonsoir et j'en profiterai pour récupérer le livre de Noel, annonça-t-elle, avant d'ajouter en se tournant vers Adam : Je crains qu'elle m'en veuille parce que nous sommes... ensemble.

— C'est à moi qu'elle en veut. Pas à vous, répondit Adam sans quitter sa toile des yeux.

— Et surtout allez voir Cody, s'il pleure, fit-elle en commençant à descendre l'escalier.

— Je n'oublie ni de m'occuper de Cody ni de réchauffer le lit.

Des fenêtres étaient allumées chez Jessie. Néanmoins, Kim dut frapper plusieurs fois à la porte avant que la jeune femme vienne lui ouvrir.

— Bonsoir, Kim, fit-elle avec un sourire.

Le teint gris, pieds nus, elle portait une robe d'intérieur en laine bleu pâle.

— Bonsoir, Jessie. Je peux entrer une minute ?

— Bien sûr.

Jessie s'écarta pour la laisser entrer. Dans le living flottait une imperceptible odeur de litière, mais Kim se dit qu'avec une chatte et cinq chatons dans la maison, cela aurait pu être pire.

— Comment vont les bébés ?

— Très bien, répondit Jessie en s'asseyant sur l'accoudoir du canapé. Et mon frère, comment va-t-il ?

La question était lourde de sous-entendus.

— Il va bien, répondit Kim, laconique.

Elle n'allait sûrement pas faire remarquer à Jessie que son frère avait bien meilleure mine qu'elle. La vérité était pourtant qu'Adam semblait se porter à merveille.

Sur la table basse, devant le canapé, Kim remarqua des photos éparpillées autour d'une boîte en carton. Sur l'une d'elles, elle reconnut les visages de Molly et de Liam, mais ce ne devait pas être la seule, loin de là. Kim aurait juré que Jessie avait passé la semaine à retourner le couteau dans la plaie, mais ne fit aucun commentaire.

— Noel m'a demandé de lui rapporter un livre qu'il a laissé ici, dit-elle. Vous n'y voyez pas d'inconvénient ?

Jessie lui indiqua la bibliothèque qui couvrait tout un pan de mur, à gauche de la cheminée.

— Ce qui lui appartient se trouve sur les troisième et quatrième étagères à partir du bas.

Kim s'approcha des rayonnages et trouva rapidement ce qu'elle cherchait. Puis elle regarda de nouveau Jessie, toujours assise sur l'accoudoir du canapé.

— Cela fait plusieurs jours que je ne vous ai pas vue, Jessie. Vous êtes furieuse contre moi, n'est-ce pas ?

— Pourquoi le serais-je ?

— A cause d'Adam. Vous estimez qu'il a un peu trop vite mis un terme à son deuil...

— Ecoutez, je ne suis pas furieuse mais simplement mal dans ma peau en ce moment.

Kim faillit prendre Jessie dans ses bras, mais quelque chose la retint. En revanche, elle chercha à l'éloigner de cette boîte remplie des photos de ses neveu et nièce.

— Venez un moment avec nous, Jessie. Nous pourrions regarder un film ou...

— Non, merci, Kim. Mon lit m'appelle.

— Si vous changez d'avis, je vous en prie, venez.

De retour chez Adam, Kim alla vérifier que Cody dormait tranquillement puis elle se glissa sous l'édredon, entre les draps de couleur noire. Adam chantonnait dans la salle de bains. Elle posa son carnet de croquis sous le lit, s'allongea et ferma les yeux. Mais, quelques instants plus tard, comme par magie, une idée lui vint pour son tableau. Elle attrapa son carnet, s'assit et prit son crayon sur la table de nuit.

Elle avait à peine tracé trois lignes que la pointe se cassa.

A la recherche d'un autre crayon, elle ouvrit machinalement le tiroir de la table mais le trouva vide. Se penchant en travers du lit, elle ouvrit le tiroir de l'autre chevet mais aussitôt retira sa main en sursautant. Sous quelques feuilles de papier et deux ou trois factures apparaissait le canon d'un revolver. Horrifiée par cette vision, Kim se sentit ramenée des années en arrière, lorsqu'elle avait découvert l'arme de son père.

Entendant se refermer la porte de la salle de bains, elle repoussa doucement le tiroir. Adam se penchait sur elle pour l'embrasser, lorsqu'il remarqua son visage bouleversé.

— Quelque chose ne va pas ?

— Je cherchais un crayon. J'ai ouvert votre tiroir et j'ai vu un revolver.

Il manifesta une brève surprise.

— Oh, je suis désolé ! J'avais oublié que j'avais ça ici. Je vais l'enlever.

Il sortit l'arme du tiroir et se dirigea vers l'armoire. Recroquevillée sous l'édredon, Kim l'observa tandis qu'il glissait l'horrible chose dans le coin d'une étagère, derrière des vêtements.

— Voilà, dit-il. Maintenant, on n'y pense plus. Je suis navré.

Kim tremblait encore. Elle aurait préféré savoir cette arme à cent lieues de la maison. Et, plus encore, elle aurait souhaité qu'Adam ne l'eût jamais possédée.

— Il est chargé ?

— Non. Ou plus exactement il ne l'est plus.

— Je hais les armes. Pourquoi en avez-vous une ?

Adam laissa échapper un long soupir.

— Suis-je obligé de répondre ?

— Si vous voulez que je dorme tranquillement, oui.

Adam s'allongea sur le lit et, un bras autour de ses épaules, l'attira contre lui.

— J'ai acheté ce revolver peu après l'accident... dans l'intention de me suicider.

Elle mit son bras en travers de son torse.

— Je suis très heureuse que vous y ayez renoncé.

— Moi aussi, finalement. Si je ne l'ai pas fait, c'est bien à cause de Jessie. Elle aurait été complètement perdue sans moi. Ceci dit, elle sait que j'ai cette arme mais ignore à quoi elle était destinée. Je préférerais qu'elle ne l'apprenne pas.

— Je ne vous trahirai pas.

— Ainsi, nous nous sommes révélé nos secrets, n'est-ce pas ?

— Le mien est plus encombrant que le vôtre.

Adam se redressa à demi, s'appuya sur un coude et caressa la joue de Kim.

— Avec moi, il sera en tout cas bien gardé.

Au cours du week-end qu'ils passèrent ensemble, ils parvinrent à sortir Jessie de sa réclusion, le temps d'un dîner au restaurant, ils emmenèrent Cody jouer dans le parc, lui firent faire deux longues promenades mais, surtout, ils s'immergèrent pendant des heures dans leur travail de création. Adam en oublia de réparer les freins de la voiture mais promit de s'y mettre en priorité le lundi matin. Kim rentra chez elle le dimanche soir, bien décidée à passer la soirée avec Linc — ou, du moins, avec sa voix. Hélas, l'émission à peine commencée, quelqu'un frappa chez elle.

Ne voyant aucune voiture de police par la fenêtre, elle se dirigea calmement vers la porte.

— Qui est-ce ?

— C'est moi, répondit la voix d'Adam.

Elle lui ouvrit et le trouva sur le palier, une boîte à outils dans une main, une grosse lampe électrique dans l'autre.

— Heureusement, j'arrive avant que vous ayez commencé à vous chouchouter.

La voix de Linc n'était plus qu'un murmure derrière elle. Pas un seul mot ne lui parvenait distinctement.

Adam la regarda avec un air étonné.

— Je vous ai réveillée ?

— Oh, non, pas du tout ! Entrez.

Que dire d'autre, sous peine de le vexer injustement ?

— Désolé de débarquer à l'improviste, mais Cherise vient juste de m'appeler pour me demander de l'accompagner à Washington demain. Alors j'ai pensé qu'il valait mieux que j'essaie de réparer vos freins ce soir.

— Dans l'obscurité ?

— Non, il faudra que vous acceptiez de me tenir la lampe.

Kim chercha désespérément une excuse. Pourquoi ne pas lui demander d'attendre mardi ? Mais dans ce cas elle devrait rester sans voiture pendant toute une journée. Par ailleurs, il aurait été pour le moins incorrect de lui imposer des conditions quand il venait effectuer une réparation gratuitement. Et si elle emmenait la radio dehors ? Non. Adam risquait de faire le rapprochement entre Linc Sebastian et l'ami retrouvé à Philadelphie. Jamais elle n'aurait dû parler du message qu'elle avait reçu par l'intermédiaire d'une émission de radio.

— Kim ? Vous dormez debout, on dirait, fit remarquer Adam en souriant.

Elle secoua la tête comme pour s'éclaircir les idées.

— Non, ça va. J'enfile ma veste, je m'assure que Cody s'est endormi et je vous rejoins, d'accord ?

— D'accord. Et n'oubliez pas le rouleau d'essuie-tout.

Cody dormait comme un ange et Linc passait des chansons de Donovan. Se retenant de pleurer, elle se dirigea vers l'escalier, laissant la radio allumée.

Adam eut besoin d'elle non seulement pour l'éclairer mais aussi pour appuyer sur la pédale de frein. Elle en avait des douleurs à la jambe. Quant à l'autoradio, c'était une vraie torture de ne pas pouvoir l'allumer. A plusieurs reprises, elle remonta à l'appartement sous prétexte de vérifier que Cody dormait bien. Linc s'adressa-t-il à elle d'une manière ou d'une autre ? Pendant le temps qu'elle l'écouta, en tout cas, elle ne perçut aucun message.

— Voilà ! Je pense que c'est bon, annonça Adam en s'extirpant de dessous la voiture. Il ne reste plus qu'à faire un petit essai grandeur nature.

Kim était assise au volant, le pied sur la pédale de frein.

— Je sens que tout est normal. On peut s'en tenir là, à mon avis.

Il restait une demi-heure d'émission.

— Non, il vaut mieux vérifier en conduisant. Je vous attends ici pendant que vous faites le tour du pâté de maisons. Ensuite, vous serez libre de prendre votre bain moussant.

Il eut un sourire entendu, comme s'il avait percé son secret du dimanche soir. Elle le regarda, embarrassée.

— J'apprécie vraiment votre aide, Adam. Même si je n'en ai pas l'air.

— Allez, démarrez !

Elle obtempéra, sachant qu'elle aurait plus vite fait de suivre son conseil que de le convaincre que ce n'était pas nécessaire. Les freins répondirent parfaitement et elle fut très vite de retour devant chez elle.

Adam l'attendait, assis sur les marches du perron. Dès qu'il l'aperçut, il lui fit un signe de sa main tachée de cambouis.

Kim songea que c'était un homme bon, qu'il avait dû être un mari et un père fantastique. Il pouvait occuper une grande place dans sa vie. Mais encore fallait-il qu'elle cessât de dépendre de cette voix qu'elle entendait une fois par semaine à la radio.

— Ils marchent à la perfection, dit-elle en se penchant vers Adam pour l'embrasser. Merci infiniment. Vous voulez un café ?

Tant pis pour la fin de l'émission, elle ne se sentait pas le cœur de le laisser partir sans lui proposer d'entrer.

— Non, merci, fit Adam en se levant. Je sais que vous avez besoin de vous retrouver un peu seule. Je peux vous téléphoner jusqu'à quelle heure demain soir ?

— Disons onze heures.

— Bien. A moins que nous ne rentrions plus tard, je vous appelle à mon retour.

Dès qu'Adam se fut éloigné, Kim se précipita au premier étage, se jeta sur son lit et écouta Linc clore son émission. Il le fit en passant une chanson de Donovan alors qu'elle avait espéré entendre *Suzanne*. Elle écouta attentivement chaque parole, essayant d'y déceler un message ou une référence à sa situation, mais en vain.

Quand enfin elle éteignit la radio, elle était en larmes.

32

— Merci infiniment, Kim, fit Lucy en arrêtant le magnétophone posé sur la table basse. L'article sera intéressant grâce à votre spontanéité.

Dans l'ensemble, l'interview avait été très supportable.

Kim avait répondu avec aisance aux questions de Lucy, sans oublier un seul instant sa nouvelle identité. Si bien qu'en l'occurrence spontanéité n'était pas synonyme de franchise.

— J'espère maintenant que vous allez nous trouver des prénoms qui sortent un peu de l'ordinaire.

— Je les ai déjà choisis, répondit Lucy en ouvrant un carnet de notes. Mais j'évite toujours de surprendre mes lectrices par trop d'originalité. Je vais vous appeler Laura et votre fils, Tyler.

Kim se sentit blêmir.

— Comment ?

— Laura est un nom largement répandu et Tyler est très à la mode en ce moment. Un tas de femmes reconnaîtront en lui leur petit garçon.

Les mains crispées sur le bord du canapé, Kim pesa soigneusement ses mots avant de répondre :

— Ça vous ennuierait de choisir un autre prénom pour Cody ? J'avais une amie dont le fils s'appelait Tyler et c'était un horrible garnement.

Elle s'attendait à devoir insister mais Lucy proposa aussitôt :

— Que diriez-vous de Matthew dans ce cas ? J'ai toujours bien aimé ce prénom.

— Moi aussi.

A peine Kim avait-elle répondu à Lucy que le téléphone sonnait. Aussitôt elle se leva pour aller répondre.

— Allô ?

— Madame Stratton ?

La voix était inconnue et le ton officiel.

— Oui, dit-elle, sur ses gardes.

— Barbara Kotter, de la société *Kotter*, à l'appareil. Vous nous avez envoyé un courrier proposant vos services.

— Ah, oui, en effet !

— Notre dactylo habituelle est malade et nous aurions un travail urgent à vous confier. Pourrions-nous vous rencontrer immédiatement ? Je sais qu'il est déjà près de 17 heures mais...

— Je peux venir tout de suite si vous le désirez.

Kim jeta un regard vers Cody. Assis sur le plancher du living, il jouait avec le cadeau de Linc. Pouvait-elle l'emmener ? Elle voulut poser la question mais aussitôt se ravisa, persuadée que ce serait une erreur.

— C'est merveilleux ! fit son interlocutrice. Mais je dois quitter mon bureau dans une heure. Ce ne sera pas trop juste pour vous ?

— Non. Je serai chez vous dans une vingtaine de minutes.

Kim nota l'adresse et raccrocha en se demandant si elle avait le temps de passer une jupe présentable et de se maquiller un peu.

— On me propose du travail, expliqua-t-elle à sa voisine. Il faut que j'y aille immédiatement. Ils ont l'air pris à la gorge.

— Allez-y vite, je m'occupe de Cody, proposa Lucy en se levant du canapé.

Kim regarda son fils, occupé à ouvrir et fermer la

petite porte rouge de son jeu éducatif. Perplexe, elle se mordit la lèvre.

Lucy eut une exclamation exaspérée.

— Il ne faudra pas que j'oublie de signaler dans mon article à quel point certaines mères seules peuvent être hyperprotectrices. Allez, Kim ! Cody sera très bien avec moi.

— Vous êtes sûre que ça ne vous dérange pas ? Je ne resterai pas longtemps absente.

Lucy lui tapota l'épaule.

— Dépêchez-vous de vous préparer.

Situés non loin des quais, les bureaux de *Kotter* occupaient le troisième étage d'un immeuble, propre, moderne mais qui, à cette heure, semblait complètement désert. Kim se surprit à regarder plusieurs fois par-dessus son épaule tandis qu'elle longeait les couloirs à la recherche du bureau de Barbara Kotter. Quand celle-ci lui ouvrit, Kim lut la panique sur son visage et se dit que, même avec Cody, elle aurait été reçue comme le sauveur. Après quelques questions de pure forme, la femme lui tendit toute une pile de documents à taper sous quarante-huit heures. A condition de laisser tomber le reste, c'était faisable. Kim se réjouit d'avoir un nouveau client, qui serait une excellente référence.

Elle vit la voiture de police garée devant la maison d'Ellen à l'instant où elle s'engagea dans sa rue. Le cœur battant à tout rompre, elle s'arrêta aussitôt le long du trottoir. La voiture semblait vide. En revanche, toutes les fenêtres de la maison étaient éclairées. « Cody sera très bien avec moi », avait dit Lucy. Avait-elle appelé la police dès que Kim avait mis le pied dehors ?

Il lui fallait absolument rejoindre son fils. Elle redémarra pour aller se garer derrière la voiture de police. Elle courut jusqu'à la maison, monta l'escalier quatre à quatre et atteignit le palier à l'instant où le policier sortait de l'appartement de sa voisine. Derrière lui, Lucy souriait, Cody dans ses bras.

— Ta maman est de retour, fit l'homme.

Tremblante, Kim se précipita vers son fils. Lucy lui donna l'enfant sans la moindre réticence.

— Comment s'est passé votre rendez-vous ? demanda-t-elle.

Le regard de Kim alla plusieurs fois de Lucy au policier.

— Il y a un problème ? s'inquiéta-t-elle.

L'homme éclata de rire.

— Dès que j'apparais quelque part, on pense à un drame.

— Mais non, tout va bien, ma chérie, la rassura Lucy. Je vous présente Frank Ragland. Frank, voici Kim Stratton.

Frank effleura gentiment la joue de Cody.

— Vous avez un beau petit garçon, dit-il.

Le contrecoup de sa frayeur empêcha Kim de répondre. Elle se contenta d'esquisser un sourire en serrant Cody un peu plus fort.

— A bientôt, Lucy, dit Frank en se dirigeant vers l'escalier.

Lucy lui fit un petit signe d'adieu puis se tourna vers Kim.

— Venez donc me raconter comment ça s'est passé. Vous êtes blanche comme un linge. Ça a dû être épouvantable. Vous voulez une tasse de thé ?

Kim suivit Lucy dans son appartement. Les genoux flageolants, elle se laissa tomber dans un fauteuil.

— En fait... j'ai simplement eu très peur quand j'ai vu la voiture de police devant la maison. J'ai cru que... qu'il était arrivé quelque chose à Cody.

Lucy secoua la tête.

— Je n'ai jamais vu une mère aussi anxieuse que vous, ma chère Kim. Ce petit garçon aura un jour peur de son ombre si vous continuez à vous faire tant de souci pour lui.

— Mais alors... pourquoi la police ? Vous aviez entendu un bruit ? Comme l'autre soir ?

Dans un soupir, Lucy s'assit à son tour.

— Non. En fait, il n'y a jamais eu aucun bruit. Ce que je vais vous dire est un peu gênant pour moi et j'apprécierais que vous le gardiez pour vous. D'accord ?

Kim acquiesça d'un signe de tête. Cody se tortillant sur ses genoux, elle le lâcha, bien qu'à contrecœur.

— Frank et moi sommes... très liés, expliqua Lucy.

— Ah... fit Kim, surprise mais soulagée.

— C'est pour lui que j'ai divorcé. Mais c'est aussi à cause de lui que mes enfants ne veulent plus me voir. Je vous ai expliqué que j'avais fait un mariage désastreux et mené une existence sans amour, basée sur les faux-semblants. J'ai laissé passer les années parce que, pour les femmes de ma génération, il ne paraissait pas y avoir d'autre issue. La vie n'était pas une partie de plaisir mais on s'en accommodait. Et puis, après trente-six ans de mariage, j'ai rencontré Frank. Soudain un homme m'a traitée comme un être humain. Je me suis alors rendu compte que je n'avais été qu'un paillasson aussi bien pour mes enfants que pour mon mari. On n'avait cessé de me piétiner. Frank m'a donné la force de m'en sortir. De partir. (Lucy fit la moue.) Mais, ce faisant, je me suis coupée de tout le monde.

— Ce n'est sans doute que passager, Lucy. Vos enfants finiront par comprendre que vous avez eu raison.

— J'en doute. Mais c'est ma faute, en fait. Je les ai trop gâtés. Trop pris en charge. Ils auraient aimé que ça continue malgré leur âge. Ils s'attendaient à ce que je leur sacrifie mon bonheur jusqu'au bout. Alors, voilà, c'est le prix que je paie pour être heureuse.

— Dommage...

Kim regarda Cody en se demandant si le bonheur devait toujours se payer d'une manière ou d'une autre.

— Mais Frank en valait la peine, ajouta Lucy, le regard soudain brillant. C'est un bel homme, n'est-ce pas ? Vous avez vu comme ses yeux sont d'un bleu profond ?

Non, Kim n'avait pas prêté attention à la couleur des yeux de Frank. Mais elle hocha la tête tout de même. Elle se sentait légèrement étourdie. La police ignorait complètement qui elle était. Toutes ses craintes n'avaient été que le fruit de son imagination. Longtemps encore, à demi anesthésiée par un indicible soulagement, elle écouta Lucy lui parler de son ami aux yeux bleus.

33

— Certains matins, je me réveille avec l'impression que tout cela n'était qu'un mauvais rêve.

Bonnie Higgins s'essuya les yeux avec un mouchoir en papier qui avait déjà beaucoup servi.

Par-dessus son bureau, Peggy lui en tendit un autre. Sa concentration était plus que jamais défaillante. Juste avant son rendez-vous avec Bonnie, elle avait reçu un coup de fil de Bill Anderson lui annonçant que l'émission consacrée au kidnapping parental était avancée de plusieurs mois et passerait le mercredi suivant. Bill lui avait expliqué en détail les raisons de ce changement mais elle ne l'avait pas écouté. Elle ne voyait qu'une chose : dans quelques jours les photos de Tyler et de Susanna s'afficheraient sur des millions d'écrans de télévision dans tout le pays. Quelqu'un était susceptible de les reconnaître. Toutefois, elle se demandait pourquoi cette perspective ne lui inspirait qu'un enthousiasme somme toute modéré.

— Comment expliquez-vous ça ? poursuivait Bonnie. D'abord tout paraît aller bien. Puis, tout à coup, il décide de partir. Je découvre ensuite qu'il a une liaison avec cette secrétaire de rien du tout. Et maintenant il veut me prendre les enfants. Mais c'est toute ma vie qui s'écroule !

Peggy s'efforça de reporter son attention sur sa cliente, laquelle n'avait cessé de pleurer depuis qu'elle était entrée dans son bureau, une demi-heure plus tôt.

Au dire de Bonnie, le père revendiquait la garde des enfants et aurait même menacé de les enlever. Ce qu'avait nié l'avocat du mari, que Peggy s'était empressée d'appeler.

En dépit des nouvelles encourageantes communiquées par Bill, Peggy s'était à plusieurs reprises sentie au bord des larmes en écoutant Bonnie. L'évocation d'un possible enlèvement par le père avait évidemment fait vibrer une corde sensible. Et il était hors de question de laisser l'une de ses clientes vivre un calvaire identique au sien. Elle se pencha vers la femme, toujours en pleurs.

— Votre mari n'aura pas les enfants. Ni par décision de justice ni autrement, affirma-t-elle.

— Mais il...

— A-t-il fait quelque chose qui puisse trahir son intention de fuir avec les enfants ? A-t-il quitté son travail, par exemple ? Fermé son compte en banque ? Vendu sa voiture ?

— Pas que je sache.

— Bon, fit Peggy, tout en se rappelant que Susanna non plus n'avait en rien laissé prévoir sa fuite... Vous allez prendre certaines précautions, Bonnie. Vos enfants ont quel âge déjà ?

— Quatre et cinq ans.

— Est-ce qu'ils savent téléphoner ?

— Oui.

— Apprenez-leur à demander un numéro en PCV, en leur expliquant qu'ils peuvent vous appeler de cette façon à n'importe quel moment.

— Mais moi-même je ne sais pas comment on téléphone en PCV...

— Alors vous allez apprendre, d'accord ?

— D'accord.

— En attendant, dès aujourd'hui, prenez contact avec leur garderie... L'aîné est peut-être déjà à la maternelle ?

— Ils y sont tous les deux.

— Dans ce cas, prévenez leur école que leur père a menacé de les enlever. De mon côté, je vais faire modifier son droit de visite. Nous allons le limiter et spécifier qu'il ne doit pas emmener les enfants hors de Boulder.

Peggy passa une autre demi-heure à mettre au point une stratégie qui éviterait aux enfants de Bonnie de subir le même sort que Tyler et en éprouva une certaine exaltation. Mais quand elle quitta son bureau après son rendez-vous avec Bonnie, elle se sentit vidée.

Elle alla rejoindre son frère, qu'elle avait appelé tôt dans la matinée pour lui dire combien elle souffrait de ne plus le voir. Dès qu'il lui avait proposé une balade au parc, elle avait aussitôt accepté.

— Il est encore avec un patient, lui annonça la réceptionniste. Asseyez-vous en attendant.

Elle prit une chaise et feuilleta un magazine. Quand Ron sortit de son cabinet, il avait déjà troqué sa blouse blanche contre une tenue décontractée.

— Bonjour, petite sœur, dit-il en l'embrassant. Content de te voir.

— Moi aussi, répondit-elle en le serrant dans ses bras.

Déterminée à se réconcilier avec son frère, Peggy avait décidé de ne pas parler de Tyler. Elle éliminerait de leur conversation tout sujet de conflit. Il lui avait trop manqué pour qu'elle prenne le moindre risque de le contrarier et de l'éloigner d'elle à nouveau.

Le cabinet se trouvant à proximité de Cuyamaca Park, ils partirent dans cette direction. Ron parla de son travail, de ses enfants, de ses projets de vacances, des films qu'il avait vus récemment. En l'écoutant, Peggy se rendit compte à quel point elle vivait dans un désert depuis deux mois.

— Bon, assez parlé de moi, déclara Ron, au bout d'un moment. Où en sont les recherches ?

Peggy hésita.

— Je ne voulais pas aborder cette question. Il me

semble que tu m'as suffisamment fait comprendre que tu ne tenais pas à ce que nous en parlions.

Ron passa un bras autour des épaules de sa sœur.

— Je suis désolé si je t'ai donné le sentiment que tu devais te censurer avec moi.

— Eh bien, j'ai quelques bonnes nouvelles, je crois.

— Mais encore ?

Peggy lui rapporta le coup de téléphone de Bill Anderson. Ron fit la moue mais s'abstint de tout commentaire critique. Elle apprécia son effort.

— Espérons, dit-il quand elle eut fini, que chacun dans cette affaire s'en sortira sans trop de plaies et de bosses.

Conclusion pour le moins ambiguë. Mais Peggy préféra ne pas chercher à approfondir.

Ron changea de sujet.

— Et ton travail ? Sur quel dossier es-tu en ce moment ?

De nouveau, Peggy hésita. Le cas de Bonnie était le seul dont elle eût quelque chose à dire mais elle doutait de pouvoir en parler avec son frère sans provoquer de remous.

— Je sors d'un rendez-vous avec une femme dont la situation me rappelle celle que nous connaissons en ce moment. Je préfère donc éviter de t'en parler.

— Peggy, je viens de te dire que tu n'avais pas à te censurer avec moi.

Tandis qu'ils gravissaient une allée en pente, Peggy expliqua le cas de Bonnie d'une voix haletante.

— C'est une histoire de divorce qui commence comme beaucoup d'autres. Le mari déclare qu'il veut la séparation. Ma cliente, bien que désespérée, cherche aussitôt à se protéger sur le plan légal. Puis elle découvre que son mari entretient une liaison avec sa secrétaire, d'où sa colère. Maintenant elle s'entend dire qu'il veut lui prendre les enfants. A tout prix. En les kidnappant s'il le faut... Bien que le mari nie avoir proféré cette menace, je suis portée à la croire et...

— Attends, la coupa Ron en enfonçant ses mains dans ses poches. Est-ce que je dois comprendre que tu me parles de cette affaire parce que le mari a menacé de kidnapper ses enfants ?

— Oui.

Ron secoua la tête.

— Il y a vraiment quelque chose qui t'échappe, Peggy. Ce que tu peux être obtuse parfois !

— Qu'est-ce que tu veux dire par là ?

Elle détestait le ton qu'avait pris Ron et se prépara à la contre-attaque avant même d'avoir entendu ses explications.

— Ecoute, Peggy. Le mari de cette femme avait une liaison et maintenant il réclame la garde des enfants. Cette situation nous rappelle quelque chose, non ? Et tu prends fait et cause pour elle alors qu'elle est dans la même position que Susanna... Elle est, comme elle, la femme trahie qui va perdre ses enfants au profit de son traître de mari et de sa nouvelle compagne.

Peggy n'en croyait pas ses oreilles.

— Voyons, il n'y a aucune comparaison possible. La maîtresse de ce type est une moins que rien.

— Pourquoi serait-elle une moins que rien et pas toi ? Parce que c'est une simple secrétaire alors que tu es avocate ?

— Tu ne pourrais pas cesser de m'attaquer continuellement ? D'autant plus que c'est toi qui as insisté pour que je parle en toute franchise. Ça te plaît tellement de te bagarrer avec moi ?

Peggy parlait rapidement, tout en évitant de répondre sur le fond. L'idée que Ron pût avoir raison lui était insupportable.

— Je trouve simplement que tu as un certain toupet de te comparer à cette femme trahie par son mari.

— Je ne parlais pas de la question de l'infidélité mais de...

Brusquement Peggy s'immobilisa et ferma les yeux,

avec le sentiment qu'un piège se refermait sur elle. Quand elle les rouvrit, Ron la dévisageait.

— Si je comprends bien, dit-elle, tu m'en veux depuis le jour où je t'ai avoué que Jim était mon amant avant son divorce. Je n'aurais jamais dû te le dire. Jusqu'à la fin de mes jours tu me le reprocheras.

— C'est vrai que tu m'as déçu. Je ne t'en ai pas reparlé pour éviter de jouer les grands frères moralisateurs. Mais quand tu commences à te comparer à ta pauvre cliente sans voir qu'elle est non pas dans ta situation mais dans celle de Susanna, je ne peux pas laisser passer ça. Comment réagirais-tu si ta cliente t'apprenait qu'elle a trouvé son mari avec sa maîtresse dans le lit conjugal ?

— Je serais indignée. Mais ce serait totalement différent.

Ron se mit à rire.

— Différent ? En quoi ?

— Son mari n'est qu'un sale type, égocentrique et arrogant.

— Tandis que Jim est quelqu'un d'irréprochable, c'est ça ?

— Ecoute, je n'avais pas l'intention de recommencer à me bagarrer avec toi. Je voulais seulement...

— Tu minimises ton rôle dans ce qui est arrivé. Tu rejettes toute responsabilité...

— J'ai honte de ce que j'ai fait, si c'est ce que tu veux m'entendre dire. J'avais réussi à me convaincre que je n'avais commis aucune faute parce que Jim me l'assurait. Il disait sans cesse que Susanna...

Sa phrase resta en suspens. Elle en avait assez de cette histoire, assez de devoir se justifier. Repérant un bloc de pierre en bordure de l'allée, elle s'y laissa tomber en soupirant.

— Je ne sais plus où j'en suis. Tout se brouille dans ma tête, dit-elle avant d'ajouter en regardant son frère : J'ai déjeuné avec Linc Sebastian l'autre jour.

— Ah bon ?

Ron posa un pied sur le rocher.

— Oui. Il m'a dit des choses qui m'ont troublée. Je crois que j'aurais mieux fait de ne pas l'écouter. Mais il y a parfois un tel accent de sincérité dans ses paroles !

— Je le prends pour quelqu'un de bonne foi. Il ne se soucie pas assez de ce que les gens pensent de lui pour prendre la peine de leur mentir.

Ron avait raison, elle le savait, mais elle ne voulait pas le reconnaître.

— Maintenant je ne sais plus que penser, dit-elle.

— A propos de quoi ? demanda Ron en s'asseyant sur la pierre voisine.

— De tout. En un sens, je souhaiterais que Linc sache où se trouve Susanna, car ainsi il pourrait l'aider financièrement. Le fait qu'elle n'ait aucune assurance pour Tyler m'angoisse terriblement.

— Susanna se débrouillera toujours pour faire soigner Tyler. Je n'ai aucun doute là-dessus.

— Suppose qu'on ne la retrouve jamais. Même après l'émission. C'est possible, après tout. Eh bien, dans ce cas, je voudrais être certaine qu'elle a suffisamment d'argent pour bien s'occuper de Tyler.

Un sourire se dessina lentement sur les lèvres de Ron.

— Je retrouve enfin la Peggy que je connais et que j'aime. Je sais que tu penses avant tout à Tyler mais, quand tu attaques Susanna, quand tu manifestes de l'hostilité envers elle, j'ai tendance à l'oublier.

Peggy se prit la tête entre les mains.

— Je m'en prends à Susanna pour faire quelque chose, tu comprends. Autrement je ressasse mon impuissance du matin au soir. Jim s'en remet entièrement « aux autorités », les autorités en question disent...

— Oublie tous ces bons conseils. Prends un peu de recul, essaie d'y voir plus clair. Ensuite n'écoute que ton cœur et ton esprit...

Peggy regarda son frère.

— Je ne suis pas certaine que ça changera grand-chose.

Ron se leva et vint lui tendre la main.

— Moi si.

Tout en préparant le dîner, Peggy repensa aux paroles de son frère et dut reconnaître, bien malgré elle, qu'elle ne valait pas mieux que la secrétaire « de rien du tout » qui brisait le ménage de Bonnie. Néanmoins, elle était bien décidée à suivre le conseil de Ron et à regarder la situation d'un œil nouveau.

Restait à faire preuve de doigté en exposant à Jim ses dernières réflexions.

Quand elle l'avait appelé pour lui parler de l'émission télévisée, elle s'était étonnée du peu d'intérêt qu'il manifestait. Elle avait même cru déceler une sorte de regret en l'entendant s'exclamer : « Quoi ? Déjà ! » Certes, elle avait dû se tromper. Il avait tant de travail qu'il n'avait certainement pas fait attention à ce qu'il disait. Et même maintenant, alors qu'ils étaient à table, il ne cessait de regarder sa montre et de jeter des notes sur un calepin posé à côté de son assiette.

— Je dois retourner au bureau après le dîner, annonça-t-il brusquement.

— J'espérais que l'on pourrait bavarder un peu.

— Ça peut attendre le week-end ?

— J'ai simplement quelques questions à te poser au sujet des soins médicaux de Tyler.

— Que voudrais-tu savoir ?

— Y aurait-il un moyen de continuer à le faire bénéficier de ton assurance même si l'on ignore où il se trouve ?

— Je ne comprends pas.

Peggy elle-même ne savait pas très bien ce qu'elle voulait dire.

— Supposons que l'émission ne donne rien et que Susanna reste introuvable. Pourrait-elle néanmoins utiliser ton assurance pour Tyler sans être obligée de dire où elle est ?

— Ah, j'aimerais bien qu'elle essaie ! Ça nous permettrait certainement de la localiser.

— Le plus important n'est-il pas que Tyler puisse être soigné convenablement ? Si Susanna avait un moyen d'utiliser ton assurance pour lui, on serait sûr qu'il pourrait avoir accès aux meilleurs soins. Mais il faudrait qu'elle soit certaine de ne pas être piégée...

— Qu'est-ce que tu me racontes ? As-tu perdu la tête ?

— Je ne fais que réexaminer la situation dans la perspective d'un échec. Je veux dire que si l'on devait ne jamais récupérer Tyler, on aurait quand même l'esprit plus tranquille en sachant qu'il peut être soigné sans problème.

Jim jeta de nouveau un coup d'œil à sa montre.

— Si Susanna n'a pas de quoi le faire soigner, elle n'a qu'à nous le ramener, déclara-t-il, le visage de plus en plus rouge.

Désarçonnée par la colère de son mari, Peggy se dit néanmoins qu'elle le comprenait. Si elle voyait soudain les choses sous un autre angle, il n'était pas tenu d'en faire autant sans même avoir eu le temps de réfléchir.

Lorsqu'il glissa son calepin dans la poche de sa chemise, elle comprit que le sujet était clos.

— Je dois y aller, fit-il en se penchant par-dessus la table pour l'embrasser avant de se lever. Je ne sais pas encore à quelle heure je serai de retour. Je t'appellerai.

— D'accord.

Elle resta assise à la même place bien après qu'il fut parti. Puis elle finit par se lever et alla dans le bureau. Là, elle prit le dossier d'assurance maladie de Jim et l'ouvrit. Que cherchait-elle exactement ? Elle n'aurait su le dire. Peut-être un moyen pour Susanna d'utiliser cette assurance à l'insu de son mari. Ni les formulaires à remplir en cas de demande de remboursement ni l'information contenue dans la notice ne la renseignèrent sur ce point. Après avoir noté le numéro de téléphone de la compagnie, elle remettait les papiers en place quand elle tomba sur une note manuscrite où l'on pouvait lire : « S... Voici une liste de médecins pratiquant l'avortement. Je souhaiterais que ce soit fait avant le quatrième mois. Ensuite, les prix augmentent. »

Suivaient les noms de six médecins avec leurs numéros de téléphone et leurs adresses.

L'écriture était celle de Jim, sans aucun doute possible.

N'avait-il pas nié avoir donné à Susanna des noms de médecins ? De quels autres mensonges s'était-il rendu coupable ?

Revenue dans la cuisine, Peggy fit la vaisselle puis passa le balai-éponge sur le sol. Elle avait besoin de s'occuper afin de faire taire ses pensées. Mais le remède fut de courte durée et, n'y tenant plus, elle appela son frère.

Quand il décrocha, elle fut soulagée de le savoir chez lui.

— Je peux venir, Ron ? Je crois que j'ai certaines décisions à prendre.

34

Linc prit le paquet de fax et s'assit dans le fauteuil de cuir de son studio. Il passa rapidement en revue les messages en espérant que l'un d'eux serait signé S.V. Emmen. Rien... Qu'espérait-il ? Il était censé repartir de zéro et, pourtant, chaque jour il passait ses fax au peigne fin. Il regrettait maintenant de ne pas avoir diffusé *Suzanne* au cours de sa dernière émission. L'oreille collée à la radio, elle avait dû attendre et espérer en vain.

Parmi les habituelles requêtes d'auditeurs, Linc tomba soudain sur plusieurs feuilles qui ressemblaient à des photocopies d'articles de journaux. La lettre qui les accompagnait émanait du bibliothécaire d'Annapolis.

Ci-joint plusieurs articles tirés du quotidien d'Annapolis, Le Capital. *Tous font référence aux personnes dont vous m'avez communiqué les noms. J'ai trouvé l'information que vous me demandiez en consultant les journaux de l'année passée. Ce fut finalement une recherche très simple et, comme vous pouvez le voir, il n'existe qu'un seul point commun entre ces personnes. J'espère que cette découverte vous sera utile. Mes amitiés à Grace.*

Linc lut le premier article, puis le second. Au troisième il fut certain de tenir ce qu'il cherchait.

Et, s'il ne se trompait pas, Susanna courait un grave danger.

Laissant tomber les fax sur le plancher, il sortit l'annuaire du téléphone d'un tiroir de son bureau. Quelques minutes plus tard, il avait réservé une place sur le prochain vol pour Washington.

35

La lumière grise de l'aube s'infiltrait dans la chambre d'Adam lorsque Kim s'éveilla, le mercredi matin. Elle entendit la pluie tambouriner contre les vitres et se tourna du côté d'Adam. Assis, le dos appuyé à l'oreiller, légèrement penché vers sa lampe de chevet, il dessinait. Un rêve sans nul doute, pensa Kim en se souriant à elle-même. Elle referma un instant les yeux, cherchant à se souvenir de ses propres songes. Mais elle ne retrouva que quelques images brumeuses et des détails trop ténus pour être saisissables.

A l'évidence, ce n'était pas le cas d'Adam. Pendant qu'il dessinait avec fougue, elle s'assit et regarda son croquis par-dessus son épaule. Imperturbable, il semblait ne pas avoir conscience d'être observé. A moins qu'il n'en conçût aucune gêne. Il faisait le croquis d'un jardin potager, bordé sur un côté par une douzaine de tournesols. Au milieu, trônait une énorme courge, entourée de vrilles en serpentins.

— Intéressant, dit-elle.

— Je crois que je ne travaillerai pas à la fresque aujourd'hui, annonça-t-il alors qu'il commençait à dessiner une clôture. J'ai envie de me mettre à ce tableau.

— De toute façon, il pleut.

Soudain Kim se souvint qu'ils étaient le 13 novembre, prochaine date sur la fameuse liste dont, curieusement, ni les journaux ni la télévision n'avaient parlé jusqu'à présent.

— C'est aujourd'hui que devait exploser une troisième bombe, rappela-t-elle.

— Oui, c'est vrai... fit Adam, s'arrêtant un instant de dessiner pour poser un baiser sur sa joue. Mais ne vous inquiétez pas. Je suis sûr que toutes les dispositions ont été prises.

— Je l'espère. Mais vous ne trouvez pas bizarre que rien n'ait filtré dans la presse ?

— Faites-moi confiance, Kim. La police a forcément tenu compte de ma lettre.

Tandis qu'Adam se rcmettait à dessiner, elle s'allongea sur le dos et s'étira tout en prêtant l'oreille au babillage de Cody qui s'éveillait dans la chambre de Liam.

— Il faut que je me lève. J'ai un travail fou aujourd'hui.

Elle ne s'en plaignait pas. Au contraire, elle était heureuse que du travail l'attende avec, pour récompense, un chèque en fin de semaine. Elle se leva et passa sa robe de chambre.

— Toujours d'accord pour peindre ensemble ce soir ? demanda-t-elle.

— Et comment ! Quoique je risque d'être complètement absorbé par mon... jardin potager.

— Tant mieux. Rien ne peut me faire plus plaisir que de vous voir pris par votre peinture.

Elle s'habilla et prépara le petit déjeuner pour Cody et elle-même. Adam travaillait encore à son croquis quand ellc passa la tête dans la chambre pour lui dire au revoir.

— A ce soir !

Il leva à peine les yeux.

— D'accord. A plus tard.

Elle passa toute la journée devant son ordinateur, ne s'arrêtant que pour déjeuner et emmener Cody faire une courte promenade. On commençait à sentir l'hiver. La saison des brocantes étant terminée, elle allait devoir repérer les magasins où acheter des vêtements chauds à prix raisonnable.

A sept heures du soir elle retourna chez Adam, qui l'accueillit avec un bref baiser.

— Venez vite voir.

Elle le suivit jusqu'à l'atelier, où le tableau commencé le matin était presque achevé. Elle retrouva sur la toile les couleurs intenses, caractéristiques d'Adam Soria : le jaune des tournesols sur le bleu du ciel.

— Ça me plaît beaucoup, fit-elle en reculant d'un pas afin d'avoir une meilleure vue d'ensemble du tableau. Les couleurs sont fabuleuses.

— J'ai passé une journée sensationnelle. Ne m'en veuillez pas si je néglige de m'occuper de vous.

Comprenant parfaitement qu'il eût envie de continuer sur sa lancée, elle alla tranquillement coucher Cody dans le lit de Liam. Elle regagnait l'atelier quand la sonnette de l'entrée retentit.

— Oh, j'avais oublié ! fit Adam, brusquement arraché à son travail. Ce doit être Cherise. Elle m'a appelé pour me prévenir qu'elle passerait prendre le tableau représentant les voiliers sur le lac.

Il posa son pinceau et s'essuya les mains avec un chiffon.

— Je peux le lui donner, proposa Kim. Ça vous éviterait de vous interrompre.

— Vous voulez bien ? Il est déjà tout emballé. Je l'ai mis près de l'entrée. Merci, Kim.

— De rien.

Elle descendit et ouvrit la porte. Cherise se tenait dans la lumière du porche, un grand sourire illuminant son visage.

— Bonsoir, belle dame ! lança-t-elle en entrant. Il y a une éternité que nous ne nous sommes vues.

Kim retrouvait avec plaisir l'exubérance de Cherise.

— C'est vrai, dit-elle avec un sourire. Et je suis heureuse de vous revoir.

— Où se cache notre homme ?
— Il est en plein travail dans son atelier.
— Voilà qui fait plaisir à entendre ! (Cherise regarda le tableau enveloppé qui attendait près de la porte.) Je meurs d'envie de découvrir ce nouveau chef-d'œuvre. On peut le regarder maintenant ?
— Bien sûr. Venez dans la cuisine... Vous voulez boire quelque chose de chaud ? Un chocolat ?
— Tiens, bonne idée !
Cherise défit l'emballage du tableau pendant que Kim sortait des tasses et faisait chauffer du lait.
— Quelle merveille ! s'écria-t-elle en posant la toile contre un placard.
Kim se retourna afin d'admirer une nouvelle fois les voiliers qu'elle aimait tant.
— Il s'est retrouvé, ajouta Cherise. Quel bonheur ! (Elle regarda Kim.) J'ai le sentiment que c'est grâce à vous.
— Oh, je ne sais pas... C'est peut-être le temps qui a fait son œuvre.
Elle tendit une tasse de chocolat à Cherise.
— Merci, Kim, fit Cherise en s'asseyant à table. Vous peignez également, m'a dit Jessie. Quand me donnerez-vous une toile pour la galerie ?
Kim éclata de rire.
— J'espère que vous êtes patiente. Je ne suis pas Adam Soria. De plus, je n'ai guère de temps à consacrer à la peinture. J'ai finalement trouvé assez de travail pour m'occuper à plein temps.
— Eh bien, il y a au moins une personne sur les trois qui gagne de l'argent.
Il fallut quelques secondes à Kim pour comprendre de qui parlait Cherise. « Les trois » n'étaient autre qu'Adam, Jessie et elle-même. Ce n'était pas désagréable d'être perçue comme faisant partie d'un trio.
— Adam dispose du peu d'argent qui reste de l'assurance, expliqua Cherise. Quant à Jessie, elle doit vivre de l'air du temps. (Elle secoua la tête.) Cela étant,

pour peu qu'il se remette à travailler régulièrement, Adam retrouvera vite ses revenus d'antan. Ses œuvres trouvent facilement preneur, notamment parmi les touristes qui, ayant admiré les fresques, rêvent d'acheter un tableau. Ce qu'ils font souvent. (Cherise but une gorgée de chocolat chaud avant de reprendre.) A condition qu'Adam soit d'accord pour le leur vendre. Il tient systématiquement à rencontrer ses acheteurs. Mais il m'est arrivé de ne pas pouvoir le joindre à temps. Il y a environ deux mois, j'avais dans la galerie un couple âgé qui voulait un tableau. Eh bien, impossible de le contacter ! Et tout ça parce qu'il était en train de rapporter un ordinateur je ne sais où. Je lui ai dit que s'il devait...

— Attendez. Qu'avez-vous dit, Cherise ? Qu'Adam rapportait un ordinateur ?

— Oui. Il en avait emprunté un, je crois. Mais ne m'en demandez pas plus ; je n'entends rien à ces machines, et je m'en porte fort bien. Bref, je lui ai fait remarquer que son job c'était la peinture, pas l'informatique. Aujourd'hui, de toute manière... (Cherise s'interrompit et se pencha vers Kim.) Vous allez bien ? Vous êtes toute verte subitement.

Kim se leva, les jambes tremblantes.

— Ça va. Je crois que... c'est simplement ce chocolat qui est un peu trop riche pour moi, dit-elle en vidant sa tasse dans l'évier.

Cherise se rejeta contre le dossier de sa chaise.

— J'espère que vous n'êtes pas déjà enceinte, dites-moi.

— Cherise ! s'exclama Kim avec un sourire forcé.

— Vous croyez que je peux le déranger ? demanda Cherise en se levant. Je meurs d'envie de voir sur quoi il travaille.

— Allez-y. Je ne pense pas qu'il vous en voudra.

Cherise monta l'escalier, sa tasse à la main. Kim se rassit. Pour le coup, elle se sentait vraiment mal.

Non, c'était impossible.

Ce ne pouvait être qu'une coïncidence. Des dizaines de gens empruntaient des ordinateurs.

Mais pourquoi Adam n'avait-il pas réagi quand elle lui avait raconté comment elle s'était procuré le sien ?

Puis elle repensa à l'invitation pour le vernissage. Ellen lui avait affirmé qu'elle n'y était pour rien. Adam avait-il alors déjà découvert que son ordinateur avait atterri chez elle ? Avait-il cherché à établir des liens d'amitié avec elle dans le but de récupérer la liste ou de s'assurer qu'elle n'était au courant de rien ? Elle revit la façon dont il avait délaissé les autres invités pour ne parler qu'avec elle.

Elle regarda sans la voir la toile posée contre le placard. Il fallait qu'elle reste calme afin de pouvoir réfléchir sereinement.

Etait-ce Adam qui avait fouillé son appartement ? Lui, un poseur de bombes ? Un assassin ? Kim pensa au revolver dans le tiroir de sa table de nuit et la nausée la reprit. Grâce à Dieu, la police était en possession de la disquette.

Mais non. Si Adam était le coupable, elle ne l'avait jamais eue. Kim revit l'empressement avec lequel Adam s'était proposé d'agir à sa place... Les pièces du puzzle s'emboîtaient avec une aisance effrayante. Adam l'avait trahie. Elle pensa à la gentillesse, à la tendresse qu'il lui avait manifestées. Il avait même installé un verrou de sécurité sur sa porte. Quelle farce !

La tête lui tournait. Elle pressa ses mains sur ses tempes. Non, ça ne collait pas. Tout cela était absurde. Pour quelle raison Adam voudrait-il tuer des gens ? C'était un homme foncièrement bon. Elle connaissait l'existence de ces fous capables de commettre les pires horreurs tout en se montrant compatissants et même charmants, mais Adam ne pouvait être de ceux-là. Comment aurait-il été capable de regarder calmement les images de l'explosion chez *Sellers, Sellers, et Wittaker* s'il en avait été l'auteur ? Avec un pincement au cœur, Kim se souvint alors du trouble qui, au contraire, avait saisi Adam. « Je ne peux pas voir ça », avait-il dit, en éteignant brusquement la télévision.

Kim prit son sac sur le bar et en sortit une copie de la liste. Qu'avait-il donc à voir avec ces personnes ?

En dehors de *Sellers, Sellers, et Wittaker*, un autre nom évoquait un cabinet d'avocats : *Weirs et Taft*. Impulsivement, elle attrapa l'annuaire téléphonique sur l'étagère, à côté du téléphone. Feuilletant la rubrique des avocats, elle dut retenir un cri en découvrant, face à face, deux publicités pleine page, l'une de *Sellers, Sellers, et Wittaker*, l'autre de *Weirs et Taft*. Les deux cabinets indiquaient être notamment spécialisés dans la défense des conducteurs ayant provoqué des accidents de la route en état d'ébriété. Etait-ce là le lien entre les deux cabinets ? Kim chercha si d'autres noms de la liste étaient ceux d'avocats, mais apparemment ce n'était pas le cas.

Elle revint au nom de Ryan Geary, dont l'assassinat devenait imminent, puisque prévu à 21 heures, le soir même. Elle revit sa maison sur son terrain boisé, dans la partie ouest d'Annapolis.

Que lui restait-il à faire ? Appeler la police ? Mieux, elle irait au poste pour remettre la liste en mains propres. Si Frank, l'ami de Lucy, ne l'avait ni reconnue ni trouvée suspecte, il n'y avait aucune raison pour qu'il n'en soit pas de même de ses collègues. Quoique... Bon sang, il devait bien exister un moyen de sauver la vie de Ryan Geary sans prendre de risques...

Entendant des pas dans l'escalier, Kim s'empressa de remettre l'annuaire à sa place.

— Je vais piaffer d'impatience en attendant qu'il m'apporte cette toile, fit Cherise en venant déposer sa tasse vide dans l'évier.

— Je comprends. C'est superbe.

Kim refit l'emballage du tableau que Cherise emportait mais ses mains tremblaient si fort qu'elle avait du mal à nouer la ficelle.

— Votre propre travail est très prometteur, Kim, fit

Cherise en venant à sa rescousse. Et maintenant, allez vite vous y remettre.

Kim lui tendit le tableau en s'efforçant de sourire. Cherise posa une main sur son épaule.

— Vous êtes certaine que ça va, ma chérie ? Je jurerais que vous êtes enceinte. Vous, les Blanches, vous avez toujours les mêmes cernes verdâtres quand vous attendez un enfant.

— Cherise, je ne suis pas enceinte. J'ai simplement besoin d'une bonne nuit de sommeil.

— Dans ce cas, demandez donc à Adam de rester tranquille cette nuit. D'accord ?

Dès qu'elle eut refermé la porte, Kim se sentit effectivement au bord de l'évanouissement, comme cela lui arrivait quand elle attendait Cody. Mais cette fois-ci son malaise était d'une tout autre nature.

Rassemblant ses forces, elle alla rejoindre l'homme qui n'avait plus rien à voir avec celui qu'elle avait quitté une demi-heure auparavant. Adam était soudain devenu un monstre à ses yeux, un monstre qu'elle ne devrait pas quitter d'une semelle au cours de cette soirée. Elle garderait sans cesse un œil sur lui. Elle ne lui laisserait pas la moindre chance de nuire à qui que ce soit.

En la voyant, Adam lui adressa un sourire distrait tout en continuant à peindre.

Kim regarda le tableau qui prenait forme en se disant qu'il ne pouvait tout simplement pas être l'œuvre d'un homme sur le point de commettre un assassinat. Presque un mois s'était écoulé depuis le deuxième attentat. Adam était maintenant bien plus heureux qu'à ce moment-là. Même s'il n'avait pas transmis la liste à la police, il avait certainement été sincère en annonçant qu'il n'y aurait plus d'explosions. Quels qu'ils aient été, les démons qui l'avaient poussé à ces actes de violence appartenaient désormais au passé. Ou alors c'était à n'y rien comprendre.

Kim n'arrivait pas à peindre tant le pinceau tremblait

dans sa main. Mais Adam, absorbé par son travail, ne sembla remarquer ni son trouble ni son silence.

Elle-même était tellement accaparée par ses pensées qu'il lui fallut un certain temps avant de se rendre compte qu'Adam aussi était anxieux. Toutes les cinq minutes il consultait sa montre et s'écartait de son chevalet pour regarder par la fenêtre.

— Vous avez l'air un peu fébrile ce soir, finit-elle par lui faire remarquer.

— Ah, bon ? Je donne cette impression ? répondit-il sur le ton de la parfaite innocence.

Le voyant regarder de nouveau sa montre, Kim fit de même. Il allait être 20 h 30 dans quelques secondes.

— Appelons Jessie pour lui demander de venir, suggéra soudain Adam. Je me sens des envies de préparer un petit dîner. Pourquoi pas des spaghettis ? Qu'en pensez-vous ?

Il avait déjà abandonné son pinceau et s'approchait du téléphone.

— Je ne demande pas mieux, fit Kim, surprise, mais trouvant l'idée excellente.

Jessie viendrait se joindre à eux, ils dîneraient et discuteraient jusque tard dans la soirée, et Ryan Geary pourrait dormir sur ses deux oreilles. En même temps, elle se sentirait plus en sécurité avec Jessie dans la maison. L'idée d'avoir passé plusieurs nuits seule avec Adam — et son revolver — la fit frissonner.

Pendant qu'il composait le numéro de sa sœur, Kim, tout en faisant mine de peindre, l'observait du coin de l'œil. Le téléphone collé à l'oreille, il se mit à tambouriner du bout des doigts sur le bord de la table, expira bruyamment à plusieurs reprises, comme un homme en proie à une extrême nervosité. Brusquement, il raccrocha.

— Zut, je me souviens tout d'un coup qu'il n'y a plus de sauce tomate. Je cours en chercher.

— Non ! fit Kim en posant son pinceau. Enfin... je veux dire que ce n'est pas la peine de ressortir maintenant. On peut aussi bien faire des spaghettis à la crème. Ou bien on commande une pizza.

Mais elle n'avait pas fini sa phrase qu'Adam était déjà dans l'escalier. Elle descendit à sa suite et le rattrapa alors qu'il enfilait sa veste. Tandis qu'il la boutonnait, les mains tremblantes, une pensée terrible traversa l'esprit de Kim : ce n'était pas Jessie qu'il venait d'appeler, mais Ryan Geary. Avant de partir, il avait voulu s'assurer que sa victime était bien là.

— Je vous accompagne, dit-elle.

Elle le saisit par le bras mais il sembla ne pas remarquer sa panique.

— Non, fit-il sèchement. Je reviens tout de suite.

Il effleura sa joue d'un baiser puis sortit. Impuissante, elle le regarda se diriger à grands pas vers sa voiture.

Elle jeta un coup d'œil à sa montre. 20 h 40. « Tu n'as pas le choix », se dit-elle à voix haute. Il fallait absolument qu'elle appelle la police. Elle se précipita à la cuisine et ressortit la liste de son sac mais, à peine avait-elle posé la main sur le téléphone, que la sonnerie retentit. Elle regarda l'appareil, hésita et fut finalement prise de vitesse par le répondeur. Abasourdie, elle regarda la bande tourner, puis la voix de Noel se fit soudain entendre.

« Salut, Adam. Est-ce que par hasard tu as vu l'émission *Perdu de vue* tout à l'heure ? Je suis certain d'avoir reconnu Kim Stratton et son petit garçon. Elle s'appelle en réalité Susanna... je ne sais plus comment, et elle est originaire du Colorado. Tu devrais peut-être l'avertir. C'est quelqu'un de bien, sans parler de l'excellent travail qu'elle fait pour moi. Il faut à tout prix lui éviter de se faire coincer. »

Kim ferma les yeux et s'agrippa au bar. Elle était piégée. On avait raconté son histoire à la télévision, montré sa photo et celle de son fils. Qui serait le premier à la dénoncer ?

Il n'y avait plus un instant à perdre. Elle décrocha

et composa le numéro de la police. Dès qu'elle les aurait avertis, elle filerait chez elle et, si la voie était libre, elle prendrait son argent, le sac de marin et le gros marqueur noir avant de disparaître de nouveau. Cette fois-ci elle irait vers le sud. Elle pensa avec regret au chèque qu'elle aurait dû toucher en fin de semaine. Tant pis, je n'ai vraiment pas le choix, se répéta-t-elle.

— C'est une urgence ? demanda la standardiste à l'autre bout du fil.

— Oui. Quelqu'un est en train de déposer une bombe qui doit exploser à 21 heures devant le 207, North Plain Street.

— Quel est votre nom ?

— C'est sans importance.

Elle savait que l'adresse d'Adam s'affichait déjà sur l'écran du standard de la police et qu'elle devait quitter la maison au plus vite.

— Il faut me croire, ajouta-t-elle. L'homme responsable des deux explosions qui ont eu lieu récemment à Annapolis est sur le point de frapper de nouveau. A l'adresse que je vous ai donnée.

Elle raccrocha avant que sa correspondante ait le temps de lui poser d'autres questions. Puis elle courut chercher Cody et redescendit précipitamment. Elle attrapa leurs vestes sur le canapé et courut jusqu'à sa voiture.

A peine installée au volant, elle entendit Cody protester.

— Mamama !

Le singe ! Elle avait oublié de le prendre.

— On doit le laisser ici, mon chéri.

— Mamama !

A l'idée de priver l'enfant de sa peluche adorée, Kim sentit son cœur se serrer.

— D'accord, je vais le chercher et je reviens tout de suite.

Elle se remit à courir, terrifiée en songeant que la

police risquait d'arriver d'un moment à l'autre. Mais, en un éclair, elle fut de retour avec le singe.

Elle s'éloigna au plus vite, tout en prenant garde de ne pas dépasser la vitesse autorisée. Il était moins que jamais question de se faire arrêter en cours de route.

Il fallait maintenant envisager la suite des événements. Lucy ou Ellen avaient-elles vu l'émission ? Ellen ne regardait pas beaucoup la télévision, mais avec Lucy c'était une autre histoire. Arriverait-elle à entrer chez elle et à en ressortir sans se faire remarquer ? Grâce à Dieu, elle avait pensé à retirer de la banque la quasi-totalité de son argent. Elle devait renoncer à prendre l'ordinateur. En revanche, il ne fallait surtout pas oublier le marqueur. A la première occasion, elle s'arrêterait pour changer le numéro d'immatriculation de sa voiture. Cette pensée la réconforta mais quand, jetant un coup d'œil à l'arrière, elle vit son fils qui serrait son singe contre lui, les paupières à demi closes et le pouce dans la bouche, elle éprouva un intense sentiment de culpabilité. Pour la seconde fois, elle le déracinait. Et ce n'était probablement pas la dernière.

Elle approchait de chez elle lorsqu'elle repensa à l'adresse qu'elle avait donnée à la police. Quelque chose n'allait pas. N'avait-elle pas indiqué North Plain Street ? Mais ce n'était pas ça ! Elle freina si brusquement que sa voiture fit une embardée. Elle se gara le long du trottoir et alluma la lumière. Ouvrant son sac, elle en sortit la liste et vérifia l'adresse de Ryan Geary. Pioneer Way ! Dans son affolement, elle avait donné l'adresse de la personne suivante.

Elle regarda sa montre : 20 h 50. Elle n'avait pas le temps d'aller téléphoner de chez elle. Il ne lui restait plus qu'à changer de direction et à filer vers l'ouest de la ville.

En arrivant à proximité de chez Ryan Geary, elle repéra un homme qui promenait son chien. Elle s'arrêta à sa hauteur et baissa sa vitre.

— Prévenez la police, lui cria-t-elle. Dites-leur de venir au 770, Pioneer Way. C'est extrêmement urgent. Faites vite, c'est une question de vie ou de mort !

L'homme la regarda, effaré, mais tandis qu'elle s'éloignait elle vit dans son rétroviseur qu'il se mettait à courir.

Elle était en larmes lorsqu'elle atteignit l'imposante maison de Ryan Geary. Il y avait du monde à l'intérieur car les fenêtres du premier étage étaient éclairées.

Kim repéra la voiture d'Adam garée en bordure des arbres, du côté gauche de la demeure. Ne voyant personne dedans, elle se mit à scruter les environs. Soudain elle l'aperçut, accroupi parmi les arbres, à proximité de la rue. Le regard fixé sur la maison, il n'avait pas remarqué sa présence. Que pouvait-il bien attendre ?

Elle sortit à la hâte de sa voiture et verrouilla les portières. Laisser Cody seul l'angoissait mais elle n'avait pas le choix. Il serait plus en sécurité dans la voiture qu'avec elle.

Le plus discrètement possible, elle courut vers les arbres, manquant trébucher à plusieurs reprises. Les feuilles mortes crissaient sous ses pas et Adam sursauta quand il l'entendit approcher.

— Kim ! s'écria-t-il en se retournant. Mais que diable faites-vous ici ?

Elle s'immobilisa à quelques pas de lui.

— Et vous, Adam ? répondit-elle, la voix tremblante.

Elle se souvint de son revolver. L'avait-il sur lui ? Serait-il capable de la tuer ? Que deviendrait alors Cody ?

— Chut ! Allez-vous-en, Kim !

— Non, pas question. Et, de toute façon, j'ai prévenu la police.

Elle perçut une lueur de colère dans son regard.

— Vous n'auriez pas dû. Je vous avais dit que je m'occupais de cette affaire.

— Où est-elle ? Où est la bombe ?

Elle essaya de repérer un paquet sur le sol.

— Vous parlez sans savoir et je n'ai pas le temps de vous expliquer. Partez, je vous dis.

Quand il reporta son attention sur la maison, une horrible pensée assaillit Kim. Peut-être avait-il déjà déposé le paquet piégé devant la porte. A moins que l'un des membres de la famille Geary l'eût déjà trouvé. Adam était-il tout simplement en train d'attendre l'explosion ?

— Adam, avez-vous... ?

Un taxi qui s'arrêtait devant le bosquet lui fit oublier sa question. Elle vit un homme en descendre et sursauta dès qu'elle l'eut reconnu.

— Linc ? dit-elle doucement. (Puis plus fort :) Linc ! Par ici !

— Chut !

Adam s'était retourné vers elle. Plaquant les mains sur ses épaules, il l'obligea à s'accroupir.

— Taisez-vous donc !

Alors qu'il se dirigeait vers la maison, Linc entendit leurs voix et regarda dans leur direction. Kim se redressa légèrement, et l'appela de nouveau. Alors, courant sous les arbres, il se précipita vers elle et l'aida à se relever.

— Que fais-tu ici ? demanda-t-il.

Puis il remarqua la présence d'Adam.

— Baissez-vous tous les deux, ordonna ce dernier, et fermez-la !

— Vous êtes Adam ? interrogea Linc avant de se tourner vers Kim : C'est lui, l'artiste ? Il a déjà déposé sa bombe ?

— Je l'ignore, mais... Comment as-tu su... ?

— J'ai découvert que toutes les personnes de la liste avaient été condamnées pour conduite en état d'ébriété, et...

— C'était donc ça ! J'aurais dû...

— Ça suffit ! l'interrompit Adam. Vous n'avez rien compris. Tirez-vous d'ici, bon sang !

Puis, regardant le bosquet de l'autre côté de la maison, il s'écria brusquement :

— Là-bas !

Il s'élança à travers les arbres, en direction de la maison, mais Linc, plus rapide, le rattrapa. Se jetant sur lui, il le plaqua au sol, puis le maintint immobilisé en faisant peser un genou sur son dos. Kim entendit un gémissement et comprit qu'Adam avait dû se blesser en tombant. Quand elle rejoignit les deux hommes, elle remarqua du sang sur le front d'Adam.

— On va le retenir ici, dit-elle en s'accroupissant près de Linc. La police devrait arriver d'un moment à l'autre.

— Dans ce cas, pars vite, Susanna. Disparais avant qu'ils arrivent. Tu ne dois pas être mêlée à cette histoire.

Croyant percevoir des sirènes au loin, Kim se figea, ne sachant que faire. Si elle réussissait à s'échapper, comment Linc justifierait-il sa présence ici ?

Baissant les yeux sur Adam, elle ne put s'empêcher d'éprouver pour lui un élan de sympathie. Elle le vit toucher son front, poser son regard sur ses doigts ensanglantés, tenter de se relever et retomber lourdement alors même que Linc avait retiré son genou.

Adam se tourna vers elle, lui offrant un visage crispé par la douleur.

— Ce n'est pas moi, Kim, dit-il doucement en lui prenant la main. C'est Jessie. Je crois qu'elle se dirige vers l'arrière de la maison.

Linc regarda Kim, perplexe.

— Qu'est-ce qu'il raconte ? Qui est Jessie ?

Comprenant brusquement toute l'horreur de la situation, elle se tourna vers la rue en tendant l'oreille. Les sirènes se rapprochaient mais étaient encore lointaines. Jamais la police n'arriverait à temps.

— Reste avec lui, dit-elle à Linc.

Elle bondit hors du bosquet et se précipita vers l'arrière de la maison. Le petit porche était plongé dans l'obscurité mais la lune éclairait une vaste pelouse sur laquelle se dressaient des balançoires.

Scrutant les alentours, elle vit soudain surgir Jessie, un colis dans les mains. Celle-ci se figea en la voyant.

— Ne faites pas ça, Jessie, dit Kim en s'approchant de la jeune femme.

— Occupez-vous de ce qui vous regarde.

— Je vous en supplie. Posez ce paquet par terre. Ou donnez-le-moi, implora Kim en tendant ses bras tremblants. Je peux vous comprendre, Jessie, mais, je vous en prie, oubliez cette vengeance. Vous en êtes la première victime.

— Vengeance..., répéta Jessie d'une voix calme, un petit sourire flottant sur ses lèvres. C'est exactement le mot qui convient.

Elle voulut avancer vers le porche obscur mais Kim lui barra la route.

— De toute façon, si vous déposez ce paquet devant la porte, j'avertis immédiatement les gens qui habitent ici de ne pas l'ouvrir.

— Non, vous n'avertirez personne.

Jessie leva la main droite, et Kim découvrit avec horreur qu'elle avait pris le revolver de son frère. A la façon dont elle le brandissait, il était évident qu'elle n'hésiterait pas à s'en servir.

Le hurlement des sirènes était tout proche maintenant, mais Jessie y prêta si peu d'attention que Kim eut le sentiment que c'était pour elle que venait la police. Lentement, elle leva le bras et montra les balançoires à Jessie.

— Il y a des enfants ici. Ils risquent d'être blessés.

Jessie secoua la tête.

— Un seul nom est inscrit sur le paquet. C'est seulement cet homme qui...

— Et les enfants qui se trouvaient chez *Sellers, Sel-*

lers, et Wittaker ? Leurs noms étaient inscrits sur le paquet ?

Jessie grimaça. A l'évidence, le carnage dans le cabinet d'avocats avait été un accident.

La gorge sèche à la vue de l'arme toujours pointée sur elle, Kim avala difficilement sa salive.

— Si Liam et Molly furent d'innocentes victimes, les enfants de la standardiste également.

— Cessez de me parler d'eux.

Jessie rentra la tête dans les épaules comme pour se protéger des paroles de Kim. Quant aux sirènes, elle ne pouvait plus les ignorer désormais.

— Et les enfants qui habitent ici seraient, eux aussi, d'innocentes victimes, insista Kim. Exactement comme Molly et...

— Arrêtez, je vous en supplie ! fit Jessie en se laissant tomber à genoux.

Kim fit un bond de côté pour le cas où un coup de feu partirait seul.

— Je n'ai jamais voulu la mort de ces enfants, reprit Jessie, des sanglots dans la voix.

— J'en suis sûre, répondit Kim.

Des portières claquèrent devant la maison, tandis que d'autres sirènes approchaient. D'une minute à l'autre, tout serait fini : la vengeance de Jessie comme la fuite de Kim.

Jessie avait posé le paquet devant elle, mais tenait toujours le revolver, lequel tressautait au rythme de ses sanglots.

— Je vous en prie, posez cette arme, supplia Kim.

A sa grande surprise, Jessie lui obéit. Soulagée, elle ferma un instant les yeux puis fit un pas en avant. Mais aussitôt Jessie l'arrêta de sa main levée.

— Restez où vous êtes !

Kim s'immobilisa, le regard horrifié : Jessie venait de glisser ses doigts sous le couvercle du paquet.

— Jessie, non !

Elle s'apprêta à avancer de nouveau mais, voyant Jessie reprendre le revolver, elle y renonça.

— Je voulais simplement que ma Molly revienne, expliqua Jessie à travers ses larmes. C'est tout ce que je voulais.

Puis, d'un geste vif, elle acheva d'ouvrir le paquet et s'allongea dessus. Avant que Kim ait même songé à réagir, le monde explosa dans un déferlement de lumière et de bruit. Elle s'entendit crier tandis qu'elle tombait à la renverse, une douleur fulgurante lui traversant le front. L'instant d'après, tout était noir.

L'air était empli de fumée et résonnait du bruit des sirènes quand elle rouvrit les yeux. Elle tenta de se mettre debout mais quelqu'un l'en empêcha.

— Reste calme. Tu n'as rien de grave.

C'était la voix de Linc. Quand elle s'appuya contre lui, elle eut vaguement l'impression qu'il la faisait pivoter sur elle-même, puis elle comprit qu'il essayait de lui cacher le spectacle d'horreur qui se déroulait près d'eux.

— Linc ? dit-elle d'une voix faible et lointaine.

— Tu n'as rien de grave, répéta-t-il.

Sentant ses mains fermes sur ses épaules, Kim se demanda s'il cherchait à la réconforter ou s'il voulait l'empêcher de reprendre sa fuite. Mais, finalement, était-ce contradictoire ?

Elle entendit des voix, si puissantes qu'elle en eut mal aux oreilles. De larges faisceaux lumineux trouèrent la nuit, tandis que le sol se mettait à vibrer au passage de gens qui couraient. A un moment, elle eut l'impression qu'ils décrivaient des cercles autour d'elle. Elle ferma alors les yeux afin d'échapper au vertige.

Cody ? Où est Cody ?

Elle essaya de s'asseoir, mais les forces lui manquèrent. Se rejetant contre Linc, elle resta immobile, telle une statue, en attendant ce que lui réservait le sort. Mais une chose était sûre : jamais plus elle ne fuirait.

36

L'hôpital grouillait de policiers, au point que Kim avait l'impression qu'il y en avait plus que de médecins et d'infirmières. Deux d'entre eux — une jeune femme au visage sévère et un homme qui lui rappelait son père — étaient assis près d'elle et de Linc, dans la petite salle d'attente. Mais ce n'étaient pas ceux qui avaient procédé à son interrogatoire. Pendant l'heure où elle était restée sur la sellette, elle n'avait pas cherché à mentir. Le jeu était terminé et elle le savait.

— Quelle heure est-il ? demanda-t-elle à Linc.

Allongé sur ses genoux, Cody dormait profondément. Tous les trois formaient comme un bloc, un trio apparemment indissociable et pourtant condamné à la séparation.

— Un peu plus de minuit, lui répondit Linc sans regarder sa montre.

Elle avait complètement perdu la notion du temps. Elle savait simplement qu'une représentante des services de protection de l'enfance était en route pour l'hôpital et qu'à moins d'un miracle elle lui retirerait Cody. Kim serrait son fils contre elle. L'assistante sociale serait obligée de le lui arracher de force.

Linc lui avait expliqué qu'une ambulance l'avait conduite à l'hôpital, mais elle ne se souvenait ni du trajet ni du médecin qui lui avait suturé l'arcade sourcilière. Elle était en état de choc, paraît-il. En fait, elle avait l'impression d'être encore dans cet état, tant elle était incapable d'aligner deux pensées cohérentes.

— Je ne comprends toujours pas, Linc. Comment as-tu su où je me trouvais ?

Pour la quatrième fois, Linc lui expliqua de quelle manière il avait obtenu les informations qui lui avaient permis d'établir le lien unissant les personnes figurant sur la liste et d'en arriver à la conclusion que « l'artiste », dont la famille avait été tuée par un chauffard ivre, devait être derrière les attentats.

— J'en ai donc déduit que, contrairement à ce qu'il t'avait affirmé, Adam n'avait pas transmis la liste à la police. Il ne me restait plus alors qu'à me pointer sur place pour essayer de l'intercepter ou, au moins, prévenir Ryan Geary du danger qu'il courait.

— Pourquoi ne pas avoir tout simplement appelé la police ?

— Qu'est-ce que tu crois ? Je craignais de les conduire directement à toi.

Une autre femme policier, très brune, entra dans la salle d'attente et s'adressa à Kim.

— Nous avons fini d'enregistrer la déposition de M. Soria. Il aimerait vous parler maintenant.

— Donne-moi Cody, proposa Linc.

Il voulut prendre l'enfant mais Kim s'y opposa. Elle imaginait l'assistante sociale arrivant à l'hôpital pendant qu'elle serait avec Adam, se dirigeant droit sur Linc et lui arrachant Cody pour l'emmener dans un endroit tenu secret.

— Je ne laisserai personne le prendre sans te prévenir, voyons. Tu peux me faire confiance.

A contrecœur, elle déposa Cody dans les bras de Linc en remerciant le ciel que l'enfant n'ait cessé de dormir pendant toute cette tragique aventure. Mais il n'était pas question qu'on le lui enlève pendant qu'il dormait. Elle ne pouvait pas l'imaginer une seule seconde se réveillant, égaré, parmi des étrangers.

Elle suivit la femme policier jusqu'à une salle de

soins. La pièce, froide, nue, la fit frissonner dès qu'elle y pénétra. La tête bandée, Adam était à demi allongé sur un lit, le dos appuyé contre des oreillers. Blême, visiblement mal en point, il faisait pitié à voir. S'écartant de la femme policier, Kim s'approcha de lui et, lui prenant la main, s'assit sur la chaise placée près du lit.

— Je suis navrée pour Jessie, Adam. Et pour tout ce qui s'est passé...

Il serra sa main.

— Il faut que je vous dise... que j'essaie de tout vous expliquer...

Il parlait lentement, d'une voix rauque à peine audible, et elle dut se pencher vers lui pour l'entendre. Du coin de l'œil, elle vit la femme policier se mettre en faction près de la porte.

— Ça va ? Vous n'avez que cette blessure à la tête ?

— Non, j'ai aussi deux côtes cassées. Il n'y est pas allé de main morte, votre ami.

Il tenta vainement de sourire.

— Adam, je...

— Ecoutez-moi, la coupa-t-il. Il faut que vous sachiez certaines choses.

— Il me semble que je sais tout maintenant. Jessie voulait punir des gens coupables d'avoir provoqué des accidents mortels alors qu'ils conduisaient en état d'ébriété. Elle voulait aussi se venger des avocats qui les avaient défendus. Quant aux mentions « un adulte » ou « un couple âgé » figurant sur la fameuse liste, elles désignaient les victimes des chauffards, n'est-ce pas ?

— Oui, mais il y a encore autre chose.

Que pouvait-elle encore apprendre sur ce drame ? Intriguée, elle se pencha un peu plus vers Adam.

— Je vous écoute.

Adam ferma les yeux et resta un moment silencieux, le visage ravagé par une douleur qui, manifestement, n'était pas que physique.

— Molly était la fille de Jessie, lâcha-t-il finalement en rouvrant les yeux.

— Pardon ?

Kim croyait avoir mal entendu.

— Jessie s'est retrouvée enceinte à l'âge de quinze ans, reprit Adam. Elle savait qu'elle aurait toutes les peines du monde à élever un enfant. D'autant plus que nos parents n'étaient pas du tout disposés à l'aider. Comme j'étais déjà marié à l'époque, Dana et moi avons décidé d'adopter Molly, ce qui permettait à Jessie de garder sa fille près d'elle.

— Oh, mon Dieu ! Je comprends pourquoi Jessie éprouvait une telle affection pour vos enfants.

— Molly était tout pour elle. Nous avons bien failli sombrer l'un et l'autre dans la folie, après l'accident. La vie n'avait plus de sens et nous voulions mourir. Puis nous nous sommes mis à penser à toutes les familles qui avaient souffert comme nous souffrions, à tous ces chauffards laissés dans la nature, libres de tuer à nouveau. Jessie plaisantait en proposant de les faire payer les uns après les autres. Du moins, je croyais qu'elle plaisantait. Je me suis rendu compte qu'elle était passée à l'acte lorsque vous m'avez parlé de la liste trouvée dans l'ordinateur. Cela m'a d'abord paru incroyable puis je...

— Attendez. Là, je ne comprends plus. Je pensais que c'était vous qui vous étiez servi de cet ordinateur.

— Non, c'était Jessie. En fait, cet appareil lui avait été prêté le temps que l'on répare le sien. Un matin elle m'a demandé d'aller faire l'échange, la réparation étant terminée. Je lui ai promis d'y aller dans la soirée. Au lieu de quoi, mon emploi du temps ayant changé, je m'y suis rendu dans l'après-midi, sans savoir que l'ordinateur emprunté contenait des informations qu'elle avait prévu de faire disparaître avant de le rendre. Elle était furieuse quand elle est rentrée chez elle et s'est rendu compte de ce qui s'était passé. (Adam fixa un point dans le vide comme s'il revoyait la scène, puis son regard se posa de nouveau sur Kim.) Je n'ai compris sa colère que le soir où vous avez découvert que quelqu'un s'était introduit chez vous en votre absence. Quand vous m'avez parlé de la liste trouvée dans l'ordinateur, tout s'est éclairé : Jessie avait appelé le magasin et obtenu votre adresse.

— C'est donc elle qui m'a envoyé l'invitation pour le vernissage, je suppose.

— Oui, c'est elle. Elle a dû vous suivre et s'apercevoir que les peintures murales vous plaisaient.

Kim se souvint avoir eu le sentiment d'être suivie pendant ses premiers jours à Annapolis. Finalement, ce n'était pas du tout le fruit de son imagination.

— Ces enfants, dans le cabinet d'avocats... continua Adam, je ne peux pas vous dire ce que j'ai ressenti quand j'ai compris que Jessie était responsable de cette... monstruosité. J'ai voulu tout vous raconter quand vous vous êtes confiée à moi. Mais je n'ai pu que mentir...

— Vous disiez que vous remettriez la disquette à la police et...

— Je suis allé chez Jessie, ce soir-là, pendant qu'elle dormait. Dans son sous-sol, j'ai découvert une véritable fabrique d'explosifs. J'avais beau avoir toutes les preuves de sa culpabilité sous les yeux, je n'ai pas pu me résoudre à la dénoncer, Kim. C'est... C'était ma sœur. Je n'avais plus d'autre famille qu'elle. Il était évident qu'elle avait perdu la tête et qu'elle avait besoin d'aide. Plutôt que de prévenir la police, j'ai discuté avec elle. Nous nous sommes disputés, elle a beaucoup pleuré, mais finalement elle m'a promis d'arrêter. Hier soir, quand je lui ai téléphoné sans obtenir de réponse, je me suis quand même méfié. Tout en espérant me tromper, j'ai filé à l'adresse de Ryan Geary, afin de la prendre de vitesse si jamais je tombais sur elle. Mais ça s'est passé autrement.

Kim vit les yeux d'Adam se brouiller de larmes.

— Si je n'avais pas été là, dit-elle, vous auriez peut-être pu l'arrêter. Mais j'étais tellement persuadée que c'était vous le coupable...

— Je le sais, et je ne peux pas vous en vouloir. Vous n'êtes en rien responsable de ce qui est arrivé.

Kim serra plus fort la main d'Adam. Il lui faudrait beaucoup de temps pour se débarrasser du sentiment de culpabilité qui l'étreignait depuis qu'elle avait compris son erreur.

— Que va-t-il se passer pour Cody et vous ?

— Cody va être confié à mon ex-mari et à sa femme, répondit-elle, la gorge nouée par l'émotion. Ils l'aiment. Du moins, je sais que Peggy l'aime. Elle saura prendre soin de lui.

Adam caressa sa main avec son pouce.

— C'est tout de même injuste. Vous êtes la meilleure des mères.

Kim tenta de sourire.

— Quant à moi, j'ignore encore le sort qu'on me réserve. Je suppose qu'on va m'emprisonner, mais qu'importe ? Je m'imagine si mal vivre sans Cody...

— Ne dites pas ce genre de chose. J'ai l'impression d'entendre Jessie.

Kim essuya des larmes que d'autres remplacèrent aussitôt.

— Je me sens coupable. Si je ne m'étais pas interposée, si je n'avais pas tenté de l'arrêter, Jessie serait encore en vie.

— Oui, mais quelqu'un d'autre serait mort. Il y avait cinq personnes dans cette maison. Vous avez fait ce qu'il fallait, Kim. Vous avez sauvé une vie, sinon plusieurs.

— Jessie a sauvé la mienne.

— Oui. C'est ce qu'on m'a dit. Il paraît que vous étiez si près de la bombe qu'elle vous aurait probablement tuée si Jessie ne l'avait pas couverte de son corps.

Linc passa la tête dans la chambre, Cody dans les bras.

— L'assistante sociale est arrivée, Susanna.

— Je viens. (Elle se tourna vers Adam.) Il faut que j'y aille.

— Je suis désolé que vous ayez été mêlée à toute cette histoire, Kim. Je tenais beaucoup à vous et à Cody.

— Nous nous étions aussi attachés à vous, Adam.

Elle le vit sourire.

— Susanna ? C'est ça ?

— Oui, c'est mon nom.

— En quoi Susanna est-elle différente de Kim ?

Elle soupira.

— Kim est indépendante, courageuse, téméraire même. Susanna est faible et dépendante. Mais en ce moment elles ne font qu'une. (Elle lança un coup d'œil vers la porte.) Elles ont toutes les deux très peur de franchir cette porte.

— Elles n'ont jamais cessé d'être une seule et même personne, Kim. Ne l'oubliez jamais.

37

Susanna et Linc arrivèrent à l'hôtel aux alentours de deux heures du matin. Ils en avaient fini avec la police mais Susanna, épuisée, avait la nausée, comme si elle avait passé la nuit dans les montagnes russes. A bout de nerfs, elle avait attendu d'être conduite au poste de police, mais on lui avait soudain annoncé qu'elle était libre.

Tout d'abord, elle n'avait pas compris. Puis la femme policier lui avait expliqué :

— Ça se passe souvent de cette manière quand l'enfant a été retrouvé. Les parents qui en ont la garde retirent leur plainte.

Susanna n'aurait jamais cru Jim capable d'une telle grandeur d'âme. Quelque part au fond d'elle-même, elle savait qu'elle aurait dû se réjouir de ne pas aller en prison, mais il n'y avait pas de place dans son cœur pour quelque sentiment de joie que ce soit.

— Et Cody ? avait-elle murmuré.

L'assistante sociale qui l'avait interrogée un peu plus tôt était venue rejoindre la femme policier.

— Tyler passera la nuit dans nos services, avait-elle précisé. Une autre assistante sociale arrivera demain matin du Colorado pour le ramener là-bas. Vous pourrez prendre le même avion qu'eux si vous le désirez. Nous savons que vous avez une bonne relation avec votre fils ; ce serait donc une bonne chose que vous l'accompagniez.

Evidemment, enfermée dans un avion, à neuf mille mètres d'altitude, elle ne risquait pas de s'échapper...

Elle fut malade une grande partie de la nuit. Dès qu'elle pensait à Cody — il resterait toujours « Cody » pour elle —, seul, égaré dans une maison inconnue, elle éprouvait une insupportable souffrance qui lui donnait envie de vomir.

— Pourquoi est-ce qu'on ne me l'a pas laissé cette nuit ? C'est inhumain. Il ne peut pas comprendre ce qui se passe. Il va être effrayé de se réveiller au milieu d'étrangers.

Linc se contenta de la serrer tendrement dans ses bras. Il n'avait pas besoin de lui expliquer la situation. Elle savait très bien qu'on avait craint de la voir disparaître une nouvelle fois avec l'enfant. Et, à vrai dire, c'était sans doute ce qu'elle aurait tenté de faire.

Dans la matinée, elle alla rendre visite à Adam. Elle lui apporta un carnet de croquis et des crayons, tout en sachant qu'il n'était pas près de s'en servir. Elle le trouva très éprouvé, mais elle-même ne se sentait guère mieux.

— Jessie disait que je vous utilisais pour oublier mon chagrin. En un sens elle avait raison. Je me sentais mieux avec vous qu'avec les personnes qui avaient connu Dana et les enfants et me les rappelaient sans cesse. (Un sourire effleura ses lèvres.) Ce qui ne veut pas dire que je ne prenais pas un réel plaisir à être en votre compagnie, Kim.

— Je me fais du souci pour vous, Adam.

Après sa nuit blanche, elle se sentait à la limite de l'épuisement et seule la perspective de retrouver Cody en fin d'après-midi la tenait éveillée.

— J'aimerais rester en contact avec vous, si vous n'y voyez pas d'inconvénient, ajouta-t-elle.

— Je ne demande pas mieux.

Elle faillit lui prendre la main, mais préféra maintenir une certaine distance. Pour l'instant, rester trop proche d'Adam lui paraissait imprudent. Elle risquait de s'effondrer si elle devait se charger du poids de sa peine en plus de son propre fardeau.

— Vous avez beaucoup d'amis, Adam, et c'est une grande chance. Je sais qu'ils vous rappellent tout ce que vous avez perdu mais vous avez besoin d'eux maintenant. Vous replier sur vous-même serait une grave erreur.

Il lui fit signe de se rapprocher de lui.

— Je veux que vous vous souveniez de quelque chose, dit-il, la voix rauque. Même si Cody vit avec son père et sa belle-mère, vous pouvez au moins vous dire qu'il est vivant, en bonne santé, et qu'un jour vous serez de nouveau réunis.

Kim se mit à pleurer. Non en pensant à elle-même et à son fils mais à Adam et au vide qui l'attendait quand il sortirait de l'hôpital.

— Vous me manquerez, dit-elle.

Adam esquissa à nouveau un sourire.

— Pensez à moi quand vous peindrez vos rêves sur les murs de Boulder...

Dès qu'elle entra dans la salle d'embarquement, Mary Michaels, l'assistante sociale, se dirigea vers Susanna et lui tendit un petit garçon pâle et somnolent. Susanna serra son fils sur sa poitrine tout en refoulant des larmes qui risquaient de le perturber un peu plus. Toute une journée loin de sa mère, parmi des inconnus, était plus que n'en pouvait supporter cet enfant pourtant courageux et sociable. Il suffisait de le regarder pour s'en rendre compte.

Dans l'avion, Kim s'assit entre Linc et Mary, son fils sur les genoux. D'une main, Cody agrippait la manche de son pull, de l'autre, il tenait son singe. Brutalement séparé de sa mère, il paraissait traumatisé. Susanna en avait le cœur déchiré. Elle avait même remarqué la réticence de l'enfant quand Linc avait tendu les bras pour le prendre. Une petite chanson et quelques chatouillis avaient rétabli sa confiance mais, tout de même, quel choc et quelle tristesse elle avait ressentis !

Pendant la première partie du voyage, elle ignora Mary Michaels pour regarder les nuages par le hublot, en rêvant d'un vol sans fin. Sans nul doute, Jim et Peggy seraient à l'aéroport et accueilleraient leur enfant, bras tendus, un large sourire aux lèvres. Imaginant la scène, Susanna se dit qu'elle ne supporterait pas de leur remettre elle-même son fils, ni de les entendre l'appeler Tyler. Le pauvre petit n'allait vraiment plus savoir où il en était.

Elle interrompit la lecture de Mary, penchée sur un journal.

— Excusez-moi... Vous savez que j'ai appelé mon fils Cody ces derniers mois. Je crains maintenant qu'il soit dérouté si son père et... sa belle-mère l'appellent Tyler. Est-ce que vous pourriez leur dire... leur demander de continuer à l'appeler Cody ?

Mary eut un sourire bienveillant. Elle semblait être une personne conciliante, dénuée de toute hostilité à son égard. Susanna avait le sentiment que Mary Michaels savait ce qu'était l'amour maternel. Toutefois, en tant qu'assistante sociale, elle avait une mission à remplir.

— Je comprends votre inquiétude, lui répondit-elle. Mais l'expérience que vient de vivre cet enfant n'a pas duré très longtemps. Il se réhabituera très vite à son prénom d'origine.

Linc serra la main de Susanna. Il savait que les paroles de Mary ne lui étaient pas d'un grand réconfort.

Au moment de l'atterrissage, l'avion rebondit deux ou trois fois sur le tarmac puis roula lentement vers l'aérogare. Dès qu'il s'immobilisa, les passagers se levèrent, ouvrirent les coffres à bagages et s'alignèrent dans les allées pour gagner la sortie. Seuls Susanna et Linc tardèrent à défaire leurs ceintures de sécurité. Compréhensive, Mary les attendit patiemment.

La gorge nouée, Susanna lui demanda :

— Vous pensez que mon ex-mari et sa femme sont venus nous attendre ?

— Probablement.

Ils furent les derniers à quitter l'avion. Linc tenait Susanna par les épaules quand ils pénétrèrent dans le hall des arrivées. Susanna, qui s'était attendue à voir Jim et Peggy immédiatement, les chercha vainement du regard.

— Je ne les vois pas. Et vous ? demanda Mary.

— Non, moi non plus.

Cody se mit à pleurer. Susanna tenta de le réconforter en sachant pertinemment que son calme apparent ne parvenait pas à tromper son enfant. Il la sentait défaillir au plus profond de son être.

Mary les entraîna à l'écart, après avoir scruté la foule une dernière fois.

— Je vais appeler le bureau, dit-elle.

Elle s'éloigna de quelques pas puis se ravisa et se tourna vers Susanna.

— Si vous voulez garder Tyler dans vos bras, il faut que vous m'accompagniez jusqu'à la cabine.

Susanna suivit Mary docilement. En revanche, Linc marqua un temps d'hésitation avant de leur emboîter le pas. Visiblement contrarié de se faire dicter sa conduite, il s'abstint toutefois de toute remarque susceptible de provoquer la colère de l'assistante sociale.

Mary resta un long moment au téléphone tandis que Susanna gardait un œil sur elle et l'autre sur la foule.

— Je crois que je vais craquer, dit-elle à Linc.

Il la fit se tourner vers lui et se mit à lui masser les épaules. Fermant les yeux, elle tenta de se détendre, mais sans succès. Toutes les trente secondes une hôtesse appelait un passager dans le haut-parleur, la faisant sursauter tant elle craignait d'entendre son nom.

Mary finit par ressortir de la cabine. Elle secoua la tête.

— Personne ne sait ce qui était prévu, apparemment. On m'a demandé d'amener Tyler à notre siège. J'imagine que les parents viendront le retrouver là-bas.

Susanna regarda Linc puis Mary.

— On prend un taxi ou on vient nous chercher ?

— C'est moi qui l'emmène, précisa Mary, d'une voix compatissante. Je suis désolée.

— C'est scandaleux, fit Linc. Il me semble que l'on aurait pu organiser les choses un peu mieux. Maintenant cet enfant va de nouveau se retrouver au milieu de gens qu'il n'a jamais vus.

— Je sais, monsieur Sebastian. Cette situation n'est pas idéale, mais Tyler comme beaucoup d'autres y survivra. D'autant plus facilement qu'il n'attendra pas longtemps, à mon avis, avant d'être dans sa famille. (Mary se tourna vers Susanna.) Laissez-moi le prendre maintenant.

Mary tendit les bras mais Susanna se détourna d'elle. Si elle voulait emmener Cody, Mary devrait le lui prendre de force.

Linc intervint en posant sa main sur le bras de Susanna.

— Laisse-le partir. Plus tu te braqueras et plus il sera angoissé.

Sachant qu'il avait raison, elle prit une profonde inspiration et s'adressa à son fils d'une voix aussi enjouée que possible.

— Va avec Mme Michaels, Cody. Voilà, c'est bien. Et tu prends ton singe avec toi.

— Que tu es sage, mon grand ! fit Mary. On va aller se promener en taxi, d'accord ? (Puis elle regarda Susanna.) Je sais combien c'est douloureux pour vous. Vous êtes une bonne mère. Je peux vous assurer que je ne manquerai pas de le signaler dans mon rapport.

Susanna hocha la tête machinalement puis suivit l'assistante sociale du regard tandis qu'elle s'éloignait.

Déjà elle ne voyait plus Cody mais seulement les pattes de son singe, qui battaient le flanc de Mary.

La voyant amorcer un pas en avant, Linc l'attrapa par l'épaule et l'obligea à se tourner vers lui. Réfugiée dans ses bras, elle sentit le nuage noir peser sur elle, lui coupant le souffle et la parole. Tous deux restèrent là un bon moment, immobiles et silencieux.

Soudain une main effleura le dos de Susanna.

S'arrachant aux bras de Linc, celle-ci se retourna et découvrit Peggy. Instinctivement, elle eut un mouvement de recul.

— Vous arrivez trop tard, fit observer Linc. L'assistante sociale l'a déjà emmené. Pourquoi n'étiez-vous pas là pour l'accueillir ?

Peggy ignora la question de Linc et s'adressa à Susanna, qui remarqua ses yeux rougis.

— Susanna, est-ce que l'on pourrait s'asseoir un instant ?

— Oui, bien sûr.

Les genoux flageolants, Susanna suivit Peggy jusqu'à une rangée de sièges.

Assise, les mains croisées sur les genoux, Peggy regarda Susanna dans les yeux.

— Jim et moi nous séparons.

Susanna fronça les sourcils, éberluée.

— Comment cela ?

— C'est moi qui ai pris cette décision. Bien des choses ont changé depuis votre départ. J'ai notamment pris conscience du fait que Jim et moi n'avions pas les mêmes valeurs.

— Et donc vous vous... séparez ?

— Oui.

— Il n'y a pas de réconciliation possible ? demanda Linc.

— Non, aucune.

Susanna secoua la tête.

— Et Cody... Tyler ?

Peggy pinça les lèvres.

— Jim ne se voit pas l'élever seul.

Susanna se tourna un instant vers Linc, comme pour lui demander si elle avait bien entendu.

— Vous voulez dire qu'il ne réclame plus la garde de Tyler ?

— Exactement. C'est pour cette raison qu'il a retiré sa plainte et que Tyler est en ce moment dans les services de la protection infantile au lieu d'être avec son père et moi. Après certaines vérifications, votre fils vous sera rendu, Susanna. Et il sera heureux avec vous, je n'ai aucun doute là-dessus. Et sachez que je comprends pourquoi vous avez voulu fuir avec lui. Quant à moi, je me suis trompé sur Jim. Il n'est pas l'homme que je croyais connaître.

Susanna ouvrit la bouche mais aucun son n'en sortit. Tout allait trop vite. Trop bien. Elle préférait ne pas croire au miracle.

— Je voulais Tyler, continua Peggy en prenant la main de Susanna. Mais pas de cette façon.

— Combien de temps devraient prendre les... vérifications ? demanda Linc.

— Je n'en sais rien. Mais je compte bien, personnellement, faire en sorte qu'elles soient le plus rapides possible.

Susanna trouva la main de Peggy chaude et rassurante.

— Demain, à la première heure, venez à mon bureau, Susanna. Je vous aiderai à récupérer Tyler au plus vite.

Susanna imagina alors par quelles affres avait dû passer Peggy avant de prendre sa décision.

— Jim risque-t-il de changer d'avis au sujet de la garde de Tyler ? demanda-t-elle, poursuivie par ses angoisses.

Peggy eut un sourire désabusé.

— Si ça devait arriver, je vous offrirais mes services gratuitement.

Susanna passa la nuit chez Linc. Tandis qu'assis sur le canapé ils contemplaient la lune et les étoiles qui brillaient au-dessus de Boulder, elle eut le sentiment d'être de retour à la maison. Elle aurait aimé parler à Cody, trouver un moyen de lui expliquer que leur séparation serait brève. Mais, de toute façon, l'un et l'autre sauraient surmonter cette épreuve. Demain, elle emprunterait à Linc sa voiture et irait à l'Aide judiciaire pour entreprendre les démarches qui lui permettraient de récupérer son fils au plus vite. Curieuse, cette ironie du sort qui avait voulu qu'elle trouvât en Peggy la plus précieuse des alliées...

Plus tard, sur le point de s'endormir, elle pensa à une autre chose qu'elle se proposait de faire. Elle faillit en parler à Linc puis décida de garder le secret.

Elle se réveilla très tôt en se souvenant clairement d'un rêve. Elle s'était vue regarder Boulder depuis la fenêtre de Linc, comme la veille, mais cette fois-ci la ville était recouverte d'un manteau de neige immaculée.

Le rêve lui semblait si réel qu'elle eut envie de réveiller Linc pour le lui décrire. Mais il dormait si profondément qu'elle renonça à écourter son sommeil. Il avait besoin de reprendre des forces. Ces derniers jours avaient été aussi éprouvants pour lui que pour elle.

Alors que, seule dans le coin-cuisine, elle attaquait son bol de céréales, elle s'aperçut soudain que son rêve rejoignait la réalité. Se tournant vers la fenêtre, elle vit Boulder étincelant sous une belle couche de neige.

Après son petit déjeuner, elle écrivit un mot à Linc pour l'avertir qu'elle se rendait à l'Aide judiciaire, mais il se leva à l'instant où elle partait. Il sortit de la chambre, à demi nu, les paupières encore lourdes, plus séduisant que jamais.

— Où vas-tu ? Peggy n'est pas à son bureau avant neuf heures.

— Je sais, mais j'ai quelque chose à faire en chemin.

Il leva un sourcil interrogateur sans demander d'explication.

— Bon, dit-il. Mais reviens dès que tu auras vu Peggy. J'ai hâte de savoir ce qu'elle va te dire.

— C'est promis.

Elle l'embrassa et se dirigea vers la porte.

Heureuse de retrouver son supermarché préféré, elle s'y rendit directement et s'émerveilla de pouvoir de nouveau aller et venir entre ses rayons croulants de marchandises. Elle acheta une demi-douzaine de paquets de cookies au chocolat pour Linc et un bouquet de fleurs de toutes les couleurs. Puis elle retourna à la voiture et prit la direction du cimetière.

Le parking était désert. Elle sortit de la voiture en se souvenant de la dernière fois où elle était venue ici. Cody, alors, ne savait pas encore marcher, il s'appelait Tyler, et son avenir était aussi incertain que le sien.

Recouvertes de neige poudreuse, toutes les tombes se ressemblaient, et Kim craignit de mettre un temps infini à retrouver celle qu'elle cherchait. Mais, à sa grande surprise, elle se dirigea droit vers son but.

Accroupie, elle déposa ses fleurs devant la pierre joliment gravée.

— Je te rends ton nom, Kimberly, murmura-t-elle en balayant la neige sur la tombe. Merci de me l'avoir prêté.

Elle se recueillit un moment puis se releva lentement et repartit vers le parking. A mi-chemin, elle se retourna et vit la petite pierre tombale de Kimberly Stratton se détacher de tout le reste, grâce au bouquet multicolore posé devant elle. Kim en éprouva une profonde satisfaction et regagna sa voiture, le cœur plus léger.

Bien que l'absence de Cody sur le siège arrière lui donnât un sentiment de vide, Susanna prit la direction des bureaux de l'Aide judiciaire armée d'un indéniable optimisme et pleine de compassion à l'égard de la femme qui, pourtant, avait voulu lui prendre Cody. Elle revoyait le regard douloureux de Peggy à l'aéroport, comprenait son chagrin et ne ferait rien pour l'accentuer. Peggy n'était pas différente d'elle. Ni meilleure ni pire. Et toutes deux partageaient une même détermination et un même courage. Si elle avait eu assez de cran pour tenter de garder son fils, Peggy en avait eu suffisamment pour renoncer à Tyler.

Elle prit un tournant, puis un autre. Alors que, la veille, elle avait demandé à Peggy de lui indiquer le chemin de son bureau, elle constatait maintenant que c'était superflu. Curieusement, il lui semblait savoir exactement où elle allait. Arrivant à proximité de l'Aide judiciaire, elle comprit soudain d'où lui venait cet étrange sentiment. Tout le côté sud du bâtiment, large et sans fenêtre, offrait une surface idéale pour une peinture murale.

IMPRIMERIE BUSSIÈRE À SAINT-AMAND (IV-2000).
DÉPÔT LÉGAL : AVRIL 2000. N° 802.